国家社会科学基金青年项目
会通文库资助项目

石平萍　蔡霞　著

美国少数族裔文学中的生态思想研究

中国社会科学出版社

图书在版编目（CIP）数据

美国少数族裔文学中的生态思想研究/石平萍，蔡霞著．—北京：
中国社会科学出版社，2019.4
ISBN 978 - 7 - 5203 - 4244 - 5

Ⅰ.①美…　Ⅱ.①石…②蔡…　Ⅲ.①文学研究—美国
Ⅳ.①I712.06

中国版本图书馆 CIP 数据核字（2019）第 062992 号

出 版 人	赵剑英
责任编辑	刘志兵
特约编辑	张翠萍等
责任校对	李　斌
责任印制	李寡寡

出　　版	中国社会科学出版社
社　　址	北京鼓楼西大街甲 158 号
邮　　编	100720
网　　址	http://www.csspw.cn
发 行 部	010 - 84083685
门 市 部	010 - 84029450
经　　销	新华书店及其他书店

印　　刷	北京君升印刷有限公司
装　　订	廊坊市广阳区广增装订厂
版　　次	2019 年 4 月第 1 版
印　　次	2019 年 4 月第 1 次印刷

开　　本	710 × 1000　1/16
印　　张	19.25
插　　页	2
字　　数	285 千字
定　　价	89.00 元

目　录

引　言

　　1999 年，美国哈佛大学教授劳伦斯·布依尔（Lawrence Buell）在《生态起义》（"The Ecological Insurgency"）一文中预言，如果说"肤色的分野"是 20 世纪的关键问题，那么到了 21 世纪，人类所面临的最紧迫问题极有可能是"地球环境的可持续性"，这是任何知识门类（不仅是人文学科）都回避不了的问题，应运而生的生态批评运动更是责无旁贷，其发展前景不言而喻（699）。现在 21 世纪已经过去了十多年，虽然种族问题依旧阴魂不散，阶级、性别、性取向、地域争端、国家冲突等问题仍然滋扰不休，但环境问题的确已经触发了人类的危机意识，布依尔所期盼的生态批评发展前景正在变成事实。生态批评的大本营文学与环境研究学会（ASLE）成立于 1992 年，如今已经成长为一个多元化和国际化的学术组织，拥有几千名来自世界各地（包括中国、墨西哥、尼日利亚、多米尼加等亚非拉国家）的会员，并在澳大利亚、新西兰、印度、日本、英国、欧洲、加拿大、韩国成立了分会。① 限于篇幅，这里只举学术组织一例。事实上，如果说在 20 世纪 90 年代初，生态批评只是一种"可见的批评流派"②，如今称它已经发展成为一场颇具规模的全球性批评思潮，也

① 参阅 ASLE 的官方网站 www. asle. org 及维基百科相关介绍：https：//en. m. wikipedia. org/wiki/Association_ for_ the_ Study_ of_ Literature_ and_ Environment。

② 谢里尔·格洛特费尔蒂认为生态批评成为一种正式的批评流派是在 1993 年，以文学与环境研究学会创立会刊《文学与环境跨学科研究》为标志（Glotfelty，1996：xviii）。但也有学者认为格洛特费尔蒂与哈罗德·弗洛姆主编的奠基性著作《生态批评读本：文学生态学的里程碑》给了生态批评一个真正的身份（Estok，1999：1095）。

算不上夸大其词。作为这场学术运动的"领头羊",美国生态批评界在世纪之交掀起了理论与实践的一次重大转型,以生态批评在概念范畴上的"环境"转向为契机,将这个风生水起的批评流派推入了第二波浪潮。[①]

第二波浪潮的一个重要特点便是美国少数族裔生态批评的兴起。如果套用美国生态批评元老谢里尔·格洛特费尔蒂(Cheryll Glotfelty)给生态批评下的定义,所谓美国少数族裔生态批评,即"对美国少数族裔文学与物理环境关系的研究"。[②] 作为生态批评的一个有机组成部分,美国少数族裔生态批评将种族视角引入生态批评(换一个角度来看,将环境视角引入美国少数族裔文学批评),从而将两个世纪的重大问题揽入自己的批评视野,揭示出环境问题与种族乃至阶级、性别、地域、国家等问题的交错缠结与密不可分,拓宽了生态批评的维度与视阈,为生态批评注入了更为厚重的历史和现实意义,为解决"地球环境的可持续性"问题提供更加丰富的思路和可能性。

本书属于美国少数族裔生态批评领域的一种尝试,旨在发掘和探讨美国少数族裔文学中的生态思想。本书关注的重点是由在美国出生或永久定居的少数族裔作家(具有亚裔、黑人、印第安人、西班牙语

① 这是劳伦斯·布依尔于 2004 年提出的观点(布依尔、韦清琦,2004:65—66)。生态批评领域广泛接受这个提法,尽管对于两波浪潮的时间分界线存在异议,如布依尔认为分界线是 1995 年(Buell,2005:1—28),ASLE 前任主席凯思琳·华莱士则把 1999 年 6 月第三届 ASLE 年会的召开视为转折点(Armbruster & Wallace,2001:3)。笔者赞同后者的观点。2009 年,美国生态批评家乔尼·亚当森和斯科特·斯洛维奇作为《多族裔美国文学》(MELUS)夏季特刊的特约编辑合写序言,在布依尔提法的基础上首次使用了"生态批评的第三波浪潮"这一表述(Adamson & Slovic,2009:5—24)。后来,斯洛维奇两次撰文,阐述了提出"生态批评第三波浪潮"的缘由及其所指涉的六种主要动向(Slovic,2010:4—10;2013:1—16)。斯洛维奇这个提法在生态批评领域得到了一定范围的认可,但笔者更赞同布依尔的两分法,因为布依尔所说的"第二波浪潮"和斯洛维奇所说的"第三波浪潮"其实都是生态批评理论与实践发生环境转向的结果,"第三波浪潮"只不过是"第二波浪潮"的扩展与深化,并未涉及概念范畴与批评方法论方面的根本性变化。

② 格洛特费尔蒂给生态批评下的定义简单明了:"对文学与物理环境关系的研究"(Glotfelty,1996:xviii)。

民族的血统和文化背景)① 创作的英语文学作品。在过去大约半个世纪的时间里，美国少数族裔文学依托族裔（文学）研究的学科平台和学理积淀，攀出幽暗无声的历史地底，逐步进入广大读者的视野和心灵，争得了在美国文学史上和美国文学典籍中的一席之地。尤其值得强调的是，美国少数族裔文学不仅致力于再现人与人的关系在种族、阶级、性别、地域、国界等方面的体现，也同样关注人与非人类世界的关系，不仅执着于追寻社会正义，也从未忘记环境正义与社会正义息息相关。如果我们在族裔（文学）研究已经取得的成果基础之上，借鉴和运用生态批评的理论视角与批评方法，便会发现美国少数族裔文学能够提供诸多的洞见和启示，帮助我们多角度地、全面深入地了解生态危机及其根源，吸纳西方主流文化以外的替代性生态思想资源，朝着有助于解决生态危机的方向，从意识形态、社会形态等层面探索人类与非人类世界的正确相处方式。

第一节　美国少数族裔生态批评在美国

诸多学者都已指出，文学批评历来关注文学作品中如何表述、再现自然和环境，"田园诗""地域文学""文学中的动植物意象""文学中的风景地貌"等都是我们熟悉的名目，但长期以来，这种研究处于散兵游勇的状态，既没有统一的名号，规模和影响也有限，难以进入主流，谈不上成气候（Glotfelty，1996：xvi—xvii；Buell，1999b：1090—1092；Estok，1999：1095—1096）。美国学者威廉·吕克特（William Rueckert）于 1978 年首创"生态批评"（ecocriticism）这一术语（71—86），但各方学者拥戴"生态批评"的大旗，掀起一场前

---

① 在实行多元文化主义的当今美国社会里，对黑人的"政治正确"的称呼是"African Americans"，直译即"非洲裔美国人"，对印第安人的"政治正确"的称呼是"Native Americans"，直译即"土著美国人/美国土著"，但我国学界历来以毫无贬义的"美国黑人""美国印第安人"相称，本书在沿用这些传统称谓的同时，也视不同情形采用"美国非裔""美国土著"的译法。美国对西班牙语民族的称呼为"Hispanic American"（美国西语裔）或"Latino/Latina"（美国拉丁裔），一般情况下，这两个称谓可以互换。

所未有的学术运动，却发生在十多年之后：1989 年，美国西部文学研究会倡议以"生态批评"取代之前沿用的"自然写作研究"；1991 年，美国现代语言学会（MLA）将生态批评作为年会议题；1992 年，美国西部文学研究会特别会议宣布成立文学与环境研究学会，总部设在内华达大学里诺分校英语系；1993 年，ASLE 创立会刊《文学与环境跨学科研究》（*ISLE*）；1995 年 6 月，300 余名学者参加 ASLE 第一届年会，同年 7 月，内华达大学里诺分校成立环境艺术与人文中心；1997 年，全国人文学科基金会举办文学与环境夏季学院；1998 年，ASLE 成为 MLA 的附属组织。自此，生态批评完成了第一阶段的体系化、体制化和学科化，在林立的批评流派中站稳了脚跟。

就理论建构与批评实践而言，第一波生态批评的主导者是"研究自然写作及自然诗歌的文学学者，这些作品着眼于非人类世界及其与人的关系。与之相应的是早期的生态批评家的理论假设也比今天简单"（布依尔、韦清琦，2004：65）。具体说来，第一波的生态批评几乎等同于非虚构的自然写作研究，总是绕不开梭罗（Henry David Thoreau，1817—1862）、缪尔（John Muir，1838—1914）、利奥波德（Aldo Leopold，1887—1948）、艾比（Edward Abbey，1927—1989）、卡森（Rachel Carson，1907—1964）等自然写作大家，即便涉及其他体裁的文学作品，这些作品中关于自然的内容必定盖过其他主题。格洛特费尔蒂与弗洛姆主编的《生态批评读本》（*The Ecocriticism Reader: Landmarks in Literary Ecology*，1996）是第一波生态批评的集大成者，或曰奠基之作。该书分为"生态批评理论：对自然与文化的思考""对小说和戏剧的生态批评"和"对环境文学的批评研究"三部分，收集了 1995 年底前 26 篇最重要的生态批评论文，并提供了一份相当详尽的书目，简单介绍其他的重要生态批评专著和论文。在该书的序言里，格洛特费尔蒂参照伊莱恩·肖瓦尔特（Elaine Showalter）的女性主义批评阶段论，将生态批评划分为三个阶段：第一阶段关注对自然的文学再现；第二阶段重新发现和研究长期被忽视的非虚构自然写作，并确认和研究有生态倾向的小说、诗歌和戏剧作品；第三阶段致力于理论建构，研究物种的符号化和文学话语定义人类的方式，批判西方文化中将人类与自然、精神与肉体、男与女截然两分的二元对立思维。从今天来看，格洛特费尔蒂划分的三个阶段彼此之间并无明显的先后顺序，毋宁说突出了第一波生态批评在文本研究和理论建构方面的重点。

对于美国少数族裔文学，第一波生态批评似乎无暇顾及，偶有关注，也几乎集中于印第安文学。布依尔很有影响的专著《环境的想象》（*The Environmental Imagination：Thoreau，Nature Writing，and the Formation of American Culture*，1995）论及印第安环境主义思想和印第安作家莱斯利·马蒙·西尔科（Leslie Marmon Silko，1948—），对于其他少数族裔只提及黑人作家理查德·赖特（Richard Wright，1908—1960），而且断言说黑人"迄今对环境主义使命不够热情"，或许是因为美国黑人文学把乡村描绘成"一个偶发性暴力和奴役的地域"（17）。但早在20世纪90年代初，社会学家巴拉德（Robert D. Bullard，1946—）便已出版著作《美国南部的垃圾倾倒》（*Dumping in Dixie：Race，Class，and Environmental Quality*，1990）和《迎战环境种族主义》（*Confronting Environmental Racism：Voices from the Grassroots*，1993），记述了基层的黑人、印第安人和西语裔社区从民权运动汲取力量，将环境主义运动与社会正义结合起来，争取环境平等和环境正义的斗争经历。《生态批评读本》同样忽视黑人、西语裔和亚裔的存在，只收录了印第安作家葆拉·冈恩·艾伦（Paula Gunn Allen，1939—）的文章《圣环：当代视角》（"The Scared Hoop：A Contemporary Perspective"）和西尔科的《景观、历史与普韦布洛人的想象》（"Landscape，History，and the Pueblo Imagination"），介绍印第安人的土地伦理、自然观和生态思想，戴维·梅泽尔（David Mazel）的论文《作为国内东方主义的美国文学环境主义》（"American Literary Environmentalism as Domestic Orientalism"）也只提及印第安人朴素的生态意识。另有两部专著虽未以生态批评自诩，却是着眼于地形或地方，阐述美国黑人和印第安文学中人与自然的关系：黑人评论家梅尔文·迪克森（Melvin Dixon）的《安全逃出荒野：美国黑人文学中的地形与身份》（*Ride Out the Wilderness：Geography and Identity in Afro-Ameri-*

can Literature，1987）探讨黑人文学传统中对荒野、地下和山巅这三种大地主要形态的想象和再现，展现黑人作家如何创造性地使用空间和地理暗喻，表达个人身份和文化身份的正面内涵；罗伯特·纳尔逊（Robert M. Nelson）的《地方与幻象：美国土著小说中风景地貌的功能》（*Place and Vision：The Function of Landscape in Native American Fiction*，1993）采用后结构主义理论解读西尔科、N. 斯科特·莫马戴（N. Scott Momaday，1934—）和詹姆斯·韦尔奇（James Welch，1940—2003）三部作品中的风景地貌及其所传达的宇宙整体论等印第安思想观念。但耐人寻味的是，这两部开拓性的专著颇受主流生态批评界的冷落，《生态批评读本》对它们只字未提，《环境的想象》也只在"引言"和"尾注"中一笔带过。

很多学者都注意到了少数族裔文学和批评的几近缺席，在他们看来，根本原因在于第一波生态批评研究范式的局限性。在 1994 年 MLA 年会上，保罗·蒂德韦尔（Paul Tidwell）宣读论文《黑色的鲸：近期美国黑人作品中的自然》，指出"生态批评建立在一个过于狭隘的典籍之上，这个典籍建立在一个过于狭隘的自然写作的定义之上……那些继续抵制或拒斥美国黑人的自然概念、认为与己无关的生态批评家，极有可能固化发展中的生态批评话语，使之成为一种维护一个本质主义自然概念的反动种族主义话语"（"The Blackness of the Whale"）。约翰·埃尔德（John Elder）在 1995 年 ASLE 年会上"呼吁参与者主要为白人的荒野运动关注城市的状况，与有色人种进行更加密切的合作，与之密切相关的自然写作也应该采用更有包容性的定义"（Armbruster & Wallace，2001：2—3）。斯文·伯克茨（Sven Birkerts）从文学纯化论者的角度表达了对美国生态批评第一波的质疑，"任何形式的语言运用，如果不是直接导向他们全心关注的自然，生态批评家可能会忽略……大多数生态批评家只关注自然及其保护。整个生态批评运动的纲领因此显得简单，尽管听上去'吱嘎作响'，但有可能成为继续发展的障碍"（1996：6）。他呼吁生态批评应该关注更广泛的"环境"。1997 年 ASLE 年会也听到这样的质问："为什么被自然写作和生态批评认可的美国黑人作家如此之少？"

（Armbruster & Wallace，2001：3）火力最集中、影响最深远的当属
《美国现代语言学会会刊》（*PMLA*）1999 年第 5 期设立的"环境文
学论坛"，刊登的 14 篇来信中有 9 篇指出生态批评存在以自然写作
为中心、以美国文学为中心、以白人作家和批评家为中心的偏颇，
亟待多元化，其中伊丽莎白·多德（Elizabeth Dodd）、威廉·斯莱梅
克（William Slaymaker）、特雷尔·迪克逊（Terrell Dixon）和安德里
亚·帕拉（Andrea Parra）等人的 4 篇来信专门探讨黑人和西语裔等
少数族裔文学的缺席。

到了 1999 年，第一波生态批评的研究范式已然成了众矢之的，
除了排斥少数族裔文学，各方学者对其他形式的"偏狭倾向"也多
诟病："选择性地突出英语作品（尤其是美国作品）、乡村风景地貌、
资源保护主义或自然保护主义传统（忽视其他环境主义主张，尤其是
环境正义运动）、过度回应后结构主义或文化研究的批评模式（忽视
直接的建构性批评模式）。"（Buell，1999b：1091—1092）虽然对一种
新兴的批评流派而言，初期的偏狭有利于凝聚力量，短期内取得突
破，但从长远来看，这往往成为继续发展的瓶颈。生态批评只有超越
初期狭隘的文本视阈和理论框架，建构具有普适性和有效性的新型研
究范式，才会拥有长久的生命力。

1999 年 6 月，第三届 ASLE 年会在卡拉马祖的西密歇根大学举
行。这届年会有两个迹象显示，生态批评的理论和实践向着"超越自
然写作"的方向发生了重大的转变：第一，年会的主题"如何看待
一个被缩减、被贬低的事物？"表明，生态批评关注的焦点已经由人
迹罕至的荒野转向已被人类改变甚至贬谪的自然；第二，年会选举产
生了一个多元文化背景的领导机构，旨在彰显 ASLE 关注不同文化中
的自然与环境思想。（Armbruster & Wallace，2001：4）从今天来看，
这届年会不仅昭示着第二波生态批评的到来，还和前面提到的 *PMLA*
"环境文学论坛"一起，为生态批评研究范式的转型指明了具体的方
向，为少数族裔文学的全面登场和少数族裔生态批评的冒现创造了
条件。

接下来的两三年内涌现出一系列重要的著作，如迈克尔·贝内特

（Michael Bennett）等主编的论文集《城市的自然》（*The Nature of Cities: Ecocriticism and Urban Environments*，1999）、布依尔①的专著《为濒临危险的世界写作》（*Writing for an Endangered World: Literature, Culture, and Environment in the U. S. and Beyond*，2001），以及凯思琳·华莱士（Kathleen R. Wallace）等主编的论文集《超越自然写作》（*Beyond Nature Writing: Expanding the Boundaries of Ecocriticism*，2001），对建构和完善第二波生态批评的研究范式起到了举足轻重的作用。在这些著作的理论框架中，"自然"已经被"环境"取代，前者即便仍被使用，也不再仅仅是荒野的代名词，进而包括"壮观的景色""乡村"和"人为的优美景色"（Barry，2002：248—271）；生态批评关注的对象实则扩展到了世界上所有受到破坏或威胁的自然和城市环境，即便在非自然的社会文化环境中，生态批评仍可以挖掘出文化赋予自然或环境的意义和价值以及两者之间的交互影响。理论框架的扩展直接导致文本视阈的扩展，如 *ISLE* 现任主编斯科特·斯洛维奇所言，生态批评具备了诠释一切文本的能力："没有任何地方的任何一个文本完全抗拒生态批评，完全与绿色批评绝缘"（Slovic，1999b：1102）。《超越自然写作》堪称扩展文本视阈的典范。该书分"重估西方自然观念的根源""挖掘对 19 和 20 世纪作家的生态批评新见"和"跨体裁、跨学科扩展生态批评"三部分，在对乔叟（Geoffrey Chaucer, c. 1342—1400）、弗罗斯特（Robert Frost, 1874—1963）等英美经典作家进行生态解读的同时，也论及美国黑人作家弗雷德里克·道格拉斯（Frederick Douglass, 1818—1895）、托尼·莫里森（Toni Morrison, 1931—）、迈克尔·哈珀（Michael S. Harper, 1938—）作品中的自然观念和生态思索，且跨越文学体裁和学科的分野，探讨电影、网络、科幻小说、诗歌和戏剧中的生态空间。帕特里克·墨菲（Patrick D. Murphy）的《自然取向文学研究之更广阔领

---

① 布依尔在《环境的想象》中便已扩展自然环境的定义，视其为个人和集体地方意识的一个维度。

域》（*Farther Afield in the Study of Nature-Oriented Literature*，2000）① 研究的文本则扩展为包括自然写作（nature writing）、自然文学（nature literature）、环境写作（environmental writing）和环境文学（environmental literature）在内的自然取向的文学（nature-oriented literature），重点关注被第一波生态批评忽视的美国少数族裔文学、女性文学和美国以外（如中美洲、加勒比海地区、南部非洲、西班牙和日本）的作家，并尝试探讨教学法和语言领域的生态批评。

与此同时，关于环境正义理论与实践的重要著作雄辩地证明，生态危机反映并紧贴种族、阶级和性别的分野，生态危机的后果往往被转嫁给少数族裔、穷人和女性，这些边缘化群体所需要的是与争取社会正义相结合的环境主义运动，切实关注环境平等与环境正义是生态批评的当务之急。2000 年，巴拉德的《美国南部的垃圾倾倒》第三版面世。2002 年，乔尼·亚当森（Joni Adamson）等主编的《环境正义读本》（*The Environmental Justice Reader：Politics，Poetics，and Pedagogy*）出版。这部里程碑式的著作分"政治""诗学"和"教学法"三部分探讨地域和全球语境中环境正义问题的社会、经济、政治和文化维度，重点分析种族、性别和阶级不平等的交错缠结。2005 年，杰弗里·迈尔斯（Jeffrey Myers）的《殊途同归的故事：美国文学中的种族、生态与环境正义》（*Converging Stories：Race*，

---

① 按照斯科特·斯洛维奇的观点，帕特里克·墨菲《自然取向文学研究之更广阔领域》中的"重新定义我们的情感"一章，倡导跨越种族、民族文化的界限，把生态批评置于全球化比较研究的框架中，标志着生态批评第三波浪潮的兴起。我国有学者对斯洛维奇的"生态批评第三波浪潮"论做了全面的总结，认为它其实反映了进入新世纪十余年来美、英等国生态批评的新动向；这些动向表明，承担领军角色的美、英等国的生态批评在新世纪正在向深广方向发展，正在走向成熟。具体来说，新世纪美、英等国的生态批评，从视野上来看，进一步拓宽，跨越了种族、民族的界限，跨越了国家和文化的藩篱；从地域上来看，既重视地方生态环境，又重视全球生态环境，因而显得比较辩证；在与性别研究的结合上，生态女性主义越来越关注女性的实际环境经历、体验和女性的实际生存状态，同时还出现了生态男性研究；在动物批评方面，更注重研究的理论深度和系统性；而且生态批评也开始了对自身的反思，尤其是强调该批评要具有理论性和系统性；生态批评更加注重自身的实践意义。（张建国，2013：132—135）在笔者看来，这些动向其实是生态批评第二波浪潮的延续和发展，还不足以构成"第三波浪潮"。

Ecology, and Environmental Justice in American Literature）通过对 19 世纪美国文学的研究，证明白人对自然的毁坏与种族歧视及压迫相互关联，密不可分，指出有必要提倡一种反种族主义的、平等主义的"生态中心论"。

随着第二波生态批评中研究范式的转型，少数族裔文学成为最大的受益者之一。[①] 上述著作虽非少数族裔生态批评专著，但其文本视阈扩展到了包括印第安作家在内的更多的少数族裔作家。《城市的自然》《超越自然写作》和《为濒临危险的世界写作》均解读了黑人作家的作品，《环境正义读本》则对黑人、印第安、西语裔和亚裔作家都有涉及，《殊途同归的故事》论及黑人和印第安作家，《自然取向文学研究之更广阔领域》探讨的对象包括印第安、西语裔和亚裔作家。

最重要的是，专门研究少数族裔文学的生态批评著作和论文集相继出现，有力地推动了少数族裔生态批评的发展和成型。乔尼·亚当森的《美国印第安文学、环境正义与生态批评：中间地带》（*American Indian Literature, Environmental Justice, and Ecocriticism: The Middle Place*, 2001）"属于第一批从种族压迫、阶级压迫、性别压迫和自然压迫等角度研究文学与环境之交集的书，也是第一部从环境正义和生态批评的角度研究印第安文学的书"（封底）。该书的主旨是推动生态批评和环境主义的多元化："对多元文化文学的研究可以提供肥沃的土壤，让一种更好的、文化上更有包容性、政治上更为有效的环境主义和一种更让人满意、理论上更为连贯清晰的生态批评在此扎根。"（50）亚当森在书的开头用一章探讨自然写作大家爱德华·艾比及其代表作《大漠孤行：荒野一季》（*Desert Solitaire: A Season in the Wilderness*, 1968）之后，其他各章分别论及西尔科等五位印第安作家。

① 也有学者沿用第一波生态批评的研究范式，发掘和研究少数族裔自然写作，但成果有限：继《美国自然作家》（*American Nature Writers*, 1996）中出现关于美国黑人和印第安人自然写作的概述性文章之后，自然写作文集《以地球为家》（*At Home on the Earth: Becoming Native to Our Place. A Multicultural Anthology*, 1999）收录了美国黑人、印第安人、西语裔和亚裔的作品。

亚当森从这些作家对自然及人与自然关系的不同文化和文学再现入手，探讨差异背后的原因，不仅揭示出第一波生态批评的盲点，更彰显出印第安文学在挑战美国主流文化、文学和环境主义，促进自然与环境概念多元化、生态批评多元化方面的重要作用。唐奈尔·N.德里斯（Donelle N. Dreese）的《生态批评：环境文学与美国印第安文学中对自我与地方的创造》（Ecocriticism：Creating Self and Place in Environmental and American Indian Literatures，2002）及李·施文宁格（Lee Schweninger）的《聆听大地：美国土著文学中的地貌景观》（Listening to the Land：Native American Literary Responses to the Landscape，2008）同样可圈可点。德里斯借助后殖民和生态批评理论，分析当代美国七位印第安作家、两位白人作家和一位西语裔作家如何通过文本重构地方意识（sense of place）①，以达到摆脱因殖民、种族和性别压迫、环境恶化等导致的错置感，重构自我和身份的目的。《聆听大地》将19世纪末以来的印第安文学与主流社会关于印第安土地伦理的环境史、人类学著作相对照，展示印第安作家对主流话语定见的取舍，强调他们表达各自独特理念的欲望，被誉为"探讨美国印第安作家土地伦理观念的最好著作"（Schweninger，2008：封底）。

德国出版的《修复与自然世界的纽带：美国黑人环境想象论文集》（Restoring the Connection to the Natural World：Essays on the African American Environmental Imagination，2003）是一部专门研究美国黑人文学的生态批评著作，共收录欧洲学者的九篇论文，探讨理查德·赖特等九位黑人作家作品（包括奴隶叙事、长篇小说、短篇小说、科幻作品、论说文等）中的人与自然之关系、环境正义、城市环境等问题。奴隶叙事作为美国黑人文学中特有的体裁，受到了重点关注。这九篇论文有一个共同点，即透过种族、阶级和性别的棱镜分析环境问题，突出美国黑人的独特视角，强调只有改变现行社会权力结构及将其合法化的概念话语，才能建构可持续发展的环境文明。

普里西拉·索利斯·伊巴拉（Priscilla Solis Ybarra）的博士论文

---

① 本书对"sense of place"采用"地方意识"的译法。其他译法还有"地方感"等。

《阿兹特兰的瓦登湖？：1848 年以来美国奇卡诺环境文学史》（*Walden Pond in Aztlán? A Literary History of Chicano/a Environmental Writing since 1848*，2006）试图建构一部美国墨西哥裔环境文学史，并在此基础上指出墨西哥裔环境文学在四个基本问题上挑战和修正了主流生态批评及环境研究：第一，人类如何处理与自然的关系？第二，如何定义自然写作？它对环境思想有何冲击？第三，美国环境文学始于何时？第四，如何说服美国人限制消费？伊巴拉的研究揭示出人与自然的关系及互动存在种族、族裔和阶级的差异，主流环境文化与墨西哥裔环境文化存在"自由"与"节制"的对立。伊巴拉多年来致力于墨西哥裔生态批评，2016 年出版了专著《书写美好生活：美国墨西哥裔文学与环境》（*Writing the Goodlife：Mexican American Literature and the Environment*），从环境角度对美墨战争（1846—1848）结束至 2010 年间的墨西哥裔文学进行了梳理，认为这 100 多年的墨西哥裔文学传达了"简单、生计、尊严、尊重"的"美好生活"价值观（Ybarra，2016：4）。

洛娜·菲茨西蒙斯（Lorna Fitzsimmons）等人主编的论文集《美国亚裔文学与环境》（*Asian American Literature and the Environment*，2015）共收录 10 篇论文，分"环境与劳动""环境与暴力""环境与哲学"三大部分，对美国亚裔文学中的环境话语进行了挖掘、解读和分析，不仅重点探讨了华裔和日裔作家，还论及我们比较陌生的越南裔和柬埔寨裔作家，"再一次扩充了我们对何为自然的认知，同样不可避免地扩充了我们对何为美国和美国人的认知"（Outka，2015：ixx）。日裔学者罗伯特·林（Robert T. Hayashi）2007 年仍在大声疾呼加强对亚裔文学的生态批评，多年后终于等来了这部填补空白的著作（58—75）。

约翰·布莱尔·甘伯（John Blair Gamber）的博士论文《滴流：当代美国少数族裔文学中的废物与污染》（*Trickling Down：Waste and Pollution in Contemporary U. S. Minority Literature*，2006）借助异族通婚与混杂学说以及相关的后殖民主义、后现代主义、现代城市生活和空间理论，分析当代美国四位少数族裔作家（印第安作家两位，西语裔和亚裔各一位）在作品中对城市生活中废物和污染问题的再现和处理。甘伯认为，上述作家力求推广一种对废物和垃圾的新认知：作为人类和其他动物生存的副产品，它们是人类世界不可分割的一部分，同时也是人类肉身存在、城市实乃自然的物质明证，人类既然是自然界的一分子，便有责任视自然界为一个大家园，善待其他的生物和非生物，包括被其遗弃的物和人。甘伯不断修订自己的博士论文，增加了一位黑人作家，并于 2012 年正式出版了《积极污染物与文化毒素：当代美国少数族裔文学中的废物与污染》（*Positive Pollutions and Cultural Toxins: Waste and Contamination in Contemporary U. S. Ethnic Literatures*）。

　　如上所述，自 1999 年至今，在美国国内，不少生态批评家将种族和族裔视角引入生态批评，也有不少少数族裔（文学）研究者有意识地采用环境视角，使得美国少数族裔生态批评处于稳步发展的势头，关于作家作品的众多个案研究之外，出现了一些整体性、系统性甚至跨族裔的比较研究。应该说，格洛特费尔蒂的预言正在成为现实："生态批评一直是以白人为主的运动。等到环境与社会正义问题之间建立更强的联系，等到多种多样的声音都受到鼓励参与讨论，生态批评便会成为多族裔的运动。"（Glotfelty，1996：xxv）

　　但是笔者认为这只是一个良好的开端，无论是文本解读还是理论积淀，美国少数族裔生态批评仍有大片的空白需要填补。首先，美国少数族裔生态批评在生态批评第二波的发展和壮大不言而喻，但似乎仍未摆脱第一波中发展失衡的窠臼。黑人文学虽然受到前所未有的关注，但尚难以撼动印第安文学的独尊地位；对西语裔文学的生态批评起步更晚，公开发表的论文始于 1996 年，到 2006 年数量不过七篇（Ybarra，2006：9），伊巴拉的专著仍是唯一一部公开出版的系统性研究著作；亚裔文学更是门可罗雀，寥寥几篇文章集中于日裔作家，唯一一部论文集《美国亚裔文学与环境》迟至 2015 年才面世。其次，美国少数族裔生态批评要日臻成熟和完善，在生态批评领域内取得一个相对独立的亚学科地位，譬如女性主义批评中的黑人女性主义或第三世界女性主义，就必须在方法论和理论框架的深度与广度上再做扩展，进一步借鉴其他领域——尤其是族裔研究和后殖民研究——的研究成果。

第二节　美国少数族裔生态批评在中国

中国的文学批评界背倚传统文化中深厚的自然哲学底蕴，对生态批评的接受和对话几乎与其在美国的兴起同步。早在 20 世纪 70 年代，中国学术界便开始译介美国环境文学（尤其是自然写作）和生态思想（以生态哲学、生态伦理学为主）：1979 年，中国科学出版社推出卡森《寂静的春天》（*Silent Spring*，1962）的中译本，该书淋漓尽致地揭示了滥用杀虫剂和化学药品造成的生态恶果，一面世即震撼了整个美国社会，掀起了声势浩大、影响波及全世界的环保运动，其政治、社会和文化效应甚至超过了诱发美国南北战争的《汤姆叔叔的小屋》；1982 年，上海译文出版社出版梭罗《瓦尔登湖》（*Walden*，1854）的中译本，这部美国自然写作的翘楚之作以写实的手法描述了作者从文明世界走入自然世界的体验和感受，融科学观察、个人经验、情感反应和心理变化于一体，强调自然的内在价值和精神意义[①]；1983 年，美国学者丹尼斯·米都斯（Dennis Meadows）等执笔的罗马俱乐部报告《增长的极限》（*The Limits to Growth*，1972）中译本由四川人民出版社出版，该书从人口、农业生产、自然资源、工业生产和环境污染等方面阐述了人类发展过程中，尤其是产业革命以来的经济增长模式带给地球和人类的毁灭性灾难，振聋发聩，为后来的环境保护及可持续性发展理论奠定了基础。此后的二三十年里，此类译著逐年增多，如吉林人民出版社 1997 年、1999 年和 2000 年分三批引进的《绿色经典文库》，16 部著作中包括利奥波德的《沙乡年鉴》（*A Sand County Almanac*，1949）、罗尔斯顿（Holmes Rolston，III）的《哲学走向荒野》（*Philosophy Gone Wild*，1986）、麦克基本（Bill McKibben）

---

① 据译者徐迟在"译本序"中所言，1949 年该译本曾在上海出版过第一版，但影响有限。

的《自然的终结》（*The End of Nature*，1989）等十部美国学者和作家的作品。这些译著的出现不仅为中国学术界接受美国生态批评并与之对话准备了条件，也对生态文艺学和生态美学等中国特色学科体系的建立起到了推波助澜的作用。

中国学术界引进"Ecocriticism"这个批评术语，始于《外国文学评论》1999年第4期刊登的动态介绍性短文《文学的生态学批评》，作者司空草采用译名"生态学批评"，对美国生态批评的奠基之作《生态批评读本》和英国生态批评的发轫之作《浪漫主义生态学：华兹华斯和环境传统》（*Romantic Ecology：Wordsworth and the Environ-mental Tradition*，1991）等做了评介，并指出"文学的生态学批评"方兴未艾。2001年6月出版的汉译论文集《新文学史I》首次使用"生态批评"的中文译名，收录的《文化与环境：从奥斯汀到哈代》和《生态批评，文学理论与生态学的真实性》也是国内翻译的首批英美生态批评文献。同年8月，在清华大学外语系与美国耶鲁大学主办的"第三届中美比较文学双边讨论会"期间，中国比较文学学会青年学术委员会召开了"全球化与生态批评"专题研讨会，这是国内举办的第一场以"生态批评"命名的学术会议，其中《关于生态批评》的专题发言介绍了美国生态批评的相关情况。

随着译介作品、学术论文、研究专著和学术研讨会的日益增多，旅行到中国的美国生态批评理念逐渐成为外国文学和比较文学研究领域的显学，与20世纪90年代中期开始发展起来的本土生态文艺学和生态美学撞击、融合，形成不断对话、互补共荣的关系。在这个过程中，各种文学报刊扮演了非常重要的角色。如《世界文学》2003年第3期、2005年第6期、2007年第5期分别刊载"美国生态文学小辑""美国作家爱德华·艾比生态文学作品小辑"和"美国作家雷·卡森作品小辑"；《国外文学》2005年第3期设立了"生态文学研究专辑"；《外国文学研究》2007年第1期、2008年第5期分别开辟"生态文学与生态批评""亚洲生态批评研究"专栏；《外国文学》2008年第4期登载"自然的文化转化与文学"研讨会的10篇发言稿。更值得一提的是，2008年11月8—10日，《外国文学研究》与美国《文学与环境跨学科研究》、中国外国文学学会携手举办"文学与环境"国际学术研讨会；15—17 日，《外国文学》与集美大学外国语学院共同主办"自然与文化"全国学术研讨会。这两场重要会议与 10 月 9—11 日由清华大学外语系和比较文学与文化研究中心联合主办的"超越梭罗：文学对自然的反应"国际研讨会一起，标志着生态批评在中国迎来了第一个高峰。笔者在中国知识资源总库（CNKI）中检索到 1997—2016 年以"生态批评"为关键词的期刊论文、博硕论文、报刊文章、会议论文等研究成果共 3217 篇，其中 1997—2001 年仅 4 篇，为发轫期；2002—2005 年每年都是两位数，呈逐年增长的态势；2006 年开始每年突破 100 篇，之后每年都稳定在三位数；2008 年突破 200 篇，之后每年稳定在 200 篇以上，最高值为 2012 年的 387 篇。以上数据的变化呈现出一个较为清晰的发轫期、增长期、突破期和稳定期的发展过程。①

毋庸置疑，中国的生态批评已经初具规模，而且已经形成的研究热潮在相当长的时间内不会偃旗息鼓，因为人们越来越深切地意识到，21 世纪人类所面临的最紧迫问题之一便是日益加剧的全球性生态危机，加入文学研究中的绿色运动，为生态文明的建设出谋划策，尽绵薄之力，中国学者责无旁贷。但是笔者注意到了一个不容忽视的问题：中国的生态批评界存在着对美国少数族裔文学及其生态思想不够重视的盲点，故而导致国内的美国少数族裔生态批评处于严重滞后和边缘化的状态。

笔者在上述 3217 篇"生态批评"研究成果中继续检索与美国少数族裔生态批评相关的成果，只找到 119 篇②，约占总数的 3.7%，无论是绝对值还是相对值，都不是令人欢欣鼓舞的数字。其中最早的

① 历年的研究成果数目分别为：1997 年，1 篇；2000 年，1 篇；2001 年，2 篇；2002 年，10 篇；2003 年，22 篇；2004 年，40 篇；2005 年，81 篇；2006 年，106 篇；2007 年，160 篇；2008 年，240 篇；2009 年，269 篇；2010，353 篇；2011 年，344 篇；2012 年，387 篇；2013 年，340 篇；2014 年，298 篇；2015 年，337 篇；2016 年，226 篇。

② 历年的研究成果分别为：2005 年，3 篇；2007 年，2 篇；2008 年，4 篇；2009 年，8 篇；2010 年，13 篇；2011 年，23 篇；2012 年，22 篇；2013 年，14 篇；2014 年，6 篇；2015 年，15 篇；2016 年，9 篇。

一篇论文是《读唐奈·德莱斯〈生态批评：环境文学与美国印第安文学中的自我与地域〉》（乔国强，2005：169—170），但发表的时候已经是 2005 年，相对于美国国内的少数族裔生态批评乃至中国的主流生态批评而言，滞后的时间不可谓不长。按族裔细分，119 篇中，黑人占 39 篇，印第安人 35 篇，亚裔 35 篇，西语裔 7 篇，综合性评述 3 篇。很显然，黑人文学、印第安人文学、亚裔文学受到的关注几乎不分伯仲，西语裔文学虽不至于完全被忽视，相比而言算是门庭冷落。按作家细分，黑人作家中托尼·莫里森占 26 篇，艾丽斯·沃克（Alice Walker，1944—）占 8 篇；印第安作家中，露易斯·厄德里奇（Louise Erdrich，1954—）占 12 篇，琳达·霍根（Linda Hogan，1947—）8 篇，西尔科 5 篇，莫马戴 4 篇；亚裔作家中，谭恩美（Amy Tan，1952—）17 篇，卡勒德·胡塞尼（Khaled Hosseini，1965—）6 篇；西语裔生态批评则是桑德拉·希斯内罗斯（Sandra Cisneros，1954—）独霸天下，7 篇中占 6 篇，其中 5 篇写的是《芒果街上的小屋》（*The House on Mango Street*，1984）。由此可见，国内的美国少数族裔生态批评在文本视阈方面非常狭隘，基本上集中于各个族裔文学领域的一两个知名作家，印第安作家稍多，也不过四个，或新近的热点作家，如因《追风筝的人》（*The Kite Runner*，2003）一举成名的阿富汗裔作家卡勒德·胡塞尼。

　　新世纪伊始，中国陆续出现了一些研究美国生态批评或以生态批评视角研究美国文学的专著。① 程虹的《寻归荒野》（2001）和《美国自然文学三十讲》对上至 17 世纪、下至当代的美国自然写作②传统做了系统的梳理和深入的解读，《宁静无价》（2009）则全面介绍

---

　　① 中国学术界，尤其是生态文艺学和生态美学等中国特色学科体系，有不少专著对中国生态批评与美国生态批评进行跨文化的对话与吸纳，但关注点大多在美国主流生态批评，对美国少数族裔生态批评完全不提或者约略提及。限于篇幅，这里不再赘述。

　　② 目前中国学术界对"nature writing"的译法有三种："自然文学""自然书写"和"自然写作"。鉴于在美国生态批评界，"nature writing"只用来指涉以梭罗《瓦尔登湖》为代表的一种非虚构（多为散文或日记）文学文类，笔者倾向于采用"自然写作"的译名，属于汉语中"自然文学"的范畴，后者又隶属于汉语中"环境文学"的范畴。

英美的自然写作和自然文学名家，但三者没有涉及美国少数族裔作家。① 王诺的《欧美生态文学》（2003）从思想资源、发展进程和思想内涵三个方面探究欧美生态文学，《生态与心态——当代欧美文学研究》（2007）揭示了当代欧美文学丰富的生态思想蕴涵及其对人类共通心态的艺术表现，《欧美生态批评——生态文学研究概论》（2008）探讨生态文学研究的哲学基础和各个切入点，试图勾勒出整个欧美生态批评的脉络，三部著作均论及北美印地安生态文学，但篇幅简短；《生态批评与生态思想》（2013）试图系统阐发生态批评及相关的生态思想，只是简略提及美国少数族裔学者的环境正义论著。朱新福的《美国文学中的生态思想研究》（2006）分殖民地时期、浪漫主义时期、现代、后现代和女性作家五个方面深入探讨美国文学中的生态思想，视野开阔，不过只看到一个少数族裔作家，即黑人作家托尼·莫里森。胡志红的《西方生态批评研究》（2006）从比较文学与文化的视角研究西方生态批评理论，属于对生态批评的批评，未顾及美国少数族裔生态批评著作；新著《西方生态批评史》（2015）是对西方生态批评发展历程的系统性梳理和评述，其中有一节谈到"多元文化生态批评"。龙娟的《环境文学研究》（2005）对环境文学的发展历程、时代背景和思想源流做了宏观的考察和论述，对美国少数族裔环境文学约略提及；《美国环境文学：弘扬环境正义的绿色之思》（2010）则属于微观研究，分析的文本涉及美国印第安作家西尔科、西语裔作家安娜·卡斯蒂略（Ana Castillo, 1953—）和黑人作家芭芭拉·尼利（Barbara Neely, 1941—），但仅限于环境正义的主题研究。

　　上述先行者笔耕不辍，随后加入的中国学者又出版了一些美国生

---

　　① 程虹的美国自然文学研究著述等身，她还把约翰·巴勒斯（John Burroughs, 1837—1921）的《醒来的森林》（*Wake-Robin*, 1871）、亨利·贝斯顿（Henry Beston, 1888—1968）的《遥远的房屋》（*The Outermost House*, 1928）、西格德·F. 奥尔森（Sigurd F. Olson, 1899—1982）的《低吟的荒野》（*The Singing Wilderness*, 1956）和特丽·T. 威廉斯（Terry Tempest Williams, 1955—）的《心灵的慰藉》（*Refuge: An Unnatural History of Family and Place*, 1991）翻译成中文，结集为"美国自然文学经典译丛"，2012年由三联书店出版。

态批评专著。① 这些专著的共同特点是美国少数族裔作家或生态批评学者或绝迹其中，或仅留下零零星星的雪地鸿爪。直到 2012 年，我们才迎来了第一部以美国少数族裔作家为研究对象的生态批评专著，即胡妮的《托妮·莫里森小说的空间叙事研究》。这部跨叙事学和生态批评的著述主要探讨莫里森前七部长篇小说中的空间叙事类型、空间意象的叙事功能和空间叙事策略。2013 年涌现出三部美国少数族裔生态批评专著：王冬梅的《性别、种族与自然：艾丽斯·沃克小说中的生态女人主义》、秦苏钰的《当代美国土著小说中的生态思想研究》和蔡俊的《超越生态印第安：路易丝·厄德里克小说研究》。王冬梅的专著选取沃克的《紫色》（The Color Purple，1982）等三部长篇小说为主要研究文本，论述沃克围绕种族、性别和自然三大主题所构建的生态女人主义思想。秦苏钰的专著以西尔科、莫马戴、韦尔奇、霍根、艾伦等当代美国著名土著作家的代表性作品为例，从中发掘出生态整体观、女性生态主义、自然书写、动物伦理、环境正义五个方面的生态思想。蔡俊的专著通过对厄德里奇小说的解读，试图打破当代美国社会，尤其是环境运动和生态批评领域对"印第安文化生态化"的集体想象，强调在探讨印第安人与自然关系时应持更加谨慎的态度。这四部专著给中国的美国少数族裔生态批评带来了一个小高潮，但似乎后续乏力。而且这四部专著被黑人文学和印第安文学瓜分，其中唯一的一部系统性研究专著垂青于美国印第安文学中的生态思想，似乎也并不出人意料。

　　如上所述，在中国国内，美国少数族裔生态批评领域的发展滞后于国内外的主流生态批评，滞后于美国国内的少数族裔生态批评。目前取得的研究成果数量有限，且多为对单个作家或单个作品的零散论

---

　　① 参阅夏光武《美国生态文学》，学林出版社 2009 年版；吴琳《美国生态女性主义批评理论与实践研究》，人民出版社 2011 年版；曾莉《英美文学中的环境主题研究》，中国社会科学出版社 2012 年版；戴桂玉等《生态女性主义视角下主体身份研究：解读美国文学作品中主体身份建构》，中国社会科学出版社 2013 年版；李玲《从荒野描写到毒物描写：美国环境文学的两个维度》，北京理工大学出版社 2013 年版；薛小惠《美国生态文学批评研究》，北京大学出版社 2013 年版；华媛媛《美国生态女性主义文学批评研究》，人民文学出版社 2014 年版等。

述，系统性或整体性的研究极少，跨族裔的对比性研究更是无处可寻。另外，就作家、作品受到的关注而言，美国黑人、印第安人、亚裔和西语裔四大少数族裔之间存在失衡的情形，针对印第安作家的生态批评无论在广度还是深度上都处于领先地位，黑人与之旗鼓相当，但系统性研究欠缺，亚裔占据了第三位，不可否认可能受益于地理和文化上的亲缘关系，而西语裔几乎可以忽略不计。同一族裔的作家之间也存在厚此薄彼的迹象，印第安作家中，路易斯·厄德里奇最受青睐，领衔黑人作家的则是托尼·莫里森，谭恩美受到的关注远远超过其他亚裔作家，而桑德拉·西斯内罗斯几乎成了西语裔作家的全权代表。

如果说美国国内的少数族裔生态批评已经取得了实质性的成果，那么中国学者的脚步才刚迈入生态批评第二波浪潮的时空。从文本视阈来看，中国学者对美国同行似乎亦步亦趋，故而两国的美国少数族裔生态批评呈现出同样的族裔间发展失衡的现象；而且，中国学者获得的少数族裔文本信息似乎更多地缘自美国主流生态批评界的著作，而非少数族裔生态批评专著，故而显得支离破碎、不成体系，更谈不上建构完整的各少数族裔环境文学典籍。从理论建构来看，中国学者在向美国同行取经的同时，善于借鉴本土的生态文艺学和生态美学理论，从而能够从文本中发掘出更深一层的思想内涵和美学意蕴，但中国学者的"西天取经"大多停留在美国生态批评第一波的时空，尚未克服一味强调"乡村风景地貌"和"资源保护主义或自然保护主义传统"的偏狭倾向，鲜有专门探讨城市环境和环境正义的理论著作，只是在晚近出版的一些著作中，用不多的篇幅论及这两个主题。如王诺的博士论文《欧美生态批评研究》第三章第一节专门探讨"北美印第安人生态文学研究"，发掘出印第安人生态文学体现出的"共生交融观""生态整体观""生态平衡观与生态责任观""感恩观和敬畏观"，唯独遗漏了饱受殖民主义和种族压迫之害的印第安人的环境正义观；直到五年后，这个缺憾才在专著《生态批评与生态思想》中用"环境正义与生态正义"一节弥补，但也只是约略提到《环境正义读本》和《迎战环境种族主义》等美国少数族裔生态批评专著。龙娟的专著《美国环境文学：弘扬环境正义的绿色之思》是一种具有开拓意义的努力，但她把研究重点放在"人与自然之间的环境正义"，而不是大多数少数族裔作家所关注的"人与人之间的环境正义"，这直接导致她的文本视阈中只有四部少数族裔作品。

中国生态批评界对美国少数族裔生态批评的边缘化，不可否认，也与中国的美国少数族裔文学研究的总体进展不无关系。就研究范畴而言，美国少数族裔生态批评既属于生态批评，又属于美国少数族裔文学研究，后者的文本视阈与研究范式会对前者产生直接的影响。中国的美国少数族裔文学研究始于20世纪80年代，取得了不错的成绩，但研究成果多集中于美国黑人文学和华裔文学，对美国印第安文学的研究启动较晚，好在近些年发展势头迅猛，对美国西语裔文学的研究则局限于个别作家、作品的评介，目前仍徘徊于初始阶段。这种不平衡的研究现状从世纪之交中国出版的美国文学史研究成果便可看出端倪：董衡巽先生主编的《美国文学简史》修订本（2003）、南京大学诸多学者合作的《新编美国文学史》（1999—2002）、杨仁敬教授的《20世纪美国文学史》（1999）和常耀信教授的《美国文学简史》第二版（2003）均有讨论黑人文学和华裔文学的章节，论及印第安文学的只有《新编美国文学史》和董衡巽版《美国文学简史》，而涉足西语裔文学的只有常耀信版《美国文学简史》。另外，即便在研究较为深入的美国黑人文学和华裔文学领域，也存在集中关注名家名著、忽视其他作家作品的偏颇，如华裔作家研究以汤亭亭（Maxine Hong Kingston，1940—）和谭恩美为主，黑人作家中托尼·莫里森与艾丽斯·沃克最受瞩目。长此以往，势必造成"一叶障目，不见森林"的后果。再者，中国的美国少数族裔文学研究发展到今天，尚未完全克服研究范式单一重复的缺憾。中国学者往往从美国少数族裔作为美国社会边缘群体这一族裔身份出发，探究其文学文本中的族裔政治和社会正义，没有意识到很多少数族裔作家在献身族裔平等运动的同时还有其他的追求（包括关注环境问题），因而很少引入生态批评视角和其他批评方法。比如中国的美国华裔文学研究领域的"唯文化批评"曾受到质疑（孙胜忠，2007：82—88；蒲若茜，2006：78—

81）。毫无疑问，美国少数族裔文学研究在中国的现状或多或少地会影响到美国少数族裔生态批评在中国的现状，前者的均衡和充分发展自然会促进后者的均衡和充分发展，反之亦然。当然，这两个领域要在中国获得进一步的发展，还需逐渐摆脱外国文学研究和教学中的"唯西方正典"意识，这里不再赘述。

第三节　美国少数族裔文学中的生态思想研究：研究意义与主要内容

综上所述，美国国内的少数族裔生态批评已经取得了实质性的成果，中国学者也已步入生态批评第二波浪潮的时空。国内外的生态批评（包括美国少数族裔生态批评）领域虽然都存在发展不平衡的问题，但可喜的是都取得了一定的进步，而且未来的发展势头良好。不过笔者必须强调的是，这只是一个良好的开端，无论是文本解读还是理论积淀，美国少数族裔生态批评乃至更广意义上的生态批评仍有大片的空白需要填补。本书将美国亚裔、印第安人、黑人和西语裔四大少数族裔文学同时作为研究对象，全面发掘其中蕴含的生态思想，这是国内学界尚未尝试过的研究路径。研究架构和主体内容的确定着眼于国内相关研究的薄弱之处，这样的研究路径虽然难度很大，但极具挑战，希望在求得自身突破的同时，也能够在一定程度上弥补国内学界的研究空白。

为了做到对美国少数族裔文学中生态思想的发掘既有一定的广度又有一定的深度，本书对整个研究架构做了精心的设计，尽可能使研究思路和方法运用科学合理、切实可行。本书在对美国生态批评第一波和第二波浪潮进行历时梳理的过程中，提取出"环境"这个与美国少数族裔生态批评息息相关的基础性概念范畴，并在批判继承现有相关研究的基础上，超越自然写作的范畴，从小说、诗歌、戏剧、非虚构作品中挑选出"显性环境文本"和"隐性环境文本"，建构美国少数族裔"环境文本库"，从中选取各个族裔最有代表性的作家和作品，以"环境"为轴心构建全书，向"环境与地方""环境与种族"

"环境与阶级""环境与性别""环境与国界"等维度辐射发散，力求做到思想综述与作品分析相呼应，理论运用与文本细读相结合，点、线、面兼顾，宏观综合与微观分析平衡有度，从而尽可能全面深入地发掘出美国少数族裔文学中的生态思想。

本书的研究重点在于：第一，检视自然观、人与自然之关系、城市与自然之关系、文化与自然之关系等诸多方面的种族、族裔、阶级、性别、地域和文化差异，强调"环境"这一个概念范畴的合理性和普适性；第二，发掘少数族裔文学和文化中有建设性与启迪意义的替代性环境思想资源；第三，揭示美国历史上殖民行径、"内部殖民"、族裔文化形成过程、劳工组织、妇女解放运动以及现阶段的经济全球化、资本全球流动等因素对少数族裔造成的环境非正义、种族歧视、阶级压迫等问题，探讨社会、政治、经济和意识形态等因素如何合谋，向少数族裔、劳工阶层、妇女儿童等弱势群体转嫁环境毒害和资源匮乏的后果；第四，面对美国主流文化的生态帝国主义，美国少数族裔等弱势群体和第三世界国家采取了何种文化和政治抵抗策略，取得了何种实际效果？

本书作为生态批评的一种尝试，旨在为实现生态批评的终极使命——反思人类文化、重建生态文明——出一分力。人类社会从有限利用自然的农耕文明时代发展到企图控制自然的工业文明时代，如今已经将地球推入前所未有的生态危机之中。生态批评（作为一种规模性的文学批评思潮，而不仅仅是早已存在的朴素的生态批评）便是在这个大背景下产生的，是人类对防止和减轻环境灾难的迫切需要在思想文化领域里的表现。生态批评致力于从生态的角度来透视文学和语言，目的就是通过文学来审视、反思和批判人类文化，探讨人类的思想、文化和社会发展模式如何影响人类对待自然的态度和行为，以期培养人类的环保意识、生态意识和生态智慧，推进地球的生态平衡、人类社会的可持续性发展和长治久安。生态批评发展到现阶段，基本上致力于"通过文学来重审人类文化，进行文化批判，探索人类思想、文化、社会发展模式如何影响甚至决定人类对自然的态度和行为，如何导致环境的恶化和生态的危机"（朱新福，2003：139）。具体说来，在包括文学文本在内的一切文本中系统地梳理西方传统文化中人与自然的二元对立和人类中心主义思想，在批判的同时进行颠覆和拆解，这是生态批评目前取得的最大成就。但生态批评要实现其终极使命，不能光"破"，还必须"立"，在"破"的同时要寻求"立"，要在继承前人生态思想成就的基础上，解决前人未能解决的重大思想问题，进而建立新的生态哲学体系和人类活动模式，这一体系和模式必须重新确立人与自然的关系和人对待自然的基本伦理准则，必须解决发展与生存、科技进步与生态灾难的矛盾问题，必须是"非二元对立的、基于经验的、强调事物关联性的，必须能够界定和指导复杂的、相互依赖的地球生物大家庭里人的意识和行动"（Westling，1999：1103）。在这一方面，美国少数族裔生态批评能够发挥不可替代甚至是举足轻重的作用。事实上，将种族、族裔和文化视角引入生态批评，将生态视角引入美国少数族裔文学批评，注重发掘非西方民族的文学和文化中针对自然、环境、人与自然之关系等方面的观点和观念，吸取养分，弥补西方主流文化的缺陷，推进不同文化的融合，创造出崭新的生态哲学体系和人类活动模式，正是生态批评"立"起来的必经道路。就这一点而言，西方主流文化已经意识到了自身的局限，开始向包括美国少数族裔文化在内的其他文化和古代东方文明寻求替代性的生态思想资源。这也是美国国内少数族裔生态批评能够在生态批评第二波取得较大发展的原因之一。

王诺在谈到中国生态批评未来的发展时，强调的第一点便是"深入全面地研究国外生态思想，除西方文明古往今来的生态思想之外，还要研究古希伯莱、古印度以及北美印第安人、大洋洲土著和非洲土著文化的生态思想，丰富生态批评的思想话语，从生态思想的各个层面对文学展开研究和评论"（2007a：171）。这也是发展和深化美国少数族裔生态批评的使命和意义之所在。我们不妨以"美国少数族裔"或"北美少数民族"置换"北美印第安人"，积极参与美国少数族裔生态批评；也不妨参考和借鉴美国国内少数族裔生态批评的尝试与成果，从中国悠久的文学和文化传统中发掘出更丰富、更有启迪性的生态智慧，帮助普通大众牢固树立环境保护意识和生态文明观念；同时加强对西方主流文化以外生态思想资源的发掘和了解，从更多的维度和层面认识到生态危机的复杂性和多重性，从而为我们辨析生态危机的症结、找到疏解生态危机的良策，提供更加丰富和切实可行的思路和办法，为促进我国和全球性的生态文明建设尽绵薄之力。

再者，美国少数族裔文学中的生态思想也适用于探究全球化时代第一世界与第三世界国家在环境问题上的纠葛与冲突。如斯皮瓦克（Gayatri C. Spivak）所言，动辄挞伐第三世界环境问题的发达国家恰恰是引发这些问题的罪魁祸首：发达国家往往为了自身的利益和发展，把生态危机的后果转嫁给第三世界国家，而后又以环境保护的名义指责后者，甚至干预后者对资源的开发和利用，在一定程度上剥夺了第三世界人民的基本生存权、发展权和自决权（1999：380）。我国学者龙娟也指出，人与人之间的环境正义包括代内环境正义和代际环境正义，前者可以按空间维度细分为国家与国家之间、地域与地域之间、社区与社区之间、乡村与城市之间的环境正义，还可以从种族、性别和阶级差异的维度，指代强势群体与弱势群体之间的环境正义（2008：149）。鉴于国家与国家之间的环境正义在很多方面类似于一国之内强势群体与弱势群体之间的环境正义（比如都有可能牵涉到种族主义因素），因此美国少数族裔生态批评可以为中国等第三世界国家的学者提供有益的洞见和启示，促进世界范围内的环境正义。事实上，美国生态批评第二波的里程碑著作《环境正义读本》已对全球语境中环境正义问题的社会、经济、政治和文化维度做了探讨。我们不妨加以借鉴，考察中国环境问题的国际性环境正义层面以及国内的代内与代际环境正义层面。

从学科建设与发展的层面来讲，本书也具有现实针对性。当下国内的生态批评需要把握美国生态批评的历史和现状，需要参考美国少数族裔生态批评的实践和成果，达到"他山之石，可以攻玉"的目的；而国内的美国少数族裔文学研究也需要破除理论与实践的窠臼，拓展批评的路径和方法，从而推动美国文学与文化研究的学科建设。本书重点研究美国少数族裔文学中的生态思想，同时属于生态批评和美国少数族裔文学研究的范畴，对于弥补国内外生态批评和美国少数族裔文学批评的缺憾和不足、促进两者的深化发展，能够起到积极的作用，进而对国内外的美国文学与文化研究做出应有的贡献。

笔者多年专攻美国少数族裔文学研究，深知美国少数族裔文学素以抵制和批判美国主流文化为己任之一，断然不会遗漏主流文化中涉及人与自然、人与环境关系的部分；另外，主流生态批评界已经注意到美国印第安文学中蕴含着美国主流文化亟需的生态思想，黑人、亚裔和西语裔的文化传统也是脱胎于农耕文明，尚未被西方工业文明彻底浸染，三者也不缺乏建设性的生态思想，只是尚待发掘。从这两点出发，便可判定美国少数族裔文学中的生态思想完全支持生态批评实现"破旧"和"立新"的宗旨与使命，是一个值得全面审视和深入研究的课题。在我国，党的十七大报告早已明确提出建设生态文明的国策；在国际上，有关历届联合国气候变化大会的新闻报道让我们越来越清晰地意识到国家间在环境问题上的不平等和政治角力。本书直接面对令我们饱受困扰的环境问题和生态危机，本着拿来主义的态度，从美国少数族裔文学中蕴含的生态思想资源中汲取养分，服务于我国当下和未来的生态文明建设，具有不容忽视的现实意义。

本书除引言和结语之外，主要内容分为六章。

第一章"美国少数族裔生态思想的文学载体：环境文本"分为"从'自然'到'环境'：种族、阶级与性别差异""文本视阈的扩容：显性环境文本与隐性环境文本"和"隐性环境文本的建构与解读：以谭恩美作品为例"三节。本章试图从种族和阶级以及性别的角度厘清美国生态批评的"自然"和"自然写作"概念，以及与其相对应的适用性更广的"环境"和"环境文学"概念，进而指出"环境文本"的概念最有助于发掘出美国少数族裔文学中的生态思想。在对环境文本这一概念范畴进行澄清和重新界定之后，根据笔者和生态批评领域诸多同仁的阅读体验，本书将尝试建构一个"美国少数族裔环境文本库"，目的在于让读者对美国少数族裔生态批评和本书所做研究的文本视阈有一个直观的了解和认识。美国华裔作家谭恩美的作品大多以非自然世界为主题，不是以环境为主题或要素，属于本书所定义的隐性环境文本。有鉴于此，本章将以她的代表作《喜福会》

与《接骨师之女》为例，分别展示她如何借助叙事手法建构隐性环境文本，又如何在隐性环境文本中表达她的生态思想，以达到窥一斑而见全豹的效果，帮助读者深入阅读和解析美国少数族裔文学中为数众多的隐性环境文本。只要我们摒弃狭隘的"自然"概念，不再局限于狭隘的"自然写作"，便会发现与美国印第安文学一样，黑人文学、亚裔文学和西语裔文学中也蕴含着丰富的生态思想，它们或彰显于外，或隐含其中，亟待发掘和探索。

　　第二章"环境与地方维度的生态思想"主要从环境与地方的维度探究美国少数族裔文学中的生态思想。第一节"人类经验透视中的地方和禅宗与泛灵论观照下的地方"指出美国少数族裔的个人和集体经历中，物理意义上的移民与迁居、政治意义上的失地与失所、心理意义上的失根与寻根，完全可以转化为与地方、人地关系、人与自然或环境的关系、人在地方的身份、地方与文化差异等主题密切相关的文学再现和理论剖析，因而也为探究环境与地方维度的生态思想提供了丰富的土壤。若论当今世界对生态批评的地方理论最具影响的学者，非美国华裔学者段义孚和美国白人诗人、环境运动活动家加里·斯奈德莫属。段义孚提出了经验透视中的地方思想，而斯奈德虽非少数族裔，他的地方思想主体源自禅宗和泛灵论等少数族裔传统文化。本节将总结两者地方思想的哲学基础、地方概念和核心要素等，对比分析他们的共同点与差异，以求丰富我们对"地方"概念与内涵的理解，加强我们对美国少数族裔地方思想的整体把握。第二节"《支那崽》中的地方意识与精神家园"和第三节"《典仪》中的地方意识与创伤治愈"聚焦美国华裔作家李健孙的长篇小说《支那崽》和印第安作家西尔科的长篇小说《典仪》。对《支那崽》的解读以地方作为切入点，聚焦于主人公丁凯的地方意识，重点分析他与中央大道、锅柄街区、唐人街、库狄车行、油水街区等多个地方的精神关联和亲情依恋，凸显地方意识对主人公找回亲情、重构阳刚气质、构建和谐生活的重要意义。而对《典仪》的解读表明，作者西尔科在创作过程中，表现出了浓厚的生态情怀，不仅将印第安生态整体主义思想融入对自然及非自然地方的描写中以突出地方的生态特征与内涵，而且还把对自然景观的描写贯穿于主人公接受典仪治疗前后的旅途中，强调人物对自然环境不断深化的情感体验，展现他从最初的无地方意识到地方意识被逐步被唤醒的全过程，以此彰显地方，尤其是具有生态内涵的地方对治愈精神创伤的重要性。

第三章"环境与种族维度的生态思想"试图发掘美国少数族裔文学中环境与种族维度的生态思想。第一节"环境种族主义与《环境正义原则》"介绍美国环境正义运动两位领导人本杰明·查维斯和罗伯特·D.巴拉德的环境种族主义和环境正义思想。查维斯是著名的黑人民权领袖，他的生态思想主要体现在由他指导完成的《美国的有毒废弃物与种族：关于有害废弃物处理点所在社区的种族和社会经济特征的全国报告》中。这是美国历史上第一份产生全国性影响的全面的环境种族主义调查报告。该报告用雄辩的事实证明，种族实际上一直是影响美国有害废弃物处理设施分布的因素。巴拉德是社会学教授，著述甚多，其中《美国南部的废弃物倾倒》是对《美国的有毒废弃物与种族》的呼应和补充，而《迎战环境种族主义》则揭露了更多的环境种族主义现象，如铅污染、杀虫剂、石油化工企业等环境污染因素对少数族裔社区的超常影响，并且记述了基层的黑人、印第安人和西语裔社区从民权运动汲取力量，将环境主义运动与社会正义结合起来，争取环境平等和环境正义的斗争经历。两部著作都在20世纪90年代初环境正义运动取得实质性进展的过程中发挥了重要的作用。查维斯和巴拉德协力促成的美国第一届有色人种环境领导人峰会通过了影响深远的十七条《环境正义原则》，它是美国少数族裔生态思想的重要表述，也是少数族裔环境运动里程碑似的阶段性总结。《环境正义原则》涵括美国少数族裔关注的人与自然之间的环境正义及人与人之间的环境正义，涉及生态整体主义思想、土地伦理和资源利用的可持续性理论、生态重建和有节制的消费模式等思想，并揭示了以政府和跨国公司为主体实施的环境非正义行为，包括战争和殖民，表达了美国少数族裔强烈要求享有平等环境权益的心声，并提出了反污染、自决权、教育启蒙等方面的具体措施和建议。第二节"《清洁工布兰奇》中的铅中毒与《莫娜在应许之地》中的种族融合空间"分析美国黑人作家芭芭拉·尼利的长篇小说《清洁工布兰奇》和美国华裔作家任璧莲的长篇小说《莫娜在应许之地》。《清洁工布兰奇》中探讨了环境种族主义的两种体现，一是城市社区的规划存在种族分野，白人社区与黑人社区的环境质量形成鲜明的对比；二是白人社区向黑人社区转嫁环境污染的危害，向黑人社区倾倒有毒垃圾，加重了黑人社区质量低劣住房内本已存在的铅污染，导致不少黑人孩子铅中毒。前者，即社区隔离问题，其实是"种族空间化"的体现，是一种隐性的环境种族主义。尼利对社区隔离问题似乎没有大做文章，而这个主题却贯穿了任璧莲的《莫娜在应许之地》。两位作家都认识到种族空间化和隐性的种族隔离现象的存在，并且相信个人和集体层面的社会行动能够带来一定程度的改变，最起码能逐步唤醒人们的意识，逐步达到社会层面的"意识觉醒"，而这是环境种族主义和更广范围内的种族主义最终得以消除的必经之路。第三节"《爱药》中的印第安保留地与部落自我"解读美国印第安作家路易斯·厄德里奇的长篇小说《爱药》。《爱药》揭示了齐佩瓦部落个体化、资本化、城市化和美国化的进程，以及这一进程对整个印第安部落造成的残酷破坏和对个人造成的毁灭性的身心创痛。在部落文化里，土地联结着一个社区的神话起源、历史、现实和未来。因此，对印第安人来说，失去了土地就等于失去了民族历史和部落精神，无异于灭顶之灾。修补已经遭到破坏的对过去、土地和信仰的意识，建立与历史、社区和精神世界的联系，找到一个超越个人的自我，是弥合创伤、恢复身心健康的必经途径。厄德里奇所推崇的部落自我，其实是印第安生态整体论中的自我，即个人作为"人、地方、历史、动植物、幽灵和神灵之间相互应和的大家庭"中的一员而存在。

第四章"环境与阶级维度的生态思想"以环境与阶级的关系为切入点，挖掘美国少数族裔文学中的生态思想。第一节"美国少数族裔廉价劳动力与杀虫剂"依托美国移民史和劳工史，聚焦美国华裔作家汤亭亭以家族成员的移民经历为蓝本创作的半虚构作品《中国佬》以及墨西哥裔劳工领袖恺撒·查维斯的工会运动经历，指出资本主义的经济逻辑把美国少数族裔定义为廉价劳动力，这个定位与种族主义结盟，将少数族裔劳工困于社会经济体系的最底层，无法摆脱种族歧视、经济剥削、政治压迫、文化殖民、环境非正义的重重包围。虽然少数族裔劳工群体对美国环境的变迁和经济的发展做出了配得上浓墨重彩的贡献，但主流环境书写却刻意让其隐形。汤亭亭是用手中的笔为华人劳工争取平等权利的文字斗士，把包括华人劳工在内的所有少数族裔——不论种族、阶级、性别和祖先的国度——写入全体美国人的意识，最终目的是实现种族、性别、阶级、文化平等的大同理想。查维斯则是善用工会组织为墨西哥裔和其他少数族裔农业工人谋求公平正义的行动斗士。他的斗争领域既包括社会正义，也包括环境正义，如滥用杀虫剂的问题。第二节"《骨》中的华裔劳工与旧金山唐人街"和第三节"《在耶稣的脚下》中的西语裔劳工与加州葡萄园"着眼于美国少数族裔劳工的工作场所和生活场所，探讨唐人街和葡萄园这两个被阶级、种族、性别和国家等因素形塑的典型空间。美国华裔作家伍慧明有一种明显的"唐人街华工情结"，她的长篇小说《骨》把唐人街再现为一个贫穷的华人劳工阶层和初来乍到的华人移民聚居的城市空间，它的建筑空间及其承载的文化空间体现出典型的阶级和族裔特性。空间的划分和安排充分体现出华人移民对空间的最大化利用，显示了强大的空间生产力，但若是作为一个生态系统整体来进行观照的话，唐人街却失去了平衡和美感，虽然满足了底层华人移民对物质财富的追求，却缺少了与自然的联系和空间生态的和谐。空间除了是唐人街实体建筑的基础之外，它还承载着华人移民的独特文化。在两种文化空间夹击之下如何取得平衡，便成了唐人街居民必须面对的挑战；应对不周便会造成精神创伤、身份迷失和生活失衡。而要摆脱这些不良后果，重建精神家园，寻回文化身份，构建和谐生活，需要诉诸地方意识的召唤与重构，在五个维度上重塑人地关系。这也是伍慧明在《骨》中赋予唐人街的生态内涵。美国西语裔作家海伦娜·玛丽娅·维拉蒙特斯的长篇小说《在耶稣的脚下》则关注墨西哥裔农业季节工在葡萄园里遭遇的杀虫剂中毒事件。之所以会发生滥用杀虫剂这种违背人与自然之间、人与人之间环境正义原则的现象，是因为科技的进步和现代启蒙主义思想把自然工具化，以改善人类生活和进步的名义服务于利润的积累。资本主义的发展和殖民主义的历程更是加剧了这种对自然的不符合伦理的利用，连带少数族裔、穷人、女性等弱势群体和发展中国家也成了被工具化的"他者"。维拉蒙特斯就如何迫使资本主义经济体系尊重和体现劳工的价值，纠正施加于他们的社会非正义和环境非正义，提出了自己的观点：以积极争取、勇敢反抗、寻求改变的精神和态度面对，总能找到有效的反抗途径。

第五章"环境与性别维度的生态思想"中，第一节"生态女性主义与性别环境正义"是对生态女性主义批评和性别环境正义思想的综合性概述，指出生态女性主义尽管流派众多，但始终存在一些通用的基本理论预设和共同的理想追求。性别环境非正义揭露的是环境危害在男女两性之间的不平等分布。无论是生态女性主义还是（性别）环境正义，都以整体主义的、开放的视野关注一切遭受压迫和剥削的群体，包括少数族裔、有色人种、劳工阶层等，深入研究性别歧视、种族主义、阶级压迫等现象的内在联系，呼吁女性与自然及其他受压迫的群体建立联盟，终结人类对自然的征服与统治，使其重返与自然的和谐。第二节"《保佑我，乌尔蒂玛》生态整体观中的性别盲区与《芒果街上的小屋》中的女性新空间"对美国墨西哥裔男（奇卡诺）作家鲁道福·安纳亚的代表作《保佑我，乌尔蒂玛》和女（奇卡纳）作家桑德拉·西斯内罗斯的代表作《芒果街上的小屋》进行对比研究，指出两者对二元对立思维模式和逻各斯中心主义的批判存在差异。在《保佑我，乌尔蒂玛》中，安纳亚所推崇的生态整体论思想并未惠及笔下的女性人物。尽管我们不能把小说的叙述者与安纳亚本人等同起来，但作为作者，安纳亚没有站在一定的高度，批判地看待性别文化，对叙述者的立场提出质疑，这是他的不足之处。西斯内罗斯在清算和重构墨西哥裔女性原型方面则相当彻底。《芒果街上的小屋》中，埃斯佩兰萨不仅拒绝接受父权制对女性的定义和期待，而且摈弃了男性中心话语的本质主义和二元对立思维模式，拒绝给自我一个明确的、恒定的定义，而且反其道而行之，听任天性的自由发展，激发内心的各种可能性，开辟女性生存的新空间，获得完整的生命体验。第三节"《紫色》中的双性同体与《接骨师之女》中的大爱"细读美国黑人女作家艾丽斯·沃克的代表作《紫色》和华裔作家谭恩美的《接骨师之女》。通过西丽的经历个案，沃克提出了她对人类社会最终解决性别歧视和男女关系问题的憧憬与设想，即双性同体。谭恩美的《接骨师之女》巧妙展现出女性与自然的内在联系以及两者所受压迫的共性，强有力地鞭挞了人类中心主义、男性中心主义、种族中心主义和西方中心主义思维模式，表达出对女性从自然汲取力量、与自然及男性携手共创美好未来的憧憬。

第六章主要探讨美国少数族裔文学中环境与国界维度的生态思想。第一节"环境殖民主义与生态帝国主义"介绍主要的理论著作及其对跨国界环境非正义现象的认知和解析，涉及的学者有本杰明·查维斯、罗伯特·D. 巴拉德、阿尔弗雷德·W. 克罗斯比、格雷厄姆·哈根、海伦·蒂芬、瓦尔·普鲁姆伍德、阿朱恩·阿帕杜莱等。这些学者所探究的环境殖民主义和生态帝国主义，都属于全球性的环境非正义，具体表现形式有发达国家对发展中国家自然资源、劳动力和市场的新殖民主义剥削，或向发展中国家转移有毒废弃物和资源高消耗性工业、污染性工业等。跨国界的环境非正义体现出全球语境中环境问题与种族意识形态、权力的不平等分配和经济力量之间的紧密关联，其哲学根源是"霸权中心主义"。第二节"《我的食肉之年》中的乙烯雌酚"以美国日裔作家露丝·尾关的长篇小说《我的食肉之年》为解析文本。尾关聚焦全球化时代美国养牛业违法使用乙烯雌酚却将危害转嫁给其他国家和美国社会弱势群体的环境非正义现象，揭示出资本跨国界的流动暴力是资本主义体系的一部分，从环境和生理方面对人类、非人类动物和自然造成了巨大的伤害。尾关批判资本主义体系的利润赚取逻辑和对他者的环境非正义，使我们认识到全球性生态暴力是一种新型的环境新殖民主义，其思想根源是旧式殖民文化和美国主流文化中深受白人至上主义进步主义意识形态浸淫的思维方式和价值观。第三节"《拯救世界》中的世纪绝症"探讨美国西语裔作家朱莉娅·阿尔瓦雷斯的长篇小说《拯救世界》。阿尔瓦雷斯将历史与现实并置，揭露出历史上孤儿成为天花病毒活体携带者、如今穷人作为艾滋病药物试验者等跨国界环境非正义现象之所以循环往复，根源在于社会不公平的根深蒂固。拯救世界虽然很难，但意识启蒙和行动主义会给我们带来希望。

　　本书的"结语"部分借用保罗·克鲁岑的"人类世"概念，再次强调生态批评的必要性和紧迫性以及本书的现实意义。在对主要内容和观点进行总结之后，本书亦进行了自我评估，指出了本项研究的不足，并提出了今后持续性研究中的改进和加强之处。

第一章　美国少数族裔生态思想的
文学载体：环境文本

　　美国少数族裔生态批评作为美国生态批评的有机组成部分，在第一波浪潮中几乎难觅踪影。在受到关注的极少数情况下，印第安文学仿佛成了少数族裔文学的唯一代表。在 *PMLA* 1999 年第 5 期设立的"环境文学论坛"上，美国学者伊丽莎白·多德重点分析了美国黑人文学缺席生态批评第一波的原因：其一，自然写作对很多黑人作家没有吸引力，作为一个在政治、经济和社会方面被边缘化的群体成员，黑人作家对社会地位的关注远远强于自然环境，即便托尼·莫里森和迈克尔·哈珀的作品同时涉及两个主题，前者往往比后者明显得多；其二，学术界对黑人文学有一种刻板印象，认为社会领域几乎是其关注的唯一对象。多德认为后者是主要原因，建议生态批评家深入辨析黑人文学作品中"隐含的（常常是微妙的）对待非人类自然的态度"（Dodd，1999：1095）。威廉·斯莱梅克不仅指出黑人文学中"隐含"着环境意识和生态思想，还强调黑人自然写作并非一片空白，只是功成名就的黑人作家、批评家大多经历过种族解放和民权运动的血雨腥风，视自然写作和生态批评为有钱有闲者的玩物，横加抵制，好在新一代乐于接受新鲜事物（Slaymaker，1999：1101）。特雷尔·迪克逊和安德里亚·帕拉则成了西语裔文学的代言人。迪克逊指出当代墨西哥裔环境文学作品越来越多，批判的矛头直指环境恶化（Dixon，1999：1094）。帕拉同样强调墨西哥裔作家常常在作品中探讨生态和环境问题，但墨西哥裔批评家对生态批评反应迟缓，原因在于"生态批评也和主流女性主义批评一样，被建构成白人的领域"；帕拉认为现行的"自然"概念存在"种族和阶级偏见"，重构"环境"概念，使之包括城市和乡村的风景地貌，有助于解读更多西语裔作家——如多米尼加裔朱诺·迪亚斯（Junot Díaz, 1968—）——的作品（Parra, 1999：1099、1100）。日裔学者罗伯特·林也认为美国亚裔文学史上探讨或涉及环境主题的作品比比皆是，但"美国亚裔作家缺席生态批评，部分体现了这个领域在更广层面上无力对种族和阶级的问题进行严肃的探讨，一些学者已经指出了这个问题"；除了只关注受到公认的梭罗等自然写作名家之外，主流生态批评领域一直以来把"'自然'作为环境的实际定义，进一步限制了对其他声音的吸纳"（Hayashi, 2007：58—75）。连时任美国环境史学会会长的卡罗琳·默茜特（Carolyn Merchant）也承认："我们尤其需要加强研究的方面包括黑人在美国南部和西部环境中以及城市化早期扮演的角色，还有亚裔和西语裔对自然的各种感知。"（2003：381）

尽管上述学者的发言立足于不同的族裔文学，但对于生态批评第一波浪潮中美国少数族裔生态批评的失语以及之后内部各个族裔生态批评之间发展失衡，他们有一个共识：在大多数文学作品中，在学者和大众的认知中，美国印第安人始终与乡村空间，尤其是保留地的空间联系在一起，尽管这并非事实，黑人、西语裔和亚裔则通常与城市空间相关联，而城市空间被视为与生态批评无关；另外，美国族裔研究学科长期致力于政治运动，其本质是人类中心主义的，几乎没有生态关联性话语的发展空间，于是乎，主流生态批评忽视族裔文学在先，族裔文学学者也缺乏主观能动性，没有积极介入生态批评；只要我们摒弃狭隘的"自然"概念，不再局限于狭隘的"自然写作"，便会发现与美国印第安文学一样，黑人文学、亚裔文学和西语裔文学中也蕴含着丰富的生态思想，它们或彰显于外，或隐含其中，亟待发掘和探索。

第一节　从"自然"到"环境"：种族、阶级与性别差异

在一篇很有影响的书评中，斯文·伯克茨一针见血地指出了美国

生态批评第一波的概念谬误，即《生态批评读本》及大多数生态批评家将"自然"与"环境"两个概念混淆：严格来说，"环境"包罗甚广，泛指自然环境、城市环境及介于两者之间的任何景观；而"自然"指的是原初的、未受科技改变的自然环境。他呼吁生态批评应该关注更广泛的"环境"（Birkerts，1996：6+）。

伯克茨的批评很有见地。生态批评第一波所建构的自然写作典籍中，自然几乎等同于荒野的代名词，如梭罗笔下的瓦尔登湖、缪尔笔下的加州山脉、利奥波德笔下的威斯康星州沙乡①和艾比笔下的犹他州沙漠，无一不是如此。这些作家关注的焦点是荒野的审美价值，荒野能让他们远离尘嚣，忘却一切凡尘琐事，专注于自我冥思和精神升华。这种自然观和人与自然互动模式的背后其实是欧洲裔美国人素来推崇的田园传统：厌倦社会生活或城市生活的个人逃向荒野或田园，希冀在人类以外的自然环境中寻获个体的自由，人与自然的互动常常被再现为文明与自然（荒野）、城市与乡村、社会与个人之间的两极对立。这样的再现模式在一定程度上复制和强化了深层生态学所诟病的人与自然的二元对立及人类中心主义思维模式，而二者恰恰是环境问题和生态危机的思想根源。② 另外，在很多学者看来，这样的自然观和人与自然互动模式其实是白人中产阶级及以上阶层的特权，是人类社会中种族和阶级甚或性别与性倾向分野的一种具体体现。毕竟，不是谁都想逃离所谓的文明或城市的罪恶，也不是谁都有办法逃离的。

亚利桑那大学的美国文学和民俗研究教授乔尼·亚当森在专著《美国印第安文学、环境正义与生态批评：中间地带》中，特意做了对比性研究以说明"自然"概念及"自然写作"范畴的种族与阶级

---

① 利奥波德笔下的威斯康星州沙乡本是一个废弃的农场，与荒野无异，他买下之后经过多年才种上树木以恢复土地的健康。

② 关于人与自然对立的记载，西方最早可以追溯到基督教《圣经》中的《创世记》，而宣扬人类能够战胜自然、控制自然的哲学思想则源于古希腊罗马文化。这两大西方文化源流都认为，人是自然的主人和所有者，大自然只有工具价值，人是万物的尺度，是一切价值的裁决者，人与其他生物之间不存在伦理道德关系。

差异。这本是一部专门研究美国印第安文学的生态批评专著，但在书的开头亚当森用一章探讨艾比和他的代表作《大漠孤行：荒野一季》，与其后论及的舍曼·阿莱克西（Sherman Alexie, 1966—）、厄德里奇、乔伊·哈乔（Joy Harjo, 1951—）、西蒙·奥尔蒂斯（Simon Ortiz, 1941—）、西尔科等印第安作家相映成趣。《大漠孤行：荒野一季》记叙的是艾比在犹他州西南部以沙漠为主的阿切斯国家公园（Arches National Monument）担任管理员的经历。他写道："每个男人和女人在心里和脑海里都有理想之地、向往之地、真正家园的图景，不论它是已知还是未知，不论它是真实还是想象"，对他而言，阿切斯沙漠便是"地球上最美的地方"，可见在他心目中荒野的美和价值（Abbey, 1990：1）。亚当森指出，艾比的作品让读者"有可能既享受文明世界的舒适，又能在纯净、原始的荒野中逃避文明世界的舒适"（Adamson，2001：38）。与此相对照的是，尽管当代美国印第安小说、诗歌、戏剧和非虚构作品中有不少探讨人类与土地的关系，但大多数印第安作家不会把艾比等主流自然写作大家歌颂的原始荒野作为作品的背景，也不会把隐遁荒野作为作品的主题。原因很简单：对这些作家笔下的印第安人物来说，隐遁荒野并非真实生活的一部分，也不存在迫切性和可能性，他们更关注印第安保留地、露天矿井和仍有争议的边境地区等涉及环境正义的地貌景观。在印第安作家眼里，艾比隐遁荒野，等于承认环境恶化是当代生活不可避免的组成部分，本质上是一种愤世嫉俗的逃避主义，听任企业和政客胡作非为，无益于解决现实生活中的任何环境问题。与其想象或描绘一个人迹罕至的避难所，印第安作家提倡一种更为积极健康的生态意识和作为：对有人类活动的环境提供整体的、可持续性的解决方案。人类应该在自然能够承受的范围内对其进行一定程度的干预和管理，这对于环境及边缘化群体的幸存至关重要。换句话说，荒野的美感专属于艾比这样的白人，对饱受种族歧视困扰的印第安人来说，环境正义和生态作为才是与种族幸存生死攸关的大事。

黑人作家伊夫林·C. 怀特（Evelyn C. White, 1950—）有一篇题为《非裔女性与荒野》（"Black Women and the Wilderness", 1996）的

散文，揭示黑人女性心目中的荒野不同于艾比等白人作家的再现。怀特提到她在俄勒冈州喀斯喀特山脉教一个写作夏季班的时候，常常被邀请"远足去看熔岩层，泡温泉，或徒步进山"（283）。起初接到这样的邀请，她总觉得心里不舒服，因为她记得童年时发生的两件事。一件是 1955 年密西西比州 14 岁的黑人女孩埃米特·提尔遭受私刑；另一件是 1963 年，阿拉巴马州伯明翰发生教堂爆炸事件，炸死四个黑人女孩。因为这两桩记忆，怀特总觉得自己暴露于某种危险之中，容易受到攻击。许多黑人女性都有怀特在户外感受到的这种"恐惧"，这限制了她们在世界上游走的自由。她待在木屋里听河水的声音，或者透过教室的窗户看外边的树林，都能感受到愉悦，但她"一旦走出去欣赏一片草地，或者接触溪水清凉的浪花，却确信我会遭到奚落、攻击、强奸，也许甚至会被谋杀，就因为我的肤色"（283）。因为恐惧，怀特想要达到艾比那种"忘我"的体验是不可能的："赤裸的自我与非人类世界融为一体，但同时又是一个完整的、独立的、分隔的存在。"（Abbey，1990：6）这种"忘我"是当代自然写作的重要内容。白人女作家安妮·迪拉德（Annie Dillard，1945—）的《听客溪的朝圣》（*Pilgrim at Tinker Creek*，1974）也被公认为自然写作的经典作品之一，里面描述了类似的"忘我"体验。在"跟踪"一章中，迪拉德讲述自己习惯于一动不动地坐在步行桥上，观察麝鼠。她如此安静、如此专注，以至于一伸手就可以摸到麝鼠，因为麝鼠觉察不到她离自己非常近。她说："他从不知道我在那里。我也从不知道我在那里。……我的自我意识消失了……我常常觉得，即便这种忘我的状态只能持续几分钟，也会令人神清气爽。"（198）对迪拉德来说，这是她想象中与非人类世界交融的最高境界。迪拉德需要 40 分钟的安静和专注以便沉浸于对麝鼠的观察之中，这是怀特不可能得到的特权。对怀特来说，自然（户外）是她"易受攻击和暴露于外"的场所，而于迪拉德和艾比是"忘我"的场所。两相对比之下，我们很容易看出这两种体验是有种族差异的（与艾比的对比可能还会涉及性别差异），而这种差异也决定了他们对自然（荒野）的认知和定义也存在差异。

日裔学者罗伯特·林在《超越瓦尔登湖：美国亚裔文学与生态批评的局限》（"Beyond Walden Pond: Asian American Literature and the Limits of Ecocriticism"，2007）一文中，着重谈到"种族、阶级与美国亚裔的地方"，揭示自然观和人与自然关系在种族和阶级上的差异（63—72）。他指出美国主流社会习惯于"把劳动和劳工与他们的自然观分隔开来，转而重视一个留作休闲或自我发现之用的纯粹的自然，即荒野"（65），而梭罗、利奥波德等自然写作大家虽然在作品中谈到农业劳动，但更多的是作为一种爱好或消遣，他们不需要以此养活自己或家人。林又剖析了华裔女作家汤亭亭作品《中国佬》（*China Men*，1980）中华人移民劳工在内华达山脉中的修路和生活体验，并与缪尔等白人作家对内华达山脉的描绘进行对比，指出在美国亚裔历史和文学中，非人类环境常常被再现为繁重劳动的场所，甚至是诱捕和死亡的场所，其背后的原因除了阶级压迫，更重要的是种族歧视。在同一篇文章的注释里，林还简略提到白人女性主义批评家安妮特·克洛德尼（Annette Kolodny）在两部著作中所展示的欧洲裔美国人将美国景观性别化的传统，虽然她的研究仅限于白人作家，却足以揭示自然观和人与自然互动在性别维度的差异（73）。

毫无疑问，当少数族裔对荒野的体验大多与种族歧视、阶级压迫和性别不公联系在一起时，他们如何以审美的态度去欣赏和热爱荒野？又如何接受荒野等同于自然的界定？与此同时，美国的工业化和城市化进程把越来越多的少数族裔卷入城市，充当廉价劳动力，他们中的大多数沦为城市贫民，聚居在贫民窟里，不仅远离了乡村，更不可能有钱有闲去荒野寻求"忘我"的体验。随着城市成为工业污染和贫民聚居的重灾区，原先居住在市中心的白人中产阶级突围到了环境优美的郊区。如果说白人中产阶级始终在追寻"田园"的美好，少数族裔却离"田园"越来越远。无怪乎迈克尔·贝内特认为"美国黑人及其文化被越来越多地卷入城市化的进程"，这个社会事实的背后隐藏着"一个美国黑人的反田园文学传统"（Bennett，2001：195、197）。而华盛顿州立大学教授里德（T. V. Reed）更是直言："白人去和荒野嬉闹，其他人种被锁进城市'丛林'。"（2002：157）居住空间的种族和阶级分野——美国白人多住郊区，少数族裔和穷人大多生活在城市——决定了少数族裔更关注城市的"环境"，而非远离城市的荒野或乡村，少数族裔文学作品大多是以城市为主题或场景。

上述对比分析表明，生态批评第一波对自然的定义及对人与自然关系的再现将种族、阶级和性别的差异排除在外，因过于狭隘而与少数族裔的现实生活几乎完全脱钩，在一定程度上阻碍了生态批评的继续发展。生态批评需要一个内涵与外延更趋多元化的概念，而非作为人类对立面的"自然"。众多学者选择了"环境"作为生态批评新的基础性概念范畴，并对其做了多元化的界定。

迈克尔·贝内特等主编的论文集《城市的自然》视城市为整体环境的一部分，分"城市的自然""城市自然写作""城市公园""城市'荒野'""生态女性主义与城市"和"城市空间的理论化"六部分"探讨以环境视角或做过调整的环境视角分析城市生活的理论问题"，寻求在"自然写作、美国田园主义和文学生态学"以外建构"城市生态主义"（Bennett & Teague，1999：10）。布依尔在《环境的想象》中便已扩展自然环境的定义，视其为个人和集体地方意识的一个维度；在《为濒临危险的世界写作》中，他进一步将环境扩展为"绿色与褐色的风景地貌"，即远郊的景观及城市工业化的景观，包括"自然"世界与"人造"世界两个范畴（Buell，2001：1—29）。凯思琳·华莱士等主编的论文集《超越自然写作》中，"环境"不仅包括荒野，还包括"人类耕种和建设过的风景地貌、其中的自然元素以及文化与这些自然元素的互动"（Armbruster & Wallace，2001：4）。在这些著作的理论框架中，"自然"已经被"环境"取代，前者即便仍被使用，也不再仅仅是荒野的代名词，进而包括"壮观的景色""乡村"和"人为的优美景色"①；生态批评关注的对象实则扩展到了

---

① 2002 年，英国学者彼得·巴里在《理论入门》一书再版时，加上了"生态批评"一章，这是生态批评首次在文学理论著作中占据一席之地。书中对"自然"概念做了总结，认为扩展后的"自然"包括四个区域：荒野，包括沙漠、海洋、无人居住的陆地等；壮观的景色，包括森林湖泊、山脉悬崖、瀑布等；乡村，包括山丘、田野、林地等；人为的优美景色，包括公园、花园、小径等（Barry，2002：248—271）。

世界上所有受到破坏或威胁的自然和城市环境，即便在非自然的社会文化环境中，生态批评仍可以挖掘出文化赋予自然或环境的意义和价值以及两者之间的交互影响。

在一定意义上，生态批评概念范畴的转换和扩展，也是对 20 世纪 80 年代在美国兴起的环境正义运动的一种积极反应。60 年代兴起的环境保护运动一直占据美国环境主义运动的主流，如今环境正义运动已经争得它的一席之地。1991 年，美国首届全国有色人种环境领导人峰会极大地扩展了人们对环境的理解：环境并不只存在于荒郊野外，而存在于城市、郊区的各个角落，存在于人们生活的社区及工作场所。在这届峰会上，黑人环境行动主义者达娜·奥尔斯顿（Dana Alston）对环境定义如下："对我们而言，环境是我们生活的地方，我们工作的地方，我们玩乐的地方。环境给我们提供探讨当今最关键问题的平台：军国主义问题和国防政策、宗教自由、文化幸存、能源可持续性发展、城市的未来、交通、住房、土地和主权、自决、就业，等等，我们可以没完没了地说下去。"（转引自 Mayer，2003：2）奥尔斯顿对"环境"的定义虽然宽泛，但并不脱离实际。有了如此多元化的"环境"概念，生态批评已然展现出更广泛的适用性和更强大的活力。

第二节　文本视阈的扩容：显性环境文本与隐性环境文本

随着生态批评的基本概念范畴"自然"被"环境"取代，生态批评学者纷纷对原本局限于自然写作和自然文学的文本视阈进行了扩充，这两个术语之外，出现了"环境文本""环境写作""环境文学"和"自然取向的文学"等新提法。在对诸多术语和提法进行辨析与甄别之后，笔者采纳了"环境文本"这一术语，但对它的界定进一步扩展和细化为显性环境文本与隐性环境文本，这样的界定更具包容性，更符合美国少数族裔生态批评的研究内容，因而也更适用于发掘美国少数族裔文学中的生态思想。

早在 1995 年，劳伦斯·布伊尔便在专著《环境的想象》中使用了"环境文本"这一术语并对其进行界定。在他看来，环境文本大致应该包含以下四个要素：第一，非人类环境的在场并不仅仅作为一种框定场景的手段，而是为了开始揭示人类史包含在自然史中；第二，人的利益不是被理解为唯一合法的利益；第三，人对环境的责任是文本中伦理价值取向的一部分；第四，文本中至少隐含着一种意识，即环境是一种进程而非一成不变或给定的事实。（Buell，1995：7—8）2005 年，在专著《生态批评的未来：环境危机与文学想象》（*The Future of Environmental Criticism*：*Environmental Crisis and Literary Imagination*）中，布伊尔承认他对"环境文本"做出上述界定时，脑子里主要想的是非虚构环境写作。他意识到这样狭隘的界定形同于排斥其他体裁："我规定非人类环境必须作为文本中一种主动的在场和参与者再现出来，这使得一些原则上赞同我的敏锐读者担忧这一定义是否可能把其他体裁，尤其是非韵文体虚构作品排除在外，从而将生态批评的典籍规定得过于狭窄，使其陷入困境"，并且强调"任何一种体裁都可以算作环境文学"（Buell，2005：51、142）。

与布依尔不同，《环境文学：作品、作家与主题百科全书》（*Environmental Literature*：*An Encyclopedia of Works*，*Authors*，*and Themes*，1999）的作者帕特里夏·内茨利（Patricia D. Netzley）从一开始便主张使用"环境文学"这一术语，而且界定较为宽泛。她认为环境文学包括散文、小说、诗歌、戏剧等多种体裁，自然写作也是环境文学的一种类型；环境文学作品不仅要向读者介绍关于地球的生态知识，还要力图影响和改变读者审视自然的方式（xiii）。她所界定的环境小说或描写环境保护运动、环境保护行动主义，或表达对某个环境问题的看法，或探讨环境问题给人的启示，总的来说必须以宣扬环境保护主义思想或环境科学思想为主（78）。尽管内茨利貌似弥补了布依尔"环境文本"定义的排他性，明确表示环境文学包含环境小说，但她对环境小说主题的设定也存在一定局限性，等同于把探讨其他主题但可能间接指涉环境问题的小说排除在外。

1999 年，在《环境》杂志第 2 期上，斯科特·斯洛维奇发表题为《表述自然：环境文学的声音》，指出"人们今天广泛使用的'环境文学'这一术语涵盖了以表现人与自然关系为内容的所有文学形式（口头文学、诗歌、小说、散文和戏剧）"，并强调环境文学的使命是督促读者关注非人类自然，帮助读者了解自身存在的自然属性，从而"能够间接推动社会变革，巧妙地改变读者对于自身以及自身与整个星球关系的思维方式"（Slovic，1999a：18、27）。同年10月，在 *PM-LA* 第5期设立的"环境文学论坛"中，斯洛维奇如此界定生态批评：

> 当我被要求对生态批评领域做一个广义的描述时，我说生态批评就是采用任何一种学术方法研究显性环境文本；或者反过来说，生态批评就是对于任何一个文学文本，哪怕是第一眼看去似乎遗忘了非人类世界的文本，审视其中的生态内涵和人与自然的关系。换句话说，只要研究对象是某几种文学作品，不管采用何种批评方法，都是生态批评；同时，没有任何地方的任何一个文学作品完全抗拒生态批评，完全与绿色批评绝缘。（Slovic，1999b：1102）

这段引文之所以重要，是因为斯洛维奇提出了"显性环境文本"（explicitly environmental texts）这个概念术语。对照《表述自然：环境文学的声音》这篇论文，不难发现，斯洛维奇所说的"显性环境文本"便是他在其中所界定的"环境文学"。斯洛维奇虽然没有使用"隐性环境文本"这样的术语，但他显然是意识到生态批评的文本视阈应该包括"哪怕是第一眼看去似乎遗忘了非人类世界的文本"，生态批评应该"审视其中的生态内涵和人与自然的关系"。

2000年，帕特里克·墨菲在《自然取向文学研究之更广阔领域》中，对时下广泛使用的自然写作、自然文学、环境写作和环境文学这四个概念做了精细的区分。自然写作指的是以梭罗《瓦尔登湖》为代表的以第一人称创作的非虚构文学文类（多为散文或日记）；自然文学则指涉与自然写作主题类似的小说和诗歌，文学性较强；环境写作与自然写作一样大多为非虚构作品，但关注的是受到威胁的自然和恶化的环境，呼吁社会变革，政治性较强；环境文学则指代与环境写作主题类似的小说和诗歌，文学色彩较浓（Murphy, 2000：1—11）。为了能够涵括以上四种分类，墨菲自创了一个新的术语："自然取向的文学"。所谓"自然取向的文学"，即"以非人类自然本身作为主题、人物或者主要的背景因素；或者是论及以下方面的一个文本：人类与非人类世界的互动、关于自然的人类哲学，或者，借助或不顾人类文化而与自然建立密切关系的可能性"（1）。相比较生态批评第一波浪潮独尊的"自然写作"，虽然墨菲对"自然"的强调依然盖过"环境"，但他对"自然取向的文学"的界定要宽泛得多。而且与斯洛维奇一致的是，他非常明确地指出了不以"非人类自然本身作为主题、人物或者主要的背景因素"的文本的存在，虽然他没有使用"隐性环境文本"这样的术语，但他的"自然取向的文学"显然是涵括这类文本的。

中国生态批评学者刘蓓也使用"环境文本"这一术语，并且在综合研究生态批评的主要成果之后，提出纳入生态批评家视野的环境文本可分三种：第一，以环境为主题并且体现积极的环境意识的文本；第二，虽然是以环境为主题，但并没有体现出积极的环境意识的文本；第三，并非以环境为主题，甚至从表面上看来，完全是描写人类社会的文本。第一种环境文本的范围，必须具备布伊尔在《环境的想象》中提出的四个要素，在刘蓓看来，其实就是美国的自然写作。第二种环境文本虽然也是以环境为主题，但是并非对环境持积极态度和自觉意识，环境描写在作品中处于辅助的位置，还有作品对环境持更加消极的态度，用生态批评家的话来说，这种作品中流露出的是人类中心主义的倾向。第三种环境文本是处于生态批评环境框架中的文本，是以非自然世界为主题的文本。生态批评对这种作品的解读，主要是为了发现文学如何反映"文化与环境的互动"。（刘蓓，2005：112—118）简单来说，刘蓓划分的三种环境文本其实就是积极环境文本、消极环境文本和隐性环境文本，前两种合起来可称为"显性环境文本"。刘蓓对环境文本的界定类似于墨菲对"自然取向的文学"的界定，以及斯洛维奇对"显性环境文本"与非"显性环境文本"的划分，但刘蓓明确指出了消极环境文本的存在，而斯洛维奇似乎只关注积极环境文本，墨菲则对两者的区分语焉不详。

上述学者对"环境文本""环境写作""环境文学"抑或"自然取向的文学"的提法和界定，其实都采用了生态文学家凯特·瑞格比（Kate Rigby）所说的生态批评的重要策略，即"重新框架文本"（reframing the text）。（2002：157） 如果说以往的文学批评检视的是作家、文本和世界的关系，通常把"世界"看成"人类社会"的同义语，用社会、哲学、历史语境为文本对象设立框架，那么在生态批评中，尤其是生态批评第二波浪潮中，"世界"的概念扩大到了"地球"和整个生态圈，文本对象的框架变成了"环境"。（刘蓓，2005：112） 文本的环境框架带着一种尊重自然世界的精神气质，凸显人的"环境属性"（environmentality）：人只是所栖居的生物地质世界的一部分而非世界的统治者，人的肉体生存和思想成长都是与其生长的外部环境息息相关。（刘蓓，2005：113） 布伊尔也在《生态批评的未来：环境危机与文学想象》中再次肯定"近年来文学批评中的环境转向"，指出"环境属性在文学与文化研究中受到了越来越多也越来越成熟的关注"，并修正了他在《环境的想象》中对"环境文本"的狭隘定义，认为"更有建设性的做法是以极具包容性的思维把环境属性视为任何一个文本的属性，即主张所有人工制品都有这类印记，且体现在不同阶段：创作、具象化和接受"（Buell，2005：1、3、25）。

综合上述国内外生态批评学者的研究成果，笔者认为"环境文本"的提法更适用于本书的研究对象："文本"可以泛指一切文学体裁；"环境"是比"自然"更切合美国少数族裔生态批评的概念范畴。简单来说，环境文本便是被环境框架所凸显的具有环境属性的文本，能够直接或间接地展现或反映环境、人类与自然的关系或文化与环境的关系。

在笔者看来，纳入生态批评视野的环境文本可分为两种：第一种是显性环境文本。它们都是以环境为主题或要素，具有鲜明的环境伦理取向，既包括对环境持积极态度而予以描绘和构建的文本，也指涉对环境持消极态度而进行刻画的文本。前者将环境视为"文本中一种主动的在场和参与者",强调人类对环境的责任,体现积极环境意识和生态整体观,多以自然环境为主题进行描绘,但这种描写的功能不仅是作为一种场景而对人物起烘托作用,而是突出环境对人物的情感与行为发挥塑造作用,同时重视环境演变与人类社会发展的关系。后者虽然也是以环境为主题,但并非对环境持积极态度和自觉意识,而是仅将其作为人类活动的背景,把环境描写在作品中置于从属地位,流露出人类中心主义的倾向和征服自然的意识。这种文本能够为生态批评学者提供反面素材:当读者从生态视角阅读此类文本时,可以更加深刻地意识到人类掠夺自然、征服自然的错误,体会到自然万物长期处于失语状态的痛苦,进而反省己身,强化环境意识。第二种环境文本是隐性环境文本。它们大多以非自然世界为主题,并不直接刻画自然和环境,但若置于环境框架中,仍能解读出较强的环境属性,尤其是对文化与环境的互动具有一定的再现意识。生态批评学者能从人类对自然、对环境的感知及互动中提取具备"环境符号"功能的话语,因为"真实的环境……是透过文化的滤色镜被看见的,构成这种文化过滤的,包括态度、由观察技巧设置的局限以及以往的经验。通过研究这种过滤,并重新建构被感知的环境,观察者得以站在被研究团体的立场上,解释其特定取向和行为"(Jeans,1974:37)。从理论上讲,任何文学文本都可以被置于环境框架之中进行解读,服务于生态批评对文学文本和理论话语中的环境符号进行审视的目的。但是并非所有的文学文本都蕴藏足够的信息量,足以产生卓有成效的解读成果,因此作为本书研究对象的隐性环境文本倾向于环境潜文本比较成形的文学作品。

在对环境文本这一概念范畴进行澄清和重新界定之后,根据笔者和生态批评领域诸多同仁的阅读体验,本书将尝试建构一个"美国少数族裔环境文本库",目的在于让读者对美国少数族裔生态批评和本书所作研究的文本视阈有一个直观的了解和认识。但是囿于主观和客观条件的限制,这个"美国少数族裔环境文本库"不可能是面面俱到、涓滴不漏的,只能永远接近于全面和完备。但是到目前为止所发现的美国少数族裔环境文本,大多收录在内。

一　美国印第安环境文本

大约 4 万年前，地球进入冰河时代，大约 15000 年前，地球气候转暖，大量冰川融化。在其间长达 25000 年的岁月里，连接西伯利亚和阿拉斯加的陆桥至少 4 次露出我们今天所说的白令海峡，亚洲大陆的游牧民族沿着这条陆桥来到了杳无人烟却又肥沃富庶的美洲大陆，部分人决定把家永远安在这里，他们便是美洲印第安人的祖先。1492 年哥伦布"发现"美洲时，印第安人已经发展到 1 亿多人口、2000 多个独立的部落。就文学艺术而言，美国国务院编写的《美国文学概况》指出，欧洲人到达北美之前，这里已经有 500 多种不同的印第安语言和部落文化，已经形成了以"口头传诵的印第安人文化中的神话、传奇、传说和抒情诗（通常是歌曲）"为特色的印第安文学（2003：7）。这个历史悠久的口述文学传统不仅是现当代印第安作家的灵感源泉和素材宝库，也为他们提供了丰富的思想资源，如印第安人世代相传的生态思想。

自 1607 年开始，英国在美国的各处殖民地相继建立，英语因此成为全美通用的语言，殖民地当局设立教会学校，教印第安人用英语读写。1772 年，莫希干人萨姆森·奥科姆（Samson Occom，1723—1792）出版《摩西·保罗行刑前的布道文》（*Sermon Preached at the Execution of Moses Paul*，1772），标志着以英语为载体的美国印第安书面文学传统的出现。我们不妨称之为美国印第安现代文学，相对应地，印第安口述文学传统则是美国印第安传统文学。在随后将近 200 年的时间里，印第安民族经历了与白人的苦战、媾和、西迁、迁居保留地、保留地土地私有化、迁居城市等历史事件，在联邦政府的暴力镇压和 1830 年通过的"印第安人迁移法案"（Indian Removal Act）、1887 年的"道斯单独占有土地法案"（Dawes Act or General Allotment Act）、1934 年的"印第安人重组法案"（Indian Reorganization Act）、1953 年的"印第安人终止政策"（Indian Termination Policy）、1956 年的"印第安人重新安置法案"（Indian Relocation Act）等一系列不公正政策的夹击下，生活空间越来越窄，人口越来越少，传统的文化、价值观念和生活方式受到的冲击越来越大。虽然 1968 年通过的《印第安人民权法案》（Indian Civil Rights Act）给印第安人的政治自决和文化保护提供了法律保障，但是被外部殖民、"内部殖民"、个体化、资本化、城市化、美国化等剧变大潮裹挟着熬到今天，印第安民族和印第安文明早已不复往昔的模样，而且当下又面临着经济全球化的挑战。然而，有些珍贵的东西还是能够保留下来，不管它是否完好无损，如印第安人的宇宙观、时空观、环境理念和生态思想。

1854 年，苏奎米什人和杜瓦米什人的部落酋长西雅图（Chief Seattle，c1786—1866）获知美国政府提出购买部落的土地，承诺把印第安人留在保留地时，发表了后来流传很广的《西雅图宣言》（"Chief Seattle's Treaty Oration"），表达了印第安人的生态整体论思想，指斥白人政府的行径将使印第安人与他们世代栖居的土地疏离。虽然学界对这篇演说的出处存疑，但并不否认其中蕴含的印第安生态智慧。

苏族人齐特卡拉—萨（Zitkala-Sa，1876—1938）曾在《大西洋月刊》上发表 3 篇自传文章（1900），并出版《古老的印第安传奇故事》（Old Indian Legends，1901）和《美国印第安故事》（American Indian Stories，1921）。她站在一个印第安女性的立场，传扬本民族传统文化，谴责白人针对印第安人的不公正政策，包括导致环境恶化和环境非正义的政策。

基奥瓦人莫马戴的自传《通向雨山之路》（The Way to Rainy Mountain，1969）强调部落先祖的起源之地蒙塔纳和后人的重新栖居之地雨山对于印第安基奥瓦人追寻身份认同、重建人地关系的意义。这样的思想也贯穿于他的普利策奖获奖小说《黎明之屋》（House Made of Dawn，1969）。

齐佩瓦人杰拉尔德·维兹诺（Gerald Vizenor，1934—）是一位擅长恶作剧精灵叙事的作家。他的第一部长篇小说《圣路易斯·熊心的黑暗》（Darkness in Saint Louis Bearheart，1978）便从阿尼什纳比人关于恶作剧精灵的传说中汲取灵感，描写了一个因白人贪婪掠夺石油而致环境恶化、生灵涂炭的反乌托邦世界。他的另一部小说直接命名为《自由的恶作剧精灵》（The Trickster of Liberty：Tribal Heirs to a Wild

Baronage，1988）。维兹诺虽然不承认恶作剧精灵是理想型人物，但他非常认可这个形象所传达的印第安人的动物伦理观，即非人类动物是有灵魂的生灵，与人类是平等互惠的关系。切诺基人作家托马斯·金（Thomas King，1943—）的小说《青青的草，流动的水》（*Green Grass，Running Water*，1993）是一部写郊狼的恶作剧精灵叙事。路易斯·厄德里奇、路易斯·欧文斯（Louis Owens，1948—2002）的小说中也常常出现恶作剧精灵似的人物。

兼有拉古纳和苏族血统的作家、学者葆拉·冈恩·艾伦致力于发掘和宣扬美国印第安人的文化传统。她的文章《圣环：当代视角》（1996）和学术论文集《圣环：恢复美国印第安传统中的女性特质》（*The Sacred Hoop：Recovering the Feminine in American Indian Traditions*，1986）介绍了印第安人的土地伦理、自然观和生态思想。她的小说《拥有影子的女人》（*The Woman Who Owned the Shadow*，1983）与诗集《失明的狮子》（*Blind Lion*，1974）、《影子国家》（*Shadow Country*，1982）、《皮与骨》（*Skins and Bones：Poems，1979 - 1987*，1988）、《人生是一种绝症》（*Life Is a Fatal Disease：Collected Poems 1962 - 1995*，1997）等作品也具有丰富的生态智慧，展现出一种跨文化的视野。

黑脚—格罗斯旺特人詹姆斯·威尔奇擅长的题材是印第安人与白人世界的关系，展现印第安人的斗争和生存困境。他的长篇小说《血色寒冬》（*Winter in the Blood*，1974）、《傻瓜乌鸦》（*Fools Crow*，1986）等作品中流露出对印第安文化传统中大地之母等复原性力量的尊崇和赞美。

阿科马—普韦布洛人西蒙·奥尔蒂斯是一位以发掘印第安口述传统、保护传统文化为己任的诗人和作家。他的诗集《织好的石头》（*Woven Stone*，1992）等作品传达出印第安人古老的价值观，如人与人之间，人与自然、地方、传统之间彼此关联，尊重、互惠、谦卑应该是人类对待非人类世界的态度。

拉古纳—普韦布洛女作家西尔科在文章《内部与外部的景观：普韦布洛的迁徙故事》（"Interior and Exterior Landscapes：The Pueblo Migration Stories", 1986)和《景观、历史与普韦布洛人的想象》(1996)中写道,普韦布洛人彼此关联,也与人所生活的自然世界关联。她的诗集《拉古纳女人》(*Laguna Woman*, 1974)、回忆录《绿松石矿脉》(*The Turquoise Ledge*: *A Memoir*, 2010)、非虚构文集《黄女人与精神美人:谈当代美国印第安人生活》(*Yellow Woman and A Beauty of the Spirit*: *Essays on Native American Life Today*, 1996)、短篇小说集《讲故事的人》(*Storyteller*, 1981)、长篇小说《典仪》(*Ceremony*, 1977)、《死者年鉴》(*Almanac of the Dead*, 1991)和《沙丘花园》(*Gardens in the Dunes*, 1999)等都具有浓厚的印第安传统文化气息和丰富的生态思想内涵。

契卡索女作家琳达·霍根在非虚构文集《栖居:生活世界的精神历史》(*Dwellings*: *A Spiritual History of the Living World*, 1995)中追寻蜜蜂、甲壳虫等自然生灵的栖居之所,在感受自我存在于自然的同时联想到人的栖居。在诗集《自称家园》(*Calling Myself Home*, 1978)、《日食》(*Eclipse*, 1983)、《看透太阳》(*Seeing through the Sun*, 1985)、长篇小说《卑鄙的灵魂》(*Mean Spirit*, 1990)、《太阳风暴》(*Solar Storms*, 1995)和《鲸鱼的子民》(*People of the Whale*, 2008)等作品中,对俄克拉何马州印第安人的历史遭遇、妇女问题与环保问题表达了深切的关注。霍根不仅执着于揭露美国印第安人在历史上和今天遭受的环境种族主义压迫,更站在全人类幸存的高度呼吁环境正义,指出在此过程中印第安人的生态智慧能够再次证明它的顽强生命力。

乔克托—切罗基人路易斯·欧文斯在乡村长大,做过护林员,他的小说《狼歌》(*Wolfsong*, 1995)、《骨头游戏》(*Bone Game*, 1996)和《夜乡》(*Nightland*, 1996)等作品对景观和环境的描绘细致入微,他关注环境危机,提倡环境行动主义。

兼有霍皮和米沃克族血统的女诗人温迪·罗斯(Wendy Rose, 1948—)关注印第安人的权益、环保和妇女问题,作品包括诗集《霍皮走鹃在跳舞》(*Hopi Roadrunner Dancing*, 1973)、《长期的分离:一部部落历史》(*Long Division*: *A Tribal History*, 1976)、《霍皮人到纽约纪事》（*What Happened When the Hopi Hit New York*，1982）、《骨头舞》（*Bone Dance：New and Selected Poems*，*1965 – 1992*，1994）、《痒得发疯》（*Itch like Crazy*，2002）和散文集《加州的土著纹身》（*Aboriginal Tattooing in California*，1979）等。

克里克女诗人乔依·哈乔在诗集《最后一首歌》（*The Last Song*，1975）、《她有一些马》（*She Had Some Horses*，1983）、《疯狂地爱着和战斗着》（*In Mad Love and War*，1990）和《给下一个世界的地图》（*A Map to the Next World*，2000）、《神圣存在的冲突解决》（*Conflict Resolution for Holy Beings*，2015）等作品中，将口述传统中的神话地方与场景和现代都市景观结合起来，表达了对西南地区的大自然风光、当地印第安部落及其历史的眷恋和热爱，阐述了自己对社会公平、环境正义的看法。

特瓦—普韦布洛人诺拉·纳兰乔—莫斯（Nora Naranjo-Morse，1953—）是一个出色的陶艺家，她的诗集《泥女人：来自粘土的诗歌》（*Mud Woman：Poems from the Clay*，1992）传达出特瓦—普韦布洛人与大地休戚与共的情感以及他们特有的世界观。在她眼里，生活、艺术与地方的关系恰如粘土、家园和陶艺的关系，相互依存，不可分割。

那瓦霍女诗人露西·塔帕宏索（Luci Tapahonso，1953—）在诗集《季节女人》（*Seasonal Woman*，1981）、《微风拂过》（*A Breeze Swept through*，1987）、《萨阿尼依·达哈塔阿尔：女人们在歌唱》（*Saanii Dahataal：The Women Are Singing*，1993）和《蓝马飞奔而来》（*Blue Horses Rush in*，1997）中，抒发了对西南地区大自然的风光和那瓦霍传统的深厚感情，同时也歌颂了那瓦霍社会中妇女之间的生理和文化传承。

齐佩瓦人女作家路易斯·厄德里奇在散文《我应该在哪里：一个作家的地方意识》（"Where I Ought to Be：A Writer's Sense of Place"，1985）中谈到她对北达科他州的地方意识，并指出地方意识是身份认同的根基。她所创作的《爱药》（*Love Medicine*，1984）、《痕迹》（*Tracks*，1988）、《宾戈赌场》（*The Bingo Palace*，1994）、《鸽之灾》

（*The Plague of Doves*，2008）、《拉罗斯》（*LaRose*，2016）等 20 部长篇小说几乎都以虚构的阿尔戈斯小镇和附近的印第安保留地（位于北达科他州与明尼苏达州交界处的红河河谷）为故事发生地。故而不少评论家把厄德里奇的这些作品与威廉·福克纳的"约克纳帕塔法世系"小说相提并论，甚至称之为"阿尔戈斯世系"。"阿尔戈斯世系"向读者展示了当地印第安人几百年来的生活图卷，其中不可或缺的是厄德里奇的地方意识以及她对环境恶化和环境非正义的剖析。

斯波坎人舍曼·阿莱克西的短篇小说集《孤独的骑警与童拓在天堂斗殴》（*The Lone Ranger and Tonto Fistfight in Heaven*，1993）、长篇小说《保留地布鲁斯》（*Reservation Blues*，1995）和《一个兼职印第安人绝对真实的日记》（*The Absolutely True Diary of a Part-Time Indian*，2007）以及短篇小说与诗歌合集《战舞》（*War Dances*，2009）等作品主要关注印第安人在保留地内外遭遇暴力、种族歧视和深陷酗酒、贫困等问题，对保留地生活环境的刻画颠覆了美化乡村的任何话语。

二 美国黑人环境文本

1619 年，第一批黑人奴隶被运抵北美大陆，在接下来的几个世纪里，又有几百万非洲奴隶加入他们的行列。尽管黑人到达美国的时间与白人差不多，但在漫长的岁月里，他们一直遭受白人的奴役和统治，生活在水深火热之中。1861 年，南北战争爆发，在北方工业文明的强大攻势面前，南方的蓄奴制不得已退出了历史舞台，但针对黑人的种族压迫和歧视依旧猖獗。直到 20 世纪五六十年代，民权运动一浪高过一浪的斗争风潮最终换来了《民权法案》（*Civil Rights Act*）的通过，黑人的生存境况才得到了较大的改善。在美国这个以民主、自由、平等为立国之本的国家里，黑人是唯一一个被集体奴役过的少数族裔，在相当长的时间里，美国的种族问题往往被等同于黑白问题。美国黑人环境文本的发展不可避免地受到了美国黑人与白人种族关系史的巨大影响。

美国黑人环境文本可追溯至美国黑人文学的萌芽时期，以美国南部的口述自然叙事和奴隶叙事为主。弗雷德里克·道格拉斯的自传

《一个美国黑奴的自传》（*A Narrative of the Life of Frederick Douglass*，*An American Slave*，1845）流露出反田园传统的倾向。亨利·比布（Henry Bibb，1815—1854）的自传《美国黑奴亨利·比布的生活和冒险》（*Narratives of the Life and Adventures of Henry Bibb*，*an American Slave*，1849）讲述作者借道原始森林逃离奴隶生活的经历，对自然美景的描绘用来突出奴隶制的惨无人道，比布宁愿在荒野里被狼吃掉，也不愿再回到种植园。哈丽雅特·雅各布斯（Harriet Jacobs，1813—1897）的自传《一名女奴的人生际遇》（*Incidents in the Life of a Slave Girl*，1861）对空间和地方的再现揭示出奴隶制与环境非正义共同的意识形态和权力结构根源。

杜波伊斯（W. E. B. Du Bois，1868—1963）的社会学著作《黑人的灵魂》（*The Souls of Black Folk*，1903）中，《黑人地带》（"Of the Black Belt"）等章节谈到黑人佃农的生活。理查德·赖特的自传《黑孩子》（*Black Boy*，1945）讲述他在乡村长大的经历，大段涉及寄生虫的问题。佐拉·尼尔·赫斯顿（Zora Neale Hurston，1891—1960）的非虚构作品《骡子与男人》（*Mules and Men*，1935）中，出现了与自然世界有着深厚的精神联系，因而拥有意念超能力的人。

艾丽斯·沃克的散文集《在文字中活着》（*Living by the Word*，1988）包括不少直接探讨环境问题或赞美自然世界的篇什，如《我是蓝色的吗?》（"Am I Blue?"）、《一切都是人》（"Everything Is a Human Being"）和《渴望死于长寿》（"Longing to Die of Old Age"）。贝尔·胡克斯（bell hooks，1952—）的散文《触摸泥土》（"Touching the Earth"）和《固着于大地：在坚实的土地上》（"Earthbound：On Solid Ground"）呼吁因奴隶制和城市化而疏离土地的黑人修复与土地及自然的密切关系。她们都把环境主题与社会正义主题联系在一起，这是不同于主流自然写作的地方。

埃迪·L. 哈里斯（Eddie L. Harris，1956—）的《密西西比河独行》（*Mississippi Solo*，1988）讲述他独自划船游览整个密西西比河的故事；《哈莱姆的寂静生活》（*Still Life in Harlem*，1996）则关注城市空间。伊夫林·C. 怀特的散文《非裔女性与荒野》表达了对环境正义问题的看法。此外，这篇散文本身也是一篇优美的自然书写，属于在偏远地区生活、旅行和冒险的写作。

奥德雷·洛德（Audre Lorde，1934—1992）的《癌症日记》（*The Cancer Journals*，1980）揭示出有色人种女性中的穷人患乳癌的比例远远高于其他人群。本书引言里多次提到罗伯特·D. 巴拉德的社会学著作也属于环境写作，如《美国南部的垃圾倾倒》（1990）探究南部贫穷的黑人社区遭受的环境恶化问题，《迎战环境种族主义》（1993）不止关注黑人，也涉及印第安人、西语裔和亚裔社区里的环境问题。

特雷尔·F. 迪克逊（Terrell F. Dixon）主编的文集《城市荒野》（*City Wilds*，2002）关注城市里的自然；埃利森·H. 德明（Alison H. Deming）等主编的文集《自然的颜色》（*The Colors of Nature*，2002）强调有色人种对人与自然世界互动进行再现的必要性。

美国黑人文学中还有不少虚构性环境文本。查尔斯·切斯纳特（Charles Chesnutt，1858—1932）的短篇小说集《巫女》（*The Conjure Woman*，1899）中的巫女是与大自然有神秘联系的人物。吉恩·图默（Jean Toomer，1894—1967）的长篇小说《甘蔗》（*Cane*，1923）的场景设在南方的乡村和北方的城市，唤起的是黑人与土地苦乐与共的情感联系。克劳德·麦凯（Claude McKay，1890—1948）的长篇小说《从家到哈莱姆》（*Home to Harlem*，1928）及《班卓琴》（*Banjo*，1929）探讨原始主义、田园传统和人的身体等主题。

波琳·霍普金斯（Pauline Hopkins，1859—1930）的小说《威诺娜》（*Winona*，1902）构想了19世纪50年代尼亚加拉河中小岛上一个理想化的跨种族社会，在美国主流文化与自然疏离的语境中质疑当代的种族主义意识形态。《相同的血脉》（*Of One Blood*，1903）同样是以自然为基点的反种族主义小说，只是变成了非洲流散文学作品。这个非洲流散文学传统具有浓厚的环境意识，代表作品还有保罗·马歇尔（Paule Marshall，1929—）的《女儿》（*Daughter*，1991）、桑德拉·杰克逊—奥坡库（Sandra Jackson-Opoku，1953—）的《血出生的河》（*The River Where Blood Is Born*，1998）。

托尼·莫里森的《宠儿》（*Beloved*，1987）、《所罗门之歌》

（*Song of Solomon*，1977）等小说揭示，自然世界一方面被利用成为压迫的工具，同时又能提供物质和精神食粮。托尼·凯德·班巴拉（Toni Cade Bambara，1939—1995）的短篇小说《海鸟仍旧活着》（"The Sea Birds Are Still Alive"，1977）和《达到临界状态》（"Going Critical"，1977）论及种族、性别、军国主义和环境恶化之间的关联，强调人与非人类自然世界的精神联系具有愈合创伤的作用。

约翰·埃德加·怀德曼（John Edgar Wideman，1941—）的小说《霍姆伍德三部曲》（*The Homewood Trilogy*，1985）和回忆录《兄弟们与看守人》（*Brothers and Keepers*，1984）围绕匹兹堡一个他度过青少年时代的社区，讲述城市中一个特定的地方如何影响个人身份和社区文化的形塑。类似的还有爱德华·P. 琼斯（Edward P. Jones，1950—）的短篇小说集《迷失于城市》（*Lost in the City*，1992），故事都发生在他的故乡华盛顿哥伦比亚特区。格洛丽亚·内勒（Gloria Naylor，1950—2016）的长篇小说《戴妈妈》（*Mama Day*，1988）中，黑人女主人公穿梭于纽约市和老家佐治亚州海边的一个小岛，后者面临着发展带来的很多问题。这部作品里使用的很多典故来自莎士比亚的《暴风雨》，后者是生态批评学者比较关注的环境文本之一。

芭芭拉·尼利的小说《清洁工布兰奇》（*Blanche Cleans Up*，1998）探讨黑人社区的垃圾倾倒和铅中毒问题。查尔斯·约翰逊（Charles Johnson，1948—）的小说《梦想家》（*Dreamer*，1998）虚构了马丁·路德·金在芝加哥贫民窟里被寄生虫困扰的故事。

奥克塔维娅·巴特勒（Octavia Butler，1947—2006）善写生态反乌托邦小说，比如她的《播种者的寓言》（*Parable of the Sower*，1993）及"异种生殖系列"（the Xenogenesis series），都是关于毒素、人口过剩、气候变化、都市危机等生态恶化和环境灾难的警示故事。

珀西瓦尔·埃弗雷特（Percival Everett，1956—）的长篇小说《上帝的国家》（*God's Country*，1994）以旧日西部为背景，讲述一个黑人带着一个白人自耕农追踪歹徒的故事，既批判了主流文化中的种族歧视和环境剥削，又描述了黑人与土地的关系。《分水线》（*Watershed*，1996）讲述一个黑人地质学家帮助一个虚构的土著部落揭露地方政府对该部落水资源造成的污染。

格温德琳·布鲁克斯（Gwendolyn Brooks，1917—）的诗歌青睐芝加哥的城市空间。迈克尔·哈珀的诗歌关注生态伦理。

三 美国亚裔环境文本

作为一个族群，美国亚裔是指祖先来自亚洲的美国公民或居民，大多数是黄种人，但由于亚洲国家众多，语言和文化各异，故而美国亚裔并不存在一个共同的文化传统，把他们联系在一起的纽带除了祖先共有的故土亚洲之外，可能就是历史上受压迫、受歧视的共同遭际。

按照美国移民局的记载，第一批华人于 1820 年抵达美国，此后的 20 年里，只有 10 多个华人来到美国（Tung，1974：7）。1848 年，加利福尼亚州发现金矿。1866 年，美国开始修建横跨全境的第一条铁路，大批的中国劳工被吸引到美国"淘金"。亚洲其他国家的移民到达美国的时间略晚一些。19 世纪 80 年代，来自日本、朝鲜和菲律宾的劳工开始抵达夏威夷，在那里的甘蔗种植园做契约劳工，随后来到美国本土，做农工、家仆或罐头厂工人。南亚的移民主要是来自印度旁遮普地区的锡克教徒，他们借道加拿大来美国后，做起了伐木、修铁路和种地的行当。由于人种和文化的差异，更由于来自亚洲的廉价劳动力对美国白人的生存造成威胁，从一开始，针对亚裔的种族歧视便很猖獗，华人的遭遇最为凄惨。1882 年，美国国会通过《排华法案》（*Chinese Exclusion Act*），禁止华人劳工进入美国，中国商人、官员的入境也受到牵连，直到 1943 年，由于美国与中国在第二次世界大战中的盟友关系，这一法案才被取缔。第二次世界大战前后，美国日裔遭到有史以来最严重的种族迫害：美国政府担心他们为敌国日本效忠，将所有日裔都关进了拘留营，第二次世界大战结束后才释放出来。

早期去美国的亚洲移民大多从事农业和体力劳动，因而美国亚裔文学不可避免地会再现人类与非人类自然界的互动。另外，美国亚裔文学中丰富的移民叙事和跨国叙事会较多地关注空间和地方。美国亚裔环境文本往往具有跨太平洋的地域背景，对环境的定义与劳工生活、移民境遇、种族歧视、全球资本主义、环境污染、再安置、战争暴力有关。

20 世纪早期，由于《排华法案》的实施，旧金山海湾天使岛成了拘留和驱逐华人移民的中心。成千上万的华人在监牢般的小木屋里被讯问，受尽折磨和凌辱。他们用中文创作的诗歌被后人翻译整理成《天使岛诗集》（*Island: Poetry and History of Chinese Immigrants on Angel Island, 1910 – 1940*, 1980），反映早期华人在美国生活的中文诗集《金山歌集》（*Songs of Gold Mountain: Cantonese Rhymes from San Francisco Chinatown*, 1987）也被翻译出版。从这两部诗集可以看出华人移民对美国新环境的反应，时时处处都带着种族话语的痕迹，也可以探知为美国环境变化和经济发展立下大功的华人移民从主流景观叙事中销声匿迹的原因。

雷霆超（Louis Chu, 1915—1970）的长篇小说《吃碗茶》（*Eat a Bowl of Tea*, 1961）以 20 世纪 40 年代纽约唐人街为故事背景，是一部很有代表性的华裔劳工叙事和唐人街叙事。赵健秀（Frank Chin, 1940—）的戏剧作品《龙年》（*The Year of the Dragon*, 1974）中华裔主人公的故事发生在旧金山唐人街的城市空间。汤亭亭的《中国佬》讲述男性长辈和同辈在美国充当铁路工人、甘蔗园劳工和越战士兵的家族故事，指出他们与美国太平洋铁路、夏威夷甘蔗种植园、越南战场等景观的关系决定了他们是真正的美国人。伍慧明（Fae Myenne Ng, 1956—）的小说《骨》（*Bone*, 1993）和《望岩》（*Steer toward Rock*, 2008）同样讲述华裔劳工的故事，故事发生的地点都设在旧金山的唐人街这个城市空间，它是合法歧视的社会空间，始作俑者是造成唐人街单身汉社会和契纸家庭的《排华法案》。上述美国华裔劳工叙事和唐人街叙事作品对华裔劳工和城市空间的关注，都在一定程度上体现了华裔作家对人与环境关系的思考和对主流自然写作理念的修正。

谭恩美的作品非常关注人，尤其是女性与自然之间的和谐关系。谭恩美在自传《命运的对立面》（*The Opposite of Fate*, 2003）中，承认自己相信风水，这一点也体现在她的小说创作中。她笔下的人物会按照风水学的要求布置住所（海德格尔所用之意义）的空间。在她看来，风水旨在让人的活动空间与周围环境达到和谐的状态，这种生态关联性可以扩充至人与非人类因素之间的精神联系。哈金（Ha Jin，1956—）的长篇小说《自由生活》（*A Free Life*，2007）和散文集《移民作家》（*The Writer as Migrant*，2008）中，对于田园生活的看法令人想到陶渊明等中国古代诗人，而田园生活带给他一种饱含正能量的孤独和自信，又让人想到美国超验主义奠基人爱默生。施家彰（Arthur Sze，1950—）的生态诗也颇受赞誉。

林露德（Ruthanne Lum McCunn，1946—）擅长创作华裔历史人物传记小说，她的《千金》（*Thousand Pieces of Gold*，1981）讲述了一个早在美国西部开发时期就进入金山的华人妇女的故事，对主流的"边疆"和"拓荒者"话语既有认同，又有反诘；《木鱼歌》（*Wooden Fish Songs*，1995）讲述 19 世纪华人刘锦浓（Lue Gim Gong）的故事，他在佛罗里达州培育出以他命名的获奖优质橙、柚、甜苹果等水果品种。任璧莲（Gish Jen，1955—）的长篇小说《典型的美国佬》（*Typical American*，1991）、《莫娜在应许之地》（*Mona in the Promised Land*，1996）等对美国的消费文化和中上阶层的城市空间颇为关注，《世界与小镇》（*World and Town*，2010）光是题目便足以显示她对全球化时代的空间关系很感兴趣。李健孙（Gus Lee，1946—）的长篇小说《支那崽》（*China Boy*，1991）、《荣誉与责任》（*Honor and Duty*，1994）、《虎尾》（*Tiger's Tail*，1996）、《缺乏物证》（*No Physical Evidence*，1998）等都以他的生活经历为蓝本，流露出很强烈的地方意识。

美国日裔作家山本久枝（Hisaye Yamatomo，1921—2011）的短篇小说集《十七个音节和其他故事》（*Seventeen Syllables and Other Stories*，1949）和《米子的地震》（*Yoneko's Earthquake*，1951）不仅展示了美国日裔被关进拘留营之前从事的农业劳动，也记录了她与土地及农业生产关系的演变，反映了她在天主教工人组织所创立的一家集体农场的工作经历。弥尔顿·村山（Milton Murayama，1923—）的《我只要我的身体》(*All I Asking for Is My Body*, 1975）讲述日裔劳工在夏威夷甘蔗种植园的劳动与生活，展示在与空间和地方建立深层关系的过程中农业劳动和园艺发挥的作用。戴维·松本（David Mas Masumoto, 1954—）出版了十多本非虚构作品，如《丰收之子，植根于美国土壤》(*Harvest Son*, *Planting Roots in American Soil*, 1998）、《五种感觉中的四季，值得回味的事》(*Four Seasons in Five Senses*, *Things Worth Savoring*, 2003）和《致山谷的信，记忆的丰收》(*Letters to the Valley*, *A Harvest of Memories*, 2004）等，都与他的日裔身份和务农经历有关。其中影响最大的是回忆录《一个桃子的墓志铭》(*Epitaph for a Peach*, 1995），讲述他不顾美国社会消费者的需求，坚持不懈地在自家农场用有机方法种植一种桃子的过程，糅合了自然写作、社会评论和家族历史。美国日裔作家辛西娅·角旗（Cynthia Kadohata, 1956—）的作品，如《在爱之谷的中心》(*In the Heart of the Valley of Love*, 1992）等，以美国日裔的经历为题材，关注战争和苦难中的人与人之间、人与动物之间的情感。另外值得关注的还有约翰·冈田（John Okada, 1923—1971）的长篇小说《不—不仔》(*No-No Boy*, 1956）和森竣夫（Toshio Mori, 1910—1980）的短篇小说集《横滨，加利福尼亚》(*Yokohama*, *California*, 1949）。

第二次世界大战期间，美国政府把大约12万美国日裔关押在边远和沙漠地区的10个拘留营里，对他们进行军事管制的同时安排他们从事农业劳动，美其名曰"拓荒者社区"，给他们灌输边疆精神和天定命运的理念。被关押的美国日裔及其后代创作了一批"美国日裔拘留营叙事"，比较知名的有山田裕贵（Mitsuye Yamada, 1923—）的诗集《拘留营笔记》(*Camp Notes and Other Poems*, 1976）和《沙漠额定产量》(*Desert Run*: *Poems and Stories*, 1989）、劳森·稻田（Lawson Fusao Inada, 1938—）的诗集《来自拘留营的传说》(*Legends from Camp*, 1993）和《划定界线》(*Drawing the Line*, 1997）以及珍妮·若月·豪斯顿（Jeanne Wakatsuki Houston, 1934—）的自传体小说《别了，曼萨纳尔》(*Farewell to Manzanar*, 1973）等。"美国日裔拘留营叙事"与主流的"边疆"和"拓荒者"话语形成有趣的对照，反映出人与环境的关系受到种族和国家意识形态的影响和制约。

还有两位日裔作家的生态主题作品具有跨国界的视野。凯伦·蒂·山下（Karen Tei Yamashita，1951—）的《穿越雨林之弧》（*Through the Arc of the Rain Forest*，1990）和《OK 循环》（*Circle K Cycles*，2001）将故事发生的地点分别设置在巴西和日本，以跨国界的视角探讨经济全球化背景下的南北关系，不仅关注跨界个体的自我认同与身份建构，也探究跨界群体的文化融合与对家园的想象，还涉及环境全球化、环境剥削、技术决定论、经济帝国主义、社会经济不平等、劳动力的迁移等主题以及它们之间错综纠结的关系。露丝·尾关（Ruth Ozeki，1956—）的《我的食肉之年》（*My Year of Meats*，1998）和《大千世界》（*All over Creation*，2003）均从跨国界、跨文化的角度探讨饮食习惯与大众健康、生物科技与食品安全的关系。

美国韩国裔作家李冬（Don Lee，1959—）的长篇小说《毁灭》（*Wrack and Ruin*，2008）和短篇小说集《黄色》（*Yellow*，2001）均以一个虚构的美国加州小镇为背景，探讨亚裔主人公的身份建构与美国田园传统的关系，是对美国田园传统的重新想象。从生态批评角度研读韩国裔诗人金明米（Myung Mi Kim，1957—）的作品和朝鲜裔作家姜镛讫（Younghill Kang，1898—1972）的长篇小说《茅草屋顶》（*The Grass Roof*，1931），也会很有收获。

美国菲律宾裔作家卡洛斯·布洛桑（Carlos Bulosan，1913—1956）的自传体长篇小说《美国在心中》（*America Is in the Heart*，1946）主要描写 20 世纪 30 年代至 40 年代美国经济大萧条时期在加州的菲律宾裔农业工人经历的艰辛和困苦，可说是最早的美国亚裔劳工叙事。其他菲裔作家中，阿尔弗雷德·罗布尔斯（Alfred Robles，1930—2009）的诗歌、比恩韦尼多·桑托斯（Bienvenido N. Santos，1911—1996）的短篇小说集《你们，可爱的人们》（*You Lovely People*，1955）和杰西卡·塔拉哈塔·哈格多恩（Jessica Tarahata Hagedorn，1949—）的诗集《危险的音乐》（*Dangerous Music*，1975）都涉及人与环境的关系等生态主题。

旷日持久的越南战争（1959—1975）是美国越南裔最重要的集体

记忆之一，因此催生了大量越南战争文学作品。其中勒·莱·海斯利普（Le Ly Hayslip，1949—）的自传《当天地交换了位置：一个越南女人从战争走向和平之旅》（*When Heaven and Earth Changed Places：A Vietnamese Woman's Journey from War to Peace*，1989）和高兰（Lan Cao，1961—）的小说《猴子桥》（*Monkey Bridge*，1997）描写因越南陷入战争而由武器弹药、军事交通和化学制剂造成的生态破坏和景观毁灭，这一生态灾难对应着美国国内对越战的比喻："泥潭"。

美国亚裔文学中有一类作品与越南裔战争文学有着千丝万缕的联系，即美国柬埔寨裔战争回忆录。从吴汉（Haing S. Ngor，1940—1996）的《逃出杀人场》（*Survival in the Killing Fields*，1987）到奇棱·帕（Chileng Pa，1950—2005）的《逃离红色高棉》（*Escaping the Khmer Rouge*，2008），美国柬埔寨裔战争回忆录往往涉及红色高棉的土地改革和强制再教育，其中城乡之间的二元对立关系恰恰是美国田园传统的颠倒和反转。

美国克什米尔裔已故诗人阿迦·沙希德·阿里（Agha Shahid Ali，1949—2001）曾以诗集《房间永远不会完工》（*Rooms Are Never Finished*，2001）进入美国图书奖终选名单。他的另一部诗集《一个怀乡者的美国地图》（*A Nostalgist's Map of America*，1991）围绕他在美国游历过的多个地方，讲述这些地方的景观和历史，与他对印度的回忆与现阶段作为美国人的身份认同交织在一起，为我们深入了解人与环境的关系提供了一个独特的视角，即一个移居美国的印度学者的视角。

四　美国西语裔环境文本

作为一个族群，美国西语裔是指"祖先来自西班牙语世界（西班牙和/或讲西班牙语的拉丁美洲国家）的美国公民或居民"（Cortina，1998：xiv）。美国西语裔涵盖各个人种，但大部分是具有欧洲人和美洲土著血统的混血儿。他们大多数能讲英语和西班牙语，但有的第一代移民只懂西班牙语，有的移民后代只懂英语。因此，美国西语裔族群最大的共同点是基于西班牙语世界的文化传统。

西语族裔众多，其中墨西哥裔人口最多，比较大的族裔还有波多黎各裔、古巴裔和多米尼加裔。美国西语裔在美国土地上居住的历史仅次于美国印第安人。[①] 墨西哥裔是美国西南地区的最早定居者和土地拥有者，墨西哥裔文学往往以聚居的美国西南部、加州和芝加哥为背景，波多黎各裔和多米尼加裔多在纽约，古巴裔多在佛罗里达。墨西哥裔文学青睐农耕文明（*campesino* tradition），强调人与土地休戚与共的联系；波多黎各裔、古巴裔和多米尼加裔作家则因故国是岛屿，对水和海洋情有独钟。古巴裔作家喜欢写政治流亡生活的困苦和失意，他们或者怀旧，描写一个充满田园情趣的过去的古巴，或者憧憬，描绘一个未来的古巴，另三个族裔的创作主题更为丰富和多样化。总的说来，西语裔文学中有许多反映农耕文明向工业文明转型的作品，还有一批反映城市聚居区的作品，这些都构成了西语裔环境文本的丰富来源。

美国西语裔环境文本的源头可以追溯到殖民地时期，多为西班牙殖民者的探险报告和游记。文学史家一般认为，最早的美国西语裔文学作品是西班牙人阿尔瓦·纽内斯·卡贝扎·德瓦卡卡（Alvar Nuñez Cabeza de Vacaca, 1490？—1556？）撰写的《探险纪实》（*Account*, 1542）。这部在西班牙出版的著作记述了作者与船队的四个幸存者在佛罗里达登陆，穿过得克萨斯、新墨西哥和亚利桑那，被当地的印第安人抓获后又被释放的经历，对今日美国西南部的风景地貌和风俗人情做了详细的描绘。

美国西语裔环境文本的创作者以墨西哥裔为主。早期的墨西哥裔环境文本多描述传统的农耕和放牧方式，提倡人类在自然中的活动必须限制在后者的承受范围之内。20世纪中叶以来，墨西哥裔作家更注重对本族裔环境正义问题的政治分析，涉及农药污染、季节工权益遭侵犯、与土地疏离、聚居于有毒的城市居民区、环境反乌托邦等，旨在展示殖民主义、种族和文化混杂的历史过程对人与自然关系的影

---

① 1513年，西班牙人胡安·庞塞·德莱昂（Juan Ponce de León, 1460？—1521）发现了今天美国的佛罗里达州；1565年，西班牙人佩德罗·梅嫩德斯·德阿维莱斯（Pedro Menendez de Aviles, 1519—1574）宣布佛罗里达州为西班牙的殖民地，他率人建立的圣奥古斯丁是欧洲人在美国最早的永久定居点，西班牙人与美国印第安人通婚的历史正式开始。

响，以及对自然的文化建构如何助长对有色人种的压迫。

第一位用英语创作小说的美国墨西哥裔女作家玛丽亚·安帕罗·鲁伊斯·德伯顿（María Amparo Ruiz de Burton，1832—1895）出版了长篇小说《谁会想到呢?》（*Who Would Have Thought It?*，1872）和《公地定居者与唐》（*The Squatter and the Don*，1885），批判美国政府对墨西哥的侵略行径，揭示美国资本主义发展过程中的阶级关系等问题，关注土地的主权、土地的使用和管理等生态主题。

乔维塔·冈萨雷斯（Jovita Gonzalez，1904—1983）是一位民俗学家、教育家和作家，从小生活在得克萨斯州南部的格兰德河河谷。她的民俗写作和历史小说《西班牙骑士》（*Caballero：A Historical Novel*，1996）等关注美墨战争之后得克萨斯州大牧场经济时代的终结，以及工业化对当地生活和生态造成的冲击，《西班牙骑士》常被誉为"德克萨斯的《飘》"。

托马斯·里韦拉（Tomás Rivera，1935—1984）与鲁道福·安纳亚（Rudolfo Anaya，1937—）是20世纪六七十年代美国奇卡诺（美国墨西哥裔）文艺复兴的主将。里韦拉出生于德克萨斯州季节工家庭，创作了《大地没有吞噬他》（*And the Earth Did Not Devour Him*，1971）等作品，多描写墨西哥裔农业季节工的处境。安纳亚的作品，如《保佑我，乌尔蒂玛》（*Bless Me，Ultima*，1972）等，都扎根于新墨西哥州的风土人情，大量运用阿兹特克人的神话、传说和象征，具有鲜明的"阿兹特兰情结"，印第安文化、美国主流文化和西班牙传统对他的生态思想都有影响。

帕特·默拉（Pat Mora，1942—）在得克萨斯州与墨西哥的交界地区长期生活，她的诗歌《边境》（*Borders*，1986）和散文集《居中》（*Nepantla：Essays from the Land in the Middle*，1993）关注这个地区的沙漠等景观地貌，具有明显的地方意识。在她看来，美国西南部的景观与它的多元文化水乳交融。

格洛丽娅·安扎尔杜亚（Gloria Anzaldua，1942—）是一位激进的女性主义者，也注重发掘墨西哥裔的传统文化。她的《边土》（*Borderlands—La Frontera：The New Mestiza*，1987）兼用诗歌和散文的语言，讲述她在得克萨斯州与墨西哥边境地区度过的童年时光，强调边土这样一个地域和空间承载的丰富而复杂的历史记忆及其对个体身份建构的影响，并指出了生态恶化与民族主义之间的重要关联。

阿莱詹德罗·莫拉莱斯（Alejandro Morales，1944—）是美国加州大学厄湾分校奇卡诺/西语裔研究教授。他创作的小说《旧脸新酒》（*Old Faces and New Wine*，1981）、《制砖人》（*The Brick People*，1988）和《边缘的聚居区》（*Barrio on the Edge*，1997）等作品大多讲述美国加州墨西哥裔的历史经历和现实生活，具有强烈的阶级意识。

露查·科皮（Lucha Corpi，1945—）的长篇小说《仙人掌之血》（*Cactus Blood*，1995）以悬疑小说的技法反映了墨西哥裔劳工的生活和困苦，涉及1973年美国葡萄园季节工的罢工事件和1989年加州奥克兰的地震，体现了科皮对环境危害与环境非正义的认识。

切丽·莫拉伽（Cherrie Moraga，1952—）的作品常常回溯至西班牙殖民者入侵今日美国西南部时期，主要探讨当地印第安人与土地的关系因为政治暴力而发生疏离的过程及后果。戏剧作品《英雄与圣人》（*Heroes and Saints*，1989）和《饥饿的女人：一个墨西哥美狄亚》（*The Hungry Woman：A Mexican Medea*，2001）以及诗歌散文合集《最后的一代》（*The Last Generation*，1993）等关注有毒环境对农业工人的伤害以及经济全球化的环境恶果，呼吁人类切实改善与环境的关系，寻求可持续性发展。

安娜·卡斯蒂略的长篇小说《离上帝如此远》（*So Far from God*，1993）讲述了美国资本主义经济体制中存在的环境非正义对墨西哥裔女性劳工造成的身心重创以及她们的觉醒和反抗。这部小说里，女主人公的二女儿因美国企业恶劣的工作环境而多次流产，最终死于肺癌。悲痛的母亲成立了一个环境保护组织，要求美国政府改善工作环境，同时呼吁美国民众保护自然环境，维护女性健康。

海伦娜·玛丽娅·维拉蒙特斯（Helena Maria Viramontes，1954—）的长篇小说《在耶稣的脚下》（*Under the Feet of Jesus*，1995）、《他们的狗随行》（*Their Dogs Came with Them*，1996）和短篇小说集《蛾子及其他短篇小说》（*The Moths and Other Stories*，1985）

等主要反映墨西哥裔女性劳工的生活和困境以及她们坚强乐观的精神状态。

玛丽娅·埃琳娜·卢卡斯（Maria Elena Lucas）的《在太阳下锻造》（*Forged Under the Sun/Forjado Bajo el Sol: The Life of Maria Elena Lucas*, 1993）是一部口述见证录，记述了她与贫穷、困境和暴力做斗争，最终成为保护劳工权益行动主义者的经历。卢卡斯在地里劳动时吸入了大量的杀虫剂，导致身体残疾，从此致力于为改善美国境内季节工的生存处境而奔走呼号，成为农业工人组织委员会里大胆直言的积极分子。她的亲身经历有力地印证了她的种族、阶级和女性身份与环境非正义行为的关联。

阿图罗·朗格里亚（Arturo Longoria）的非虚构作品《再见了，灌木林地》（*Adios to the Brushlands*, 1997）以一个生物学家的眼光描绘了得克萨斯州南部与墨西哥交界处格兰德河河谷的一片茂密灌木林地从他记事时候至今的变化，面对推土机和挖根犁所代表的工业文明的大规模破坏，朗格里亚以怀旧又惋惜的心情呼吁对所剩无几的灌木林地加以保护。

吉米·圣地亚哥·巴卡（Jimmy Santiago Baca, 1952—）居住在新墨西哥州阿尔伯克基，属于格兰德河上游生态圈的边缘。他的诗歌在记录四季变换的当地景观中渗透出一种浓烈的地方意识以及基于这种地方意识的身份认同。在诗集《布莱克方山》（*Black Mesa Poems*, 1995）中，巴卡回顾了1968年第25号州际公路通车时对当地生态造成的破坏。这条州际公路只是一个隐喻，表达了这位区域生态诗人对于工业文明和商业文明的忧虑。

多米尼加裔作家中，朱莉娅·阿尔瓦雷斯（Julia Alvarez, 1950—）和朱诺·迪亚斯的创作最受关注。阿尔瓦雷斯的中篇小说《咖啡的故事》（*A Cafecito Story*, 2001）讲述她与丈夫在多米尼加一个小农场的生活，长篇小说《拯救世界》（*Saving the World*, 2006）则涉及艾滋病和天花这两种世纪绝症。迪亚斯的短篇小说集《溺亡》（*Drown*, 1996）和长篇小说《奥斯卡·瓦欧奇妙的短暂人生》（*The Brief Wondrous Life of Oscar Wao*, 2007）等作品多以纽约和新泽西州为背景，描绘大城市里西语裔聚居区的居住环境和多米尼加裔的生活际遇。

第三节　隐性环境文本的建构与解读：以谭恩美作品为例

谭恩美是当代备受瞩目的美国华裔作家之一，自 1989 年推出长篇小说处女作《喜福会》（*The Joy Luck Club*）并引起轰动以来，她先后出版了《灶神之妻》（*The Kitchen God's Wife*，1991）、《接骨师之女》（*The Bonesetter's Daughter*，2001）等长篇小说和多部非虚构文集、短篇小说集及儿童文学作品。其作品大多描写美国华裔婚恋和家庭生活，对母女情感的刻画深刻而细腻，在叙事手法上更是有独到之处，因而备受赞誉，受到众多奖项青睐，评论家奥威尔·谢尔（Orville Schell）称"谭的作品实际上已开创了美国小说的一种新体式"（1989：3）。谭恩美的作品大多以非自然世界为主题，不是以环境为主题或要素，属于本书所定义的隐性环境文本。有鉴于此，本章将以她的代表作《喜福会》与《接骨师之女》为例，分别展示她如何借助叙事手法建构隐性环境文本，又如何在隐性环境文本中表达她的生态思想，以达到窥一斑而见全豹的效果，帮助读者深入阅读和解析美国少数族裔文学中为数众多的隐性环境文本。

《喜福会》中，谭恩美的叙事手法不仅成功地将众多看似纷乱的故事编织成一个意义丰富的有机整体，还巧妙地为小说建构了意蕴独到的隐性环境文本。笔者从叙述声音、故事环结构等角度切入，通过文本细读阐明该小说中女性"讲古"、自然"言说"、隐喻的东方、母女"死生轮回"等细节背后的生态意蕴，凸显谭式叙事策略建构的隐性环境文本，从而引导读者将阅读视线从叙事策略的艺术性转换到叙事策略的生态意义，将阅读语境从"人类中心主义"转换到"地球大生态圈"视阈中的环境语境。肯定谭恩美式叙事策略对隐性环境文本的建构意义，既打破了国内生态批评多集中于欧美白人作家作品、而环境叙事研究又局限于中国文学作品的局面，又开拓了华裔文学的文本解读范式，为研究叙事策略的生态内涵奠定基础。

"讲古"这种叙事艺术由来已久。早在唐朝，柳宗元的《答严厚與秀才论为师道书》就曾提及："若言道讲古，穷文辞，有来问我者，吾岂尝瞋目闭口耶？"所谓"讲古"，既可以指谈论古人、古事，也可以是讲过去的传说，讲故事。而在华裔文学作品中，其意义倾向于后者，例如汤亭亭在其成名作《女勇士》（*The Woman Warrior*，1976）中就明确把"口传故事""讲故事"表述为"讲古"（talk story），并对这一讲述人生经历的独特方式进行挖掘，赋予作品深邃内涵，获得如潮好评。在《喜福会》的创作过程中，谭恩美也发展并丰富了这种叙事策略。她运用第一人称叙述者、女性叙述视角和集体型叙述声音等手法凸显女性"讲古"，既借助女性叙述者的话语刻画了饱受战争凌虐的自然环境，继而建构起隐性环境文本，又通过叙述者及接受者的关联将自然置于小说前景，赋予其"言说"的能力，以此增加人与自然之间建立平等对话的和谐关系的可能性，敦促人们聆听自然的声音，体味自然的痛苦，感受自然的力量，重投自然的怀抱。

《喜福会》通篇采用第一人称叙述者，但各章节中的"我"代表了不同的叙述者，这七个叙述者（涉及四对母女）把围绕自身经历的 16 个故事娓娓道来，既有对过去的回忆，又有对当下生活的写照，而读者则透过她们特有的女性视角、战前战后的特殊经历以及对自然的独特感受来建构隐性环境文本，聆听自然"言说"。

在小说的开篇故事中，谭恩美以直接引语的形式，让吴精美转述了母亲吴宿愿在抗日战争前后的经历，浓墨重彩地对照了和平与战乱两个时期的自然与人文环境，乘势建构起隐性环境文本。战争爆发前，吴宿愿神往风光迤逦的桂林山水，仿佛身心融于自然："我梦见怪峰突兀的群山，山里流出弯弯曲曲的河水，迷人的苔藓染绿了河岸，白露环绕山顶。要是你滑倒了，准会躺在床一样的青苔上哈哈大笑。你一旦爬到顶峰，四周风光尽在眼中，那真幸福极了，保你一辈子不再烦恼"；身临其境，她更是心旷神怡，感到自己与环境融为一体："我看到座座山峦，不禁大笑起来，同时又激动得不住地战栗……云彩缓缓移动，山峦一下子变成了一群巨象，慢慢向我走来！你能想出这美妙的景象吗？……这些景物这么奇妙、这么美丽，你简直想不出它们的样子。"（Tan，1989：7—8。下文凡出自该书的引文，将直接在夹注中标注页码）在这灵秀和谐的生态画卷中，人不再是世界的中心，亦非自然的征服者，而是与青山绿水共同谱写优美乐章的自然元素。浸淫于大自然的吴宿愿带着滋味无穷的迷醉消融在她自觉与之浑然一体的大自然中，于是，一切个别物体都看不见了，她的所见所感无一不在整体之中。这种人与自然融为一体的描绘折射出德国哲学家海德格尔所倡导的"人是诗意地栖息在大地的"美好境界。然而，战争的硝烟却令这山灵水秀的生态美景饱受蹂躏。战火纷飞中，自然环境不再是"诗意的栖息地"，而是由内向外崩溃："桂林的魅力很快就从我的眼里消失了……我能听到洞外面的爆炸声，轰！轰！然后稀里哗啦碎石落下来……我能看到的只有古老山峦的内脏在崩溃，随时又有可能从我头顶上塌下来。"（9）生态危机迅速波及城市："我们人人都有一身臭气……天气闷热，蛾子都热得昏死在地上……到处都是人，一丝新鲜的空气也没有。阴沟里发出的气味真难闻，从二楼的窗口飘进来，直钻我的鼻子。什么时候都能听到凄厉的叫声，不分昼夜。不知是乡下人在杀一头挣脱绳索的猪，还是军官殴打在路上要咽气的乡下人。"（9—10）战争导致的生态危机、精神危机与生存危机令人身心崩溃、异化，人们一听到空袭警报就"像野兽似的钻进深洞藏起来……哪也不想去，就想消失掉"，饿的时候"吃耗子，后来吃耗子都不稀罕吃的垃圾"，死后的景象，"在报纸上躺着一排排的老百姓，活像砧板上刚宰过的鲜鱼"（9—11）。

值得注意的是，吴宿愿对女儿的讲述和描绘往往穿插着诸如"要是你……""你能明白""你能体会这处境吗？"等话语。这种第一人称叙述者对第二人称听者/读者的询问及互动突破了传统的以叙述者为中心将故事向内聚焦的局限，自然的声音和话语经由叙述者吴宿愿得以传递，而故事的接受者"你"既代表了吴精美，又代表了小说《喜福会》的读者，他们受到双重叙述者的邀请，聆听自然的"言说"。在这种人类与自然的隐性对话中，自然"怒叱"战争及其发动者的罪恶，"控诉"人类无限膨胀的欲望，"质疑"人类征服、统治自然的权利。

当然，这种独特的"自然言说"并非局限于战争场景，人类与自然的对话也并非总是剑拔弩张。事实上，它更多地出现在人与自然元素的互动中，尽管没有明确地描绘自然环境，却也无形中建构起小说的隐性环境文本。例如在《红烛》中，叙述者"我"是青少年时期的龚林达，她在被迫嫁给黄家儿子时与自然展开无声的对话，从风与水中汲取着力量："我头一次发现了风的威力，我看不见风的形体，但我能看到风掀起了改变乡间的河水，风吹得人们叫喊、奔逃……我就像风一样。"（53）而在《比赛规则》里，龚林达的女儿薇弗莉·龚也继承了母亲那股"无形的力量"，聆听喃喃风语，并在其引导下与男性对手鏖战棋场、克敌制胜：

> 一开始下棋，男孩子在我眼前消失了，房间里的色彩也消失了……微风在我耳边轻轻吹拂，诉说着只有我能听懂的秘密。"打从南边吹来的风，"风低声说，"来无影又去无踪。"我清楚地看着前面的小路，躲过一个个陷阱和圈套……风越吹越大，"从东边吹来沙石分散他的注意力。"舍象求全局。风嘶嘶地吹，声音越吹越大。"吹呀吹，吹呀吹，他什么也看不见，现在他已经瞎了，让他随风倾倒，这就容易击倒他。""将。"随着风胜利的怒号，我说。风声渐渐平静了，最后只剩下我均匀的呼吸声。（103）

在叙事手法和结构安排上，谭恩美采用了独特的故事环结构（short story cycle）。全书由四大部分组成，即"千里鹅毛""二十六道鬼门关""美国式翻译"和"西天王母娘娘"，各部分均包含分别围绕来自四个家庭的母亲或女儿的四个故事，这16个故事在共同构成有关四个家庭的整体大故事的同时，既能独立成章，又能相互照应。作者通过四个家庭、四对母女和喜福会里的一张麻将桌，将这16个形散而神不散的故事拼贴串联起来，营造一定程度的阅读混乱和断裂感，造成了审美经验和接受过程的非流畅性，以此迫使读者在阅读过程中不断梳理自己的头绪，关注小说的叙事策略与故事结构，继而提炼出故事环结构背后藏匿的隐性环境文本。

《喜福会》的四四结构是中国麻将所隐含的自然密码的延伸，与麻将牌中蕴含的四季、四方、风向等自然元素①相呼应，其中，又以对东方的隐喻格外引人注目。在麻将规则中，开局时四人入桌，掷骰子来决定东南西北的座位，再由坐东风位的玩家来起庄和开牌，由于"坐在东方，一切都是从这里开始的"，故而东方是"一切事情的开端"，"是太阳升起的地方，也是风吹来的方向"（22—32）。如果将谭恩美对东方的生态理解融入《喜福会》的四四结构中，我们不难发现，小说的第一部分"千里鹅毛"在叙事结构上成为隐喻的东方。与全书同名的短篇故事《喜福会》通过吴精美转述了吴宿愿创办喜福会的由来，《创伤》凝聚了许安梅对母亲又爱又憎的童年回忆，《红烛》回忆了龚林达运用女性智慧摆脱包办婚姻从而获得新生的经过，《月神》则叙述了莹影·圣克莱尔儿时溺水得救后向月神许愿未遂却自此"迷失了属于自己的世界，无法找回"的故事。暮年时分，四位母亲回忆着或悲或喜的孩提时代和少女生活，衰老的她们"越来越接近生命的终点"，却也"感觉到更接近生命的开始"，她们"希望被人找回"（83），而这正是她们的女儿在小说后面三部分中亟须完成的使命。因此，"千里鹅毛"以东方为隐喻，不仅为全书的情节发展和人物情感的刻画奠定生态基调，更为读者感知、探寻小说的隐性环境文本指点迷津。

在上述基础上，四四结构还进一步将自然界与人的"生生循环"和"轮回重生"推为前景，注入"生生不息"的道家生态思想，升华了小说的隐性环境文本。

喜福会是四位母亲（吴宿愿、许安梅、林达·龚、莹影·圣克莱

---

① 中国传统麻将牌由六类 42 种图案构成，其中序数牌（含万子牌、饼子牌以及索条牌）108 张、风牌（东、南、西、北）16 张，箭牌（中、发、白）12 张，花牌（春、夏、秋、冬、梅、兰、竹、菊）8 张，再加上玩家所坐的四个方位，即东、南、西、北，都与自然元素有关。

尔）每周一次的麻将聚会，而全书故事环结构的排列顺序恰好与打麻将的出牌或座次顺序一一对应。其一，按照中国麻将的规矩，四位打牌者依照东南西北四个方位就坐，根据小说中的细节描写，我们不难确定她们的具体位置：吴宿愿作为喜福会的发起人当仁不让地选择了东方，其女吴精美接替了这一座位，随后，"安梅阿姨坐在我的左侧，她把麻将牌倒在墨绿色的桌面上……'你能像你妈妈那么赢吗？'对面的林阿姨问我，她没笑"（22）。由此可以推算出，吴宿愿的替代者吴精美坐在东方，许安梅在南方，林达·龚在西方，莹影·圣克莱尔在北方。这样的顺序与小说的第一部分"千里鹅毛"中的《喜福会》《创伤》《红烛》《月神》四个故事的各个核心人物，即吴宿愿、许安梅、林达·龚、莹影·圣克莱尔的出场顺序完全一致；而在第三部分"美国式翻译"中这种顺序发生了逆转——《麻脸丈夫》《四方》《缺木》《优中选优》的核心人物成为她们的女儿：莉娜·圣克莱尔、薇弗莉·龚、萝丝·许·乔丹、吴精美。由此可见，小说的第一部分依照麻将桌四家的座位顺序，自东向西顺时针排列，在第三部分则顺序逆转。其二，在打麻将的过程中，四位打牌者分别代表东、西、南、北风，并通过掷骰子定下第一局最先出牌者，即东风坐庄者，而后依次出牌者即为西风、南风、北风。小说清楚地告诉我们"莹阿姨掷出骰子，然后我被告知，林阿姨是东风，我是北风，最后出牌，莹阿姨是南风，而安梅阿姨是西风"（23），因此，出牌的顺序为林达·龚、莹影·圣克莱尔、许安梅、吴精美。而小说第二部分"二十六道鬼门关"的四个故事正是遵循上述风向，自东向西顺时针地围绕她们的女儿或本人，即薇弗莉·龚、莉娜·圣克莱尔、萝丝·许·乔丹、吴精美而展开，在第四部分"王母娘娘"中分别围绕许安梅、莹影·圣克莱尔、林达·龚、吴精美的四个故事则在兼顾"小说始于东方、并在东方结束"的整体大循环原则基础上，依循自西向南、向东、继而向北的逆时针顺序展开。

纵观全书的各章节，故事不仅开始并结束于吴氏母女所代表的东方，而且四大部分所包含的各个故事的排列也都遵循了自然风向或方位的循环规律，自然循环与故事环结构巧妙交融，在自然与人类之间架构桥梁，向读者展示了"生生不息""万物循环延续"的生态图景。"生生"出自《周易·系辞上》："生生之谓易"，意思是"万物繁衍不息，生长不已，新事物不断产生，这就是易。"作为一个汉语复合词，"生生"，首先可以被理解为动名词结构，即具有本体论性质的"生"能够产生出有生命或能生存的事物；其次，它又可以被理解为双动词关系，"生"而接着又"生"，强调"生"作为一种生命活动或生存活动的不间断性，运动与运动之间永远是没有间隙的；最后，"生生"也可以被理解为双副词结构，指物的存在情状，物始终"在生成的状态之中"，始终处于"生化变易的过程之中"，即事物永远在运动着，不断地生成它自身。因此，"生生不息"意味着人和世间万物都是自然界的产物，都具有内在的生命力，不断创造生命，并由此衍生出循环轮回思想，即自然与人类都是处于生命周而复始的"生生不息""生—死—生"的无穷尽循环中，种子是母体生命的继续存在，孩子是父母生命的延续。这种生态循环理念也通过谭恩美对叙述声音的灵活运用得以升华，在吴氏母女的"死生轮回"与"重生"中得到强化。

小说的叙述时间开始于吴宿愿去世之后，所有关于她的故事和经历都是通过女儿的回忆及叙述才得以呈现在读者面前。在围绕这对母女展开的四个故事中，吴精美均以第一人称叙述者及主要聚焦者的身份出现，但在其转述和回忆过程中，她时而运用直接引语或间接引语的形式，时而运用"相信""希望""失望""原谅"等具有心理、言语和行为过程特征的词语，不断进入母亲的内心世界，找寻那失落的声音，从而真实客观地再现母亲的亲身经历和切身感受，实现后者在读者的阅读视阈中的重生。这就像小说结尾处吴精美和两个姐姐一起化身为母亲生命的延续一样："我们长得都像母亲，和她一样的眼睛，和她一样的嘴唇，大睁着惊喜的眼睛终于看到了她的宿愿。"（331—332）

《接骨师之女》是谭恩美的第四部长篇小说，也是她自传性最强、表现华裔移民母女关系最为深切和感人的作品。在这部小说中，谭恩美以制墨世家的兴衰、甲骨的挖掘、抗日战争为背景，描述了接骨师家族的三代女性——宝姨、刘茹灵和杨露丝的命运变幻，在故事的娓娓讲述中分别从回归简朴的生活方式、回归精神本源、回归自然界三个维度巧妙地构建了生态回归隐性主题，从而在文本中实现了对"回归自然"[①] 这一理念的重新阐释和内涵扩充。对《接骨师之女》的细读表明，在谭恩美看来，要实现真正意义上的生态回归就需要人们摆脱狭义的"自然"概念的束缚，将其含义扩展至人的内部自然与外部自然两个层面，从精神层面和物质层面实现"回归内部自然"和"回归外部自然"的双重回归。

肇始于20世纪七八十年代的生态批评将人与自然的关系作为其核心研究范畴，深入探讨自然与人类、社会、文化、精神之间的关系，质疑人在宇宙中的统治地位，鞭挞人类征服和统治自然的做法、欲望过度膨胀的倾向、唯发展主义论调及科学至上等思想，呼吁人们敬畏自然、尊重生命，重返与自然的和谐相处，实现"诗意地栖居"。这种积蓄着自然情怀及绿色思绪的批评思潮昭示着"回归"性的生活实践，而在环境持续恶化、生态灾难频发、人类疏离自然的背景下，适时地倡导"回归自然"将对高速发展的工业文明起到缓冲作用，对人日益膨胀的自我意识和欲望予以合理约束，从而达到人与自然的平衡，促进生态系统可持续性发展。需要强调的是，这种"回归"绝不是沿着来路倒退回原点，也不是机械地将人拉回到落后的农耕社会和纯粹田园式生活，而是一种回望，是"退回一步的思考"，是"从那初始的自然观念中领悟人与自然的本真关系，从而矫正现代社会积淀已久的种种弊端，改变人们对自然的态度，恢复人与自然的精神纽带，重新建立与自然融为一体的新的关系"（鲁枢元，2005：16）。

作为对过去的回望，"回归自然"需要一个指向性原点，为其提供价值参照和基础。这个"原点"并非是一个时间的概念，而是一个理论的概念；不是"历时性"的问题，而是"共时性"的问题。因此，在时间维度和空间维度上，它并没有一个具体的坐标，而是一

---

① "回归自然"是一个被生态学者广泛提倡却又内涵模糊的理念，目前的生态文学和批评研究侧重的多是对爱护、回归狭义"自然"的重视和提倡（刘蓓，2003：21）。

种基本的思维方式，是看问题的"立足点""出发点"。要找寻这样一个"原点"，我们需要对"回归"的去处——"自然"的生态含义进行分析。在生态批评视域中，"自然"既指客观自然界，又具有"天性""本源""自然而然"的含义。在古代汉语中，与"自然"含义最接近的是"天"，"天"即"道"，或称"天道"。《道德经》中所谓的"人法地，地法天，天法道，道法自然"指的是"道法自己"，即"以自己为法"，这不是说"天道"之外还有一个叫作"自然"的东西，而是天道自行，无假于物，天即道，即"自然"，而"天人合一"指的就是自然与人是融为一体的。因此，生态学家鲁枢元认为，"'自然'从一开始就具备了'天道'的属性，它是无限的、拥有生机的、拥有自己的意志与目的的、化生万物的、与人浑然一体的绝对存在"（2005：8）。在英文中，"自然"的对应词"nature"也同时有"自然"和"本性"的意思，不过其含义远不如汉语"自然"宏阔、深远，因为它所指涉的是人之外的那个在时间、空间中存在的物质世界，即"自然界"和其内部存在物质的本性。例如，哲学大师金岳霖在用英文写作他的《道、自然与人》一书时曾将汉语中的"天人合一"写成英文的"自然与人合一"，但他随即补充声明："在'天人合一'这一命题中的'天'这一概念所表达的思想要比英文中的'自然'一词要丰富得多……也许'自然神'这样的词语更接近于中国的'天然'、'自然'，'nature'则是一种'纯粹的自然'，即客观的自然、自然界。"（2005：151）因此，在当代环保运动及生态批评思潮中，汉语中的"自然"更贴近自然的本真意义，更能够为"回归自然"提供价值参照和前行基础。

基于上述论述，我们将自然分为外部自然（物质生态）和内部自然（人类的精神生态），于是，"回归自然"也相应地包含"回归外部自然"和"回归内部自然"两层含义。前者要求人类正视由于自身过度追求工业化高速发展和城市化进程所造成的自然环境恶化和生态危机，意识到自身与自然的长期疏离，继而敦促人们重返并融入外部自然界，切身感受大地、山川、河流等自然元素的生态美，重建与自然万物的联系，并实现与之平等、和谐相处；后者则意味着人类回复自然天性和本真状态，在物质生活上趋向本真、纯朴，以"自然而然"为准则，顺应自然而生活，在精神生活上力求追本溯源、精神寻根，对自身准确定位，从而重建一种新型的人与自然、人与人、人与社会、人与科技等的关系，以解决人类的精神生态危机。

以上述回归理论为分析透镜，我们不难发现，谭恩美在创作《接骨师之女》的过程中，分别在回归简朴的生活方式、回归精神本源和回归自然界三个维度上构建起立体化的生态回归主题，将"欲望批判""消费主义批判""精神寻根""道法自然""自然言说"等元素穿插于小说的故事情节发展过程中，巧妙地构建了生态视阈下的"回归内部自然"和"回归外部自然"主题。

20 世纪以来，环境恶化，污染严重，带来日益严重的后果：全球变暖，大量物种灭绝，海水上涨，内河干涸，土地沙漠化，疾病蔓延，自然灾害频发，当人类以"万物之灵长""宇宙之精华"自诩，肆意掠夺、挥霍有限的自然资源以满足自身无限膨胀的物质欲望和消费主义的生活方式时，生态危机也如影随形，迫使人们正视自身对自然环境所造成的恶果，意识到保护生态环境的重要性，继而痛定思痛，在梭罗"尚美、朴素"和道家"见素抱扑，少私寡欲"的生态智慧中寻求发展方向，积极倡导节制欲望、重回简朴的生活方式。对此，谭恩美在《接骨师之女》的创作过程中较为含蓄地予以了响应。小说一方面通过第一、二代女主人公宝姨、刘茹灵的悲惨遭遇对贪婪和欲望过度进行了强烈的鞭笞，另一方面又以第三代女主人公杨露丝的生活体验为棱镜，折射出对消费主义的反思和对简朴生活的推崇。

刘茹灵和母亲宝姨生活在 20 世纪初旧中国军阀混战和日军侵华时期，贫穷和物资生活的极度匮乏助长了人们欲望的膨胀和对金钱的贪婪，自然和人都被物化为欲望操纵的对象。在两位女主人公所生活的仙心村中，人的贪婪致使一棵 3000 岁的神树枯死："远近贫富的人群纷纷来到仙心村朝拜，祈求沾上神树不死的神力……祈求老天赐福，生个男孩，发家致富……常常会剥一点树皮，或是折一根树枝……朝拜的人太多，害死了这棵树。"（Tan，2001：88。下文凡出自该书的引文，将直接在夹注中标注页码）① 而随着 1929 年周口店"北京人"遗址的发现，人们对传言中价值数百万黄金白银的龙骨更是垂涎不已，"人人都忙着挖掘古物……在喂羊的草地上，甚至猪圈里乱挖一气"，即便"从那片垃圾堆里挖出的只有树根虫豸"，却还"猜想那些东西可能是古人的手指脚趾，甚至可能是古人的舌头化石"（101）。

与人对自然的肆意掠夺遥相呼应的是人对人的欺骗与杀戮。棺材铺张老板觊觎接骨师的家传龙骨，在假借纳宝姨为妾而谋得龙骨的计策失败后，又纠结匪徒在送亲路上进行劫杀，抢走作为嫁妆的龙骨，致使宝姨丧父丧夫。尽管他事后凭借龙骨一夜暴富，名利双收，可这仍无法填平其欲望的沟壑。多年后，他又将欲望的魔爪伸向宝姨的女儿茹灵，企图再次以骗婚的手段获知龙骨的秘密藏匿地。少不更事的茹灵不明就里，一心只想嫁到城里，摆脱贫瘠的农村。这种欲望让她"背弃自己熟悉且珍贵的一切"，把企图阻挠的宝姨当作"头脑空洞的乡下土包子"（115）而不予理睬，宝姨只得以死抗议，威胁要变作冤鬼复仇，才迫使张家解除婚约。

如果说宝姨和茹灵的悲惨境遇是对由欲望主导的生活方式的控诉，那么杨露丝的生活经历则是对简朴生活方式的肯定。在金钱和物质充裕的现代社会，要回归简朴的生活方式就需要警惕消费主义意识形态。它不同于正常的消费行为，是把消费作为生活的核心，渴求无节制的物质享受和消遣，并将此作为生活的目的和人生的价值。它不仅加剧了人类对资源的过度消耗和对自然的掠夺与破坏，而且使人物化，把人与人的情感联系简化为交换或消费行为，令人际关系更加疏离、冷漠。值得庆幸的是，露丝的生活观念与消费主义意识形态截然不同。她崇尚简朴、少欲、亲近自然。例如，多年来，她每到八月十二日都会在失声期间进行为期一周的沉默冥修，使自己摆脱烦琐的工作与生活杂务，远离都市的尘嚣，避开物质和金钱的诱惑，在无须语言的状态下静思，享受自然美景。

---

① 译文参考了张坤的译本《接骨师之女》（上海译文出版社 2006 年版），略作改动。

　　日常生活中，她秉承实用、节约和适度消费原则，反对一味从消费者角度看待一切事物。对此，谭恩美透过买花和买书两个细节进行了细致刻画。其一，"每当看到有人随随便便大把地往家买花的时候，露丝总是很惊讶，仿佛花跟厕纸一样也是日用必需品"，她自己"定然要考虑再三，仔细衡量这花算不算得上物有所值"；倘若买了自己喜欢又昂贵的绣球花，那她定然会按时浇水，确保"花期能维持一两个月之久，而且在花最后凋谢之前，把花头剪下来放到陶罐里晾干，还可以做成干燥花长期保存"；即便买了奢侈的兰花，那也是因为"兰花价钱虽不便宜，但花期足有六个月之久……兰花永远不会死，保证生生不息，长期保值"（18—19）。其二，身为"书本大夫"的露丝素来对书籍有着朋友般的情谊，甚至曾梦想通过小说创作来塑造全新的自我，因此，她对于消费主义将书籍单纯视为消费品的做法很不以为然，认为那些荧光绿的价格标签"就像是死尸脚趾上的牌子一样，宣布这些书的价值就此完结"；每当看到减价书，她就"怀有一种莫名的同情"，"好像它们是动物庇护所里的小狗，毫无理由地被人遗弃在这里，依然满心希望得到人们的青睐"（188）。此外，她还格外反对用物质衡量或交换感情的做法。当同居两年的男友阿尔特提出将房屋的产权部分转让给露丝、以此表达爱意的时候，她无法认同这种用金钱驾驭爱情的做法，在她看来："你怎么能把爱情换算成百分比呢？"（56）

　　精神寻根、追本溯源是人的根本性需要，也是实现"回归内部自然"的重要途径。在已经步入极致的现代工业化社会，人的精神生态陷入重度危机，技术崇拜、机械依赖、消费主义、金钱至上等思想让人迷失自我。面对危机，人们往往会近乎本能地产生强烈的寻根意识，渴求在对终极存在的体验中获得生命的依凭，找到重新出发的方向和力量，就像美国生态伦理学家罗尔斯顿所谈到的："在父母与神的面前，人们想到的是自己生命之源（source）而不是资源（resource），人们寻求的关系，是与超越自身的存在在一起，处于根的生命之流中的体验。"（2000：207）小说《接骨师之女》中的精神寻根主要通过"骨"和"书画"两大意象来完成，前者在时间层面将小说的历史背景追溯至人类祖先周口店"北京人"所存在的远古时期，后者则从文化层面将小说的哲学内涵提升至中国传统道家思想之精髓——"道法自然"的境界，从而在历史和文化两个层面上体现了向本源回归、与自然合一的生态智慧。

《接骨师之女》以接骨世家的三位女性为故事主人公，骨的意象贯穿小说始终，对情节的发展起到巨大推进作用。例如，宝姨是因为用龙骨疗伤而结识爱人刘沪深，却也因为龙骨而遭棺材铺张老板的觊觎，最后导致家破人亡；茹灵是因为龙骨而失去了母亲，被送进孤儿院，却也多亏卖掉母亲遗留的最后一块龙骨而顺利逃离战乱，前往美国；露丝则是借由龙骨展览才从母亲口中最终找回家族的姓氏——"谷"，这一姓氏与"骨"谐音，它在小说结尾的出现具有强烈的点题意义，象征着接骨师家族历史之谜的终极破译。

不仅如此，龙骨介乎人类与自然界之间的特殊存在形态还赋予了它独特的生态意义，让其见证了人与自然无法割裂的内在联系。其一，龙骨具有人的属性。尽管传统意义上的龙骨一般是动物的化石，而非人骨，谭恩美却在小说中刻意对其人的属性加以渲染，突出龙骨是人类原始祖先"北京人"的骸骨和接骨师家族祖先遗骸这两个细节。首先，谭恩美将历史事实融入小说中，通过1929年周口店龙骨山的考古发掘工作来声明龙骨是远古时期人类的祖先"北京人"的遗骸，"是从我们一百万年前的老祖宗头盖骨上掉下来的"；其次，谭恩美设计了鬼魂托梦的情节来明确龙骨的人的属性："死去的接骨大夫托梦给宝姨：'你手里这些骨头并非龙骨，而是我们家人的骨头，就是那位被压死在猴嘴洞的先人。'"（99—100）如此一来，具备人的属性的龙骨便成为接骨师家族史和人类远古历史的见证，而对龙骨的发掘工作也自然地成为人类挖掘自身历史、追本溯源、寻求精神寻根的重要途径。其二，"北京人"化石是原始人在肉体消亡后保留在自然界的一种存在形态，具有强烈的自然属性。众所周知，原始人由自然界的类人猿演变而来，其生活状态本就几近天然，其遗骸则经过数万年的石化作用更是完全融入自然界，这在很大程度上隐喻了人类起源于自然、最终又必然回归自然的事实。其三，谭恩美结合"北京人头骨"在抗日战争后下落不明、线索成谜的史实，为其设定了回归大海的可能结局："我想象着那些细小的头骨片跟鱼儿一起漂在海水里，慢慢沉到海底，鳗鱼从上面游过，沙子渐渐将它们埋在下面。"（150）海洋素来被生态批评家们视为地球流水的源泉、生命的摇篮，于是在生态批评中，重建与大海的内在联系便成为人类寻求"生态自我"、重返自然的重要表征。谭恩美这样煞费苦心地突出北京人头骨来源于人类、留存于大地、回归于海洋的命运，在一定程度上也强化了"人类起源于自然、最终又必然复归于自然"的隐喻性回归。

除了以骨来隐喻人的精神回归之外，作者还透过书画的意象折射出"和谐"与"道法自然"的生态思想，从哲学和文化层面上构建了"回归内部自然"这一主题。在谭恩美的一系列小说中，她对中国传统文化元素的运用十分独到，如《喜福会》中的打麻将及下象棋，《通灵女孩》中的遗体入殓及女鬼等。在《接骨师之女》中，作者对东方元素的把握达到一个高潮。我国学者邹建军曾以该小说为个案，对汉字意象进行细致分析，称"汉字作为中国古老传统文化精神的载体……与整部小说的主题表达、人物塑造、艺术结构、艺术风韵等存在着非常密切的关系"（2006：105）。

以此为引，深入探索小说对与汉字密切相连的中国书画的描写，我们不难发现，它们同样被谭恩美赋予了丰富的文化与哲学含义，对生态主题的构建起到重要作用。书画是书法与绘画的统称，由于在中国传统中素有"书画同源""书画一体"的说法，且《接骨师之女》所涉及的皆为水墨画，与书法非常贴近，就像小说人物茹灵所说的"每个偏旁部首都是远古时候的一幅画"（30），故笔者在此处将二者结合在一起探讨。

中国书画历来都被视为生态和谐的表征，其审美观念强调的正是"和谐之美"与"自然之美"。"和谐之美"融合儒家思想之灵气，认为既然书法艺术离不开点画、笔法、墨法、结体、布局等，那么在其综合运用中自然会遇到长短、肥瘦、轻重、浓淡、虚实、方圆、藏露、迟速、倚正、疏密等矛盾，需要书法做到"执中""驳正"的内外"谐调"。正如在《接骨师之女》中，刘茹灵借书写"天"字来教育露丝时所说的："每个笔画都各有节奏，各有位置，形成平衡……每个汉字都包含一种思想、一种感觉、各种意义和历史，这些全都融合在这一个字里……"（30） "自然之美"则源于道家思想之精髓——"道法自然"。"道法自然"出自《道德经·道经》第 25 章"人法地，地法天，天法道，道法自然"，是老子思想的核心命题。道家学派的重要思想家王弼在《老子道德经注》中又将其进一步阐述为："法自然者，在方而法方，在圆而法圆，于自然无所违也。"其中，"自然"指的是"自然之性""天然""本真"，而"法"则是"效法"。所以"道法自然"讲求的是顺其自然而成其所以然，是将人、社会、自然视作一个有机整体，要求人在外部与自然保持和谐关系，效法天地，效法自然，在内部保守本真，回归本性，从而达到"自然而然""天人合一"的生态境界。这种蕴含丰富生态智慧的道家思想投射到审美上，便产生了谭恩美在《接骨师之女》"命运"章节中极力渲染的要点——"美的第四重境界"：

> "这第四重境界，"开京接着说，"比神韵还要了不起，世间众生都不由自主地寻求这种美，但只有当你无心寻找的时候，才能感觉到它的存在。这种美只有在你不费心机、不存奢望、不知结果如何的时候才会出现。它美得单纯，就像天真的孩童那样单纯。当艺术大师老了，丧失了心智，重拾赤子之心，才会重新获得这种境界……这第四种境界就叫做'道'。"（136）

在此，谭恩美独具匠心地透过刘茹灵与潘开京的书画切磋来展现他们的爱情，再把中国传统审美观渗入爱情之花中，借"谈情"来"说美"，表面探讨"美的境界"，实则言说道家的生态智慧。她一方面突出审美情趣的"自然无为"，另一方面又以互文手法用"单纯如孩童"和"赤子之心"等语言映射道家哲学中"常德不离，复归于婴儿"与"含德之厚，比于赤子"的思想，强调孩童的天真无邪和未受污染，以此表达对将内心修养提升至如婴儿般自然而然、返璞归真的境界、实现人的"回归精神本源"美好前景的憧憬。

在当代生态批评中，覆盖地球表面近三分之二面积的蔚蓝大海占据重要地位，海洋的蓝调正逐步成为生态批评的流行色，"阅读海洋""回归海洋"主题也随之进入研究视野，成为人类"回归外部自然"的重要途径。例如，伟大诗人惠特曼就无比向往"委身于大海"：

> 你，大嗨哟，我也委身于你吧——我能猜透你的心意，
> 我从海岸上看见你伸出弯曲的手指召请我，
> 我相信你不触摸到我就不愿退回，
> 我们必须互相拥抱，我脱下衣服，远离大地了，
> 软软地托着我吧，大海摇篮得我昏昏欲睡，
> 轻易多情的海潮向我冲击，我定能够以同样的热爱报答你。
>
> （1987：96）

当代美国生态文学大家雷切尔·卡森也是"回归海洋"的主张者，曾在其作品《海的边缘》的尾声部分写道：

> 在我的心灵之眼中，这些海岸的形态以万花筒般变化多端的花样合并混杂，没有终止固定的模样——而陆地也像海洋一样，变成了流体……凝思丰富的海岸生命，我们不安地感受到某种我们并不理解的宇宙真理……而在寻觅解答之际，我们也接近了生命本身最高的奥秘……（Carson，1955：215—216）

与之相似，谭恩美也将"回归海洋"融入小说创作中，在纵向深入展现"回归内部自然"的基础上，又将小说的生态内涵横向延展至"回归外部自然"主题，以水为媒，将女性的命运与自然粘连起来，为小说女主人公杨露丝铺设了回归外部自然的道路——大海。

在小说中，以谭恩美为原型的第三代女性露丝总是与水结缘，与海心灵相通。她和谭恩美一样，都是临海而居，住在金门大桥附近的海湾区，推开窗户望去，"那边就是广阔的太平洋……滚滚而来的巨

浪，浪花仿佛轻柔的羽绒被一般覆盖在海面上，缓缓向大桥推进"（6）。不仅如此，她还能通过与大海的心灵交互来摆脱物质束缚，远离烦忧，从"自然言说"中汲取力量，因为此时的大海已经不再是人类征服和统治的标的物，而是能够言说自身的主体，是能够与人类互动沟通的生命体。小说中，当露丝因突然发现母亲患有老年痴呆症而为以前的母女冲突感到后悔万分、"只想放声大哭"的时候，她选择在旧金山海岸的"天涯海角""听着海浪的咆哮，让磅礴的海浪不断拍打岸边的巨响淹没自己怦怦的心跳"（62）；当她如花般的初恋因遭到男性邻居兰斯的性侵犯而破灭时，她选择"在海浪的咆哮声中放声大哭，终于不用再担惊受怕了"（77）；而大海也总是不负所望，深情地让她"感到海水的抚慰"，让她觉得"心中充满了强烈的希望和决心"（78）。作为水原型衍生性形态之一的海洋成为露丝重返自然的依凭，热情地迎接着她的回归："波浪环绕着她的脚踝，牵扯着她往海里走，波浪似乎在对她说'来吧，大海里宽广无垠，无拘无束，你可以自由自在'。"（63）

综上所述，谭恩美在隐性环境文本《接骨师之女》中，将西方生态思想与道家生态智慧结合起来，一方面利用水原型和自然言说构建小说的回归外部自然主题，另一方面又从欲望批判、消费主义批判、精神寻根、道法自然等方面，提出回归内部自然的倡议，即回归简朴的生活方式和回归精神本源。只有同时回归外部自然和内部自然，人类才能实现真正意义上的"重返自然"和"生态回归"。

第二章　环境与地方维度的生态思想

　　地方（place）是世界上万事万物发生与存在之处，是人与环境关系的一个缩微具象，是生态主义思潮和环境保护运动在物质层面的重要落脚点，也是从古至今广泛存在于多样性文本中的文学再现的对象。我们不妨说地方构成了人与非人类自然共同存在的生态圈，是二者之间物质与情感关联的纽带，也是人类审视自我价值和存在意义的核心范畴。如地理学家约翰·阿格纽（John Agnew）所言，地方综合了自然界力量、社会关系（如阶层与性别）和意义（如思想观念和符号），既可以指自然地点，也可以指其社会影响，同时具有社会学和地理学意义（转引自约翰斯顿，2004：20—21）。早在生态批评兴起之初，格洛特费尔蒂就在《生态批评读本》中提出："除了种族、阶级、性别，*地方*是否可以成为一个新的批评范畴？"（Glotfelty，1996：xix）布依尔也指出，"对环境人文学者而言，地方是不可或缺的概念"（Buell，2005：62）。随着生态批评第二波浪潮的到来，环境转向成为现实，对地方的理论研究和文本解析随之成为生态批评的一个热点。美国少数族裔的个人和集体经历中，物理意义上的移民与迁居、政治意义上的失地与失所、心理意义上的失根与寻根，完全可以转化为与地方、人地关系、人与自然或环境的关系、人在地方的身份、地方与文化差异等主题密切相关的文学再现和理论剖析，因而也为探究环境与地方维度的生态思想提供了丰富的土壤。

第一节　人类经验透视中的地方和禅宗与
　　　　泛灵论观照下的地方

若论当今世界对生态批评的地方理论最具影响的学者，非美国华裔学者段义孚（Yi-Fu Tuan，1930—）和美国白人诗人、环境运动活动家加里·斯奈德（Gary Snyder，1930—）莫属。段义孚提出了经验透视中的地方思想，而斯奈德虽非少数族裔，他的地方思想主体却源自禅宗和泛灵论等少数族裔传统文化。本节将总结两者地方思想的哲学基础、地方概念和核心要素等，对比分析他们的共同点与差异，以求丰富我们对"地方"概念与内涵的理解，加强我们对美国少数族裔地方思想的整体把握。

一　段义孚：人类经验透视中的地方

美国华裔学者段义孚在全球地理学和人文学科领域卓有建树，曾被美国地理学会授予勋章并评为英国皇家科学院院士。他年轻时便离开中国，辗转漂泊于澳大利亚、菲律宾、英国和美国等多地的人生旅途使他形成了对"人地关系"（human-place relationship）的独特思考。在 20 世纪 70 年代人文主义与科学实证主义相互博弈的文化思潮背景下，他创建了人文主义地理学，将其定义为"人与环境关系的研究……强调从人与世界的身体与情感联系出发，探讨人的存在意义这一更基本的问题"（Hubbard & Kitchin，2004：306）。

段义孚的地方思想集中体现在《恋地情结：环境感知、态度和价值研究》（*Topophilia*：*A Study of Environmental Perception*，*Attitudes and Values*，1974）、《经验透视中的空间与地方》（*Space and Place*：*The Perspective of Experience*，1977）和《割裂的世界与自我》（*Segmented Worlds and Self*：*Group Life and Individual Consciousness*，1982）等论著中，其中许多经典的论述都被直接或间接地引入生态批评领域，对生态批评学者有关地方和地方依附（place attachment）的研究影响极大。例如，布伊尔在《环境批评的未来》中不仅直接引用段义孚

"地方是可感价值的中心"的概念和"地方与空间需要彼此界定"的阐述，而且还援引"当被用来指向一大片地域时，恋地情结就变得不适用。将地方范围缩小规模至人的感知限制能力以内，看来是有必要的"的警告，以防止生态批评拘囿于研究那些将地方和地方依附的范围限制在当地（local）或区域（region）以内的文学文本。（Buell，2005：63、145、68）

　　段义孚的地方思想在很大程度上不同于传统的、以实证为基础的地理学，这是因为他将现象学和存在主义等具有人文关怀的观点作为其地理学的立论哲学。现象学以人们生活的经验世界为基础，用描述的方法揭示人与环境关系的复杂性与多样性；而存在主义则强调人所生存的环境、人的个性和选择的自由性。基于这两个哲学基础，他采取注重主观分析的研究方法，在人地关系中以人为本，而不是把人仅当作客观地理现象的被动旁观者和报告者，故而其地方思想是超越客观的地理知识、建立在"与地区相关的人的心灵体系内的主观地理知识"（段义孚，1998：6）之上的理解，其中心主旨是人如何去"经验"世界和理解世界。

　　段义孚从人文关怀角度突出了地方定义中的人类情感因素以及人与地方互动过程中的经历体验和存在意义，从多个角度对地方进行界定：地方是"一个独特的实体……一个'特别的整体'，有历史和意义；它使人们的经验和理想具体化……是一个应该从赋予地方以意义的人的角度来加以理解和澄清的现实"（Tuan，1974：213）；它既是"封闭的空间和被赋予人性的空间"（Tuan，1977：54），也是"由体验构成的意蕴中心"（Tuan，1996：445—456），还是"一种特殊的物体，尽管不像寻常的有价值的物品那样可以轻易携带或搬动，却是一个'价值的凝聚'，一个可以让人在其中栖息的所在"（Tuan，1977：12）。

　　上述定义对空间（space）与地方进行了区分。在《经验透视中的空间与地方》中，段义孚通过神学家保尔·蒂利克（Paul Tillich）最终选择居住在能给他带来开阔、无限制感觉的海边这个例子说明，空间的核心是"自由"和"开广性"。他认为，对于个体而言，空间有大有小，不同大小的空间给人不同的感官感受，如个体对空间的空旷或拥挤感会让人产生"空间被压缩"或"空间被开放"的感觉，但空间本身"是一个具有面积性和体积性的几何单元，是可以被测量且绝不含糊的'量'"（Tuan，1977：51），是一个不因人的不同感受而变化的抽象且客观的物理概念。空间中的自由，表示有能力在足够的范围内活动，超越当前状态。

另外，段义孚从两名科学家参观丹麦克隆勃格城堡的例子中，透过他们所发出的"哈姆雷特只是一位名字出现在 13 世纪编年史中的人物，没人证明他是真有其人或曾经在此城堡里居住，但每个人都了解莎士比亚透过他所提出的问题……所以他也被投射在克隆勃格这个地方，使我们觉得它与其他城堡不同"（Tuan，1977：4）的感悟，凸显地方在经由个体和人类历史群体"经验"后被赋予的独特价值以及由此萌发的"地方意识"。也就是说，地方的意义在于人给它赋予的、超出居住等实用意义的情感寄托。随着时间的推移，这种由人赋予的意义与价值会和人的思想、行动、感受等一起不断成为这个地方的一部分，由此产生地方意义的变迁。

不仅如此，段义孚还辩证地阐明"地方"与"空间"相互依存、具有可转化性的独特关系：其一，空间和地方相互定义，即"从地方的安全性及稳定性，我们感觉到空间的开阔、自由以及由此带来的威胁，反之亦然"，二者相互依赖、缺一不可，即人类既需要空间也需要地方，因为"生活就是在冒险与庇护、依附与自由这些二元对立中的运动……在开放空间中的人会强烈感受对地方的需要，而在被庇护的地方独处的人则不断渴求外面的广阔空间"（Tuan，1977：6、54）。其二，空间是运动能力（power of movement）的结果，而运动往往指向或远离物体和地方，故而空间包含运动，"可由人们通过多个物体和地方各自的相对位置、分割或连接地方的距离和宽广度的差异等产生不同体验"（Tuan，1977：14）。相较于空间，地方的内涵则比抽象的空间更复杂，不仅因为它是相对于运动空间的暂止（pause），即每次运动的暂止都有可能让一个区位（location）转变成地方，使它成为被感知的价值中心、价值的凝聚地（a concretion of value），故而

"当我们感到空间非常熟悉的时候……当我们更加了解空间并赋予它价值的时候……最初无差别的空间就变成了地方"（Tuan，1977：138、12、73—76）。

此外，段义孚还将时间与地方并置，探讨了二者的区别。地方是在时间的洪流中短暂停驻的，是一个静态的概念，而时间则是动态或流动的；时间附着于地方并通过它得以显现，而地方则能为逝去的时间留下记忆，要形成"地方意识"需要花费时间。

通过梳理和分析，我们从段义孚集中探讨地方的多部作品中找出核心要素并依照相关性将其分为如下两组。

（一）"地方意识"和"恋地情结"：家与家乡

在《经验透视中的地方》的"地方的亲切经验"和"对家乡的情感依附"两个章节中，段义孚开创性地提出"地方意识"这一概念来指称人与地方之间的深切情感联结，这种情感依附是经过文化与社会内涵改造的、特殊的人地关系。以此为基础，他提出"恋地情结"来指称人类与物质环境的情感纽带，即当地方在人的体验中不断被赋予情感和价值后，它就成为人类自我的有机组成部分，而要实现人地"合一"的根本就在于人类对自我的肯定和相恋（Tuan，1974：93）。

段义孚认为，地方有不同的尺度（scale），而家和家乡分别作为小尺度和中型尺度的地方，是"地方的亲切经验"的核心表征。它们具有稳定和完整的特质，是人身份认同的源泉，一直以来都被人视为世界的中心、宇宙的焦点。同时，它们都是相对于外部世界的封闭空间，是经常令人感到亲切的地方，这不仅因为它们充满了我们熟知的事物——那些东西往往已变成我们的一部分，从而让我们的感官体验到真实，而且还因为家和家乡往往隐喻了父母——他们是自孩子的幼儿期就始终承担养育责任并提供庇护与安全感的人，故而家和家乡又与地方的诸多核心要素——"熟悉"和"亲切"、"永久"和"真实"、"庇护"和"安全"、"童年"与"分享"等相关联。当然，段义孚也认识到"恋地情结"的不足，指出"当被用来指向一大片地域时，恋地情结就变得不适用。将地方范围缩小规模至人的感知限制能力以内，看来是有必要的"（Tuan，1974：101）。

（二）"恐惧的景观"和"恐地情结"：割裂的世界与自我

与令人依恋的家和家乡形成强烈反差的是"恐惧的景观"以及"恐地情结"。段义孚将与边界有关的、引起人警觉和焦虑的地方称为"恐惧的景观"，这种恐惧不仅来自变化无常的自然导致的恶劣生存环境与突发灾害，还源于人造环境——如城市和封建古堡等——对人类身心造成的潜在威胁，包括混乱、暴力、战争、种族歧视等。

他在《割裂的世界与自我》中从饮食和餐桌文化、房屋和居家、隐喻人类社会的戏院三个与地方息息相关的社会文化现象来跟踪研究随着人类文明发展而逐渐被割裂的世界，以探究人们在自我意识越来越强化的过程中彼此疏远，感到孤独、恐慌与逃避的根源：其一，当人类从原始的群聚共食逐渐向注重食物区分、进食顺序和餐桌礼仪的现代餐饮习惯演化，个体不断强化的自我意识逐渐把他从自然和群体中分离出来。其二，房屋，特别是家居房屋能形成封闭空间，让个体感受到强烈的自身存在感和自我意识，这有别于户外开放的、无差别的空间，于是伴随着自我和隐私意识的强化，家庭房屋的格局就呈现越来越明显的纵向进深，从而将父母与孩子、主人与客人、主人与仆人等不同类别的人隔离开来，产生越来越被细化分割的空间。其三，伴随孩子的成长以及自我意识的觉醒，他们经历了从最初的将世界和自己看作一个整体，到自我与他者之间界限模糊可变，再到语言让他们区分事物、划分世界并最终产生自我与他者的认知过程。同时，在被分割空间和人类彼此疏远的社会，时空距离相隔遥远的人们也会努力与他人、群体和自然周遭重建联系，恢复整体粘连性（cohesive wholes），以获取安全感和彼此依赖性，进而在世界万物的相互依存中形成有层次性（hierarchy）的整体结构——"大生物链"（the great chain of being）。

这样一来，段义孚的地方思想就包含了恐惧、割裂的世界、自我意识、孤独、隐私、语言、自我与他者、重建联系、层次性、整体粘连性等多个要素，分别对应着人与地方的依恋与恐惧两种情感。

二　加里·斯奈德：禅宗与泛灵论观照下的地方

加里·斯奈德是一位长期活跃于美国诗坛和国际生态主义运动的诗人与社会活动家，于 1975 年凭借诗集《龟岛》（*Turtle Island*，1974）获普利策奖。他不仅致力于在文学创作中传播生态思想和佛宗教义，而且投身于环保理论与实践活动，早在 20 世纪 90 年代就开创性地提出建设"地方文化"（the culture of place）的倡议，对美国生态批评和环保运动起到巨大的推动作用，被誉为"深层生态桂冠诗人"。他的地方思想集中体现在多部散文与诗集中，包括《神话与文本》（*Myths & Texts*，1960）、《土地家园》（*Earth House Hold*，1969）、《龟岛》、《禅定荒野》（*Practice in the Wild*，1990）、《空间中的地方》（*A Place in Space*，1995）、《山河无尽》（*Mountains and Rivers*，1996）等。许多关于地方的阐述和观念，如整体观、行星意识、生态区域主义（bioregionalism）和汇水流域（watershed）等都得到了生态批评学者的高度认可，如布伊尔就在《为濒临危险的世界写作》中借鉴汇水流域和公用地（commons）等概念并单辟章节来详述二者的意义。

斯奈德的地方思想主要有两大哲学基础，即东方禅宗与印第安泛灵论。"禅"是梵文"Dhyana"的音译略称，意为"思维修或静虑"，是一种源于印度佛教哲学的修行方法。禅宗便是以"禅"为学佛悟道的关键，主张以禅定来概括佛教的全部修习。禅宗发源于中国，是中国化最为典型的佛教派别，与中国的儒释道、日本的神道教和印度的神舞等都有着相似的自然观和人类生存观。斯奈德推崇在日常的劳作与行住坐卧中修禅，认为人是凭借身体在地方生存的，人与万物都可在地方呈现本己的生存状态和本性（宁梅，2011a：57）。这种独特的东方禅宗哲学强调"没有自我"和"空"的境界，批驳自然征服论，重视个人身体对地方体验的生存之乐，讲求通过自然修行而回归到与地方万物融合一体、各得其所的最本真状态。

另外，正如他在接受采访时所说，"对我来说，一个重要的资源就是美国印第安的诗歌和神话"，斯奈德的地方思想的另一个哲学基础就是印第安神话与泛灵论（Snyder，1980：58）。他不仅自大学时代就开始关注印第安神话学并以此为题撰写学士论文《他在父亲的村庄猎鸟：海达族神话研究》（*He Who Hunted Birds in His Father's Village: The Dimensions of Haida Myth*），而且在此后的诗歌与散文等创作中也多从印第安神话、泛灵论、图腾崇拜及其亲近大地的素朴生活方式中汲取经验与灵感。

在东方禅宗思想和印第安万物有灵的信仰与神话的长期熏陶下，斯奈德逐渐形成了超越传统地理学和人文地理学的"地方"概念，在范畴、人地关系等方面都有独特内涵。

其一，就范畴而言，他所指称的"地方"远大于纯地理学涉及的范畴，具有伸缩性——可大至全宇宙和自然环境，也可小至人们生存的狭小空间和庭院。它包括人类和非人类的地球万物所生存的具体空间或占据的实际位置，是一个上升至宇宙与行星意识层面的概念，认为人们应当学会与万物"作为一个整体在地球这个行星上居住"（Snyder，1995：98）。

其二，就人地关系而言，斯奈德的"地方"是人和其他生物平等地共同生存之所在，故而"贫民窟、草原和湿地都被一视同仁地称为'地方'"，而"地方的核心是家"，所以外出漂泊者总会知道自己在世界上有家作为依托（home-based），同时它也是一种经验，因为人在地方居住，在地球上以地方为基础（place-based），故而"地方是我们身份的一部分"（Snyder，1990：25—29）。此外，它具有流动性，能随时空变迁而改变，地球上每个地方都类似大镶嵌拼图上的小图块，而每块地（land）都是各个小地方的基本构成，人们自孩童时起就是通过自家周围的一小块地，然后扩大到居民区，再延伸至外面的世界来了解地方（Snyder，1990：25—27）。

其三，斯奈德对"地方"的理解融入了万物有灵的思想，比人文主义地理学的"地方"概念更突出以野生动植物为关注焦点的自然界，即具有野性和原始力量的荒野。因此，斯奈德散文和诗集中的"地方"就成为鹿跳舞的地方、熊居住的地方、野兔指引人类的地方、山羊梦想着的地方……而对人类而言，它的规模大小是随着人对区域的认识而拓展的，每个区域都有荒野之地，人就在家园和荒野这两个端点之间来回穿梭。

我们可以把斯奈德地方思想的核心要素归纳如下：

（一）荒野文化：圣地、家园和野性

传统西方文化的"荒野"指向原生自然，即人类未涉足的原始大自然，而斯奈德则在中国山水诗的影响下，形成了独特的荒野观，即荒野是地方，是圣地，是家园，是人等生命与无生命的统一。首先，荒野是印第安神话中的圣地，因为它抑或是动植物的密集栖息地，抑或与古老的传说或人类图腾的原型密切联系，抑或有着不同寻常的地貌，故而被古老的部落视为众多神圣生命和精灵的孕育之地。其次，荒野是家园，因为"即使是荒野的山也是人居住的地方"，所以"我们需要一种文明，它能与荒野一起完全地、有创造性地存在"，继而在现代社会框架之内建立"荒野文化"，使得"自然不是参观的地方，而是家……在这里各种有生命和无生命的生物顺应自己的规律而繁衍着……谈论荒野就是谈论统一，人类出于这个统一而考虑重新激活所有生物议会的成员组成的可能性"（Snyder，1999：295、169、169—173）。

斯奈德将"野"（wild）作为荒野的本性，视之为人在地方存在的必需，从而将人们对荒野的地方意识升华到中国佛与道的"空""无我"和"道"的境界。荒野是"自由主体""随性滋长""自然而然"的本真存在；它能让人们在忘我境界中化身为与自然宇宙万物具有相同性质的物，使人拥抱他者、跨越物种界限；它也是人的精神家园，人需要具有"野"的心智，因为"心灵的深处、潜意识，是我们内在的荒野领域"（Snyder，1992：176），而"意识、思想、幻想和语言从根本上来说都是野的。'野'的意思是正如在野的生态系统里一样，万物丰富地相互联系着，互相依赖着"（Snyder，1999：260）。

（二）"地方文化"：生命共同体，行星意识和奇奇蒂斯

地方文化是当下生态批评文化转向的一个重要标志，也是地方思想实践的着力点。斯奈德是较早提出这个理念的生态学者，南京大学的宁梅博士对此进行了深入研究，将其概括为："人们立足于一个地

方形成的共同体所共同拥有的关于'地方'的价值认识、行为规范、信仰以及生活方式等。"（2011b：23、243）总的说来，它体现了斯奈德的生态整体观、行星意识和实践精神。

其一，斯奈德将整体观纳入地方文化的建构。他认为人和自然生命都是统一整体，故而将生态系统比作由光泽珠子串成的因陀罗之网（Indra's Net）[①]，进而提出"生态共同体"（ecological community）的主张，即将有着共同文化和价值认同的人类共同体的内涵向外延展至地球所有非人类生命。这样一来，个体只是共同体的一部分但却能保持自身完整性。同时，他以"生态区域"和"汇水流域"[②]作为"生态共同体"的理想存在地，倡议在那里建立生态议会和汇水区域议会。

其二，他提出基于"行星意识"（planetary consciousness）的文化建构范式。这种意识不同于将世界工程化、技术化、官僚政治化和中心化的"全球意识"，因为它超越了民族国家的边界，实现了去中心化，主张只有一个地球且立足于所有多样性，寻求生物的而非技术的解决办法，呼吁人们"看到相互融合的领域，了解我们身处何地，由此走向具有行星意识和生态意识的世界大同"，进而学会"在我们的行星上居住，将之视为整体"，从而成为"这个行星的本地人"，对整个地球产生归属感和认同感（Snyder，1995：98、50）。基于这种意识的"行星文化"（planetary culture）让"人们可以最终到达一个由相对互相容忍的小社会组成的世界，它们与其所在的本土自然区域

---

① 斯奈德对"因陀罗之网"理解为："每个珠子都充当多面镜……当我们看一颗珠子，所见的只是其他珠子的反射影像，而这些珠子本身也是其他珠子的影像，如此一来形成了无尽的镜面影像体系。故而每个珠子就是整个网的影像。"（Snyder，1995：98）

② 斯奈德指出："尽管那些零散的野生土地作为生物庇护所是极有价值的，但它们自身并不能确保自然多样性……在任何有可能的地方把野生地带彼此连接起来……一个'更大的生态系统'有自身的功能和结构完整。它常包括或被包括在汇水系统中，比城镇大且比美国西部的州小。这样的区域就被称为'生态区域'。""汇水区域"则是"雨水降落、小溪潺潺、海水蒸腾等让地球上的每个水分子每两百万年就完成一轮循环的旅行。地球表面被划分为众多汇水流域——犹如一张家族分支图、一幅关系图谱和对地方的一种界定"。（Snyder，1995：224—225、229）

相互调和，并由于对宇宙的心灵以及对自然的尊敬和热爱而全部团结在一起"（Snyder，1999：43）。

其三，斯奈德将自家住地奇奇蒂斯（Kitkitdizze）作为"地方文化"的实践之地。在这里，一家人作为自然共同体的成员生活在空阔之地：房屋所在地与周遭土地无界线地彼此交汇而合为一体，对其他生命完全开放着——泥蜂在房梁和缝隙处筑巢，野雉在床边信步；邻居们也都秉持"简单就是美"的生活原则，依靠古老的劳作方式和双手来伐木盖屋、生火做饭，以煤油灯照明；人们每月的聚会就栖息地的建设、更大生态共同体的形成和人对地方的忠诚等事宜商讨，主张对森林进行经济的、可循环的利用从而将给自然带来的麻烦和伤害降到最低。

三　段义孚和斯奈德地方思想比较

基于上文的细致梳理和分析比较，我们不难发现，段义孚和斯奈德对地方的阐述都基本与布伊尔所提出的"地方的概念至少朝着三个方向展开——环境的物质性、社会的感知或建构，个人的影响或约束"（Buell，2005：62）的论述相吻合，其地方思想也都有助于人们形成地方依附和生态责任感，能为实现人类在自然的重新栖居提供有效指导。但二者在哲学基础、概念和核心内涵上既具有共通之处，也存在较大差异。深度剖析这些异同有助于我们将两种地方思想结合起来，形成融合互补的、更为完善的地方思想体系，这不仅可以为多样性的环境文本提供批评理论依据，而且有助于解决劳伦斯·布伊尔、马克·奥格（Mark Augé）、大卫·哈维（David Harvey）、瓦尔·普鲁姆伍德（Val Plumwood）等学者指出的内在于"地方"概念中的问题。①

其一，段义孚和斯奈德的地方思想出于不同的哲学基础和学术目

---

① 参阅 Marc Augé，*Non-Places*：*Introduction to an Anthropology of Supermodernity*，Trans. John Howe，London：Verso，1995；David Harvey，*The Condition of Postmodernity*：*An Enquiry into the Origins of Cultural Change*，Oxford：Blackwell，1989；Val Plumwood，*Environmental Culture*：*The Ecological Crisis of Reason*，London：Routledge，2001。

的而将研究重心分别定位于生态批评的两个端点，即作为个体的人和作为整体的人与非人类的总和。前者以个体及其所在地为中心向外辐射至当地和社区，以客观地理知识为辅助，聚焦于人在地方的经验与感知、生存与发展，从人的主观精神体验和对物质世界的客观经验来观照地方与人的存在，产生了恋地和恐地两种情结。虽然它关注的地方范畴相对小些，但对个体而言却更具体实在，具有感性和人文性，故而适用于分析那些侧重反映人在地方的生存困惑和族裔散居者的文化身份危机、多以隐性环境文本为主的文学作品，对于正在兴起的城市环境文学研究也能提供理论支持。

后者则是把地球上所有生命与非生命体纳入研究视野，将荒野和家园、乡村和城市、全球和当地都视为地方，倡导人们从超越物质世界的精神层面领悟禅宗的无我和空的境界。它将人与非人类生命融为一体，从整体观和生态共同体的视角透视地方，用行星意识而非现代全球化的宏观角度审视人的存在，并为地方文化建构提供实践指导。虽然对于现代久居城镇的人而言，它关注的地方范畴大得有些抽象、不易触及，但却拓宽了视野，更具人类自我批判和反思的意识，故而适用于分析那些反思人类中心主义、赞颂大自然生命与力量、致力于人类重新栖居、多以显性环境文本为主的文学作品，对于全球化语境中的文本和超现实的科幻作品研究也有一定的帮助。

其二，这两种思想在关怀人类的生态存在与自然福祉上有着惊人的相似，如若能将二者有机结合起来，形成融合的、更为完善的地方思想体系将有助于解决布伊尔在《环境批评的未来》中指出的生态批评是否会陷入环境决定论、人是否应固守一地以维系人地关系两大困惑（Buell，2005：66—71）。

一方面，布伊尔认为，强调地方依附感可能使人陷入感情用事的环境决定论，即某种自然环境必然令人产生特定的情感和人地关系，以自然过程的作用来解释社会和经济发展的进程。对此，段义孚指出，地方是被人们"经验"后赋予独特的价值的，所以地方依附是经过文化与社会内涵改造的特殊人地关系，是自然与文化共同作用于人的身体与心理的结果，这使得环境与人类居于地方之间呈现互动式、多样性的关系，而非单向、因果必然的环境决定论。

另一方面，布伊尔认为地方大小规模（place scale）的不同会形成多样性的地方依附模式，但前期生态批评却更热衷于研究那些与当地、地区和被制度化社会宏观力量所塑造的地方相关的人地关系，这种研究范畴的局限将束缚生态批评的发展。同时，他还和普鲁姆伍德等学者质疑"重新栖居"和"环境公民身份的获得是否真的依靠原地不动"，提出另一种可能——"地方意识和地方文化的目标不必是死守一个地方的、人地单一关系的固定生活方式"（Plumwood，2001：233）。对此，我们可以从斯奈德的地方思想中找到灵感。他提出"栖居不等于'不旅行'。它本身没有界定地域范围，地方大小取决于生态区域的种类"（Snyder，1995：186），以此将地方依附的范围从以人为中心的居所与小范围的当地扩大到以自然生命为中心而划分的大生态区域。同时，他从行星意识的高度将地球、荒野和家园都视为"因陀罗网"串珠，每个地方都是其他地方的映照。这样一来，不论地方依恋模式和范围如何，也不论人是否固定于地方或移居频繁，人在地球栖居的本质上并无差别，关键在于人是否能够成为合格的生态共同体成员，在地球上"自然而然""具有野性地"居住。

其三，将两种地方思想结合起来还有助于我们思索并解决布伊尔、奥格、哈维等学者高度关注的现代社会和超现代社会性（supermodernity）导致的"非地方"问题。他们认为，科技与通信的急速发展、资本的快速流动、消费社会的日益膨胀等将空间与地方强行剥离开来，空间的意义被剥夺，人在地方的存在被抽象化，从而导致人的"无地方意识"（sense of placelessness）和"地方丧失"（displacement）等问题。对此，段义孚对空间与地方进行了区分，不仅明确二者相互依存且可互相转化——人的体验、活动的暂时停驻与空间的封闭等都能让抽象的空间具体化为地方，而且指出有必要改革传统的空间观念、把人和情感纳入空间规划者考虑的范围，促使空间转化为人可依恋的地方。这对于家园、邻里、社区、城市等小规模的地方而言，有助于实现爱德华·雷尔夫（Edward Relph）在专著《地方与无地方》（*Place and Placelessness*，1976）中所提出的"真实地方的建构"（authentic place-making），重建人与地方的联系。但当段义孚的恋地情结和恐地情结对大范围的地方，如湖海水域和国家领土等不适用时，我们需要从斯奈德的整体观和行星意识角度，在全球范围内建立地方文化和生态共同体，既要给被抽象化的空间重新赋予生态意义，如突破政治疆域的汇水流域和打破人与动植物分界的奇奇蒂斯等，也要基于自然和文化的交互关系把大陆与海洋、荒野与农村、异乡与家园都视为地方，通过在野性地方的劳作与冥想中重建与自然的联系，履行生态责任，为重新栖居和自然复魅而开展生态文化实践。

第二节 《支那崽》中的地方意识与精神家园

李健孙与汤亭亭、谭恩美、任璧莲、雷祖威、赵健秀、徐忠雄等小说家一起，被并称为"当下华美小说界的七大台柱"（张子清，2000：96）。1991 年，李健孙的处女作《支那崽》与任璧莲的《典型的美国佬》、雷祖威（David Wong Louie，1954—）的《爱的痛苦》同年出版，此举标志着"美国大出版社对过去十年的亚裔美国文学的认可"，而《支那崽》则被视为"谭恩美《喜福会》成功的继续"。①黄哲伦称"它是亚裔美国男子真正的强音，填补了美国文学中长期被忽视的空白"（张子清，2000：96—97）。此后李健孙又出版《荣誉与责任》《虎尾》《缺乏物证》等小说和回忆录，每部都很畅销，使得他在美国华裔文坛上占据了稳定的一席之地。

李健孙的作品基本上都带有自传色彩，或与他的家族史有关，或以本人的经历为蓝本。《支那崽》描写了他少年成长的一段历程：李健孙 6 岁时妈妈病逝，父亲娶了一个白人妻子；她赶走李健孙的姐姐，严格管教、粗暴对待李健孙；为了躲避继母，李健孙把基督教男青年会当成了家，黑人男孩成了他的兄弟，意大利裔拳击教练犹如父

_____

① 此处所指的"十年"是以 2000 年 9 月杰夫·特威切尔·沃斯为中译本《支那崽》写序为参照时间，该序由张子清译，参见李健孙《支那崽》，王光林、叶兴译，译林出版社2004 年版，第 1 页。

亲，他不仅教会李健孙打拳，还培养了他的性格。作者根据这一段成长经历创作了小说《支那崽》，小说主人公丁凯的原型便是他本人。

本节以地方作为切入点，聚焦于主人公丁凯的地方意识，重点分析他与中央大道（Central Avenue）、锅柄街区（Panhandle）、唐人街（Chinatown）、库狄车行（Cutty's Garage）、油水街区（Tenderloin）等多个地方的精神关联和亲情依恋，凸显地方意识对主人公找回亲情、重构阳刚气质、构建和谐生活的重要意义。

"地方"一词源于希腊语"plateia"，意为"开放的广场或者庭院、被私人房屋围绕的公共场地"，该词进入英语后变成"place"，意为"一个有房屋环绕的开放空间"，随着语言的演变，其意义逐渐复杂，具有"地方""位置""名次"等多个含义。生态批评中"地方"的含义更侧重其人文地理学层面的意义，也就是说，相对于包括几何学和地形学抽象含义的"空间"，"地方"既"需要空间性的地点，需要某种空间性的容器"（Buell，2005：63），又是"被赋予意义的空间"（Cater, et al.，1993：vii）和"可感价值的中心"（Tuan，1977：4），"是个别而又灵活的区域社会关系结构的设置位于其中，并得到人们的认可"（Agnew，1987：263）。由于地方是能够被见到、被听到、被闻到、被想象、被爱、被恨、被惧怕、被敬畏的，所以当人们将上述情感投向地方，就会产生对它们的情感依附，地方意识便由此而生。

"地方意识"既指一个地方自身所固有的特征，也指人们对一个地方的依附感，是地方的客观属性和人的主观体验交织而成的结果。某些地方由于其自身固有的特征而被视为是独特的、有纪念性的，而这一特征可以是一种独特的自然特征，也可以是人的"想象力"赋予它的主观特征，还可以是人们通过它们与重要真实事件或神话传说所建立的联系，故而即使人们对其没有直接体验也可以感受到其重要意义。

劳伦斯·布伊尔对"地方"和"地方意识"极为关注，在生态三部曲中，他认为可以从"地方意识"的五个维度来理解文学作品中的生态内涵。这五个时空性的维度构成了人们对环境的想象，较为全面地概括了人与地方的关联：第一，"同心圆"维度，即从一个中心向外呈放射状。具体说来，当一个人从一个中心点出发时要经过一组同心圆的区域，越往外走，这些区域与人的亲密程度就会变得越弱。第二，呈群岛式分散的维度，它们可能在地理上相距遥远但却相互关联，人们即使离开一段时间，也会保留对这些地方的意识，因为它们包括所有熟悉、习惯的地方，进入记忆后可以在脑海中相继展现、相互加固，为人们的地方意识定型，继而超越地方本身，强化、加深人们对自身活动的经验感觉。第三，分散而不稳定的维度，即地方"本身不是稳定自立的实体，而是不断地被内在和外在的力量塑造……有着历史"，它是一个时空结合体，可能经历变化，被历史的力量重新塑造。第四，地方记忆堆积，即人对一些特殊的地方常会感觉自己是它的一部分，即使离开后也在梦中再现那些自己生活过的地方，随着时间的推移，这些地方意识沉淀在一个团体甚至一个民族的记忆中，蕴含着以往的经验，累计形成身份标志物，影响个体对地方的体验与感知。第五，人与想象的或虚构的地方的联系，即人并不一定要亲自体验实际的地方才能受它影响或者引起对它的重视，因为想象的力量在人与地方的联系中发挥着重要作用，可令人们对遥远之地或理想国度产生依附感和责任感。（Buell，2001：70—73）

在《支那崽》中，主人公丁凯是一个母亲已逝去一年多的七岁男孩。丧妻的丁上校对幼子疏于照顾，鲜有沟通，于是随着白人继母艾德娜对家庭暴力统治的开始，丁凯对所生活的地方的感知与情感发生了巨大的变化，犹如小说开篇所描绘的被暴力击倒后的感觉："天哗啦啦地塌了，像山崩砸塌了一栋旧宅……这是世界末日的声音。"（Lee，1991：1。下文凡出自该书的引文，将直接在夹注中标注页码）家庭不再是他的庇护之地，而是艾德娜军事化管制、武力统治的场所，每天都被定时赶出家门的丁凯只能在水泥街道上经受暴力和拳头的考验，被街区的男孩帮欺负，被用侮辱性的"支那崽"（China Boy）来称呼，遭受身体和精神的双重摧残。他对家的情感依附被外力强制性地终结，只能转向外面的地方寻求情感寄托和自我发展。

沿着他找寻父母之爱与阳刚气质的道路，他所到、所见、所感之处越来越多，从锅柄街区到唐人街，从麦卡利斯特大街（McAllister Street）的库狄车行到油水街区的基督教青年会（Y. M. C. A.），他不断和地方建立联系，与地方的人与事系上情感纽带，不仅从中学习、锻炼，而且在多位和善的长者和教练身上找到了亲情与男子的阳刚气质，最终成为一个勇敢的拳手，摆脱了支那崽被欺侮的命运，果断地反击了继母的暴力统治。

伴随着丁凯找寻精神家园和男性气质之旅，一个又一个地方被前景化，犹如戏剧演员一样逐一登场，在担任故事情节背景角色的同时成为主人公精神寄托之所在，与人物之间产生情感互动和关联。总体说来，这一系列地方以丁凯的家为圆心，向外辐射，散布在旧金山市，它们跨越街区、跨越时空，有些是丁凯亲身所到、所感之处，有些是丁凯在受到母亲思乡之情的影响而在想象中建构出来的地方。依据劳伦斯·布依尔地方意识和关联维度的相关理论，我们对其进行梳理和分析，逐一揭示它们在主人公成长过程中所发挥的作用，从而展现小说中人与地方的情感互动和生态意义。

一　"家"与"庇护所"的崩塌：中央大道

小说《支那崽》的故事主体叙述时间是在主人公丁凯七岁、其生母黛丽去世一年半、继母艾德娜嫁入丁家之后，但依照故事所涉各事件的发生时间而言，最早开始于九年前，即 1944 年国民党军官丁上校一家从中国内地途经印度逃到美国旧金山。作为在战乱时期将孩子们带到美国的英雄，马黛丽一直是家的核心力量：她用强有力的"说服力和雄辩术，毫无保留地向所有的人表达自己的意思"（25），即使直面丈夫的大声吼叫也敢要求："你的命运就是现在听我的争论，以后同意我说的话"（24）；她的声音、身姿、美食是家这个地方不可或缺的部分，"公寓里到处都听得见她的笑声"，父亲也随后"纵声大笑"，孩子们则总是"被她的欢乐情绪感染"（29）；她讲的故事能驱散小孩对黑夜的害怕、对变化的担忧和对被遗弃的恐惧；"她的力量和美貌是一面盾牌"（30），当学校的孩子们"以秩序的名义进行有组织的殴打时"，丁凯就会一路小跑逃回自己位于中央大道的家，

"一到这个庇护所，心里就会充满劫后余生的宽慰"（61），因为他知道以母亲为核心的家保护着自己，守护着家庭，让夫妻的结合"牢固、独特、永远不可替代"（53）。但随着马黛丽罹患癌症过世，象征庇护所的家开始崩塌，变成了"革命爆发"的所在地：尽管丁上校因为娶了一名白人女性而使自己"朝着梦寐以求的美国同化作用跨出一大步"（58），但对丁凯和姐姐简妮而言，这位继母却是"战争、少年搏斗和铁的纪律的代理人"（66），是一个即使听到幼子在外面挨打而敲门也拒不开门的"楼上窗户里飘忽的声音"（63）。于是丁凯发现象征着家的家门——那个"通往从前的庇护所的门廊"、"通过安全地的入口处"——背叛了他，"就像母亲的态度已经变了一样，家门的态度已经变了"（63），家不再像同心圆圆心那样让人对地方产生情感，而沦为"继母住的那栋房子"（117）。

二　找寻兄弟情与母子亲情的所在地：锅柄街区

当位于锅柄街区金门大街的丁家不再是孩子心目中家的所在地，丁凯只能向外寻求精神和亲情寄托，这种找寻从金门大街向外逐步辐射，所经之地包括麦卡利斯特街、梅森尼克大道（Masonic Avenue）等。这些地方并非只是主人公途经的场所，而是都被主人公的记忆和情感赋予了地方意识的地方，是他的过去、现在与未来生活的表征。例如，当丁凯在自己唯一的精神寄托——连环漫画书被艾德娜强行没收后半夜离家出走时，他对沿途多个地方都进行了听觉、嗅觉、视觉、触觉的感知，描述中弥漫着回忆和对这些地方或憎恶或依恋的情感：

> 金门大街黑得伸手不见五指，凉得出奇，中央大道转角处孤零零的路灯下几缕冷冰冰的光线……我在麦卡利斯特街徘徊……企图重新闻到卢·华莱士将军餐馆咝咝作响的炒杂碎早已消散的香味……我逛到了布罗德里克街，当我在这里有栖身的家时，我曾在这条街的人行道上奔跑。我透过铁篱朝弗利蒙特小学望去，回想起在操场上被大个子威利和其他猛击者毒打的情景……（113）

丁凯找寻之旅经过的这些地方是他过往生活的缩微。随着主人公逐渐成长并渐渐扩大生活圈子，他开始将原先对家的情感关联转移到家以外的地方——锅柄街区，使其成为自己隐喻的新家。

他被艾德娜踢出家门后，生活的大部分时间都在锅柄街区的金门大街（Golden Gate Avenue）和麦卡利斯特大街上度过。这是一个以打架来检验男孩勇气的地方，可对于有"语言不通""不会踢球""不会打架"这三个"文化致命伤"的丁凯，这里"重演了在家里所受的凌辱……大约有一打左右的孩子养成了把打支那崽当午餐的习惯"（89—91）。街上弥漫着打斗和血色，但丁凯并不像憎恨艾德娜所住的房子那样厌恶这个地方，因为"巫婆在家，不在这里"。他怀着又怕又爱的情感面对这个地方，觉得"我在马路上的打斗实际上是为了确定身份，为了作为人群中的一员活下来，甚至是为了作为一个人活得成功而做的努力"（3），因此锅柄街区是赋予自己"水泥街道上严峻考验"的地方，是属于自己的地方："金门大街黑得伸手不见，凉得出……但是这条街是属于我的……在夜的慰藉中，恃强凌弱者愤怒的语言和拳头都没有了的时候……麦卡利斯特街是我的街，我喜欢这条街，它使我觉得安全。"（114）

锅柄街区在很长一段时间里成为丁凯生活的核心，一方面让他受到肉体与精神的伤害和淬炼，但另一方面也为他提供了两个家一般的庇护所，即卢·华莱士饭店和图森特（Toussaint）家的所在地。前者是一个掩蔽所，"常常处于去见上帝的威胁之中"的丁凯怀着"步兵对着散兵掩体的虔诚"，让它成为自己"第一所真正的教堂"，"怀着虔诚的心情前往"这个地方（2—3）。后者则是一个富含兄弟情和母子亲情的地方。一方面，图森特让丁凯感受到了兄长的关怀。作为丁凯最初在锅柄街区唯一的朋友，这个"有爱心"的男孩尽管比丁凯还要瘦小，但他的战斗精神和胆魄却让他成为斗士，只要图森特和他的伙伴在丁凯身边，丁凯"就能免遭无数次的毒打"，而丁凯也把他视为自己的家人，因为哭泣时"他会抚摸我的头发"，"他那镇静、无所畏惧的凝视和我母亲的脸一样能把意思表达得很清楚"，于是面对这位兄长般的男孩，丁凯"对他的尊敬几乎到了无可复加的程度"

（100—103）。

另一方面，由于马黛丽生前常带孩子们到海滩上焚香遥望远方的中国，她总是站在海水中凝望太平洋彼端父亲所在的青岛，在想象中和父亲对话，"让海风把她的话捎到中国"（45）；即使在家里她也喜欢在浴缸里"把双脚朝着西方，朝着父亲，那里的风水带来平和与安宁"（20），这一切都让丁凯在潜意识里形成了母亲与水和海洋的隐喻关联。因此，当图森特的母亲拉罗太太照顾丁凯并递水给他喝时，丁凯有一种见到母亲的感觉："我从拉罗太太手里接过塑料杯子，当我把杯子送到嘴边时，我看着杯子里的液体。杯子里的水溅出水花，就像太平洋的海浪。我的感觉超越了现实……我看见了母亲把脚浸在杯子里汹涌的海水里。她伸出手来搂我。"于是他情不自禁地说出"谢谢你，妈妈"，而这种"妈妈"（Momma）的称呼在之后的叙述中也得以延续。（108—109）从某种意义上而言，位于梅森尼克大道的图森特家成为丁凯的家，那里有他的"母亲"和"兄弟"。因此，尽管图森特两母子住的房子实际上"死气沉沉……是储藏室改的，没有窗户"，丁凯却对这个地方寄予了对家的思念，这就是他在半夜逃离艾德娜住所之后会"不由自主地朝着图森特的公寓楼走去"的原因："心里想着拉罗太太，想得到一杯茶，一想到她就在门口的另一边睡觉，我就感到幸福。真的在那儿，活生生的，又能看见她，听见她说话了。"（116）

三 找寻父子亲情的所在地：唐人街与油水街区

在找到母爱和兄弟之情后的丁凯继续扩大地方的范围以期找寻父爱。这时他回想起母亲在世时常来家里拜访的友人辛成功，这位中国国学大师曾是母亲的中国文化伙伴和辩论的对手，是丁凯年幼时的汉学老师。在小说第三、第四章《长辈》和《母亲》中，辛成功被丁凯亲切地称为"大爸爸"（Dababa，也有人译为"大伯伯"），在江苏方言中这种称呼仅限于指称父亲的直系兄弟，在家庭中他们和父亲一样具有给予孩子父爱的作用。其实，比起妻子去世后疏于关心孩子的丁上校来，辛伯伯在丁凯心里显然更具有父亲的特质："他举止文雅，声音柔和，为人善良，给孩子提供足够的空间让他在里面玩耍而不必担心"，他甚至"比一个家庭般的温暖接触要特别得多"；这位长者不似丁上校"变得越来越像美国人"，而是保持着中国话和儒家文化，像马黛丽一样"都喜欢用脑子做事"；他在丁凯需要父亲的时候毫不吝啬地为孩子购买衣服和练书法用的笔墨，教导他写汉字，给予父亲般的关心与指导（203—204）。辛成功所在的唐人街就相应地被丁凯赋予了父子情感。

小说用第二十、二十三、二十四章《辛伯伯》《唐人街》《树木》描绘了丁凯与辛伯伯的情感互动，就是在这一过程中主人公对唐人街逐渐产生了地方意识。于是他把已经建立亲情关联的锅柄街区与唐人街进行比较，发现它们相互毗邻且相似，因为"这两个地区都给人强烈的精神感，都有着一种不同的音乐文化，都有着独特的食品和无人赏识的方言"（243）。自然而然地，他也将对父子亲情的渴望投射到这里，而这种地方意识就集中体现在三个地方。

其一是国华花园饭店（Kuo Wah Gardens）和昂昂餐馆（On-On Cafe），这两个餐馆通过满足丁凯旺盛的食欲和具有母亲的精神力而成为主人公对唐人街情感关联的重要组成部分。对于一个年仅七岁且性格内敛的孩子而言，丁凯能用超乎成人的细致观察和儿童般稚嫩的语言公开表达自己对这两个地方的极度喜爱，这种行为本身就折射出他对唐人街的深厚情感：

> 我有两家最喜欢的饭店——国华花园饭店和昂昂餐馆，两家都在格兰特大街，彼此相隔一个街区，相互面对面……饭店里的墙上挂满了萨特街紫禁城夜总会的舞星和歌星的照片，还有好莱坞的名人照片……我吃着食品。这是我的爱好，我的习惯，我的所爱。中国饭给我带来的是呱呱叫的酱，可爱的味道，奇妙的质感和一个孩子的天真品味所产生的所有乐趣。它携带的是一种过去的精神信息，通过连贯性的生存，表明了未来的希望。我母亲的精神蕴涵在微风吹拂的芳香之中。（242）

其二，唐人街上的花国杂货店（Flowering Nation Grocery）同样是丁凯对唐人街怀有强烈情感的原因之一。这家店是他重新找回辛伯伯的地方，是新的父爱开始之地，是他对孩子们喜爱的动物园、博物馆的憧憬，是他对远方中国的念想，还是他对母亲在世时幸福生活的重温：

> 我非常喜欢花国杂货店，在康尼·杜鲁请辛伯伯来找我的时候，我就是在这儿向他跪下行礼的。这地方与其说是商店，倒不如说是动物园；与其说是一家杂货店，倒不如说是一座新奇的博物馆，与其说是我们家褪色的中国回忆，倒不如说是东亚的一个延续……我一直认为，进入这家商店也就等于重温我们家影集中页面发褐的照片。（243）

第三个地方是辛伯伯的棋协所在地——格兰特大街（Grant Avenue）的国际饭店（International Hotel）。丁凯一到这个地方就因为"闻到了来自遥远的童年的味道——这是中国的食品变成饭菜的味道"而倍感亲切（247）。在被逐一引见棋协的12位中国学者后，他更觉得"每位都有着父亲般的权威，就像我的父亲一样……他们友好善良"（249），在教导丁凯下棋的时候，这些单身的老者用笑容"创造出了一种甜美的音乐，这么纯真……它超越了母亲过世后我所懂得的一切事物"，这让丁凯觉得自己"像一个长子一样"，因为"热爱他们而激动地颤抖"（251）。同样地，老人们也感谢丁凯"做大家的独生子"，为此"他们深深地点头，两眼盯着酒杯的杯底以此掩盖自己湿润的眼睛"（252）。在这里，丁凯找到了久违的父子亲情，对国际饭店和棋协产生了情感关联，于是怀着地方意识的主人公顿时觉得"棋协大厅的氛围也十分宜人，有种似曾相识的感觉"（249）。

由此可见，当中央大道的家不再是庇护所后，丁凯被迫将亲情投射到家庭以外的地方，在锅柄街区和唐人街他找到了兄弟情、母子情和父子情，就像餍足旺盛的食欲一样满足了他对亲情的渴求。

四 找寻父性阳刚的所在地：库狄车行与油水街区

一般说来，父亲是家中男性气质的代表，是孩子阳刚之气的主要塑造者，但辛伯伯与棋协的伙伴们只是儒雅的学者，只能在汉学和下棋上指导丁凯，而无法成为男子气概的典范。故而丁凯是在狄库车行和油水街区这两个地方寻找到男性气质的。在这个意义上，赫克托耳（Hector）和拳城的教练们共同扮演了父亲的角色，帮助丁凯塑造男性的阳刚气质。

狄库车行是丁凯偶遇修车技师赫克托耳的地方。对于这位名字与特洛伊第一勇士相同的男子，小说为彰显他对主人公寻找男性气质的重要意义，用其名字命名整个章节。他"身材魁梧"，相信"哭不解决问题，解决问题还得靠拳头"，有着象征男性阳刚的"文身花纹和肌肉发达的手臂"（124）；他在丁凯被10岁的女孩安妮塔揍得懦弱哭泣时挺身而出，在车行里为他处理伤口、安抚心灵，从而让丁凯产生了"在车行里我感到安全"（121）的地方意识；他还亲自送丁凯回家，并且不顾艾德娜的阻挠说服了丁上校，把他送去基督教青年会学习拳法，从而为他开辟了通向阳刚气质的道路。

油水街区则是基督教青年会，即拳城的所在地。在这个位于列文沃斯街（Leavenworth Street）和市场街（Market Street）的交界地带，丁凯学会了最能有效提升男子武力和阳刚之气的拳击术。这是小说中仅有的两个用地名（Tenderloin 和 Y.M.C.A.）作为章节名的地方，也是丁凯的命运发生关键转折的地方。不仅如此，小说一方面用《拳击场》（Ring）和《拳击规则》（The Duke）两章描绘了拳城这个地方重塑丁凯男性气质的过程，另一方面又以三位教练的名字——巴勒扎（Anthony Cemore Barraza）、庞沙龙（Mr. Punsalong）、刘易斯（Mr. Lewis）来分别命名三章，逐一描述他们在此处对丁凯的拳技和性格进行塑造的细节。最后，基督教青年会是教练们帮助丁凯策划击败劲敌、大个子威利的打斗计划的重要场所，这场战斗的胜利让丁凯直接摆脱了被街头男孩帮欺负的宿命，获得了全街区男孩的敬畏，并在街头打斗和拳击场的接连获胜中找到了自己的男性阳刚气质。

小说《支那崽》讲述的是一个聚焦回忆而又展望未来的故事，主人公丁凯经历了从早年在家中寻求身体与精神的双重庇护，到母亲逝世后庇护所的崩塌，再到外出寻找亲情和阳刚气质，最后成功找到精神家园的过程。在这一过程中地方意识发挥了极其重要的作用：正是因为丁凯在图森特家找到了兄弟之情和母子亲情，在辛伯伯的棋协找到了父子亲情，在库狄车行和基督教青年会找到了父性的阳刚之气，他才能够最终找到自己的精神家园，重塑自己男性阳刚的气质。

第三节 《典仪》中的地方意识与创伤治愈

西尔科是"印第安文艺复兴"的代表性作家，迄今已出版《典仪》等3部长篇小说、《讲故事的人》等7部短篇小说与诗歌合集以及回忆录《绿松石矿脉》等作品，具有浓厚的印第安传统文化气息和丰富的生态思想内涵，颇受批评界赞誉。西尔科的文学创作理念有一个引人注目的特点：植根于拉古纳—普韦布洛口述文学传统，致力于将这一文学传统与西方世界的文学形式融合变通，阐释拉古纳—普韦布洛文化中与时间、自然界、精神世界、地域、身份相关的观念，并把它们与当今世界的现实生活联系起来，从而赋予拉古纳—普韦布洛口述文学传统以新的生命力，对推广和传扬印第安文化起到积极的作用。

西尔科的创作理念生发于她对拉古纳—普韦布洛部落和文化传统的深入了解和认同。西尔科出生于美国新墨西哥州的阿尔伯克基，在离阿尔伯克基50英里的拉古纳—普韦布洛保留地长大。她的祖父是白人，于1869年来到拉古纳—普韦布洛人的村落，娶了当地的女人，落地生根，由于复杂的家庭背景，西尔科有着拉古纳—普韦布洛人、白人和墨西哥裔的血统。她家的房子位于保留地的边缘，因为是混血儿，她不能参加普韦布洛人的各种仪式和许多组织，可说是印第安社会的局外人。但她从小就听祖母、苏茜姨婆和其他家族成员讲述家族的历史和普韦布洛人的传统及民间传说，她发现他们所讲的故事给她和族群里的每一个人都赋予了身份，把她和族群紧密联系在一起，也许正是由于这个原因，她对印第安文化传统的认同感最强。这也是她自己矢志不渝，一生致力于讲印第安故事的内在动力。西尔科曾说："我们需要故事。有了故事才有我们这个部落。人们讲述关于你、你的家庭或者别人的事儿。在这个过程中，他们塑造了你的身份。从某种意义上来讲，你是从关于你的故事里知道或者听说你自己是谁的。"（Evers & Carr，2000：12）

西尔科的成名作《典仪》是一部充满印第安生态智慧的作品，讲述了印第安混血青年塔尤如何在部落典仪的帮助下重新感受到大自然的精神力量，通过环境体验来与自然建立联系从而唤醒自身的地方意识，找回生活的目标与自我价值，最终治愈精神创伤的故事。在《典仪》的创作过程中，作者西尔科表现出了浓厚的生态情怀，不仅将印第安生态整体主义思想融入对自然及非自然地方的描写中以突出地方的生态内涵与特征，而且还把对自然景观的描写贯穿于主人公接受典仪治疗前后的旅途中，强调人物对自然环境不断深化的情感体验，展现他从最初的无地方意识到地方意识被逐步被唤醒的全过程，以此彰显地方，尤其是具有生态内涵的地方对治愈精神创伤的重要性。本节以《典仪》中有关地方的描写和主人公对地方的情感体验作为研究对象，结合生态批评中有关地方的理论来分析其生态内涵与特点，突出体现印第安典仪是如何利用人的环境体验和地方意识来帮助他们重新感知自然的力量，从而治愈人们的精神创伤。

"地方"是生态批评话语中重要的组成部分，也是生态批评理论的重要范畴。在生态批评中，我们为了体现出地方的生态内涵，往往把那些切断人与自然的联系、展现人与自然的冲突、体现浓厚的人类中心主义思想的地方称为"非生态性的地方"，而把那些展现大自然魅力与力量、有助于人类建立与自然的联系的地方称为"生态性的地方"。这两类地方在小说《典仪》中形成了鲜明的对比。

就非生态性的地方而言，它们主要通过小说中的三个地方来体现。

首先，那些有关第二次世界大战期间太平洋战场的地方描写展现了因人类欲望膨胀而爆发的战争所造成的人与自然的疏离。在这个太平洋小岛上，塔尤满眼都是令人腻味的丛林绿色，满身都是雨中喷溅的泥浆。他被日军俘虏，眼看着表兄兼战友洛基即将死去却无法阻止战争对生命即将犯下的罪恶，于是他将自己与绿色丛林和大雨对立起来，把一切战争的罪恶和死亡都怪罪于大自然：他"憎恨这无休无止的大雨"，在日军士兵敲打、侮辱洛基的时候，将满腔愤怒和诅咒指向绿色丛林与大雨，"仿佛杀死洛基的是这绿色的丛林雨，而不是那数英里的行军路途和日军的手榴弹"（Silko，1986：11。下文凡出自该书的引文，将直接在夹注中标注页码）。其次，战后关押塔尤的白人精神病医院是人类过分注重物质却忽略心理健康的产物。在那里，尽管白人医生企图通过物理、化学手段来用药物强行抑制塔尤的精神紊乱症状，但收效甚微，因为医院将塔尤与外界事物和自然环境隔离开来，令他感觉不到自己心灵与精神的地方性存在，仿佛"长时间地处在一片白雾中"，身体也只剩下了"轮廓"和"内在的空洞"（14—15）。

另一个展现人与自然激烈冲突的非生态性地方是位于印第安保留地上的赛博莱塔（Cebolleta）。它隐喻了人造机器与科技对自然环境的破坏，因为西尔科在小说中明确指出，这块土地原属印第安部落，但后来被新墨西哥州政府强行霸占，用于开采铀矿。这严重破坏了当地的自然生态，"自此，那些有着橙色砂石的山川和山间的峡谷就开始干旱起来……干旱导致大部分牛群死去"（243—244）。不仅如此，作者还特地在小说里间接指出，从该地开采出的铀原料被用来制造1945年在日本爆炸的原子弹，从而使这个地方成为人类轻视甚至践踏自然生物与自身生命的表征。

与非生态性的地方形成鲜明对照的是小说中那些被作者赋予了独特魅力与力量的地方。它们主要集中在印第安部落居住地的附近，与主人公接受印第安典仪继而治愈精神创伤有关，例如拉古纳部落附近的地方让塔尤回忆儿时与舅舅约书亚和表兄洛基共处的快乐生活，大草场让他想起舅舅曾憧憬着放养野牛并以此创业的远大理想，库斯卡山脉（Chuska Mountains）则让他联想到在神话时代拉古纳祖先与大地母神之间难以割裂的联系。这些地方逐步唤醒了他在童年时期与亲人、族人以及地方曾有过的密切联系，使其远离物欲横流的工业化社会，从战争创伤中清醒过来，认识到人类借助战争与科技破坏自然的罪恶，领悟到印第安部落才是自己文化身份的所在地。

地方既是一个客观的物理存在，也反映了人类通过想象与某个地方所建立的情感联系。劳伦斯·布依尔、段义孚、约翰·阿格纽等生态批评家和文化地理学者都在各自的著作中对它进行了系统性的研究，且观点较为接近，故而我们基于三位学者的地方理论，总结出地方在生态批评视域下所具备的三个特性，即空间性、特征性与社会性。这些特性能帮助我们更深入地从生态思想的角度探讨小说《典仪》中的地方。

地方的"空间性"指涉了它在物质层面的客观的、抽象的存在，并且往往与时间紧密联系。小说《典仪》中的地方存在于三个不同的空间，其中主人公塔尤的故事发生在两个空间中——第二次世界大战中的太平洋小岛和拉古纳—普韦布洛村落及周边地带。前者通过塔尤的战后回忆展现给读者，带有个人主观色彩，后者则实时存在，是主人公精神疗伤过程中举行典仪和旅途中经过的地方，如塔尤居住的拉古纳村落、村落东北部的山洞、印第安人举行传统典仪的盖洛普小镇（Gallup）、纵贯拉古纳—普韦布洛族保留地的第 66 号高速公路和沿途的泰勒山（Mount Taylor）、里奥·普额科山谷（Rio Puerco Valley）、北托普草场（North Top）等。第三个空间则存在于那些穿插于主人公故事情节的神话中。在这些以诗歌体出现的、讲述拉古纳祖先与神之间所发生故事的神话中，出现了许多与人类祭祀、生活、狩猎等相关的地方，它们不是对地方的细致描述，而只是被高度抽象化的地点或方位。例如，在讲述魔法师科尤斯以赌博来谋夺人命、软禁云神的故事时，西尔科写道：

> ……他将云神锁在
> 他家里的四个屋子里——
> 东方云神锁在东屋
> 南方云神锁在南屋

> 西方云神锁在西屋
>
> 北方云神锁在北屋。
>
> 云神的父亲是太阳神。
>
> 每天早上他都要来叫醒儿子。
>
> 但一天早上
>
> 他先到西山的北顶
>
> 然后到南山的西顶
>
> 再到东山的南顶；
>
> 最后到北山的东顶
>
> 这才意识到儿子们不见了。（171—172）

不难发现，上述引文中的"东南西北"四方的房屋与山脉都是被高度抽象化的物理空间；也就是说，每当印第安人讲起这个神话，这样的地方便出现在听众的脑海与想象中，它超越了时空的限制，展现出这类地方作为第三种空间的抽象性。

"特征性"是地方个性化、具体化的表现。它不仅取决于地方所包含的各种事物的构成、颜色、状态等，如树木的颜色、山脉的走向、城镇建筑物的形状等，而且如果与时间结合起来，还可以包括在特定地方曾经发生过的历史事件，如赛博莱塔这个铀矿所在地的特征就与广岛和长崎的原子弹爆炸这个历史事件联系起来，因而显得更加荒芜。地方的特征能被人感知、体验，从而在心里形成对地方独有的情感。在《典仪》中的第二次世界大战期间的太平洋小岛既没有炮火隆隆的烟雾，也没有被鲜血喷溅过的大地，展现在读者眼前的只是无尽的大雨、满脚的泥泞和腻人的丛林绿，这些都是主人公从听觉、视觉、嗅觉和触觉上对地方"特征"的感知，反映出他对战场的厌恶与憎恨：

> 丛林大雨无休无止；就像天上长出的枝叶，伸展着、弯曲着来到地面，时而像岛上团簇缠绕的灌木丛，时而像海岸上空的云团中绵延渗出的蓝色浓雾。丛林呼吸着永远的绿，炙烤着人们，

直到他们的汗犹如季风雨中丛林树叶上泄下的水珠……丛林大雨在空中悬浮着，窒息了行进中士兵们的肺；泡涨了他们的靴子，直到脚趾头上的皮肤老死剥落，直到伤口发绿……在飘泼大雨声中，他能听到流水滚落窄峡的声音，仿佛夏季咆哮的洪水，轰隆作响但又模糊飘渺。他能闻到洪水泛起的沫子，污浊的气味中满是洪水流经村庄所夹带着的淤泥、粪便、动物尸体等烂东西的腐臭味儿。（11—12）

地方的"社会性"能反映人与地方的互动和地方对人类社会的影响，故而可以作为象征性符号承载民族或部落的文化价值和传统精神，并且超越时空的局限。一旦拥有丰富的文化历史背景，地方就可以形成文化符号，让人们通过想象或书面记录将其留存在人类记忆中，代代传承。《典仪》中的圣山泰勒山和库斯卡山都曾是印第安祖先们举办传统仪式的地方，是拉古纳部落的文化符号，故而塔尤与药师贝托尼前往这两座山的旅途就被赋予了朝圣的意义。不仅如此，作者西尔科在创作《典仪》的过程中还花费大量笔墨对普韦布洛保留地周围的地方进行细腻刻画，这不仅是为了凸显自然环境，更重要的是展现地方对印第安人文明传承及日常生活的影响。以盖洛普小镇为例，这个地方以前一直是那瓦霍人与普韦布洛人等部落举行仪式的场所，印第安人对它感情深厚，如药师贝托尼所言："我们熟悉这些山脉，我们在这里感到舒服……这种舒服不在于宽敞的房子、丰富的食物和干净的街道，而在于我们在这片土地上的归属感和与山在一起的宁静感。"（117）然而在现代商业文明的侵蚀下，传统的印第安文化被商业化，舞蹈被舞台化，典仪被庸俗化，盖洛普逐渐成为白人主流文化满足其猎奇心理的地方。尽管如此，贝托尼仍然坚守着这个药师家族世代生活的场所，希望能够通过部落同仁的共同努力来祛除白人的不良影响，"净化"盖洛普，使它再次成为印第安部落的社会文化中心。为了彰显这一地方的社会意义和贝托尼企图净化该地的思想，西尔科还特地在这个主线情节部分穿插了一则神话，讲述人类意识到自己受到魔法师帕卡雅尼的欺骗，请求蜂鸟和飞蝇前往大地母神之处求得宽恕，最后成功净化了大地，令万物复苏的故事，从而进一步彰显盖洛普这个地方的"社会性"。

"地方意识"指的是人对地方的认知与情感体验，是生态批评研究的重要范畴。段义孚主张从人的感觉、心理、社会文化、伦理道德等角度研究人与地理环境的关系，突出人的"恋地情结"，因为这种对地方的感情能够促进人对地球的伦理行为。布伊尔也在《环境批评的未来：环境批评与文学想象》中重点探讨了地方意识，认为它体现了人对地方的"情感依附"，并且作为人对地方的"感觉结构"，是一个人在特定环境中激起的感觉、兴奋、愉悦、开朗等特定体验，是人对其所处环境的主观感知和有意识的感觉。（Buell，2005：63）人无法脱离地方而存在，因为他总是需要一个居住地，需要栖身于某个地方，需要为心灵找到故乡，故而加里·斯奈德也反复强调地方意识对于人类精神健康的重要意义："地方意识，根的感觉，并不仅仅指在某个小村庄定居，然后有一个邮箱，而是因为处于一个特定的地方能让我们获得最大的群体感。群体有利于个人的健康和精神、持续的工作关系和共享的关注。音乐、诗歌、故事进化成共享的价值、观念和探索。这是精神道路之根本。"（Snyder，1980：141）

可是，在现代社会，物质欲望的满足与高科技工业化的发展成为社会的重心，人与自然的联系不断被工业化进程所异化，变得日益疏离。随着现代城市的发展，人们所居住的地方越来越人造化、工业化、科技化——人们在医院出生和死亡，大多数时间穿梭于办公室、商场和城市的娱乐场所中，在没有四季变化的空调房里度过每一天，因此人们越来越容易对所处之地产生隔阂与错觉，人与土地等自然环境的联系变得虚无缥缈，人对地方的体验被置换成对非自然事物（如高楼大厦、电气设备等）的体验，人对环境与自然漠不关心，对季节与气温变化感知甚少，无视污染的危害。而这种由"现代性"导致的自然的"缺席"与无地方意识正是西尔科在小说《典仪》的创作过程中所重点关注的问题。它主要通过主人公在白人医院的经历得以体现。塔尤在医院里一直受到自己在第二次世界大战中亲身经历的美军射杀日本兵、自己被日军俘虏、表兄洛基被地雷炸死等回忆的纠缠，产生了诸如做噩梦、失眠、失忆、情感麻木与疏离、逃避可能引发创伤回忆的事物等精神创伤的典型病症，这种创伤使他无法对自己所处的地方形成感知。因此在涉及白人医院的这部分文本中不仅没有任何有关自然环境的描写，而且还通过主人公的第三人称有限叙述视角来体现主人公对医院这个非生态性地方缺乏地方意识：塔尤总感到自己"长时间地处在一片白雾中"；医生们询问病情时仿佛是在和他这个"隐形的散雾"说话；他眼前只能看到物体的轮廓，自己也只剩下"轮廓"和"内在的空洞"；"过去的影像和记忆无法穿透这片雾"，于是他就在这"没有痛苦只有灰白色"的世界中存在着（14—15）。

当仅凭借科技与药物治病的白人医院面对"现代性"所导致的精神疾病束手无策时，治愈精神创伤的重任便在作者西尔科的精心设计下由印第安典仪来承担。当然，这些典仪本身并没有任何神秘力量，药师们给塔尤喝的茶水也绝非灵丹妙药。真正发挥精神治愈作用的其实是典仪中所蕴含的印第安人生态思想中的地方意识。在长期栖居自然的生活中，印第安人形成了生态整体主义思想，认为人与山脉、河流、动植物息息相关、相互依存，人是自然共同体的一员而非世界主宰。在这种"人与自然万物同宗同源"（Snyder，1980：273）的思想指引下，他们格外重视人与自然环境的情感联系，即地方意识。为体现这种生态思想，西尔科在涉及药师进行典仪治疗的情节中加入大量对生态性地方和人物对自然感知的描写。

药师库尔什在对塔尤进行典仪治疗时充分运用古老的印第安吟诵语言来描绘拉古纳—普韦布洛村落附近的山洞这一自然景观，以此唤起塔尤童年到那里玩耍的回忆，激发其地方意识。不仅如此，他还特别强调山洞对印第安传统仪式的重要性，将塔尤个人的环境体验与部落祖先治疗印第安勇士精神疾病的"头皮仪式"联系在一起，从而帮助主人公重新发现自己的印第安文化身份，缓解其精神创伤：

> ……塔尤突然听到这位老人描绘山洞，那是一个拉古纳部落东北边的火山深洞，夏日夜晚蝙蝠从里面飞出……他知道这个洞

穴，早春时分，天气凉爽，太阳先把黑色岩石烤得暖烘烘后响尾
蛇就喜欢躺在那上面；在洞里蛇群能恢复生命活力……老人的手
指向东北方，塔尤面向那边并回想起那个大圆洞，洞深得即使他
趴在洛基身边也望不到底。他回想起被推到洞边上的小石块，想
起他们是如何倾听石头掉至洞底的声音……他向老人点点头，因
为他知道这个地方。有人常说在古老的时候人们把头骨带去扔到
洞里。① （34—35）

在库尔什的语言引领下，塔尤很快就注意到周遭的自然环境，意
识到自己曾经的行为与自然产生了莫大的联系："他正倾听着屋外的
风声；在傍晚时分风将渐渐消弭……他不知道如何解释所发生的事
情……但知道他所做的事情很糟糕，其影响遍布四周，在无云的天空
中，在干旱的棕色丛山里，在动物消瘦的骨骼外紧绷的皮肤上。"
（36）典仪结束后，地方意识被首次唤醒的塔尤精神有了明显的好
转，他白天能集中精神"凝望树丛边的苹果树，看着那绿色的果实在
整个夏天慢慢长起来，直到变成苹果"，在晚上也"很少呕吐，有时
甚至能整夜不被噩梦缠绕"（39）。

至于第二位药师贝托尼，他则另辟蹊径，将塔尤带到了部落祖先
举行祭祀的地方——库斯卡山脉的顶峰开展典仪治疗，以此让主人公
切实感受自然的宏伟，强化其地方意识。那里让塔尤思维清晰、神清
气爽，他看到"高原与峡谷在他脚下蔓延开去，仿佛地平线上相互交
叠起来的云朵，在湛蓝的天空和漫天云朵的映衬下，山下的世界遥远
而渺小……大地表面没有任何人造建筑物的痕迹：高速公路、城镇、
藩篱都消失了"，因此当壮丽的自然景观令人类世界变得微不足道的
时候，塔尤从内心感受到了自然力量的震撼，他"觉得这里就是大地
的最高点……这与高度无关，而在于它是一个特殊的地方"，于是他

---

① 在印第安文化中，"头骨"具有丰富的含义，是治疗精神创伤的传统典仪中的重要
工具，故而此处的溶洞与普韦布洛人用于治疗部落勇士所患疾病的"头骨仪式"有着密切
联系，有着治疗精神疾病的作用。

第一次"露出笑容，变得强大起来"（139）。不仅如此，贝托尼还在典仪的过程中不停地在地上以沙作画，勾勒出黑、蓝、黄和白四色山脉，并引导塔尤沿着画出的熊爪印重新演绎出神话中迷路者在彩虹和熊的引领下回家的故事。在主人公心中，这些沙画"与山下的世界一般无二"（145），都能让他感受到自然的力量，重新找回生活的意义与人生目标：为舅舅找回遗失的野牛群，让自己回归印第安文化。

由此看来，印第安典仪不仅能通过独有的诗歌吟诵让人回忆或联想起个体与部落群体对某些地方的感知与体验，从而通过语言与自然建立起情感关联，唤醒人的地方意识，而且还能够凭借典仪的实施地（通常都是印第安祖辈举行传统祭祀或与古老的神话故事有密切联系的地方）来助人产生地方归属感，深化人对环境的情感体验。正如莫马戴所说，只有在祖先的土地上印第安人"才能以一种特殊的方式认识自我，认识自我与土地的关系，才能为自己界定出一种地方意识，一种归属"（转引自 Allen, 1996：91）。

当然，小说中有关地方的描写远远不止于此。作者西尔科在塔尤接受典仪治疗前后的旅途中也巧妙地穿插了多处自然景观描写和主人公不断深化的环境体验，展现了主人公从最初的无地方意识到地方意识被逐步强化的过程，突出了生态性地方的精神治愈力量。这些地方大多在拉古纳村落和其他印第安部落传统的生活与放牧区域，包括草场、山脉、峡谷、库贝罗（Cubero）小镇等，伴随着塔尤寻求精神治疗的旅途而逐一展现，尽管在地理位置上呈散落分布，但是都能帮助主人公增强地方意识，有助于他恢复精神健康。其中，较为典型的地方包括拉古纳村落和里奥·普额科山谷。

塔尤从白人医院出来后所到的第一个地方就是拉古纳村落。这里有着他童年与青少年时期的美好回忆，是他和表兄洛基、舅舅约书亚分享自由与快乐的地方。即使他在医院里神志不清却也能感受到家的所在地对自己的召唤，在意识混沌中乘坐火车回到这里。凉爽的空气、初升的太阳、连绵的群山让他渐渐远离第二次世界大战时的痛苦回忆，帮助他找回人的存在感，于是塔尤不再如白雾般缥缈地活着，而能感知"旭日东升时屋内墙壁上的光影变化"，呼吸"如夜般湿润的空气",在间歇清醒的时候还能帮着家人喂猫和养羊(9、18—19)。随后,他在地方意识被库尔什的典仪治疗唤醒后精神有了好转,可以走出家门去感受村落边峡谷里春天的生机:"峡谷还是他记忆中的那个样子;蜂草让空气像野生蜂蜜那样,闻起来有着浓厚的甜味,熊蜂绕着丝兰花嗡嗡作响……人们常说,即使在最干旱的年头泉水也没有干涸过。"(45)这种自然界勃发的生命力量赋予了塔尤抵抗精神疾病折磨的勇气,即使损友哈利企图让他以酗酒来逃避也不能动摇他的意志。不仅如此,塔尤还想起早年舅舅对自己的教诲:"有些事情比金钱更重要,你看,这里就是我们来的地方,这些砂子、石头、树木、藤蔓,所有的这些花朵,这片大地让我们繁衍生息……"(45)这让他更深入地认识到印第安人与自然的内在联系,坚定了他从自然中汲取力量以抵抗精神困扰的决心。

第二个具有典型性的地方是里奥·普额科山谷。塔尤在接受贝托尼的典仪治疗后为了追踪舅舅走失的野牛群而来到这里,并邂逅了印第安女性忒娥。为了突出地方的精神治愈力量,西尔科沿袭了自己在《黄女人》等作品中的一贯做法,通过对女性穿着、味道、行为等细节的描写将她们隐喻为大地母亲或自然的代言人:忒娥身上裹的毯子在样式与颜色上对应着灰白二色风暴、黑色闪电、棕色大风四大自然现象;她的住所充满了杏仁、泥土、山峰、大地的味道;她的身体让塔尤感觉像是河中的细沙、温暖的流水,有激情时则像是大雨中被冲击的河堤;她引导塔尤观看广袤的星空,为他指明贝托尼提到的星星的方位,最后还帮助塔尤捕获野牛群,让他实现了帮助舅舅完成遗愿的梦想。在遇到忒娥之后,塔尤恢复了精神健康,重新找回了自己的印第安文化身份,从而清晰地回想并吟唱起只有普韦布洛典仪祭司才懂的、最能体现印第安人崇敬自然的"日出曲"。于是他怀着敬畏自然的心态第一次近距离地观察身边的花草藤蔓,耐心地看着忒娥制作向自然神明敬献的卷烟,"再次露出微笑……感到自己许久未曾如此地呼吸,活着真好"(181)。在小说结尾部分,塔尤终于在里奥·普额科山谷的北托普草场找回了被白人偷走的野牛群,梦想的实现让他找回了自己的人生价值。当他回到拉古纳村落时,库尔什等部落长老在专门举行典仪的会堂（kiva）里倾听他描述自己一路走过的地方与对自然的情感体验，其间，长老们不时询问起那些地方的位置与相关时间，在日落时分他们又起身吟唱起一首以"迷失的孩子被找回、魔法被破除"为内容的歌曲。这象征着塔尤具备了"讲故事者"的资格，可以承担起部落文化传承者的责任，从而标志着他在精神上回归了印第安文化，并且精神疾病也得到了彻底的治愈。

西尔科的小说《典仪》一直是美国文学研究界关注的焦点，很多学者都从印第安文化身份、精神创伤等角度对其进行探讨。可是在研究过程中不少人都认为，小说中两位药师所进行的印第安典仪，不论它们是传统的还是创新的，只因为是印第安传统文化的一部分就具有神秘的力量，能够自然而然地令主人公实现文化身份的回归，继而治愈他的精神疾病。事实上，小说中直接反映印第安传统文化，如典仪的历史由来、实施过程或治疗效果的文字并不占据主要内容，大量篇幅反倒被用来描写自然环境和主人公对周围环境的感受与观察，这不禁令读者费解。因此本书另辟蹊径，选取生态批评中尚处于前沿的地方研究作为切入点，针对小说中有关地方和地方意识的描述进行细致分析，重点突出山洞、草场、河流、山谷等生态性地方在主人公从无地方意识到地方意识逐步被唤醒、被强化的过程中对他的精神引导和帮助，从而揭示出印第安典仪的真实力量所在，即药师们利用人的环境体验通过唤醒并强化其地方意识来帮助患者重新感知自然，从自然环境中汲取力量，助其找回生命的意义与人生的方向，从而最终治愈他们的精神创伤。

第三章　环境与种族维度的生态思想

1982年9月15日，北卡罗来纳州沃伦县肖科镇爆发了大规模的黑人示威游行，起因是州政府为了处理1978年夏天一家废弃物处理公司非法喷洒在境内的多氯联苯有毒废液，不顾当地居民的强烈反对，决定在阿夫顿社区的一个破产农场里设立填埋场。许多抗议者横卧在马路中央，阻挡运送有毒渣土的卡车，在冲突中有50多人被捕。从9月15日到10月27日，尽管抗议不断、声援不绝、被捕的人持续增加，但无法阻止沃伦县成为美国最大的多氯联苯填埋场。沃伦县地下水位较高，一旦被多氯联苯污染，必定会对完全依赖地下水的当地居民造成严重的损害。废弃物处理公司和州政府不顾及当地居民的环境权益，执意在沃伦县喷洒和掩埋废弃物，是"因为这里的居民主要是在政治上和经济上都处于无权地位的黑人和穷人，有色人种容易欺负"（McGurty，2007：4）。

这就是美国环境运动史上著名的沃伦抗议事件，如今常被视为美国环境正义运动的开端（高国荣，2011：99—109）。沃伦抗议事件让美国社会各界意识到了环境种族主义的存在，开始关注环境风险承担及环境决策方面的种族和阶级不平等，推进环境正义由此成为环境保护运动的新目标，进而掀起了声势浩大的"以社区为基础、以少数族裔及低收入阶层为主要力量"（高国荣，2011：104）的环境正义运动。

对于美国生态批评和美国环境保护运动而言，环境正义运动的兴起既是挑战，更是促使它们发生实质性转变的有效刺激。致力于自然保护或资源保护的主流环境保护运动开始接纳环境正义运动，而美国生态批评虽然滞后，也逐渐向少数族裔环境文本敞开了大门，在迎来自身新的增长点的同时，也让环境与种族维度的生态思想进入人们的视野和意识。

第一节　环境种族主义与《环境正义原则》

沃伦抗议事件中，有一位著名的黑人民权领袖赶到了现场进行声援，他就是本杰明·查维斯（Benjamin F. Chavis Jr.，1948—），年轻时曾担任马丁·路德·金的助手。沃伦抗议事件发生时，他是美国联合基督教会种族正义委员会的副主席。很多学者都认为是查维斯创造了"环境种族主义"（environmental racism）这个术语。查维斯自己的说法是在沃伦县"反有毒渣土掩埋场的抗议和游行示威中，'环境种族主义'这个术语被创造了出来。在被捕的500多名抗议者眼里，县政府的行为是体制性种族主义的一个延伸，他们许多人在过去遭遇过这种体制性种族主义，包括住房歧视、就业歧视、教育歧视、市政服务歧视和执法歧视"（Chavis，1993：3）。接下来，查维斯用明确的语言解释了何为"环境种族主义"：

> 环境种族主义是制定环境政策时的种族歧视。是实施规章制度和法律法规时的种族歧视。是处理有毒废弃物和选定污染性工业场所时蓄意针对有色人种社区的种族歧视。是官方许可有毒物和污染物出现在有色人种社区并对其构成生命威胁的种族歧视。此外还是历史上主流环境团体、决策董事会、委员会和监管机构将有色人种排除在外时的种族歧视。（Chavis，1993：3）

对于"环境种族主义"，查维斯还提供了最有说服力和影响力的"证词"，即1987年，由他和查尔斯·李（Charles Lee）共同指导联合基督教会种族正义委员会完成的《美国的有毒废弃物与种族：关于有害废弃物处理点所在社区的种族和社会经济特征的全国报告》（*Toxic Wastes and Race in the United States: A National Report on the Racial and Socio-economic Characteristics of Communities with Hazardous Waste*

119

Sites）。这份报告调查了废弃物处理设施在少数族裔社区的分布情况，指出有多种因素影响它们的分布，其中种族是最重要的，社区的少数族裔居民比例越高，越有可能成为赢利性有害废弃物处理设施的所在地。报告由此得出结论：种族实际上一直是影响美国有害废弃物处理设施分布的因素（Commission for Racial Justice, 1987：23）。基于这个结论，报告建议优先清理少数族裔社区的废弃物处理设施，并提请相关政府机构和民间组织着手实施一些着眼于当下和长远的措施。比如美国总统应该签署行政命令，要求联邦政府机构对有关少数族裔的现有政策法规的影响进行评估；上自国家环保局，下至各个社区，还有美国市长会议、黑人市长会议、国家城市联盟以及各个民权和政治组织，都应该以成立管理机构和工作小组、召开专门会议、发起教育和行动项目等方式，确保少数族裔社区有害废弃物污染严重的问题得到有效的解决。

《美国的有毒废弃物与种族》通过大量的数据揭露了环境种族主义的存在，既是一种意识启蒙，又是一种行动召唤，在美国全国产生了巨大的反响。报告公布之前，废弃物处理设施已经受到了一些关注，但少数族裔社区的实际情况往往被忽略，而且许多受害者对废弃物造成的污染和危害并不知情。报告公布之后，少数族裔社区纷纷行动起来，保卫家园的斗争遍及全国，并且从舆论和道义上获得了来自社会各界的广泛支持。报告提出的建议也逐渐被采纳。后续的发展更令人振奋：1990年，密歇根大学就有害废弃物处理设施等环境种族主义问题召开了学术讨论会；1991年，第一届有色人种环境领导人峰会在首都华盛顿召开；1993年，国家环保局成立了全国环境正义顾问团（NEJAC），这个顾问团的调研和建议最终促成1994年，克林顿总统签署了环境正义行政令第12898号（高国荣，2011：108—109）。

《美国的有毒废弃物与种族》报告应该是美国历史上第一份产生全国性影响的全面的环境种族主义调查报告，如今已被视为美国环境正义运动史上的经典文献。查维斯自己则说这是联合基督教会种族正义委员会"进入了一个新领域——对环境非正义进行研究"（Chavis, 1993：4）。这句话也揭示了《美国的有毒废弃物与种族》报告是种族正义扩展至环境领域的产物。

　　查维斯有一个志同道合的战友不能不提，他就是社会学教授罗伯特·D. 巴拉德。他既是环境正义运动的主要领导人，又是研究环境种族主义和环境正义的权威学者，被称为"环境正义之父"（Dicum，2006）。1979 年，巴拉德的妻子为玛格丽特·比恩诉西南废弃物管理公司的案件担任控方律师，巴拉德作为专家证人出庭，以这种形式参与了美国第一起依照民权法案提出废弃物处理设施选址存在环境歧视的指控。控方是休斯敦市诺思伍德庄园社区的居民，这是一个中产阶级郊区社区，竟然被选为废弃物倾倒点，原因只可能在于超过 82% 的社区居民是黑人。巴拉德履行专家证人的职责，调查了休斯敦所有的城市废弃物处理设施，发现全部的废弃物倾倒点、四分之三的市政废弃物焚化炉和私立废弃物填埋场都设在黑人社区，而黑人仅占休斯敦人口的四分之一。他把调查结果写成了报告《固体废弃物处理点与休斯敦黑人社区》（"Solid Waste Sites and the Black Houston Community"，1983），发表在《社会学探究》（Sociological Inquiry）杂志上，这是美国第一份全面的环境种族主义调查报告。巴拉德认为这个调查报告揭示了环境决策层面的种族隔离："毫无疑问，这是一种种族隔离：做决策的是白人，没有黑人、棕色人种和有色人种（包括保留地的印第安人）的位置。"（Dicum，2006）

　　从此，巴拉德毕其一生致力于环境种族主义的学术研究和环境正义运动，迄今至少已经出版了 15 部专著，如《美国南部的废弃物倾倒》（1990）、《迎战环境种族主义》（1993）、《不平等的保护：环境正义与有色人种社区》（Unequal Protection：Environmental Justice and Communities of Color，1994）、《正义的可持续性：不平等世界中的发展问题》（Just Sustainabilities：Development in an Unequal World，2003）、《追寻环境正义：人权与污染的政治》（The Quest for Environmental Justice：Human Rights and the Politics of Pollution，2005）等。其中《美国南部的废弃物倾倒》是对《美国的有毒废弃物与种族》的呼应和补充，而《迎战环境种族主义》则记述了基层的黑人、印第安人和西语裔社区从民权运动汲取力量，将环境主义运动与社会正义结合起来，争取环境平等和环境正义的斗争经历。除了有毒废弃物处理设施的选址问题，《迎战环境种族主义》还论及铅污染、杀虫剂、石油化工企业等环境污染因素对少数族裔社区的超常影响，另外也谈到可持续性发展、工作勒索、歧视性的公共政策和争议解决策略。两部著作都在 20 世纪 90 年代初环境正义运动取得实质性进展的过程中发挥了重要的作用。

巴拉德凭着社会学教授的学术修养和调研能力，常常以专家证人的身份参与涉及环境非正义的法律官司。除了上文提到的玛格丽特·比恩诉西南废弃物管理公司案，1997 年，巴拉德再次担任专家证人，帮助控方打赢了反对核废料公民组织诉路易斯安那州能源服务部的官司，阻止了州政府在当地设铀浓缩厂的计划。此外，1990 年，巴拉德发动一群有影响的知识分子和教会领袖，向美国卫生与公共服务部和环保局写信请愿，最终成功使得环保局成立环境平等工作小组。1993 年，这个工作小组升格为环境正义办公室。巴拉德和查维斯一起促成 1991 年 10 月美国第一届有色人种环境领导人峰会的召开，又一起应邀参加了全国环境正义顾问团。

最值得一提的是美国第一届有色人种环境领导人峰会通过了影响深远的十七条《环境正义原则》（"Principles of Environmental Justice"，1991），对环境正义运动的总体目标、发展策略、行动计划及国际合作达成了一些共识，称得上是美国环境保护主义的重要转折点之一。尤其是十七条《环境正义原则》，它不仅在美国本土广泛传播，还被带去了 1992 年在里约热内卢召开的联合国环境与发展会议，在联合国环境与发展委员会（UNCED）和参加会议的各个国家之间流传（Chavis，1993：4）。这份纲领性文件称得上是美国少数族裔生态思想的重要表述，或少数族裔环境运动里程碑似的阶段性总结。这里我们不妨译出全文：

1）环境正义认可地球母亲的神圣、生态系统的完整统一以及所有物种的相互依存关系，认可免受生态破坏之灾的权利。

2）环境正义要求公共政策应以所有人的相互尊重和正义为

基础，而不应带有任何形式的歧视或偏见。

3）环境正义要求以符合伦理的、平衡的、负责任的态度利用土地和可再生资源的权利，以确保人类和其他生物共同拥有一个可持续性的地球。

4）环境正义呼吁全面保护拥有清洁的空气、土地、水源和食物的基本权利，免受核试验、开采、生产及有毒/有害废弃物和毒素处理所导致的损害。

5）环境正义认可所有人对政治、经济、文化和环境事务享有自决的基本权利。

6）环境正义要求停止对所有有毒物质、有害废弃物和放射性物质的生产，要求过去和现在的所有生产商以对人们严谨负责任的态度清理有毒物质，控制生产过程。

7）环境正义要求以平等伙伴的身份参与需求估算、规划、贯彻、执行和评估等每一层级决策的权利。

8）环境正义认可所有工人享有一个安全健康的工作环境的权利，不必被迫在不安全的谋生之道和失业之间做出选择。环境正义也认可在家里工作的人免受环境危害的权利。

9）环境正义保护环境非正义受害者获得全面的伤害赔偿、补偿和优质医疗服务的权利。

10）环境正义认为政府的环境非正义行为违反了国际法、《世界人权宣言》和《联合国防止及惩治灭绝种族罪公约》。

11）环境正义必须承认土著通过与美国政府签署确认主权和自决权的条约、协议、协定、契约所形成的特殊的法律和自然关系。

12）环境正义认可对城市和乡村生态政策的需要，以清理和重建我们的城市和乡村地区，恢复与自然的平衡状态，尊重我们所有社区的文化完整性，为所有人全面享有资源提供公平的途径。

13）环境正义呼吁严格执行知情同意的原则，停止对有色人种进行的试验性生殖和医疗程序及疫苗接种的测试。

14）环境正义反对跨国公司的破坏性行动。

15）环境正义反对对土地、人民和文化以及其他生命形式的军事占领、压制和剥削。

16）环境正义呼吁为现在和未来的人们提供以我们的经验为基础、尊重文化多样性的强调社会和环境问题的教育。

17）环境正义要求我们作为个人在私生活和消费中选择尽可能少地消耗地球母亲的资源，尽可能少地生产废弃物，自觉质疑我们的生活方式，变更优先顺序，以确保现在和未来的人们拥有一个健康的自然世界。（"Principles"）

应该说，《环境正义原则》体现出了非同凡响的环境保护意识和生态思想深度。其中有四条侧重于人与自然之间的环境正义：第一条表述的是生态整体主义思想；第三条是土地伦理和资源利用的可持续性理论；第十二条强调生态重建；第十七条提倡有节制的消费模式。其余十三条涉及人与人之间的环境正义：第十条、第十一条和第十五条指涉以政府为主体实施的环境非正义行为，包括战争和殖民；第十四条是以跨国公司为主体实施的环境非正义行为；第四条和第六条说的是反污染；第八条和第九条涉及工作场所、居住环境、医疗领域的环境非正义行为；第十三条指的是获得赔偿的权益；第二条和第七条强调公共政策方面的平等权益；第五条涉及自决权；第十六条，加强对社会和环境问题的教育启蒙。

不仅是《环境正义原则》，第一届有色人种环境领导人峰会在环境正义理论和实践的其他主张都一致表明，它在美国环境保护运动史上具有转折性的意义。具体如下：第一，峰会主张以"环境"取代"自然"，厘清了过去把"环境"等同于"自然"的概念混淆，强调环境不光包括荒野，还存在于城市和郊区的各个角落，存在于人们生活的社区及工作场所。① 第二，峰会在肯定环境保护重要性的基础之

---

① 如峰会组织者之一、黑人环境行动主义者达娜·奥尔斯顿所言，"环境问题并不是一个孤立的问题，对它不能作狭义的理解。……环境正义涉及日常生活的各个方面，存在于我们生活、工作与娱乐的地方"；有鉴于此，会议的议题非常广泛，仅政策研讨就包括"可持续发展与能源""城市环境""影响环境决策""环境卫生""职业健康与安全""环境与军事""能力培养""国际问题"等（高国荣，2011：105—106）。

上，将环境正义与社会正义联系起来，拓展了社会正义的外延与内涵，促使主流环保组织关注少数族裔和其他弱势群体的环境平等权益，推动环保组织与民权组织、劳工组织以及主流环保组织与环境正义组织之间的交流与合作，从而使得环保运动拥有更加广泛的社会基础。第三，少数族裔通过这次峰会展示，他们已经成为环境保护运动的一支重要力量。第四，峰会再次重申一贯主张的行动性原则。

恰如《环境正义原则》中表述的生态整体主义思想，第一届美国有色人种环境领导人峰会的代表构成也显示出广泛的社会基础，体现出环境与种族、阶级、性别、国家等范畴交错缠结，必须作为一个整体加以观照的整体主义思想。查维斯、巴拉德以及环境正义运动其他领导人利用自己的影响力和社会关系，邀请了来自美国 50 个州以及波多黎各、墨西哥和马歇尔群岛的 300 多个团体、650 多名代表（Chavis，1993：4）。这些团体包括环境保护组织、民权组织、劳工组织、妇女组织和多个基金会（Lee，2001：4）。参加者除了黑人、印第安人、拉美裔和亚裔，还有白人。他们来自各个行业，有社团领袖、普通居民、神职人员及教师，也有州长、国会议员等高级政府官员。恰如查维斯所言："环境正义运动不是一场反白人的运动。……环境正义倡导者说的不是'把有毒物从我们的社区搬出去，搬到白人社区'。他们说的是任何一个社区都不应该被迫与有毒物共存。因此，他们选择了一条道德意识很有高度的道路，参与一场极具包容性、有可能改变美国政治景观的多种族运动。"（Chavis，1993：5）

第二节　《清洁工布兰奇》中的铅中毒与《莫娜在应许之地》中的种族融合空间

芭芭拉·尼利是一位美国黑人小说家、社会行动主义者。她毕业于匹兹堡大学，获得城市与地区规划专业硕士学位，对人与环境的关系问题并不陌生。在成为全职作家前，尼利的职业选择都与行动主义或社会公益有关，为妇女权益和经济正义奔走呼号的她为此两次获奖。文学创作其实是尼利社会公益事业和行动主义的一个延伸。迄今为止，她以黑人中年家政女工布兰奇·怀特为主人公和叙述者创作了悬疑小说系列，获得过阿加莎奖等多个奖项。布兰奇到中上阶层的白人和黑人家里打工，常常遭遇种族主义和性别歧视，但她个性独立、头脑机敏，表现出不一般的智慧与力量，称得上是彪悍女性和业余侦探。有评论指出尼利是第一个以黑人女性为悬疑小说主人公的黑人女作家（Washington，1992：54）。悬疑小说作为大众喜闻乐见的一种文学体裁，对尼利来说是一个探讨政治和社会问题的最佳载体，种族歧视、阶级分野、性别歧视、政府腐败、女性美的标准、针对女性的暴力等，都是尼利诉诸文学再现的话题。以一个噤声为常态的黑人底层女工为叙述声音，这本身便是一种很有政治意味的叙事选择。如一篇评论所言："尼利用布兰奇作侦探，其实是想质问谁是真正的罪犯：主人还是奴隶？上等阶层还是工人阶级？黑人还是白人？"（Mickle，2007：73）尼利则称布兰奇是一位"普通的黑人妇女，一个社会变革的推动者"（Pirklwas & Ross）。不妨说，布兰奇便是尼利的代言人和执行人，展现她在追求社会正义方面的决心和勇气。环境正义（尼利可能倾向于称之为"环境种族主义"）也是尼利的关注对象。在她的思索中，美国白人和黑人之间存在的"族际环境非正义"或"环境种族主义"现象，与社会非正义不可分割，或许正是社会非正义的一种体现。这一思考集中体现在《清洁工布兰奇》这部小说当中。

《清洁工布兰奇》中的布兰奇49岁，新近从纽约移居波士顿，住在黑人聚居区罗克斯伯里。未婚的她有一副古道热肠，独自抚养着已故姐姐的两个未成年子女，倾尽全力帮助他们健康成长。表亲夏洛特与友人伊内兹十多年里难得有一次度假机会，为了满足她们，喜欢自由挑选雇主的布兰奇答应替伊内兹顶班一个星期，白天到一户有钱有势的白人家里当管家和厨娘。她始料未及的是，就在这户白人家里，自己竟被卷入一桩黑人青年入室盗窃被杀案。为了自证清白，保护亲人和黑人社区，布兰奇开始了"私人侦探"之旅。在这个过程中，她发现了雇主一家的诸多秘密：丈夫阿里斯特·布林德尔是一个右翼共和党人，为了竞选州长不择手段，其妻有婚外情，其子是同性恋者，已多日不归家。

如上简述，尼利在小说中对上等阶层白人的刻画偏于负面，对以莫里斯·塞缪尔森牧师为代表的中产阶级黑人也没有手下留情，这些都给评论者留下了深刻的印象。笔者也不例外，但在笔者看来，小说中最值得关注的是尼利对于环境问题的关注，尤其是因种族差异而导致的环境问题。尼利采用一个黑人家政女工作为小说主人公，让她有机会出入波士顿的白人高档社区，通过她的视角所反映出来的环境与种族关系的问题更贴近现实，更有说服力。

从一开始，布兰奇便注意到她所居住的黑人社区罗克斯伯里与白人雇主所在社区的环境差异。白人雇主所在社区地价昂贵、空间宽绰、规划齐整，房屋之间的间隔很大，而且都被绿色植被覆盖，绿意盎然的程度大概只有波士顿公园和市区花园能与之媲美。与之形成鲜明对比的是，罗克斯伯里社区地价便宜、规划杂乱、房屋密集，绿化率远远赶不上白人社区。从这么简单的对比便可以看出，由于种族和阶级的差异，白人与黑人在城市土地资源和绿化资源的分配方面体现出极大的不公平。最直观的结果便是白人的居住环境风景优美、空气清新、设施完备、条件舒适，而它们的反义词便构成了黑人居住环境的特质。不仅如此，黑人社区还是白人社区倾倒有毒垃圾的场所，成为白人社区转嫁环境污染后果的直接受害者。

事实上，罗克斯伯里不仅是波士顿最穷的社区之一，也是最肮脏的社区之一。布兰奇热心公益，常常在社区帮助清扫垃圾，但感觉垃圾总是堆积如山，总也打扫不完。究其原因，原来有很多企业和白人社区的居民往自己的社区倾倒垃圾。这些不仅是普通的生活垃圾，还有含铅的有毒垃圾。布兰奇在帮助养子马里克调查社区环境问题以完成老师布置作业的过程中，了解到社区内的许多黑人小孩是铅中毒的受害者。最令人痛心的一个例子是环境保护行动主义者阿米纳塔·道森的儿子。他原本乖巧懂事，中了铅毒之后，变得性格乖张，时不时流露出严重的暴力倾向，最后竟然走上歧途，开枪打死了自己的好友，锒铛入狱。阿米纳塔的悲痛控诉让人动容：

　　　　我的儿子，我教育他尊重生命、热爱生活，这孩子小时候很温顺、很可爱，根本就是天使。随便问一个认识他的人。但是他在我们的公寓里遭受铅的毒害之后，就变了。连他的老师都注意到他变了。问我家里是不是一切都好，意思大概说是我的儿子和人打架，不听话，都是我的错。没人在乎他们给他的药能不能治好铅对他大脑的伤害。那时候没人在乎，现在也没人在乎。医生总想让我相信，铅中毒不会导致我们的孩子相互残害。我了解到的情况不是这么回事。我知道，那些药物无法阻止我的儿子像变了一个人似的，竟然去杀死他最好的朋友。他小时候那么温顺，那么可爱，完全是个天使。（Neely，1998：66—67。下文凡出自该书的引文，将直接在夹注中标注页码）

因为铅污染，一个黑人家庭永远失去了儿子，另一个黑人家庭的儿子从此告别了正常的人生轨迹。阿米纳塔痛定思痛，从个人的悲剧遭遇中看到了整个黑人社区潜藏的悲剧性命运，为了保护黑人社区的环境，为了保护其他的黑人孩子，决意成为行动主义者："许多孩子正因为铅污染而受到越来越严重的毒害。我们怎么知道这些孩子不会像我的儿子那样去杀人呢？"（67）

阿米纳塔为了帮助黑人社区居民"切实了解我们的生命、我们孩子的生命如何受到污染、有毒废弃物和其他环境危害，尤其是铅中毒的影响"，一年前开始组织"社区觉醒项目"（67）。阿米纳塔和项目成员经常在社区里宣传铅中毒的危害，游说社区居民去社区诊所做免费检查，教导居民学会运用法律武器督促房东清理铅毒，提出要想办法让政府意识到他们的力量，从而改变相关的歧视性环境政策。"社区觉醒项目"任重道远，社区居民，包括老师和医生，普遍认识不到铅中毒的危害，连布兰奇也是将信将疑。好在布兰奇意识到这个环境保护行动主义项目关系到养子女的身心健康和黑人社区的未来发展，深受感染，也和养子一起加入了讨论，希望能与其他居民联合起来，争取应得的环境利益，改变当前不公正的环境污染处理方式。但小说给人的信息并不乐观。小说的故事结束时，黑人社区的居民除了通过聚会讨论如何帮助孩子们之外，至于如何采取行动使环境污染问题得到实质性的改善和解决，几乎没有进展。最大的进展只是在小说的结尾，布兰奇从全国公共电台听到一条新闻报道：美国匹兹堡大学一位教授的最新研究表明，铅中毒不仅会降低儿童的智商，还会增加未成年犯罪的概率。这项研究结果不仅印证了阿米纳塔的推测，也彻底打消了布兰奇对其缺乏科学实据的怀疑。然而仅此而已，社区居民想督促房东清理铅毒，尽管查有实据，却无法落实。这是令人倍感无奈和无助的局面，然而却更深切地让读者意识到环境问题与种族问题的错综纠结和密不可分。如阿米纳塔所言：

> 我们必须采取行动，你们大家。这是种族灭绝。这个种族歧视体系已经找到了消灭我们的完美办法：把枪支和毒品给我们不上学的孩子；把像利他林那样的合法药品给我们上学的孩子，就为了让他们安安静静地坐着，只要他们安安静静地呆着，老师们根本不关心他们是否学到了知识；在我们的家里留下铅毒，毒害我们的婴儿。罗克斯伯里是波士顿铅污染最严重的社区。（67）

阿米纳塔的言语听似过激，实则指出了环境正义问题背后的种族问题，表达的正是作家尼利所要揭露的环境种族主义思想。如果白人中心主义依旧主宰着白人乃至部分黑人的思维方式，依旧支配着政府制定政策法规的依据，那么种族歧视即便受到法律意义上的取缔，也会阴魂不散，与之相关的环境非正义问题自然难以消除。

众所周知，马萨诸塞州普利茅斯市是"五月花"号停靠的港湾，第一批白人移民在那里建立了他们在北美的第一个殖民地。换句话说，马萨诸塞州是美国盎格鲁—撒克逊白人文化的大本营和发源地。这里虽然属于北方，并未实行过奴隶制，但对于迁居此处的黑人、西语裔和亚裔等异己，白人心中潜藏的优越感从未消散过。小说中，布兰奇虽是初来乍到波士顿，却也知道波士顿的白人对待黑人、棕色人种和黄色人种这些外人很不友善。（24）布兰奇的雇主阿里斯特·布林德尔属于波士顿的蓝血贵族阶层，他所住的社区美如公园，他所住社区的有毒垃圾可以随意倾倒在布兰奇及其他黑人聚居的罗克斯伯里，这便是根基深厚的波士顿白人对待黑人外来者的一个典型案例。不仅如此，为了维护自己及其他白人的既得利益，阿里斯特还会不遗余力地竞选州长，霸占马萨诸塞州社会政治结构的最顶层。

白人中心主义者看待人与自然的关系时，必定深陷人类中心主义的窠臼，总是认为自己比其他物种优越，驾驭自然变成了理所应当，对于臣服于自己的自然，予取予求也是理所当然，谈何珍惜和保护？白人中心主义者何尝不了解垃圾不经处理可能造成的环境污染？何尝不知道垃圾中的铅含量会带给接触者的毒害？那么该如何处理垃圾呢？正确的方法应该是先对包含有毒物质的垃圾进行无害化处理，将有害物质进行分解从而实现垃圾排放零污染，以这种方式处理垃圾，便有利于大自然的可持续性发展，有利于人与自然和谐相处，生生不息。然而，白人中心主义者眼里看到的依旧是自身的经济利益，对垃圾进行无害化处理意味着生产成本的增长，这对追求低成本、高利润的资本家来讲，断然是不可取的。于是，他们选择了倾倒垃圾，拒不考虑倾倒垃圾对自然环境造成的破坏。

然而，既然白人中心主义者知道有毒垃圾的危害，当然绝不允许垃圾停留在自己的社区里。那么倒于何处呢？罗克斯伯里是一个完美的去处。那里地价低廉，不会过多地损害资本家的经济利益。那里住的都是黑人，即便不满，也没有足够的政治资源加以干预和阻挠。何况像阿里斯特这样的白人既然自认为比有色人种优越，便会心安理得地霸占着最好的环境资源，也不会在将环境污染的代价转嫁给黑人或其他弱势群体时，感觉有任何不妥。于是经过白人操控的政府部门的运作，相关政策出台、实施，在罗克斯伯里社区倾倒有毒垃圾的做法得到了政策层面的许可和保障。这样一来，白人社区一如既往地洁净优美，黑人社区却成了肮脏有毒的垃圾倾倒地点。随着铅毒的量变和扩散，罗克斯伯里社区里越来越多的孩子表现出异样的身体反应，甚至出现了阿米纳塔儿子那种可怕的极端症状。这是受到污染的自然对人类的一种惩罚，然而，理应受罚的白人成功地将惩罚转嫁给了黑人。这是典型的因种族歧视而引起的族际非正义。这种铅毒能受到控制吗？孩子们还有一个健康美好的未来吗？罗克斯伯里的黑人居民忧心忡忡，却又似乎无力改变现状。

在《清洁工布兰奇》这部小说里，罗克斯伯里的黑人居民在短期内的确难以改变本社区环境污染的现状。白人中心主义者不仅继续鄙弃黑人如草芥，也会不顾一切地继续维持现有的社会形态和政治架构，以维护白人在政治、经济、环境等方面的既得利益。阿里斯特·布林德尔便是这样的一个白人中心主义者。在他的心目中，黑人只是一个有用的工具，可以为他竞选州长带来选票，或者，令人毛骨悚然的是，可以肆意加害以掩盖他的贿选丑闻。阿里斯特需要黑人选民的选票，但不懂为黑人谋福利是争取民心的有效方式，或者不屑于这样做，反倒求助于莫里斯·塞缪尔森牧师，一个和白人一样鄙视本族人、服务于上层社会人士及大资产阶级利益的中产阶级黑人。而当他因一盒贿选录音带而有可能得罪保守派人士、导致竞选失败时，他竟然为了掩盖这件丑闻而致使伊内兹的儿子和另一名黑人青年被杀，自己的儿子也因此事自杀。如果阿里斯特这样的白人当选，把持权力机构，那么黑人的境遇如何能够获得改善？事实上，阿里斯特很有可能当选，因为他有钱有势，有足够的资源助他当选，哪怕是借助不光彩甚至违法的手段。而黑人中产阶级的代表人物塞缪尔森牧师与阿里斯特这样的白人沆瀣一气、狼狈为奸，只为了保护自己的既得利益或谋取更多的利益，而置黑人同胞于不顾，甚至于损害他们的利益。布兰奇及"社区觉醒项目"成员发现，塞缪尔森牧师是铅污染公寓的幕后房东，那些公寓的铅清理合格证是通过贿赂取得的假证。即便如此，塞缪尔森牧师依旧可以通过贿赂或其他非法手段寻求白人保护，令自己毫发无损。而罗克斯伯里的底层黑人除了继续受阿里斯特及其黑人走卒的伤害之外，顶多如被凶杀案牵连的布兰奇，亲自调查取证以做到自保。原因简单而明显：除了自己头脑里的聪明才智，他们缺乏必要的政治资源、经济资源和社会资源。

《清洁工布兰奇》对垃圾倾倒点和铅污染的描写，是对龙娟所称"人与自然之间的环境正义"以及"人与人之间的环境正义"（或更具体地说，美国白人和黑人之间存在的"族际环境非正义"）的具体再现，也符合查维斯和巴拉德对环境种族主义的界定（龙娟，2008：

88—107；Chavis，1993：3—5；Bullard，1993：7—13、15—39）。在
《迎战环境种族主义》中，巴拉德指出，已有研究表明，种族作为
"一个独立要素（不可简化为阶级）"，可以预测下列环境污染的分布
情况：第一，美国社会的空气污染；第二，被污染鱼类的食用；第
三，城市垃圾填埋场和焚化炉；第四，废弃的有毒垃圾场所在地；第
五，儿童铅中毒。（Bullard，1993：21）他还着意强调过铅污染对有
色人种儿童的伤害："几百万住在内城的孩子（很多是黑人和拉丁
裔）因老房子含铅的油漆、焊铅管道和老旧总水管里的饮用水、被工
业污染的土壤、冶炼厂的空气污染物而中毒。铅中毒被视为美国儿童
面临的第一号环境健康问题。但在过去的 20 多年里，几乎没有为消
除这种可防治的儿童疾病而做过努力。"（Bullard，1993：12）

　　巴拉德钦点的环境种族主义问题中，有毒垃圾倾倒场所，儿童铅
中毒，甚至于黑人社区的空气因常年被倒垃圾而受到污染，都是《清
洁工布兰奇》中底层女工布兰奇和环境保护行动主义者阿米纳塔·道
森等黑人社区居民深受其害且无可奈何的社区环境问题。小说中白人
社区和污染物处理厂把含铅的垃圾倾倒在黑人居住区罗克斯伯里附
近，从环境非正义的角度看，这既根源于长久以来白人对自然只知索
取、不知回报的征服欲，也表明了环境种族主义者在制定环境政策时
不会考虑这些政策对有色人种产生的影响。这种做法不仅是对自然环
境的不公正对待，也是对罗克斯伯里黑人居民的种族歧视。黑人居民
在白人占主导地位的波士顿社会中遭遇环境政策方面的不公平，是种
族歧视的必然结果。白人在保护自己社区环境的同时，却毁坏了同一
社会中另一部分成员的环境，从整体和长远角度看，这种以破坏环境
为代价来实现片面发展的做法对人类是有弊无益的。

　　面对垃圾倾倒和铅中毒带给社区环境，尤其是年轻一代的不良影
响，罗克斯伯里的黑人居民毫无对策，既不能要求废止或修改环境种
族主义政策，更无法要求作为平等的社会成员参与环境政策的制定与
实施，因为他们无法从根本上改变这种环境利益上的不平等关系。而
根本性的问题，在芭芭拉·尼利看来，是长久以来肆虐美国、至今阴
魂不散的种族主义思维模式和以此为基础的种族歧视。美国白人和黑

人之间存在的"族际环境非正义"或"环境种族主义"现象，尼利可能更倾向于使用后一个术语。消除环境种族主义、提倡环境正义，是波士顿乃至美国解决环境危机并保持社会稳定的主要方法之一。但是只有首先消除种族歧视，才能消除由此引发的环境非正义现象。否则，有色人种等弱势群体注定深受其害，很难找到合法途径以改变环境利益上的不平等地位，实现公平正义。芭芭拉·尼利没有在《清洁工布兰奇》中提及克林顿政府颁布的《联邦政府采取行动，实现少数族裔和低收入人群的环境正义》（1994）和《儿童远离环境健康风险及安全风险保护条例》（1997）两项行政命令，而是大篇幅描写罗克斯伯里黑人居民的束手无策，恐怕是对这种治标不治本的举措隐晦表达的一种态度吧。

《清洁工布兰奇》中探讨了环境种族主义的两种体现：一是城市社区的规划存在种族分野，白人社区与黑人社区的环境质量形成鲜明的对比；二是白人社区向黑人社区转嫁环境污染的危害，向黑人社区倾倒有毒垃圾，加重了黑人社区质量低劣住房内本已存在的铅污染，导致不少黑人孩子铅中毒。尼利浓墨重彩加以描绘的是后一种环境种族主义，尤其是黑人孩子铅中毒事件。对于前者，除了对两者的环境差异点到为止之外，似乎没有大做文章，或许尼利或者她笔下的人物都对城市按种族和/或阶级实行社区隔离的做法习以为常，或许他们觉得无力改变而倾向于默默忍受。然而，在迈克尔·贝内特看来，《清洁工布兰奇》中反映的社区隔离问题其实是"种族空间化"（Bennett，1999：169）的体现，是一种隐性的环境种族主义。

所谓"种族空间化"，简单说来，就是通过城市规划、资本流动等手段，引导不同的种族在不同的区域聚居，在城市空间的分配上形成白人聚居的富人区和少数族裔聚居的贫民窟的区隔，实质上是一种隐性的种族歧视和阶级压迫。贝内特解释说："20世纪60年代美国人民殷切期待的种族平等愿景从未变成空间层面的现实。反倒是自第二次世界大战以来，美国的少数族裔聚居区里，'居住于城市中心、种族、失业和贫穷等现象已经相互缠绕，密不可分'。"（Bennett，1999：170）少数族裔聚居区成了穷人扎堆的地方，基础设施差，卫生条件差，社会问题多，仿佛成了"内部殖民地"或"内部的第三世界"（Bennett，1999：170）。但是对于贫民窟的形成和持续存在，政府持放任甚至暗中鼓励的态度，因为这可以为隐性的种族隔离提供合理化的解释，从而得以继续维持白人至上的已有种族秩序。换句话说，所谓"种族空间化"，就是"基于空间的种族主义"；少数族裔贫民窟环境的形成聚拢了各种形式的空间种族主义，而之所以会形成贫民窟，首要的原因是"持续不断的住房歧视和日益强化的住房隔离"（Bennett，1999：180）。贝内特认为，"只有无比幸运的个人才能战胜种族空间化建构的各种令人难以招架的社会壁垒"（Bennett，1999：171）。

如果我们把美国华裔作家任璧莲的长篇小说《莫娜在应许之地》放在贝内特的"种族空间化"语境中加以考察，便会有一个值得深入思考的发现：小说主人公莫娜一家属于贝内特所说的"无比幸运的个人"，因为莫娜的父母是华人移民，却住进了纽约郊区一个富裕的犹太人社区。他们是否"战胜种族空间化建构的各种令人难以招架的社会壁垒"？又是如何战胜的呢？

要回答这个问题，我们必须首先了解任璧莲的出身背景和成长经历。1955年，任璧莲出生于美国纽约市。她从小喜欢文学，但父母一心盼望她将来做个收入丰厚、生活稳定的医生或律师，为此她先后进入哈佛大学法学院预科班、医学院预科班以及斯坦福大学商学院学习。因为无法割舍对文学的钟爱，任璧莲最终于1981年进入依阿华大学作家班学习文学创作，1986年开始静心创作长篇小说《典型的美国佬》。这部小说取得了巨大的成功，不仅被《纽约时报》评为1991年最值得注意的图书之一，还入围全国书评人协会小说奖，一举奠定了任璧莲的作家地位。此后，任璧莲出版了长篇小说《莫娜在应许之地》、《爱妾》（*The Love Wife*，2004）、《世界与小镇》和短篇小说集《谁是爱尔兰人？》（*Who's Irish?*，1999），四部作品均入选《纽约时报》该年度最值得注意的图书，《莫娜在应许之地》还被评为《洛杉矶时报》该年度十佳图书之一。如今，任璧莲不仅成了父母的骄傲，更被公认为美国华裔新生代作家的代表人物之一。

　　《莫娜在应许之地》中这个名为斯卡希尔的白人社区，其原型是任璧莲从小生活的斯卡斯代尔社区。任璧莲的父母都是中国移民，父亲是江苏宜兴人，和著名作家茅盾是远亲，第二次世界大战结束前夕，身为水利工程师的父亲受国民政府委派，前往美国协调开辟第二战场的事宜，随后留在美国深造。母亲来自上海的一个大户人家，20世纪40年代在上海完成教育心理学的大学学业后，前往美国留学。1949年，中华人民共和国成立，加上美国政府的阻挠，他们与许多其他的中国留学生一起滞留美国，完成学业后取得美国国籍，分别从事工程师和小学教师的工作，逐渐跻身美国中产阶级行列。任家一直住在东海岸的白人社区，往往是当地唯一的亚裔住户，父母在家里几乎不说汉语，5个子女从小接受美式教育，长大后做了商人、医生或作家，算是移民家庭在文化适应和同化方面的典范。也就是说，任家凭着良好的出身、厚实的家底和努力的打拼才得以在美国提高自己的阶级地位，最终住进了富裕的白人社区。

　　那么，这是否意味着阶级地位的提高是克服空间种族主义的制胜法宝呢？任璧莲的答案是否定的。在现实生活中，白人不会因为任家人阶级地位的变化而忘记他们的种族身份。他们可以在形式上战胜空间种族主义，却无法真正地免受种族主义的伤害。不论是在中国还是在美国，任璧莲父母的阶级地位、教育程度、职业和人生际遇都与早期的大部分华裔移民有着天壤之别，这导致他们长期无法认同以唐人街为主的下层华人社区，反倒认同白人主流社会，希望成为主流社会的一分子。然而，主流社会对他们的界定与他们的自我认同形成了巨大的反差。任璧莲记得住在纽约郊区的白人工人阶级聚居区扬克斯时，白人居民向她和家人扔过石块、骂过脏话，甚至殴打过他们；任璧莲六七岁时，任家搬到斯卡斯代尔，这是一个犹太居民占40%的富人社区，风气开放、包容，对任家人没有敌意和歧视，但时常有人要求任璧莲讲一讲中国的文化传统；成年后，任璧莲发现仅仅因为她是黄种人，主流社会总当她是熟悉中国国情和文化的"大使"，甚至想当然地以为她了解日本、印尼等亚洲国家的内情。种种遭遇使任璧莲和家人意识到"我们不是白人……我们并没有强烈的归属感"

（Jen，1991：H2）。尽管美国政府于1943年废除了《排华法案》，但白人主流社会的种族主义、东方主义思维模式和话语依旧存在，无论同化程度如何，任家人——乃至所有的华人移民及其后裔——都难以摆脱主流话语强加的"无法同化的侨民""永久的外国人"等刻板形象。

　　而在小说《莫娜在应许之地》中，任璧莲对张家人的再现并没有美化她本人的亲身经历。这部小说所反映的是一个多种族、多族裔的美国社会，人物除了华裔主人公莫娜·张和她的家人，还有犹太裔美国人、非洲裔美国人、日裔美国人和盎格鲁·撒克逊裔白人新教徒。在小说所描画的美国社会种族关系金字塔上，占据塔尖的是埃勒维兹·英格尔一家，英格尔先生是华尔街的精英、正宗的盎格鲁·撒克逊裔白人新教徒、白人主流社会的代表；其次是犹太裔塞斯·曼德尔一家和芭芭拉·古格尔斯坦一家，他们是白人中的弱势群体，即便十分富有，也难免受到歧视，譬如法国裔的白人中介瞧不起犹太裔社区，芭芭拉的父亲位居高级主管，被公司无情开除后甚至无法以歧视名义控告公司；再次是张家人，靠经营餐馆改善了经济条件，成了"新犹太人"，但他们的社会地位与其肤色一样，介于白人与黑人之间（Jen，1996：3。下文凡出自该书的引文，将直接在夹注中标注页码）；最底层则是阿尔弗雷德等黑人，他们在经济、政治和社会生活各个领域都受到歧视，就连凯莉的哈佛大学室友内奥米也被海伦看不起。小说的故事起始时间是1968年，"族裔意识的天空已经破晓"，正在"染红［张家人］所住郊区漆黑的夜空"（3）。然而，民权运动虽已取得重大的成果，但似乎尚未从根本上撼动白人赖以维持统治的种族秩序，种族歧视远未消除，种族平等远未实现，美国社会离建国宣言中"民主、自由、平等"的理想相差甚远。

　　张氏夫妇到美国后，经历国破家亡，白手起家，由"一个受压迫的无产者"拼到了今天的餐馆老板、中产阶级的一分子，颇有点"资本主义压迫者"的派头（159）。但比起社区里富裕的犹太人（如芭芭拉家），张家人是小巫见大巫，"没有投资，不读《华尔街日报》，从未见过炒股许可证"（159）。身为中国移民及小餐馆老板，莫娜的母亲海伦时时刻刻都深刻地感受到，她家夹在白与黑、富与穷之间，地位毫不稳固。一边是犹太人，被视为"白种族裔"中的翘楚，是餐馆的顾客；另一边是劳工阶层的黑人，餐馆的雇员。她正好处于中间，两边都不能得罪。张家房子的位置也反映了这种尴尬处境。斯卡希尔是中上阶层聚居的社区，当然要比张家以前住过的地方好——以前张家女儿曾尝过被邻居掷石头的滋味（36）。但他们目前的房子，"比起山上拥有私家飞机那些人的，还是差了一截"（4）。莫娜的犹太人朋友做家事有钱可拿，自己有股票、信托基金，对自己的钱可以自主支配。而凯莉和莫娜两姐妹只能在餐馆当"奴隶劳工"（26）。在这方面，她们和黑人厨师阿尔弗雷德倒有点同病相怜。任家人貌似战胜了"种族空间化建构的各种令人难以招架的社会壁垒"，住进了白人的社区，然而他们却无法改变自己的非白人身份，也无法改变美国社会的种族关系金字塔及种族主义思维模式。在上述金字塔一般的种族空间里，不同的种族都有自己相对稳定的位置，每个种族都被期待着安分守己，不要越界，这是最顶层的白人不遗余力持续维持的种族秩序。

　　张家的房地产经纪人是法国裔白人，对富有的犹太人社区斯卡希尔语带轻蔑。犹太人也在向 WASP 白人中上阶层看齐，芭芭拉做了鼻子手术，与母亲"不愿说意第绪语、不愿去犹太人太多的佛罗里达东部海岸度假有关"（125）。芭芭拉的父母"花了一辈子的时间才逃出犹太人聚居区"，住进了富裕的斯卡希尔，无论如何他们是不愿回到原点的（125）。当海伦得知莫娜皈依犹太教时，勃然大怒，她希望女儿做"美国人，而不是犹太人"，莫娜回答说"犹太人也是美国人呀。美国人就意味着做你想做的人，我恰好选择了犹太人"（49）。母亲所说的"美国人"和女儿所说的"美国人"显然是两个概念，前者指的是盎格鲁—撒克逊清教徒及其后代，指的是中上阶层的WASP 白人。海伦的概念最起码有两层含义：第一，在美国的种族体系中，地位最高的是 WASP 白人，犹太人是次等的民族；第二，由于种族歧视的存在，少数种族和族裔在政治、经济、文化各方面无法与WASP 白人平起平坐，在这个意义上，只有后者是百分之百的美国人。海伦和丈夫在中国时是统治阶级的成员，对自己的定位仍停留在过去，奢望在美国取得"盎格鲁—撒克逊裔白人新教徒的地位"，退而求其次，达到犹太裔美国人的地位也可以，但绝对不能"变成黑人"（53、118）。

尽管犹太人、华裔和黑人都是少数族裔，但在白人强势文化建构的种族体系中，三者的地位是有所区别的。黑人阿尔弗雷德受到莫娜及犹太人朋友芭芭拉和赛思的帮助，在阿尔弗雷德眼里，其他三人享有与白人一样的特权地位。他把三人统称为"白人"，与自己所代表的黑人区别在于：

> 你们知道你们这些白人和我的差别吗？……你们白人看着日历，年终过圣诞节，年初就迎来了一整年的新生活，也许这一年你们要打发你们的白屁股去上大学，也许要去什么好地方旅游。我呢，我看着日历，年终有煎饼，年初还是煎饼，就算我死了，哈，他们也要在我身上铺满煎饼，抹上黄油和糖浆，完了还要在墓碑上刻着"他一辈子只烧焦了几个煎饼，那还是因为炉子坏了，火大得像到了地狱"。（154）

其他三人的生活与阿尔弗雷德形成了鲜明的对比：他们可以上大学，有钱到处旅游，而阿尔弗雷德一辈子只能从事不需要太多技能的体力劳动，没有任何升迁和出人头地的机会。这种经济地位和社会地位的差异足以掩盖体貌特征、基因和血缘的重要性，把华裔和犹太人在黑与白、贫与富的二元对立等级秩序中推向白人的一极。这是阿尔弗雷德的逻辑。

阿尔弗雷德的逻辑并非没有道理。张氏夫妇不愿意提拔黑人雇员，忌讳和黑人有什么瓜葛，一个重要原因是他们"不想变成黑人"（118）。海伦对此非常敏感。有一天，一位白人女士为了呼吁开设一家免费或减费提供节育、产前护理、性病防治等服务的诊所，请海伦在请愿书上签字，并说张家人可以享受这些服务。海伦感到受了莫大的侮辱，答复说："我们开了这家餐馆，我们住在斯卡希尔，你应该看看我们的税档。"（119）尽管对方对黑人一字未提，海伦却认为只有黑人才得性病，才需要节育和免费的医疗服务，所以对方的言外之意是："想把我们（张家人）和黑人混为一谈！……她以为她在和黑鬼说话呢！……我们不是黑鬼。你听到了吗？我们这么拼死拼活地挣钱是为了什么——就为了让别人和我们谈免费节育？"（119）表面看来，海伦的反应有点神经过敏，其实正是她内心焦虑的外化和发泄。海伦非常清楚自家人属于少数族裔，但主流社会对少数族裔有好坏优劣之分，黑人显然是劣等少数族裔，犹太人则被称为模范少数族裔。海伦急于与黑人划清界线，办法就是在金钱和由此带来的经济地位上与黑人拉开距离，同时又在文化上与犹太人攀亲。"这些黑人，就想制造麻烦，这些黑人，你永远不知道他们将要做什么。"海伦嘟囔道（119）。"一时间"，海伦发现"华人与犹太人多像啊！两个民族的文化如此悠久，对教育如此看重"（119）。也就是说，海伦自认经济地位高于黑人，文化传统和道德素养优于黑人，所以主流社会不应该把张家人与黑人混为一谈。从另一方面说，海伦对黑人的看法毕竟来源于主流社会或白人，后者掌控话语权，对"黑人"这个种族范畴的建构是复杂多面的。它代表着经济的贫穷、文化的劣等和道德的败坏。

张氏夫妇视美国社会的种族秩序为只能接受的社会现实，不仅忽视自己曾经受到的种族歧视，还在自家经营的煎饼店里复制主流社会的种族主义：他们把阿尔弗雷德从服务员提升为二厨后，便不再提拔他，只因为他是"非我族类"，不如华人老乡值得信任。在张家的餐馆里，受到重用的总是华人移民雇员。张氏夫妇对他们有一种由共同的血统生发的亲切和信任，更由于相同的文化背景，华人雇员懂得中国传统文化中的等级观念和关系学，安分守己，唯老板马首是瞻。黑人雇员肤色不同、文化迥异，张氏夫妇还深受主流社会强加给黑人的刻板形象影响，疏离黑人雇员。张家人开第二家餐馆时，即便人手不够，也不愿让黑人二厨阿尔弗雷德升任大厨。这种以种族和文化论亲疏的不公做法，有悖于美国社会不讲关系只讲法制的原则，是"种族歧视"的表现（245）。由于种族歧视，华人在美国职业界升迁很难，故有"玻璃天花板"的说法。己所不欲，勿施于人，张氏夫妇任用和提拔员工的做法却与白人毫无二致。古格尔斯坦营事发之后，海伦怕芭芭拉父母不满，解雇了阿尔弗雷德。她解释说："问题是，我们夹在中间。"（239）为了讨好白人，维护现存的种族等级秩序，海伦牺牲了黑人雇员的利益。

莫娜、芭芭拉和赛斯非常清楚黑人受到的严重歧视和不公平对待，"在当今的美国，一般说来，与其长得像马尔科姆·艾克斯，还不如看上去像阿尔奇·邦克"（140）。马尔科姆·艾克斯是美国黑人领袖，阿尔奇·邦克是美国电视喜剧系列片中人物，一个头脑顽固、自以为是的蓝领工人。他们的意思是底层白人的地位也比黑人领袖高。

然而，与阿尔弗雷德相比，莫娜是"白人"，但在富裕的白人同学埃勒维兹·英格尔及其家人眼里，莫娜和姐姐凯莉及其黑人同学内奥米一样，都是"黑人"，都是"外国人"。莫娜与英格尔一家人的晚餐使她第一次意识到在白人眼里，自己和其他少数族裔并非百分之百的美国人，尽管以前她知道自己"不是白人"（170）。莫娜成了晚餐的焦点，英格尔家人争相与她谈论中国艺术、共产主义、朝鲜战争、香港和台湾问题，针对莫娜个人的问题则让她哭笑不得："你老家在哪里？""老家还有多少亲戚？""回过老家吗？""会说中文吗？""就算没有去过中国，难道不思乡吗？"（181—182）虽然英格尔一家不屑于和做服务员的内奥米交谈，但她同样难逃此劫，遭遇的第一个问题便有种族歧视的言外之意："你的老家在苏格兰哪个地方？"（178）阿尔弗雷德认为莫娜的身份转换难以被社会认可："犹太人？你以为我会相信？哼哼。除非你让你的鼻子长大。"（136）同样，黑人也"永远变不了犹太人，哪怕我们像莫娜小姐打算的那样让鼻子长大。*我们是操他娘的黑人*"（137，原文斜体字）。

莫娜在思想新潮的霍罗维茨拉比指引下，皈依了犹太教，她深受拉比宣扬的犹太教义影响，又从姐姐凯莉及其黑人朋友内奥米那里学来族裔意识及民权运动精神，在犹太朋友芭芭拉、塞斯和塞斯继母比的带动下，不仅萌发了社会良心和正义感，还培养了对社会行动的热忧。针对张氏夫妇的"玻璃天花板"做法及黑人受到的更广义的歧视，莫娜和芭芭拉、塞斯三个好朋友决定帮助阿尔弗雷德。阿尔弗雷德被妻子赶出家门时，芭芭拉的父母正好外出旅游，因芭芭拉邀请在先，莫娜便做主让阿尔弗雷德住进了芭芭拉家，阿尔弗雷德招来一帮黑人朋友，又与芭芭拉的堂姐埃薇同居，他们与莫娜、芭芭拉及塞斯一起组成夏令营，号称"古格尔斯坦营"。

"古格尔斯坦营"可以说是各个种族之间突破隔离、彼此交融的一个空间，是打破空间种族主义的一个试验。莫娜的种族融合与平等理想在"古格尔斯坦营"得到短暂的实现。这是一个包括黑、白、黄三个人种的完全融合的团体，团员的共同活动混杂各族裔文化：他们在室内听黑人音乐、打麻将、下中国象棋和国际象棋、打乒乓球和台球，甚至一同做瑜伽，在室外打篮球、棒球、网球、羽毛球和游泳，也常常讨论政治、毒品、越战、体育、汽车、实利主义、人文主义、自由意志、化敌为友之道、马丁·路德·金的救赎之爱、黑权主义、种族融合与种族隔离等话题。尽管大家对解决美国种族问题的途径等议题存在分歧，他们都能尊重彼此的个性差异，感受到彼此之间基于共同人性的平等："他们都盘腿坐在地上，手握着手。……有的手掌温暖，有的发凉，有的握得很紧，有的很松；和这些手掌连在一起的是一群让人惊叹的人，[莫娜]忍不住时不时地偷看几眼：这是塞斯，这是芭芭拉；这是埃薇和阿尔弗雷德；这里还有一帮不久前还不认识的人。然而他们现在已经成了朋友，再明显不过了！"（202—203）在埃斯蒂梅特教授看来，古营的氛围可以用马丁·路德·金所说的"真理的力量便是爱"和"对全人类的爱"来形容，对塞斯来说，这是他的梦想空间"一座没有隔墙的房子"（201、208）。

然而，这个建立在种族打破空间隔离、和平共存理想之上的团体很快便分崩离析，导火线是芭芭拉怀疑阿尔弗雷德的朋友偷了父亲的银酒壶。这一事件只是冰山一角，暴露出古营从一开始便存在的问题：种族偏见与种族之间政治及经济权力的不平等。发起善行的"白小姐"芭芭拉一直怀疑古营的黑人会小偷小摸，银酒壶的失窃只是印证了她的种族偏见；每次交流思想，牵头人都是塞斯，但黑人一旦表达激进的种族斗争观点，他便出于"焦虑和恐惧"赶紧提议练瑜伽，这也致使后来塞斯被指责为白人自由主义者，处处表现出"家长做派"，不让黑人有自主发言权（202）；后来莫娜发现偷窃银酒壶的不是古营的黑人，而是被拉尔夫解雇的黑人厨师费尔南多，这一发现不仅凸显了芭芭拉的种族偏见，还有底层黑人的经济困境。芭芭拉和黑人自己都意识到，富人帮助黑人是有前提的，那就是不能威胁到自己的特权地位（161—162）。芭芭拉父母发现古营之事后，怪罪莫娜，拉尔夫和海伦解雇了阿尔弗雷德，并向芭芭拉父母及其他白人"谢罪"，但被阿尔弗雷德以种族歧视名义告上法庭。虽然莫娜成功说服阿尔弗雷德撤诉，但海伦无法再容忍莫娜的变化，把莫娜赶出家门。几年后，莫娜嫁给塞斯，海伦出席婚礼，母女才重归于好。

有评论认为，古格尔斯坦营的解散代表任璧莲对诸如多元文化主义等跨族裔乌托邦的一种质疑（冯品佳，2002：675—704）。需要指出的是，多元文化主义指的并非种族融合与平等的美国理想本身，只是力争实现这一理想的一种途径。任璧莲并非对这一理想提出质疑，而是要强调理想与现实的差距，激励人们做出更大的努力。在《尾声》一章中，任璧莲交代了成年后的莫娜的生活以及古营事件波及的诸多人物的变化。阿尔弗雷德和埃薇结了婚，成了致力于社会行动的"社群组织先生和女士"（297）。拉尔夫和海伦摈弃了以前的种族歧视做法，任命一个西语裔美国人和一个黑人分别担任两家煎饼店的店长。莫娜和塞斯有了一个混血女儿，莫娜不仅没有放弃她的犹太教信仰，还准备把全家人的姓氏改成她刚皈依犹太教时同学送的绰号"张格维茨"，以此命名这个种族融合的新型家庭。显然，无论是美国大社会还是莫娜的小社会，都朝着种族融合和平等的方向前进了一步。

任璧莲的《莫娜在应许之地》出版于 1996 年，描绘的是 20 世纪 60 年代后期的美国。尼利的《清洁工布兰奇》出版于 1998 年，小说中的故事发生于 20 世纪 90 年代。任璧莲笔下的张家人靠着经济地位的提高和阶级身份的改变，打破了种族空间化的藩篱，但始终深受种族主义思维方式的困扰，很难突破"玻璃天花板"，"古格尔斯坦营"的种族融合理想空间在短期内难以成为现实，但美国社会在向着种族融合的方向缓慢发展。而在尼利的笔下，20 世纪 90 年代，种族空间化和隐性的种族隔离继续存在，并未被消除。两相对比，任璧莲的态度显然比尼利乐观得多。但她们都认识到种族空间化和隐性的种族隔离现象的存在，并且相信个人和集体层面的社会行动能够带来一定程度的改变，最起码能逐步唤醒人们的意识，逐步达到社会层面的"意识觉醒"，而这是环境种族主义和更广范围内的种族主义最终得以消除的必经之路。

第三节　《爱药》中的印第安保留地与部落自我

环境种族主义并非局限于把环境污染的后果转嫁给少数族裔这一种现象，有的生态批评学者，如卡玛拉·普拉特（Kamala Platt），认为环境种族主义可以追溯到欧洲殖民的开始，追溯到美国政府对印第安人的驱逐和集中安置在保留地（1996：69）。《环境正义原则》第十一条则明文标示，"环境正义必须承认土著通过与美国政府签署确认主权和自决权的条约、协议、协定、契约所形成的特殊的法律和自然关系"（"Principles"）。毫无疑问，普拉特的观点和《环境正义原则》第十一条说出了不少印第安作家的心声，其中包括路易斯·厄德里奇。

厄德里奇是"美国印第安文艺复兴"第二次浪潮中的代表性作家。迄今为止，她已经出版了 20 部长篇小说、1 部短篇小说集、3 部诗集、3 部散文集和 7 部青少年文学作品，不仅是美国当代最多产的印第安作家，也是"美国当代最重要的作家之一"（Trout，1999：xxv）。厄德里奇的长篇小说大多以阿尔戈斯小镇和附近的印第安保留地为背景。这个虚构的小镇位于北达科他州与明尼苏达州交界处的红河河谷，在这个镇上及其附近的保留地，居住着卡什波家族、拉玛泰恩家族、皮拉杰家族、莫里赛家族等彼此有姻亲关系的四大印第安（齐佩瓦人）家族，以及阿代尔家族、瓦尔德沃格尔家族等白人家族。这些作品的故事情节围绕这些家族展开，主要记述他们百年来的生活轨迹和喜怒哀乐，在展现美国印第安人所经历的历史巨变的同时，也探讨普遍性的爱情、家庭、日常生活等题材。厄德里奇用不动声色但震撼人心的笔调，传达出她对 20 世纪美国的种族、性别等社会问题及其与环境问题的关联以及普遍性的人性弱点和人的价值等主题的深入思索。每一部小说既是一个独立的整体，又是整个系列中的一个组成部分，且常采用多个叙述者和非线性叙事结构，故而不少评论家把厄德里奇的这些作品与威廉·福克纳的"约克纳帕塔法世系"小说相提并论，甚至称之为"阿尔戈斯世系"。

厄德里奇之所以会执着于创作"阿尔戈斯世系"，是因为她有龟山保留地情结。厄德里奇出生于美国明尼苏达州的小福尔斯，父亲是德裔美国人，母亲具有法国和奥吉布韦印第安人（也叫齐佩瓦人或阿尼席纳布人）的血统。厄德里奇在北达科他州的瓦佩顿长大，附近便是奥吉布韦龟山保留地，她的外祖父曾担任那里的部落首领，父母都在小福尔斯印第安事务局的寄宿学校里工作。厄德里奇小时候常常去龟山保留地的大家族里生活，家族里的人，尤其是外祖父喜欢讲故事，让她对龟山保留地的历史和现状产生了更加深入的了解和依恋。1972 年，厄德里奇进入达特茅斯学院学习，结识了担任美国印第安人研究系主任的迈克尔·多里斯（Michael Dorris, 1945—1997），共同的族裔背景和文化认同使得他们走到了一起。厄德里奇曾在《纽约时报书评》上发表题为《我应该在哪里：一个作家的地方意识》的文章，谈到她对故乡北达科他州的地方意识，正是这种地方意识构成了她的身份认同（Erdrich, 1985: 1, 23—24）。她的地方意识和身份认同促成了"阿尔戈斯世系"，而"阿尔戈斯世系"也反映和强化了她的地方意识和身份认同。

《爱药》是厄德里奇"阿尔戈斯世系"的首部作品，如今已被公认是其代表作之一。这部小说通过讲述两个齐佩瓦家族四代成员的生活变迁和个人遭遇，展现了齐佩瓦部落个体化、资本化、城市化和美国化的进程，重点揭示这一全面同化的进程对整个印第安部落造成的残酷破坏，尤其是对个人造成的毁灭性的身心创痛。而要弥合盲目同化造成的创伤，印第安人必须依靠传统的生态整体论价值观，修复已经遭到破坏的对过去、土地和信仰的意识，建立与历史、社区和精神世界的联系，重构一个超越个人的部落自我。我们可以说《爱药》

展示了厄德里奇对印第安文化传统中生态整体论、人地关系、时间观等生态思想的认同和弘扬。

《爱药》的背景设在北达科他州的齐佩瓦部落保留地，主要人物包括卡什波和拉玛泰恩家族的四代成员。故事开始于1981年的复活节，卡什波家族第三代人物琼准备搭车回印第安保留地，与家人一起过节，路过一个酒吧，被年轻的白人安迪引诱，两人正要发生性关系时，白人因喝醉酒昏睡过去，琼决定走路回家，不料冻死在暴风雪中，只有她的灵魂继续走着归家的路。琼的亲人随后展开对琼的回忆，他们的讲述如抽丝剥茧般展现出琼的人生经历及其死亡造成的影响，同时逐一勾勒出各自的生活和家族的历史，最远回溯至20世纪30年代。

无论是琼的生活际遇，还是两大家族里其他成员的个人经历，都与美国印第安人，尤其是齐佩瓦人两个世纪来的历史遭遇密切相关，在一定程度上，《爱药》关注的是齐佩瓦人在20世纪30年代至80年代的历史经历。因此，了解这段历史，是分析和理解《爱药》中各色人物的关键。

欧洲白人自从踏上美洲大陆的那一刻起，便决心掠夺印第安人世代游牧狩猎、休养生息的家园，与印第安部落签订各种条约，用尽欺骗、收买和暴力等手段来达到其目的。与此同时，白人殖民者利用传教和学校教育等手段，将印第安人的心灵"漂白"，达到全面同化、将印第安部落纳入美国资本主义发展轨道的目的。19世纪，美国西进运动将印第安部落赶进了保留地，1887年实施的"道斯单独占有土地法案"表面上实行土地托管，实质上否认部落对其土地的支配权，致使很多印第安人放弃自己的份地和传统的经济活动，只能到保留地附近的城镇做工或是流入大城市谋生，40多年间，印第安人原先拥有的土地总量减少了一半以上。从19世纪70年代开始，联邦政府开始把印第安儿童送到白人社区的寄宿学校，强制他们接受4—8年的美国化教育，在这期间切断他们与家人及部落社会文化环境的联系，剪掉他们的长发，穿上统一的服装，使用英语名字，接受"文明人"的礼仪规范，信仰"文明人"的宗教。1934年通过的"印第安人重组法案"虽然矫正了"道斯法案"的一些过激做法，强调要恢复印第安人的保留地自治政府和传统文化，土地归部落所有，但之前政策所导致的印第安人个体化、资本化、城市化、美国化的诸多后果并未完全消除。1953 年实施的"印第安人终止政策"和 1956 年的"印第安人重新安置法案"更是加速了印第安人个体化和城市化的进程，极大地削弱了其传统文化与部落的纽带作用。20 世纪六七十年代，在风起云涌的民权运动带动下，印第安人的民族精神和自决意识普遍高涨，联邦政府也相应地调整了政策，1968 年通过了《印第安人民权法》，印第安人的部落体制获得再次复兴，印第安人学校和印第安学生占一定比例的公立学校都安排了有关印第安文化的课程，印第安人的权利得到了越来越多的承认，但他们仍未摆脱被同化的趋势，据 1990 年统计，仅有 20% 左右的印第安人生活在保留地内。（胡锦山，2004：25—34）

在印第安人个体化、资本化、城市化、美国化的历史进程中，齐佩瓦部落自然不能幸免。18 世纪末 19 世纪初，齐佩瓦部落被迫离开祖辈们繁衍生息的大湖区，迁徙至北达科他州。1882 年，美国联邦政府成立占地 72000 公顷的龟山齐佩瓦保留地，但两年后又把土地配额减少到 34000 公顷。在接下来的 100 多年里，与其他印第安保留地一样，龟山齐佩瓦保留地先后经历了强制同化、恢复保留地、终止保留地、重新恢复保留地的过程，保留地的生活发生了很多重大的也是极为复杂的变化。

在《爱药》中，各个人物的遭遇和命运都不可避免地打上了上述变化的烙印。卡什波家族中，第一代母亲"猛冲的熊"在政府的强制下，不得不把一对孪生儿子拆散，把奈克特送到一所印第安人寄宿学校，但将另一个儿子伊莱偷偷藏在地窖中，让他按照印第安人的传统成长。成年后，两兄弟的生活方式和价值观几乎背道而驰：奈克特很小便学会了用英语读书写字，皈依了天主教，学到了白人的习俗和道德观念，把印第安人的传统知识和价值观抛到一边，回到保留地后主张顺应变化，改变现状；伊莱没有受过任何正规的教育，对商业经营、政治和天主教不感兴趣，热爱质朴神秘的大地，独自生活在林中，用传统的方式捕鱼、打猎，在卡什波家族中，他是最后一个能正确说本部落阿尔冈昆语的人。①

奈克特身为保留地的部落首领，当部落委员会在白人政府的金钱诱惑下，要收回他的情人露露·拉玛泰恩居住的土地时，他唯一能做的就是签字表示同意；当露露得知自己居住的土地要用来盖一座工厂时，坚决加以抵制，在她看来，工厂的存在会对部落的传统生活方式和价值观产生威胁，她的态度与奈克特形成鲜明的对比。奈克特的妻子玛丽·拉扎尔身上有着白人的血统，小时候不仅看不起印第安人，为自己肤色偏白感到自豪，14 岁时还拜圣心修道院的利奥波达修女为师，立志成为一名圣女，以获得白人上帝的力量。②

到了第三代，琼干脆离开保留地，到新兴的石油城市威利斯顿去闯荡，做过美容师、秘书、店员和女招待等，但都没有获得她想要的成功，只能靠酒精麻醉心中的失落和痛苦；露露的儿子亨利·拉玛泰恩参加了越战，身心饱受创伤，另一个儿子莱曼·拉玛泰恩有着经商的天分，他的抱负是开设一家宾戈大赌场。

到了第四代，琼的甥女艾伯丁·约翰逊目睹部落的萎缩，感慨万千："这个分配政策是个笑话。我开车回家时向四周望去，看见和往常一样的景象，多少土地被卖给白人，多少土地被永久地失去。"（Erdrich，1993：11。下文凡出自该书的引文，将直接在夹注中标注页码）她效仿琼，在远离保留地的地方居住，攻读西医。琼的儿子利普沙·莫里赛具有齐佩瓦药师的特殊才能，只要将双手放在病人身上就可以缓解病痛的折磨，他想配制一种药师才有能力配制的爱药，挽救外婆玛丽的婚姻，但他逮不到活野鹅，只好到超市买了冻火鸡的心脏代替，也不知道如何向传统的神灵祈求恩赐，便只有向天主教神父和修女求助，遭到拒绝后自己偷偷将手放进"圣水"，结果他配置的爱药噎死了外公奈克特。利普沙自幼被灌输了天主教的信仰，缺乏印第

---

①　在《痕迹》中，厄德里奇对伊莱和奈克特兄弟俩的成长经历做了比较详细的交代。奈克特竟然很早就学会了白人的手腕，与母亲一起骗取了弗勒·皮拉杰的信任，用她的财产为自家的土地交税。

②　利奥波达修女就是《痕迹》中的波琳·普亚特，被白人文化完全同化，蔑视，甚至仇视印第安人的文化和传统。

安人古老信仰的支撑，双手的魔力也会失效。

厄德里奇的创作主旨并不仅仅是以四代人物的生活变迁和遭遇来表现齐佩瓦部落个体化、资本化、城市化和美国化的进程，更主要的是要揭示这一进程对整个印第安部落造成的残酷破坏以及对个人造成的毁灭性的身心创痛。白人社会的掠夺政策令印第安部落失去了赖以生存的土地，也就摧毁了印第安人传统和文化所依托的物质基础。恰如马赛厄斯·舒布内尔所言："在部落文化里，土地联结着一个社区的神话起源、历史、现实和未来。印第安人的口述传统教导说土地是部落的起源。"（Schubnell，1985：65）因此，对印第安人来说，失去了土地就等于失去了民族历史和部落精神，无异于灭顶之灾。

与此同时，白人社会的文化同化政策剥夺了印第安人自己的语言、信仰和生活方式，取而代之以英语、基督教和白人的生活方式，印第安人的文化传统被挤压得没有立足之地，它所依存的印第安部落体制也就渐渐地失去了凝聚力。在厄德里奇看来，部落如果不加抵制地全面同化，其结局必定是灭亡，个人如果完全抛弃传统、融入主流社会，轻则身心失衡，重则死亡。少女时代的玛丽一心想做天主教的圣徒，换来的却是利奥波达修女对她肉体的折磨，她被迫逃离了修道院，但手上却留下永久的疤痕，每逢阴雨天便隐隐作痛。这个伤疤如同一个隐喻，直指白人宗教给印第安人带来的不可磨灭的创伤，正像玛丽成年后所回忆的，当时的她"就像那些丛林中的印第安人，偷来耶稣会教士神圣的黑帽子，吞下碎片，希望治好他们的热病。但是帽子本身带有天花，借助信仰将他们杀死"（42）。作为越战老兵，亨利目睹了战争的残忍，也经历了因参战被白人社会接受、战后又被拒斥的梦想幻灭的过程，身心饱受创伤的他回到保留地后，诱奸了还是处女的艾伯丁，后来自溺身亡。琼在白人社会里迷失了自我，感觉自己如同一个易碎的鸡蛋，轻轻一碰就会裂开，她与白人安迪短暂而极不成功的交往，再次令她领悟到融入白人社会的虚幻，她不顾一切地向保留地走去，即便肉体死亡了，灵魂也要回家。最发人深省的对比是伊莱与奈克特两兄弟：伊莱年老时感官和记忆依然很敏锐，而被白人文化同化的奈克特年轻时染上了酗酒的恶习，年老时记忆衰退，思维游移，行动迟缓，最后他被利普沙所配爱药中的火鸡心脏噎死，罪魁祸首依然是同化政策及其导致的与印第安传统的割裂。

　　亨利和琼之所以走向死亡，老年的奈克特之所以形同行尸走肉，乃是因为盲目同化导致的身心失衡没有及时恢复，而修补已经遭到破坏的对过去、土地和信仰的意识，建立与历史、社区和精神世界的联系，找到一个超越个人的自我，是弥合创伤、恢复身心健康的必经途径。威廉·贝维斯指出，美国印第安人的身心健康是基于"一种超越个人的意识，包括一个群体、一个过去和一个地方……是部落性质的'存在'，而不是个体性质的'存在'"（Bevis，1987：585）。肯尼思·林肯称这种"超越个人的意识"为"部落"自我："人、地方、历史、动植物、幽灵和神灵之间相互应和的大家庭"（Lincoln，1983：42）。

　　《爱药》的幸存者中，伊莱显然具有这样的部落自我。露露也是如此，她对大自然的认同、她那包容一切的自我带给她无尽的力量和归属感："我爱整个世界，爱它下雨的臂弯里所有的生物……我听见风在奔涌、翻滚，就像瀑布遥远的声响。然后我张开嘴巴，撑开耳朵，打开心脏，容纳一切。"（216）就连她蓬勃的性欲也源于她对大自然的强烈认同："我要跟你谈谈男人。很多次我接纳他们，只是想成为世界的一部分。"（217）更重要的是，露露是齐佩瓦传统文化的捍卫者，她清醒地意识到印第安人的价值观与白人的成功观念存在冲突，因此对卖地盖工厂的做法极力抵制。露露和伊莱可以说是《爱药》中自始至终拥有部落自我和健康身心的两个人物。

　　玛丽则是通过重建部落自我恢复身心健康的典型。少女时代的玛丽曾经鄙视印第安文化，一心一意皈依天主教，她逃出修道院的举动标志着她对同化之路的逃离。逃出修道院不远，玛丽遇到奈克特，两人发生性关系。这两起事件在时间上的紧密关联更具象征意义：玛丽摈弃了天主教的禁欲主张，把对上帝的爱转化为对人类，尤其是印第安人和印第安传统的爱。玛丽后来嫁给奈克特，在她的关爱、鼓励和帮助下，酗酒成性的奈克特收敛了自己的酒瘾，当上了部落的酋长，通过丈夫，玛丽履行着自己对部落的责任。玛丽有着强烈的、集中的自我意识，她的自我在对别人的爱中得到拓展。当奈克特投入露露的怀抱时，玛丽"还是玛丽。玛丽。海洋之星！剥去了蜂蜡之后，我闪闪发亮！"（128）当奈克特想重新回到她身边时，她不计前嫌，接纳了他；奈克特死去之后，她原谅了情敌露露，治好了露露的眼睛，并和露露发展成情同姐妹的关系。不仅如此，她还收养了琼和琼的儿子利普沙，并帮助后者踏上了寻找亲人、恢复身心健康的旅程。对部落的爱、对他人的爱、对印第安文化传统的自豪感引领着玛丽治愈在修道院里的创痛，成为部落里受人敬重的人物。到了老年，她和露露一样，依旧头脑敏锐、洞察一切，在利普沙的眼里，她们都是强大、有力量的人物。

　　尽管在《爱药》的世界里，像伊莱和露露这样的人物不多，更多的是忘却部落传统之后身心失衡的人物，但玛丽的成功转变无疑给《爱药》带来了一抹乐观的亮色。第四代中，拥有"神奇触摸"的利普沙也很有可能成为下一个玛丽。在配制爱药的过程中，利普沙深切认识到如何正确地祈求印第安人的神灵以获得启示"是一种艺术，一旦天主教占据优势，齐佩瓦人便遗失了这种传统艺术"，这种忧患意识是他发生转变的前提（195）。当利普沙得知死去的琼是自己的亲生母亲、盖里·纳纳普什是自己的亲生父亲时，他拿着玛丽提供的路费，踏上了寻找同母异父的哥哥和亲生父亲的旅程："我知道有某种联系，一种强大的联系，也许足以引领我继续寻觅。我必须找到我的传统的源头"（248）。这段旅程帮助利普沙建立了与家族及传统的联系，他不仅为自己是纳纳普什/皮拉杰家族的一员而感到自豪，也原谅了抛弃自己的母亲。他惊奇地发现，人与人之间的联系和关爱是他双手魔力的源泉，因为一旦他篡改传统药方、抛弃传统信仰，或将"神奇触摸"用于挣钱和谋取私利，其魔力就会失灵，而他一旦建立与家族及传统的联系，"神奇触摸"又会显现。的确，对印第安人来说，家就是部落传统，它不仅是由血亲和近亲组成的大家庭，还包括宗族、社区、与自然界进行交流的仪式，以及地球上的一切物体都有生命力、知觉和魔力的信念。利普沙知道了自己的身世和家族的历史，找到了自己的部落自我。他终于明白，即便物质意义上的部落已经变得面目全非，齐佩瓦人还有一个精神上的部落，还有爱和真情，这才是真正的"爱药",能治愈因盲目同化造成的创伤。《爱药》以琼的幽魂寻找归家路开始,以利普沙载着母亲的幽魂回家结束,象征意义不言而喻。①

《爱药》由14个故事组成,由露露、奈克特、玛丽、利普沙、莱曼、亨利、艾伯丁这7个人物轮番担任叙述者,他们的声音虽有互相对抗的时候,但更多的是互相补充、互相呼应,形成一个统一的整体。也就是说,他们加在一起,共同描画出了琼这个人物的各个侧面,以及家族和个人的生存际遇。这种复调式的叙事结构展现了个体化进程中部落的凝聚力,强调了家庭的纽带和信念的力量在个人的生存和发展中所起的关键作用,与《爱药》的主题相得益彰。恰如美国当代小说家厄秀拉·勒古恩所说,《爱药》的叙事技巧是"统一与多元"的完美结合,集中传达了厄德里奇对"何为有归属感、何为没有归属感、何为做自己、何为做许多人中的一个人"的思考(Le Guin,1985:6)。另外,这部小说的时间跨度长达50年,采用的是一个圆形的叙事结构:小说开始于1981年,而后回溯至20世纪30年代,结尾则重回80年代。这一圆形叙事结构暗合了齐佩瓦文化中的整体时间观念和历史观:现在与过去密切相关、不可分割,齐佩瓦部落和整个印第安民族的历史遭遇依旧影响着现实生活中的点点滴滴,而要透析现实生活中的人和事,历史的视角不可或缺。

通过以上对《爱药》的分析,我们可以看出路易斯·厄德里奇深切关注齐佩瓦人的历史遭遇,着意揭露白人政府及其针对印第安人的个体化、资本化、城市化、美国化政策对印第安部落和个人造成的冲击和伤害,在反映当代美国印第安人生存境况的同时,不遗余力地强调印第安部落及个人的幸存必须建立在传统文化的传承之上。她所推崇的部落自我,其实是印第安生态整体论中的自我,即个人作为"人、地方、历史、动植物、幽灵和神灵之间相互应和的大家庭"中的一员而存在。厄德里奇以她的赤子之心,向饱经忧患的印第安民族奉献了一剂真正的"爱药"。

---

① 在《宾戈赌场》中,利普沙的追寻和转变更为彻底。

第四章　环境与阶级维度的生态思想

美国是一个多种族、多族裔的移民国家，种族问题、族裔问题是头号大事，稍有风吹草动便会惊动全国各界，上自政府，下至民间。在这种情形下，种族范畴也往往成为观照和解析一切问题的首选视角之一。比如在环境正义运动兴起之初，流传最广的是"环境种族主义"的提法。这个理论术语自1982年沃伦抗议事件开始使用，在声势浩大的、对抗激烈的社区有毒/有害废弃物清理运动中发挥了非常有力的理论指导和舆论宣传作用，让广大美国民众认识到了环境政策、法律、法规在制定、实施、执行、监管过程中存在种族歧视，推动主流环境运动和环境团体进行扩容、革新和转型，为环境正义运动在20世纪90年代初迎来第一个高潮铺平了道路。有评论认为"环境种族主义"的提法"具有煽动性，富有感情色彩，暗含着对政府、企业和环保组织的批评"（高国荣，2011：99），这也是它逐渐被"环境正义"这个新术语取代的原因之一。但在笔者看来，"环境种族主义"针对的是现实生活中大量存在的环境种族主义现象，并非过激言论，只是这个理论术语不足以展示所有社会弱势群体受环境问题影响的全貌，不足以揭示环境非正义问题往往综合了种族、阶级、性别、国家等诸多因素这一复杂本质，更不足以反映这一环境运动矢志成为"道德意识很有高度的……极具包容性……的多种族运动"的发展纲领（Chavis，1993：5），故而渐渐启用了理论内涵与外延更广泛的"环境正义"。

美国少数族裔环境文本对环境问题的再现与观照，往往也不是从一个单一的种族角度或阶级角度或性别角度或国家角度，而且作家的思考越是深入，在文本中的体现便越发显得复杂和多重。但是文本篇幅有限，作家对环境问题的再现往往会选择突出一两个角度，同时兼顾其他角度，读者在解读的过程中，应该尽量领会作家的全部意图，尽量获得作家的全部信息。这也是本书研究体例赖以建构的认知前提。但在具体行文过程中，若把众多角度混为一体，虽能反映它们之间交错缠结的相互关系，但会模糊了作家的思考重点，也没有足够的空间展现少数族裔生态思想的全貌。故而本书选择了以"环境"这个关键词为轴心，向种族、阶级、性别、国度等各个维度辐射的细化研究，在承认其相互联结关系的基础之上，按照作家的思考重点选择对应的环境文本，集中挖掘各个维度的生态思想。本章将聚焦环境与阶级的维度。

第一节 美国少数族裔廉价劳动力与杀虫剂

美国建国伊始至今的历史可以说是一部资本主义经济发展史，也是一部持续不断的移民劳工史。资本主义的经济逻辑，如利润驱动、成本效益等，决定了它对廉价劳动力的需求。"不论哪个国家，但凡有移民潮出现，无不因为外患内乱导致国内局势动荡不安，百姓生活贫困、饔飧不继，而移居国正值发展时期，需要大量劳动力。"（吴冰，2009：6—7）美国经济之所以发展迅速，部分原因在于它从一开始便开辟了一个全球化的劳动力市场。尚在殖民地时期，美国便从非洲运来黑奴，造成强制移民。建国之后，又迎来了到美国"淘金"或远赴美国躲避战乱的华人劳工群体和亚洲其他国家的劳工移民。尤其是19世纪60年代，由于美国急需劳工建造横贯大陆东西的铁路，白人劳工不愿做这么艰苦的低薪工作，导致华人劳工的人数激增，光建造中央太平洋铁路的华人劳工人数便高达1.2万—1.5万人（吴冰，2009：7）。19世纪80年代，来自日本、朝鲜和菲律宾的劳工开始抵达夏威夷，在那里的甘蔗种植园做契约劳工，随后来到美国本土，做农工、家仆或罐头厂工人。差不多同一个时候，南亚印度旁遮普地区的锡克教徒借道加拿大来美国，从事伐木、修铁路和种地的行当。其间，这些国家也有少量移民到美国留学或经商。铁路修好之后，绝大部分华人劳工被解雇，导致劳工市场出现大量剩余的廉价劳动力，却也正好满足了加州发展劳动密集型农业的需要。按照已故美国墨西哥裔劳工领袖恺撒·查维斯（Cesar Chavez，1927—1993）的说法，"劳工合同制体系"开始于加州劳动密集型农业的兴起（Ingram，1996：592）。到了 20 世纪，大量墨西哥移民拥入美国廉价劳动力市场，许多都是劳工权利无法得到保障的非法移民。农业季节工的工作机会依赖天时和收成，他们付出最艰辛的劳动，得到的是最低微的酬劳。也许只有在这个白人不愿意从事的工种里，农业工人们才能保住养家糊口的一线生机。

由于人种和文化的差异，更由于来自亚洲和拉丁美洲的廉价劳动力对美国白人的生存造成威胁，他们从进入美国国境的第一天起，便遭遇猖獗的种族歧视，华人的遭遇最为凄惨。华人劳工逐渐被排挤出采矿和铁路这两个工业领域后，一部分人进入城市，从事竞争不激烈或白人不愿干的餐饮和洗衣业，或提供家政服务。在形同种族隔离的社会氛围里，城市华人劳工逐渐聚居在一起，形成了独特的唐人街景观。从未停歇的排华浪潮于 1882 年达到顶峰，美国国会通过《排华法案》，禁止华人劳工进入美国，中国商人、官员的入境也受到牵连，直到 1943 年，由于美国与中国在第二次世界大战中的盟友关系，这一法案才被取缔。由于《排华法案》禁止华人劳工移民，并断绝了华人劳工家属赴美和他们团聚的后路，导致产生了美国移民史上独一无二的畸形华人"单身汉社会"，美国华裔仿佛成了"濒危物种"。雷霆超、伍慧明等美国华裔作家的作品均对此"单身汉社会"做了描绘。美国日裔的待遇稍好，但也在第二次世界大战前后，遭到了有史以来最严重的种族迫害：美国政府担心他们为敌国日本效忠，将所有日裔都关进了拘留营，第二次世界大战结束后才释放出来。这也导致拘留营成为美国日裔历史上的独特景观，被关押的美国日裔及其后代创作了一批"拘留营叙事"。

印第安人和黑人在美国历史上遭受的非人待遇似乎人尽皆知，无须多言，其实亚裔和西语裔劳工在美国的遭遇也充满着与种族歧视、经济剥削、政治压迫、文化殖民、环境非正义相关的血泪斑斑的故事。美国华裔作家汤亭亭以家族成员的移民经历为蓝本创作的半虚构作品《中国佬》以及墨西哥裔劳工领袖恺撒·查维斯的工会运动经历，便可以让我们窥见一斑。

1940 年 10 月 27 日，汤亭亭出生在美国加州斯托克顿一个早期常见的华人劳工移民家庭。父亲汤思德原籍广东新会，是个熟读四书五经的私塾老师，1924 年移居纽约，先是给人洗窗户，攒够钱之后和三个朋友合伙开了一家洗衣店，但遭朋友欺诈，不得已移居加州斯托克顿，替一个华人富人管理一家非法赌场，汤亭亭的英文名字玛克辛（Maxine）便是取自一个赌运好得出奇的白人女子。第二次世界大战爆发后，赌场被迫关闭，汤思德和妻子一起开了一家洗衣店。汤亭亭的母亲周勇兰在中国时是一位给人看病、替人接生的西医，独自抚养两个孩子。孩子夭折后，她于 1940 年到美国与丈夫团聚，除了在自家的洗衣店里干活，还做过清洁工和罐头厂的工人，农忙时给人摘过西红柿。汤亭亭在这样的家庭里长大，自然比较了解早期华人劳工的遭遇。《中国佬》的人物原型中，有汤亭亭家族中的男性亲属和她所认识的华人劳工。

《中国佬》曾获得 1981 年美国全国图书奖非小说类奖。这是一部"男书"，书中的人物有"中国来的父亲""檀香山的曾祖父""内华达山脉中的祖父""其他几个美国人""生在美国的父亲"以及"在越南的弟弟"。汤亭亭历数这些家族男性成员在美国经济发展和国力建设过程中所做出的贡献，同时也凸显他们在这个过程中经受的苦难。曾祖父一辈华人来到檀香山，顶着烈日持刀开荒，劳动条件极为艰苦，是"这里的开山祖师"（Kingston，1980：118。下文凡出自该书的引文，将直接在夹注中标注页码），竟被工头禁止在干活时说话。祖父一辈华人在修筑横贯美国大陆的中央太平洋铁路时，负责最艰难的内华达山脉地段。[1] 他们在坚硬的岩石上打眼放炮，有

① 内华达山脉路段山峰多且高，华人劳工常常需要乘坐篮子下降到距峡谷底的河流2000 英尺的高空作业。当时华人劳工需要在内华达山脉坚硬的花岗岩中凿通 15 座隧道，每天有二三十人伤亡。在天气恶劣的严冬，工人在 18 英尺深的雪地劳作，平均每 3.2 公里就有 3 名被冻死或炸死。（吴冰，2009：7—8）

的被炸死，有的不幸落入深渊，尸体无法安葬，只能用树枝、石块盖住，否则会被上空盘旋的红头美洲鹫吃掉。内华达山脉冬季气候恶劣，有的华人劳工被冻掉耳朵、脚趾，有的患了雪盲，如果发生雪崩，伤亡更加惨重。春天雪化了，华人劳工的尸体显露出来，只能就地埋在铁轨边。

修建中央太平洋铁路死了多少华人劳工，铁路公司没有任何记载。白人老板只求工效和进度，死伤对他们来说只是意味着需要填补的劳工空缺。他们设奖组织不同种族的工人竞赛，华人劳工总是获胜，工资待遇却无法与白人劳工相比，最后不得不诉诸罢工，在坚持9天之后也只是增加了4美元。[①] 尽管工作环境极度危险，劳动强度巨大，尽管不能与白人同工同酬，华人劳工还是创造了奇迹，提前完成了修路任务。然而，在竣工仪式的照片里，竟然没有一个华人劳工的身影："洋鬼子摆姿势拍照时，中国佬四散逃走了。留下来会有危险。驱逐行动已经开始。铁路照片上没有阿公"；参加庆典的白人官员说，"这是人类历史上最伟大的功绩……只有美国人才能做得到"。（145）

祖父一辈对美国的贡献就此被抹杀，紧接而来的是大规模的驱逐行动和杀身之祸。到了父亲这一辈，《排华法案》已经施行，华人要想进入美国，只有非法偷渡，或者走合法途径，经过在天使岛上的长期羁留之后，方能如愿。到了弟弟这一辈，弟弟不惧死神，参加越战，以实际行动履行了一个公民对国家应尽的义务，而汤亭亭则用手中的笔，挖掘出被白人主流社会刻意抹杀的华人劳工对美国的重大贡献，由此证明华人劳工及其后代有权要求被主流社会接受为与白人平等的百分之百的美国人。

20世纪70年代以前，美国官方的历史以白人为中心，几乎看不到华人移民及其后裔的身影，铁路华工的历史功绩更被有意遗忘和抹

---

① 关于这次罢工，也有不同的说法。比如历史学家陈素贞认为，这次罢工有两千华人劳工参加，开始于1867年6月25日，持续一周，后因铁路公司断粮结束（Chan, 1991：81）。

杀，美国华人的故事大多存在于家族的记忆、人们的口头传说和零星半点的文件、证件中，如同陷在历史的深渊，不见天日。在《中国佬》正中的《法律》一章中，汤亭亭详尽地记录了 1868 年至 1978 年美国形形色色的排华法案，以明确的法律文件揭露华人劳工遭遇的不公正和不平等，同时着意凸显其以家族史为切入点建构族群史的意图。

汤亭亭为何要把被"消音"的华人劳工写入美国史？她的动机与日裔学者罗伯特·林呼吁把美国亚裔写入美国环境史的动机是一样的。林指出，"美国亚裔和其他种族的移民往往是环境变化的发动机……他们是（美国）这片土地的矿工、铁路工人、农业工人和渔业工人：即这片土地的工人"（Hayashi，2007：65）。然而，虽然少数族裔工人群体对美国环境的变迁做出了配得上浓墨重彩的贡献，主流环境书写却刻意让其隐形。导致的后果从自然文学大家利奥波德在《沙乡年鉴》中的一段话可见端倪。在这段话中，利奥波德谈到他的老家威斯康辛州一种名叫罗盘草的多年生植物的灭绝，其中提到中国佬，点出了他对环境及与他共享环境的其他种族的理解："一种亚人种的清除大多是没有痛苦的——对我们来说——如果我们对其几乎不了解的话。一个死去的中国佬对我们来说无关痛痒，因为我们对于中国事物的意识仅限于偶尔吃一顿炒面。我们只为我们了解的事物悲伤。"（Leopold，1970：52）我们无法只凭这段话便断定利奥波德是一个种族主义者，但他明确承认他对"中国佬"的漠不关心起因于他知之甚少。故而对于汤亭亭和罗伯特·林来说，利奥波德的话点明了他们的使命：把包括华人劳工在内的所有少数族裔——不论种族、阶级、性别和祖先的国度——写入全体美国人的意识，最终目的是实现种族、性别、阶级、文化平等的大同理想。汤亭亭曾在《女勇士》中用一段意象纷呈的文字描画出这个大同理想，这种带有生态整体主义色彩的思想实际上贯穿她的全部作品：

> 　　我的眼前出现了一对金人儿，在那里跳着大地之舞。他们旋转着，很美，仿佛是地球旋转的轴心。他们是光；是熔化的金子

在流变——一忽儿是中国狮子舞，一忽儿又跳起非洲狮子舞。我似乎听到了清脆的爪哇钟声，转而变得低沉，听上去又像印度人和印第安人的钟声。金钟在我眼前离析，变成黄金丝缕，风一吹，飘飘洒洒，交织成两件龙袍，龙袍旋即又淡化，变成狮子身上的毛。毛长长，成了闪光的羽毛——成了光芒。随后，这对金人儿又跳起了预示未来的舞蹈——是未来的机器时代。我从未见过他们那种装束打扮。几个世纪在我的眼前转瞬而过，这是因为我猛然间已悟到了时间的真谛：时间犹如北极星，既在那里旋转，又是固定不动的。我明白了耕耘劳作与舞蹈并无不同；农民穿的破衣烂衫像皇帝的金冠玉带一样金碧辉煌；也明白了为什么舞者之一终究是男性，而另一个则终究是女性。（Kingston，1977：32）

如果说汤亭亭是用手中的笔为华人劳工争取平等权利的文字斗士，那么恺撒·查维斯便是善用工会组织为墨西哥裔和其他少数族裔农业工人谋求公平正义的行动斗士。

查维斯出生于美国亚利桑那州，父母都是墨西哥移民。由于遭遇经济大萧条，查维斯一家变得一无所有，于1939年移居加州，做起了农业工人，饱尝了各种艰辛，其中条件恶劣的季节工营地、行事腐败的包工头、繁重劳动换来的微薄报酬、激烈的种族歧视都将成为日后他作为劳工领袖着手改善和解决的问题。1962年查维斯与德洛丽斯·惠尔塔（Dolores Huerta，1930—）共同成立了全国农业工人协会（NFWA），成员主要是墨西哥裔。1965年9月8日，由农业工人组织委员会（AWOC）组织，加州德拉诺的菲律宾裔葡萄采摘工人举行罢工，要求得到联邦标准的最低薪酬。一周后，全国农业工人协会表决同意加入罢工。两个工会组织合并成立农业工人联合工会（UFW）。在随后长达5年多的时间里，查维斯从民权运动学习经验，接纳来自大学和宗教团体的志愿者，坚持采用非暴力方式，并于1966年5月17日发起了从德拉诺向萨克拉门托的徒步行进，成功地吸引了全国媒体和各界民众的关注，由此号召全国消费者对非工会鲜食葡萄进行抵制，最终迫使葡萄业者于 1970 年 7 月 29 日同意与劳工集体签署合约，罢工取得胜利。查维斯相信解决农业工人问题一劳永逸的方法是立法，因而支持加州 1975 年 6 月 4 日通过的《加州农业劳工关系法案》（California's Agricultural Labor Relations Act）。这是美国首次通过此类法案，承诺结束无限循环的苦难与剥削，确保工人获得公平和正义。可惜好景不长，该法案很快便因种植业者的反对和政府部门执行不力而失去效力。

查维斯在作为工会领袖的生涯中，所应对的劳资纠纷不仅针对农业经济的政治和经济结构，还有农场主们见利忘义、对健康有害的做法，如草率使用杀虫剂。他的斗争领域既包括社会正义，也包括环境正义。有报道称查维斯是"杀虫剂斗士"（Hatcher, 2014）。

环境正义运动领导人巴拉德在《迎战环境种族主义》（1993）一书中特意提到了杀虫剂问题上的"环境种族主义"：在受污染地区生活的有色人种常常是"祸不单行"的受害者，他们暴露于愈发加重的危险之中，却往往难以享有健康和医疗设施。一个典型的例子与农业工人的工作条件有关。成千上万的农业季节工（90% 以上是有色人种）和他们的孩子因洒在农作物上的杀虫剂而中毒。他们是"二等"工人，被视为可以消耗的个人。暴露于杀虫剂危害之中的还有制造杀虫剂的工厂工人、工厂排放物附近的社区住户、喷洒杀虫剂的农业工人、食物上有杀虫剂残留的消费者。但农业工人及其家人的健康和安全受到的关注与保护最少（Bullard, 1993：11—12）。

巴拉德对杀虫剂的了解估计受惠于查维斯的启蒙。查维斯早在 20 世纪 50 年代便一直关注杀虫剂对健康的损害问题。1968 年，查维斯"为了引起舆论对少数族裔几十年来承受的严重健康危害的关注"，在国会做证，列出了"皮疹、眼睛发炎、恶心、呕吐、疲劳、头痛、重影、头晕、皮肤刺激、指甲脱落、精神紧张、腹泻以及其他很多副作用，都是化学毒剂造成的人体反应……把职业健康与环境健康的关联推到了公众关注的第一线"（"Cesar Chavez Testifies"）。关于杀虫剂毒害农业工人身体健康的病例源源不断。加州圣华金山谷的农业工人中发生多起出生缺陷和新生儿死亡事件，原因可能是那里的水源已经被杀虫剂污染。但葡萄种植业者始终拒绝控制杀虫剂的使用。1988年，查维斯决定发起对鲜食葡萄的国际抵制运动，由于种植业者从中作梗，没有成功。查维斯毅然采取"为生命而绝食"的抗议方式，连续 35 天里只喝水，不吃任何食物，直到德洛丽斯·惠尔塔等人说服他中止绝食，转而采取志愿者轮流接替绝食的方式。查维斯警告说：DDT 等化学药剂可能会"夺走我们的人民的生命，还有供养我们所有人的生命系统"（Hatcher，2014）。今天在互联网上依旧可以找到包括《纽约时报》在内的媒体报道，可见其产生的影响非常广泛和深远。查维斯对《洛杉矶时报》的记者说："农业工人联合工会 1958 年就开始谈论杀虫剂，但人们只是瞪着我们……我们习惯了受到的各种嘲笑。现在，当你说起杀虫剂，人们知道你在说什么"；查维斯强调现在杀虫剂是"消费者和工人的头号问题"，并引用加州卫生部的数据统计，指出"52％的农业工人杀虫剂中毒事件发生在葡萄园里"（Lee，1989）。

值得注意的是，查维斯作为"杀虫剂斗士"开始为农业工人的健康福祉奔走呼吁的时候，白人海洋生物学家和环保主义者雷切尔·卡森出版了掀起美国主流环境主义运动的《寂静的春天》（1962）。卡森更多地关注杀虫剂对非人类环境的影响，即人与自然之间的环境非正义；而查维斯聚焦人的痛苦，把杀虫剂的危害与人的鲜活生命联系起来，即人与人之间的环境非正义。两者结合起来，让我们认识到人类健康与整个生态系统之间的相互关联。

在查维斯作为劳工领袖的生涯中，成功地把农场工人受到非人虐待的问题上升为一个全国性的问题，最终迫使葡萄种植业者同意签约保护加州乃至整个西南部劳工的健康，从而改善了农场工人的生产和生活条件。同时，他又把杀虫剂毒害的问题科普为一个人人都是受害者的国际性问题，"促使全国各界、世界各地人民意识到这个问题"（Ingram，1996：588），从而推动了国际社会对 DDT 的禁用。如今，尽管农业工人的健康风险仍然很高，但不会再被忽视。查维斯的斗争经历表明，"奇卡诺环境主义与自然及荒野的保护没有太多关系，更关注如何抗击我们的生活环境和工作环境里针对我们的健康和福祉的日常危害和威胁"（Pena，1998：15）。

第二节　《骨》中的华裔劳工与旧金山唐人街

美国华裔新生代女作家伍慧明有一种明显的"唐人街华工情结"，她的处女作《骨》中的故事发生在旧金山的唐人街，她的第二部长篇小说《望岩》同样讲述旧金山唐人街的故事。从华人移民踏上美国土地的第一天开始至今，尤其是在《排华法案》从1882年实施到1943年取缔的60多年里，唐人街始终是一个贫穷的华人劳工阶层和初来乍到的华人移民聚居的城市空间，属于典型的美国少数族裔穷人聚居区，既是黑人民权运动和环境正义运动领袖本杰明·F.查维斯所说的"我们国家自己的欠发达'第三世界'"（Chavis，1993：4），又是一块种族的飞地，一个永恒性异己的存在标志。这不仅是美国主流社会对唐人街的界定和认知，在美国华裔社群内部也是如此。前文已经论及的同为华裔作家的任璧莲便直言，不论是在中国还是在美国，由于父母的阶级地位、教育程度、职业和人生际遇都与早期的大部分华裔移民形成天壤之别，这导致他们长期无法认同以唐人街为主的下层华人社区，反倒认同白人主流社会，希望成为主流社会的一分子。任璧莲笔下的张氏夫妇也有着根深蒂固的阶级偏见，"想做中上阶层的白人"，他们"永远不可能把'移民'这个词用到自己身上，他们认为移民指的是那些把活公鸡带上公共汽车，连手提箱都没有的人"；他们的女儿莫娜则承认自己"连一个唐人街的人都不认识"；莫娜的犹太人同学芭芭拉·古格尔斯坦的母亲"不愿说意第绪语、不愿去犹太人太多的佛罗里达东部海岸度假……花了一辈子的时间才逃出犹太人聚居区"，无论如何他们是不愿回到原点的（Jen，1996：53、27、223、125）。

中产阶级华裔避之唯恐不及的唐人街，为何成了伍慧明情有独钟的小说创作空间？原因在于伍慧明是唐人街的内部人士，对唐人街有着内部人士的地方意识。伍慧明出身于旧金山唐人街一个典型的劳工阶层中国移民家庭，父亲于1940年移民美国，在加州大学伯克利分校大学生食堂当厨师，母亲同《骨》中的母亲一样，是一位衣厂女工。伍慧明从小帮着母亲做缝纫，习惯了艰辛的生计。她对旧金山唐人街的一切都非常熟悉，当然也目睹或经历了《骨》中描述的许多事情。父母尽管收入微薄，仍然尽全力资助她读完了加州大学伯克利分校的学业，又于 1984 年获得了哥伦比亚大学的艺术硕士学位。毕业后伍慧明靠在餐厅做女招待或打零工养活自己，同时利用业余时间进行文学创作。《骨》和《望岩》的创作素材都来自她的人生经历、耳闻目睹的故事和华人移民史。我们不妨细读伍慧明的小说《骨》，领略她对唐人街这个美国社会中的种族和阶级异质空间的再现与诠释。

《骨》的故事围绕着旧金山唐人街上一个由华裔第一代移民和三个女儿组成的家庭。父亲利昂·梁很像伍慧明的父亲，是一个生活在社会底层靠卖苦力养家糊口的男人。他一生命运多舛，早年以梁爷爷的"契约儿子"① 身份进入美国，却从此饱受歧视，不仅找工作处处碰壁，还被生意合伙人欺骗，不得已只能继续当海员，过着远离妻女、长期漂泊的日子，这也是他逃避与主流社会和家庭各种矛盾的主要途径。母亲是制衣厂女工，她顺从男人，吃苦耐劳，每天超负荷工作，任劳任怨地照顾家庭，却遭到第一任丈夫傅里满的抛弃，后来为一张绿卡带着女儿莱拉再婚，嫁给了利昂，生下了安娜和尼娜两个女儿，但与利昂的生活难以维持和睦，更难以与三个女儿沟通，陷入自怨自艾的情绪中难以自拔。三姐妹中，大姐莱拉作为故事叙述者，在作者的精心安排下成为小学教育协调员，主要负责移民子女与学校和老师之间的沟通交流，解决他们之间的纠纷。莱拉一直与父母同住，充当他们之间以及他们与两个妹妹之间的"协调员"，疏解各种家庭矛盾，在他们精神遭受重创时给了他们最大限度的安慰与支持，与华裔男友梅森一起努力挽救四分五裂的家庭。二女儿安娜和利昂以前的

---

① "契约儿子"现象是早期华人移民为应对 1882 年《排华法案》而采取的策略，即他们利用 1906 年旧金山大地震中移民局档案被烧毁的机会，声称自己是美国公民并在中国生育了孩子，从而让一些试图移民到美国的男性青年以他们"儿子"的身份进入美国，并按照双方私下的契约来为他们养老送终。

生意伙伴翁家的儿子奥斯瓦尔多恋爱，由于最后两家合作不成，翁家
骗走了梁家的全部投资，致使两家关系破裂，安娜与奥斯瓦尔多的关
系也遭到了父母的强烈反对，在陷入亲情与爱情的两难抉择后，安娜
无法排解心中的苦闷，选择了从南楼跳楼自杀。小妹尼娜在安娜自杀
之后，只身去了东部的纽约，当上了空中小姐和导游，借以逃避与父
母的紧张关系以及家中挥之不去的愁云惨雾，但其内心"仍然在受着
煎熬"（Ng，1993：15。下文凡出自该书的引文，将直接在夹注中标
注页码）。① 在小说结尾处，莱拉悉心照顾父母，帮助他们逐渐摆脱
了安娜自杀、尼娜出走、家庭关系恶化等家庭变故造成的精神打击。
此时她也已充分了解和理解了老一代移民的人生经历和心路历程，并
终于做出了自己的人生选择——和梅森一起搬出唐人街，在更广阔的
天地里开始新生活。但与此同时，她并没有忘记保留自己在唐人街鲑
鱼巷的根。

　　唐人街是一个具体的地方，这个具体的地方又以空间的形式呈
现，两者共同承载着诸多地理以外的人文因素。"地方"与作为几何
概念的"空间"相比，二者既存在联系又具有差异。地方由"空间"
和"特色"两部分构成，地方的"空间"特征强调其结构性，如一
个空间可通过点—线—面和内—外模式来予以认识，较为抽象；而地
方的"特色"则是由更为具体的物质成分及其状态所决定，描绘了
构成空间的元素、质地、光线色彩、形式等，形成地方的特色和氛
围，决定一个地方的特性（俞孔坚，2002：14—17）。著名华裔地理
学家段义孚提倡"环境的想象"，即从人的感觉、心理、社会文化、
伦理和道德角度来认识人与地理环境的关系。他认为"地方"更多
地体现人对环境的想象和体验，因为"人是透过经验去诠释空间、地
方与时间的"（Tuan，1977：93—115）。基于"地方"的生态内涵，
"地方意识"应运而生，它既指一个地方自身所固有的特征，也指人
们对一个地方的依附感，是地方的客观属性和人的主观体验交织而成
的结果。某些地方由于其自身固有的特征而被视为是独特的、有纪念

---

① 译文参照了伍慧明《骨》，陆薇译，译林出版社 2004 年版。

性的，而这一特征可以是一种独特的自然特征，也可以是人的想象力赋予它的主观特征，还可以是人们通过它们与重要真实事件或神话传说所建立的联系。故而，即使人们对其没有直接体验也可以感受到其重要意义，如美籍华人第二、第三代对未曾到过的中国故乡的向往与憧憬。此外，日常生活中个人和团体依靠体验、记忆和意愿，会对地方（如家和故乡）产生很强的依附感。人们往往通过经历和知识来了解地方的历史、地理，增强自身的"地方意识"。然而，在"超现代"世界中，快捷的交通使人能在多地之间快速往来，越来越少地停留于某一地方，这种穿梭式的生活使人难以关注周遭的自然环境和地方，导致了"地方意识缺失症"（non-place），令人失去"环境想象"的能力（Augé，1995：78—79）。

唐人街这个特殊的空间和地方在小说《骨》的每个章节都有出现，唐人街与外部世界相互碰撞所带来的问题也比比皆是、显而易见。这些对华人居住腹地的描写一方面满足了西方读者的猎奇心理，另一方面也将美国华裔劳工家庭生活的方方面面栩栩如生地展现在读者面前。通过对小说《骨》的阅读，读者在伍慧明的引领下走进旧金山唐人街的深处去探寻典型的华裔劳工家庭利昂·梁家的秘密和羞耻。梁家两代人都在试图弄明白二女儿安娜跳楼自尽的原因，同时他们又都在为生存而奔波，虽然彼此有过伤害，却仍互相心系、互相关心。唐人街这个承载了中国文化的特殊空间在自身矛盾凸显，或遇到美国主流文化的冲击时，它便以利昂的出海远航、安娜的跳楼自尽以及尼娜的远走高飞表现出来。但作为一个文化地理意义上的地方，唐人街足以培养和唤起其居民的地方意识，帮助他们重建精神家园、寻回文化身份、构建和谐生活。

如果我们从空间和地方的角度审视唐人街，便会发现作为一个贫穷的华人劳工阶层和初来乍到的华人移民聚居的城市社区，它的建筑空间及其承载的文化空间体现出典型的阶级和族裔特性。空间的划分和安排充分体现出华人移民对空间的最大化利用，显示了强大的空间生产力，但若是作为一个生态系统整体来进行观照的话，唐人街却失去了平衡和美感，虽然满足了底层华人移民对物质财富的追求，却缺少了与自然的联系和空间生态的和谐。空间除了是唐人街实体建筑的基础之外，还承载着华人移民的独特文化。当金山客们结束流浪漂泊的日子定居唐人街后，不仅利用空间修建起了实实在在的建筑，而且将中国文化也带到了异乡，整个唐人街于是成为一个充满中国特色的文化空间，与此同时美国主流文化通过空间的开放性这一特点无形地潜入并影响着唐人街，尤其是移民的后代。在两种文化空间夹击之下如何取得平衡，便成了唐人街居民必须面对的挑战；应对不周便会造成精神创伤、身份迷失和生活失衡。而要摆脱这些不良后果、重建精神家园、寻回文化身份、构建和谐生活，需要诉诸地方意识的召唤与重构，在五个维度上重塑人地关系。这也是伍慧明在《骨》中赋予唐人街的生态内涵。

当金山客们逐渐被排挤出采矿和铁路这两个工业领域后，他们便开始进入旧金山市里从事木匠、洗烫行业，以及开饭馆和旅店。这样一来，客居美国的华人便无须游离于美国的山脉之间，寻求致富之道。早期安定下来的华人也渐渐地将他们居住的地方修建成了唐人街。唐人街的空间环境也在一代代华人的打拼努力中经历着不断的变化。按照《环境空间生态学概论》所下的定义，建筑是"在一定的生产力发展阶段和社会历史条件下，人们凭借自觉掌握的科学技术，利用社会物质（工具、材料等）条件，按照自己的观念形态，符合特定的功能要求，建造的一个空间环境"（刘策、刘杰，2000：19）。在修路和采矿的过程中，华人移民露宿郊野，对空间的要求从中国的传统思想来看更多的是听"天"由"命"，当遇到自然灾害的时候，便只能祈求神灵的保佑。如此艰苦的生活条件使得在美务工的华人移民有一种暂居客的心理，一心只想挣够了钱，衣锦还乡过富足的生活。他们不但精神上流离失所，周围的现实环境也使得他们成为真正的无根之群。德国哲学家马丁·海德格尔认为"居住是人类生存的基本特性之一"（转引自克朗，2003：136）。唐人街的出现给了这些身在异乡的游子一种踏实的感觉，因为归属感对于人这种社会性的动物来说是极其重要的。这种归属感表现在人们对于特定地区的亲近，表现在华人移民对于唐人街的特殊感情。如今海外的唐人街大致以两种形式存在："一种规模较小，集中于都市的一个角落，或为一条主要大街及其相邻的几条小街……一种是整个都市中心商业区为唐人街。"（沈立新，2000：386）根据这种分类，旅美华人所居住的唐人街则是属于第一种形式的存在。"从生到死，华人在十条街的区域里可以找到一切生活必需品。"（宋李瑞芳，1984：128）街上的建筑，以及建筑所承载的文化氛围在一定程度上舒缓了华人移民的思乡之苦，使得这些漂流在外的人凝聚在了一起。在唐人街出现之初，华人移民的安定富足，抑或颠沛流离，也都与唐人街这一特殊的空间和地方紧密相连。

《骨》采用倒叙的叙事手法开篇便讲述了利昂离家出走后，大女儿莱拉到处寻找继父的场面。虽被告知利昂可能在广场上，但是莱拉还是更愿意到中国人开的餐馆和咖啡馆等地去碰碰运气。这些具有华人特色的地点在故事的开篇便一一地展现在读者的眼前。随着故事情节的不断展开，唐人街的血汗工厂、洗衣店①等具有华人特色的商铺也都跃然纸上。它们带给人们的感觉却总是拥挤、压抑和窒息。为了在血汗工厂具有竞争力，母亲教会了小莱拉缝拉链。工厂的生活方式在生存条件的影响下被带进了家庭，家也自然变成血汗工厂的一个延伸空间。非但如此，血汗工厂女工的家、洗衣店店主的家以及其他商铺的空间设计都显示出，建筑作为一种空间环境同人们生存、生活和发展的一切活动是密切相关的。叙述者莱拉一家人的住处都是在血汗工厂、洗衣店以及后来母亲开的商铺的楼上。他们将自己的生活与所经营的生意绑在了一起，生活的空间和工作的空间便显不出太多的区别，莱拉自己也说"家庭和生意混杂在一起"（75）。

鉴于空间生产力是"人类征服空间、利用空间的能力"（潘泽泉，2005：42），这样的划分充分体现出华人对空间的最大化利用，显示了强大的空间生产力。但把家庭作为一个生态系统的话，这样的

---

① 汤亭亭的《女勇士》对华人移民经营的洗衣店做了描绘。母亲在洗衣店的环境里打拼，女儿玛克辛在洗衣店的环境中成长。当洗衣店的温度太高，让人无法忍受的时候，父亲会建议母亲讲上几个鬼故事，吓得大家出出冷汗，以此作为降温的方法。

空间安排和划分却使得唐人街中的住宅失去了生态平衡，缺少了一种生态美。与大自然保持一定联系是人类对居住环境的需求之一，也是住宅生态美不可或缺的元素。但唐人街的建筑却只是满足了华人对物质财富的追求，而忽略了对空间生态的关注。除了与自然的联系，空间生态更多的是体现在对空间的一种和谐利用。但拥挤、阴暗和杂乱的生活环境却是唐人街的特点。不仅如此，生态失衡还表现在唐人街不间断的交通噪声和楼下血汗工厂缝纫机的隆隆声对莱拉三姐妹心态的影响，因为长期生活在噪声中的人容易产生紧张焦虑的心情。

　　生活节奏也是生态美的表现之一，而唐人街居民为生存四处奔波的情形却使得这样的美感全无。作为华裔后代，梁家三姐妹从小就生活在这样的空间环境里面，在这样繁忙而劳累的生活中度过了自己的童年。莱拉利用上学的空余时间替母亲在血汗工厂干活，而安娜小时候经常被父亲带到鸡场去帮忙拔鸡毛。小安娜和尼娜在没有得到允许的情况下，不能离开唐人街半步。空间的开放性特点却又使得唐人街不可能完全与外界事物隔绝开来；与此同时，对空间生态的追求在生存压力相对父辈较小的梁家三姐妹的心灵中泛起了涟漪。在中西两种文化中长大成人的她们对唐人街这种拥挤和忙乱的情形毫无好感。当莱拉对居住在唐人街的孩子进行家访时，一踏进狭窄的房间，她便感觉到压抑。尽管这样的空间环境时刻提醒着她，其实多年以来她们家也是在这样的环境下居住，但压抑的感觉仍是挥之不去。"缝纫机紧挨着电视机，饭碗堆在桌上，卷起的毯子推到了沙发一边。硬纸箱到处都是，被用作小凳、桌子或是写作业的书桌。"（17）在唐人街，旅馆的大厅就像"灰狗"汽车站那样嘈杂拥挤，广场上到处都是消磨时间的人，门前小巷里停着装满活鱼、猪肉的大卡车，梅森在这里也不用担心乱停车而被罚款。根据空间环境的分类，广场和小巷属于空域的范畴。空域是指建筑之外的每一个空间环境，它们对纾解情绪、调整心态都有着积极的作用。但是唐人街的空域和其建筑内的拥挤杂乱并无两样。所以，当莱拉建议去唐人街吃饭时，尼娜会认为那里饮食虽好，但气氛太压抑、生活太艰辛。

　　社会的发展在唐人街的建筑中也留下了深深的烙印，这些建筑并非一成不变。莱拉步行于唐人街寻找利昂，回忆起了唐人街近些年的点滴变化。到魏芙里街时，她回忆起这个小巷曾经以一排排的理发店而出名。现在魏芙里街变成了一个什么都不缺、设施完备的地方。这里有第一家华人浸礼会、四海餐馆以及几家旅行社和美容店。当年的理发店现如今只剩下一家。早年的移民仿照自己家乡的模式来改造聚居区，但是随着唐人街华人与主流社会的不断交流，这一特殊的空间也在悄无声息地起着变化。这样的变化一方面使得华人移民获得了在家乡无法得到的商业利益，另一方面，吸收了一部分美国主流社会思想和生活方式的唐人街更加有利于华人移民在美国的生存和发展。在变化的过程之中，中华文化骨子里的一些元素却牢牢地镶嵌在这样的一个特殊空间里面。

空间除了是唐人街实体建筑的基础之外，还承载着华人移民的独特文化。空间就像是一个容器包含着人类活动的一切；"建筑作为一种空间环境，传承着观念文化"（刘策、刘杰，2000：13）。如迈克·克朗所言，"特定的空间和地理位置始终与文化的维持密切相关，这些文化内容不仅仅涉及表面的象征意义，而且包括人们的生活方式"（2003：8）。而雷尔夫对空间也是做了四种划分，其中的第三种便是"由文化结构和我们的观念形成的存在空间，这是一个充满社会意义的空间"（转引自克朗，2003：141）。当金山客们结束流浪漂泊的日子定居唐人街后，不仅利用空间修建起了实实在在的建筑，而且将中国文化带到了异乡，整个唐人街于是成为一个充满中国特色的文化空间，"文化被想象成整体（一种文化占据一个空间），并受该空间的束缚"（克朗，2003：206）。

小说开篇的第一句话便反映出了唐人街上华人移民的观念文化："我们家有三个女儿。按照中国的标准，这是不幸的。在唐人街，每个人都知道我们的故事。"（3）这是中国社会重男轻女的思想在唐人街上的表现。究其源头，这一思想跟中国历史上重视农业发展是分不开的。对于大多数农民家庭而言，如果生了男孩便意味着劳动力的增加，那么，女孩从出生那一刻起便被认为将来是婆家的成员。加之儒家思想"不孝有三，无后为大"的影响，在中国，一个家庭要是没有生育男孩，便会成为街坊邻居茶余饭后的谈资。这种以家族为重心的伦理型社会依旧存在于海外的唐人街。莱拉提到，唐人街上的其他居民会抬起下巴，摇着头看着莱拉三姐妹。

小说的标题"骨"也蕴含着深厚的观念文化。"骨"在文中有多层意义以及不同的解读，其中之一指的是祖父客死他乡、未能被送回中国安葬的遗骨。中国文化中"落叶归根"的思想不时闪跃于小说的字里行间。不但身在大洋彼岸的梁爷爷有这样的思想，就是在中国境内，情况也是一样。远离故乡的人们在年老之际都希望能回到故乡，了却余生。即使活着不能实现这一愿望，这些异乡客也希望死后能够魂归故里。早期赴美"淘金"的金山客们在回中国的时候都会受某些会馆的委托，负责把死在异乡的同胞尸骨带回他们各自的故乡，按照中国风俗进行安葬。梁爷爷最后日子里的记忆空间储存的不是身体的不方便等眼前问题，而是一本记录其一生的收藏集，诸如早期邻里间发生的事情都是老人喜欢谈论的话题。梁爷爷至死不忘叶落归根，留下遗愿让利昂将其遗骨带回故乡，从眼前的空间带回记忆中的故乡。

除了传承着文化观念之外，"建筑作为一种空间环境，传承着区域性和民族的习俗文化"（刘策、刘杰，2000：13）。对华人饮食文化的描写是美国华裔小说的一个特色。在汤亭亭的《女勇士》中，浣熊、老鹰、野鸭、野鹅等都是叙述者家中餐桌上的菜肴①；谭恩美的《灵感女孩》中，中国人将猫头鹰等野生动物作为食物在黑市上交易。《骨》中也不乏对华人饮食的描写。主要吃素食的梁爷爷时不时也吃中草药炖牛尾巴。此外，作为药用的蛇胆和猪耳朵、牛肚以及对虾等的烹饪方法在小说中相继出现。根据生态伦理学中的动物伦理

---

① 动物伦理学家对《女勇士》中母亲食谱里奇珍异兽的批判值得商榷。当时华人不仅要承受高强度的体力劳动以换取微薄的收入，在精神上还要忍受远离故国的痛苦和融入主流文化的艰难。饮食文化虽在一定程度上反映了华人的动物伦理观，但更多的是作为母亲在异国他乡为了养家糊口不得不做出的一种选择。在艰苦的生活条件下，母亲尽心尽力操持着一家人的生活，这体现了她对生活的热爱和顽强的生存能力；她并没有受到美国所谓的动物伦理道德的约束，而是坚持了自己作为一个主体人的伦理道德。

观，华人的有些饮食习惯和中医理念会对生态平衡造成一定程度的破坏。从今天来看，这一点虽无从否认，但若置于当时的历史环境和社会环境之中，唐人街中的中国饮食文化不仅是其族裔文化的一个显著标志，也彰显出华人移民在异国他乡凶险环境中的生存能力和自主精神。

虽然早期华人移民极力维护着唐人街这个极具中国特色的文化空间，但美国主流文化还是通过空间的开放性这一特点无形地潜入并影响着唐人街。在这个特殊的文化空间中，母亲会认为中餐便是最好、最健康的烹饪方式，而规劝年轻的女儿们少食西餐。但这样做的结果却导致莱拉对母亲坚持让她喝的人参汤的味道感到厌恶，尼娜离开唐人街之后把身边所剩的唯一一双筷子也当作发饰别在头上。在唐人街长大的梁家三姐妹已经不能体会到饮食文化在中国人的生活中所起到的重要作用了。莱拉不愿意结婚的原因之一便是按照中国习俗要操办的婚宴。从小到大，莱拉便不喜欢参加所有中国式的宴席。她对其总是持憎恨的态度。尼娜也深有同感，认为宴席上坐满了人。她们不知道在中国社会，一个家族的生存是依靠以家族为核心的社会关系网来活动，以获取生活资料和社会地位的。宴席便为此提供了一个极好的舞台。对于身在海外的第一代华人来讲，这样的机会更要加以利用。但是这对梁家的女儿们来说并没有什么积极的作用，因为她们只是从一个嘈杂拥挤的空间到了另一个喧闹陌生的环境。面对唐人街里里外外的这些矛盾和冲突，长大成人的三姐妹对这个相同的空间环境选择了不同的对策和出路。

二女儿安娜在她短短的一生中，并没有找到合适的方式来摆脱自己的困境，而被夹在家族的要求和自己的爱情追求之间。"在唐人街，在家里，安娜排行中间，所以她便卡在了所有麻烦的中间。"（139）从小便受到忠、孝、礼等儒家思想影响而长大的她，当家族的仇恨与自己的爱情发生冲突时，选择了结束自己年轻的生命。安娜的自杀一直笼罩着整个故事情节，但小说对她的直接描写并不多，从这些只言片语中，不难发现安娜的生活大部分都在唐人街这个特殊的空间中度过。她不像家里的其他成员，选择不时或彻底地更换空间来调节自己的心态。当忍受不了唐人街和家庭中的琐碎事务时，利昂选择当海员，出海远行。为了逃避周围压抑的和家中阴郁的气氛，尼娜选择了远离家乡去纽约谋生。她作为导游飞行于中国与美国之间。莱拉是唯一一个跟父母有较多交流的女儿。但她对唐人街也不是全盘接受，她时不时地会开车在街上闲逛而迟迟不回唐人街。她在唐人街会感到幽闭恐惧，憋得慌。她有时会将车开到码头去。当看到天空中的风筝、远处的帆船和阿尔卡特拉斯岛上灰色的小山包时，她才会感觉心情舒畅一点。可见，父亲和两位女儿都选择了出行来排解心中的烦恼和哀愁。

　　出行这一行为与交通环境密不可分。交通"是连接不同场所内外空间的线性单元，构成了人类生存空间的重要环节"（徐恒醇，2000：170）。利昂的交通空间是大海，尼娜的是天空，而莱拉选择了道路。相对于唐人街这个静态空间来说，交通空间则属于动态空间的范畴。这种空间将"运动和变化引入了空间环境，从而使空间获得了动态特征"（徐恒醇，2000：175）。在唐人街这个静态空间中，血汗工厂和洗衣店单调重复的生活构成了一种枯燥稳定的场所。而在大海和道路上，随着人的位移，周围的环境便成为线性运动的连续画面，出现了序列和层次的变化。这样的生活打破了唐人街上固有的死板和单一，取消了利昂他们习以为常的尺度轮廓。当他们从狭窄的小巷转入宽阔的大街，或从令人压抑的唐人街来到广阔的大海时，在这样的空间变换中体验到了一种收缩和扩展、压抑和轻松、封闭和开敞的心理历程。在连续变化的交通环境中，空间随着视觉的距离而变化，到处都有不同和新奇。虽然他们终归都要回到唐人街，但这样的空间调节让他们暂时远离了唐人街的一切，疏导了情感上的消极因素。利昂出海归来的时候都是梁家姐妹最开心的时刻，这时母亲都会做丰盛的饭菜，一家人其乐融融。利昂的做法只是暂时缓解了自己的不快，背负着太多中国文化观念的他要走出这个困境，希望渺茫。尼娜在她的空间旅行中并没有找到一个平衡点。她对中国文化持有抵触的态度，而将中国的境遇当作奇闻趣谈。她在两种文化中已经失去了平衡，一味地倒向了西方。虽然内心深处想要远走高飞，但莱拉最终还是无法摆

171

脱中国传统文化对她的影响而不时地回到唐人街，看望母亲，分担家中的责任。莱拉的应对方式算是比较成功和全面的。她一方面通过空间的变化来使自己的心态保持平衡，另一方面又作为协调者在两种不同的文化中穿梭忙碌。"巴哈指出当代史的结果会出现一大批处于文化'之间'的人，以及由跨区域和跨文化联系创造出的、不是根源于同一文化的、'非家常'生活方式的'第三空间'。创造力和生命力可能就发生在不同文化空间的并置、变化和联系之中，以及相对立的文化景观的相互覆盖之中。"（克朗，2003：222）根据巴哈的上述定义，莱拉便是处于"第三空间"的人。她一方面按照自己的方式追求着在美国的生活，另一方面积极地和唐人街的家进行沟通和联系。这种创造性的生活方式赋予莱拉以强大的生命力。

如上所述，在小说《骨》中，伍慧明给读者刻画了唐人街这个属于华人劳工的特殊空间环境，它既是物理空间，又是文化空间。如何合理利用空间来体现建筑的生态美，使人们在具有生态美的环境中保持良好心态，又如何通过空间的变化来调节人们的不良情绪，应对不同文化之间的冲突，这些问题都值得我们进行深入的思考。不仅在唐人街，也不仅在多种族、多族裔混居的美国，随着全球化的推进，世界不同地区的联系愈加紧密和频繁，不同地区所承载的不同文化之间的碰撞也日益凸显。那么在各种不同文化的碰撞下，深受影响的我们应该如何平衡，怎样取舍，避免造成精神创伤、身份迷失和生活失衡？伍慧明在《骨》里给我们提供了更有建设性的第二种思路：依靠地方意识，构建人地关系。

小说《骨》采取开端设置悬念的惊悚式叙述手法，在第一页就切入二女儿安娜从一家人所住的南园 M 层楼上跳下自杀的神秘事件，并以此为核心，通过第一人称叙述者、大女儿莱拉对自身与家庭生活的跳跃式回忆和叙述，从现在的时空讲述安娜自杀前后的家庭状况与人物活动，在探索她的死亡之谜的过程中逐步展现家庭成员的痛苦经历与内心挣扎。故事开始之初，利昂的家庭处在一种缺乏凝聚内核、濒临瓦解的状态，家庭中的大多数成员都不同程度地患有"地方意识缺失症"。他们"每个人都被分裂开来"（15），未能与周遭的人、物、环境建立牢固的联系，故而长期生活在一种心灵漂泊、莫名焦虑的状态，"不知道自己身在何处"（7）。从人与地方的五个维度上考察，我们不难发现，利昂一家首先缺乏"家"这个同心圆的圆心。一般说来，人们会以家庭作为中心，由此向外扩展，但是对利昂一家而言，家庭成员之间鲜少沟通、关系疏离，这个位于鲑鱼巷的家并非亲情传递的枢纽，而是"我们这些把自己关在鲑鱼巷里的人……把厄运搅起来"（51）的地方。窘迫的生活环境与亲人间的矛盾令他们陷入琐碎的争执与无尽的吵闹之中，难以走出家、鲑鱼巷、唐人街这些狭隘逼仄的地方，故而所关联的地方也无法向外延伸构成同心圆。一家之主的利昂和妈感觉在家中"就像服苦役一般"，利昂更是为了出海和逃避安娜自杀的阴影而住在克莱街的三藩公寓，所以"感觉上他离我们那样远，原来他老是在另一时区过日子"（33、25）。对于逃往纽约的三女儿尼娜，"家是她想的最后一件事情"（31）。安娜生前与利昂关系最好，所以面对父亲被骗、恋情受阻才最为痛苦，她试图与恋人私奔，但唐人街外的生活却让她"从没有觉得舒服过，即使是和奥斯瓦尔多的那帮朋友在一起；她从没有认为自己真正融了进去"（173），最后无路可逃而跳楼自杀。

当"家"无法成为地方意识聚焦的中心点，家庭成员便无法为自身的生活找到重心，故而由家庭向外延伸的地方，如鲑鱼巷、唐人街、教会大街、旧金山，甚至美国等都成为他们急于逃离的地方。尼娜"埋怨我们，埋怨这个家，埋怨每个人、每样东西。鲑鱼巷。这整个地方"（51）。而安娜的死更是成为"我们家最后的一件事情"，因为此后家庭其他成员便各自搬离南园，四散东西，利昂甚至"又随船出海了。好望角是能够行驶到的最远的地方，四十天里能开到整个世界的最底端"（50）。这种逃离让人们漠视周遭，淡忘亲情、友情与爱情，忘却曾经经历过的人与事，忽略自身与外部环境的联系，切断了人在第二、第三维度上与地方可能的关联。不仅如此，利昂因没能履行将梁爷爷的遗骨送回中国的承诺而满心愧疚，妈妈多年前和老板汤米·洪有过出轨经历，莱拉是妈妈与前夫傅里满所生的女儿，尼娜未婚堕胎，安娜跳楼身亡……这一切都让全家人避讳回忆、害怕过往，故而也难以在第四、第五维度上建立人与地方的联系。

在安娜死后的几个月里，利昂一家分崩离析，每个人的心灵都受困于回忆与鬼魂的纠缠。从人与地方的关联程度上看，这段时间正是他们的"地方意识缺失症"最为肆虐的时期。小说《骨》正是由此切入，采用倒叙和插叙的手法展现过去与现在所发生的诸多事件，让叙述在多个地方间来回跳跃，一步步展现小说人物与地方关联的多个维度。也正是在这种"地方意识"的帮助下，利昂一家才能够重拾生活的信心与爱的诺言："就像所有的希望一样，像大海上的航船，用它的力量推动着我们在生活中向前走。"（193）

人与地方关联的第一维度是"同心圆"维度，即从一个中心向外呈放射状。具体说来，当一个人从一个中心点出发时要经过一组同心圆的区域，越往外走，这些区域与人的亲密程度就会变得越弱，如人们会以自己的家作为中心，由此向外扩展至小区、城镇、国家等。第二维度是呈群岛式分散的维度，如"家、工作、娱乐地方、朋友住处"等。它们虽然相隔遥远却相互关联，人们即使离开一段时间，也会保留对这些地方的意识，因为它们包括所有自己熟悉、习惯的地方，进入记忆后可以在脑海中相继展现、相互加固，为主人公的地方意识定型，继而超越地方本身，强化、加深人们对自身活动的经验感觉。在第一、第二维度上，安娜的坠楼一方面宣告了旧家园的瓦解，在另一方面却犹如一只船锚，其下坠为新家园的重建提供了重心，为第一维度提供了"圆心"。安娜死后，莱拉奔走于分散而居的亲人中间，在她的努力下家中曾经剑拔弩张的夫妻矛盾、母女冲突得以解决，不仅利昂同意搬回鲑鱼巷和妻子一同生活，尼娜还主动带母亲一道去中国旅游。一家人再次回忆亲情与爱情的温馨："我听着我们几个人一起吃饭的声音……那在嘴里轻轻咀嚼米饭的声音、筷子碰到碗上的声音，一切都让人感到那么舒服……我终于明白了梅森总说的那句话：妈爱着利昂。"（193）由此可见，伴随着莱拉的回忆和叙述，利昂一家渐渐找回了对家的"地方依附感"，并以此为基础向外延伸至生活和工作的其他地方。例如，莱拉的学校、利昂的单身公寓、妈妈开办的婴儿用品店、梅森工作的车行等。

　　人与地方关联的第三维度是分散而不稳定的维度。地方"本身不是稳定自立的实体，而是不断地被内在和外在的力量塑造……有着历史"，它是一个时空结合体，可能经历变化，被历史的力量重新塑造。对于那些具有"地方意识"的人而言，这种维度是"一个被添加在地理的表面和两维的地图之上的未见过的层面"，是"一种隐形的风景"，处于"虚构／可想象的层面"（Buell，2001：67）。在第三维度上，家庭各成员主要依靠挖掘地方的历史与空间意义来建立自身与地方的关联。以小说开篇为例，作者在第一章用近10页篇幅，采取移步换景的手法，透过莱拉的第一人称叙述者视角，追随她寻找利昂的脚步，逐一向我们展现了唐人街的克莱街、三藩公寓、老年公寓的休息厅、利昂单身宿舍内的陈设、魏芙里街、四海餐馆、锅贴店、华盛顿大街、兴吉食品店、假日旅馆、朴茨茅斯广场、过街天桥、大众小吃店等地方。这些细致入微的场景描写与莱拉内心的细腻感受糅合在一起，超越了单纯的故事场景刻画，隐喻莱拉曾经的生活。这些空间分散的地方让她回顾过往，继而产生地方依附感，视三藩公寓为家族历史的载体："……这个地方对我们来说很重要。在这个国家，'三藩'就是我们家最具历史的地方，是我们的起始点，是我们新的中国。"（4）

　　人地关联的第四维度是地方记忆堆积。对于一些特殊的地方，人们常会感觉自己是它的一部分，即使离开后也会在梦中再现那些自己生活过的地方。随着时间的推移，这些地方意识沉淀在一个团体甚至一个民族的记忆中，蕴含着以往的经验，累计形成身份标志物，影响个体对地方的体验与感知（Buell，2001：70—73）。地方意识的第四维度被投射在与三藩公寓遥相呼应的鲑鱼巷。利昂一家人曾视它为噩梦之地，但在莱拉与梅森的努力下，大家逐渐走出阴霾，回忆曾经在那里度过的欢快生活，将自己视作鲑鱼巷的一部分："曾有一段时间鲑鱼巷就是我们的整个世界，大家都相处得很融洽……妈妈和利昂，尼娜、安娜还有我，我们都有过许多的希望……"（176）他们将对鲑鱼巷这一特殊地方的依附情感内化，形成对该地记忆的堆积，这种地方意识能令人感到安全与宁静。例如，在安娜死后，莱拉就曾因这个"老巷子里发出的所有声音"而倍感温馨:"这些昔日的声音让我平静了许多。它们使鲑鱼巷又恢复了往日所带给人们的那种轻松感。这些熟悉的声音像蚕茧一样把我包裹住,使我有了安全感,让我感到像是呆在温暖的家里,时间也静止了……周围四面薄薄的墙围起来的是一个充满温情的世界。"(129)在某种程度上,鲑鱼巷是唐人街的表征,而后者正是小说各个事件发生的主要地方。作为华人聚集地,它蕴含着以往的历史经历,累计形成了利昂一家人的身份标志物,而这种身份将伴随他们,即使远隔万水千山也总能在心灵深处聆听到它的呼唤。另一方面,小说中"骨"的重要组成部分——梁爷爷的遗骨——也是地方意识在第四维度的隐喻。利昂早年凭借梁爷爷"契约儿子"的身份进入美国并和妈组建家庭,故而梁爷爷是全家人和第一代华人的群体经验、地方意识建立关联的重要纽带,而忘却遗骨埋葬地点的行为则象征了利昂一家在民族经验沉淀、地方记忆累积层面上地方意识的缺失。为了在第四维度建立与地方的联系,利昂竭力寻找遗骨埋藏地,在莱拉和梅森的指引下来到中国公墓:

> 利昂把那堆橘子靠在了刻有"梁"的碑上……念着其他的名字:梁冰、梁敬民、梁天福。他还记得他们,他们也在"三藩"住过……我想起了慈善协会的一个人曾说过的话:"正确的姿势会帮你找到。"……利昂面向坟墓的姿势成了他自己个人仪式的一部分,这并不全因为梁爷爷。利昂正在寻找他失去的生活的一部分……(87—88)

鲑鱼巷和中国公墓让利昂一家领悟到地方承载的华人群体的记忆与身份,从中汲取生活的信心与力量,正如莱拉在公墓祭奠祖父时所感受到的:"记住过去就会让现在充满力量。记忆是可以堆积的。我们的回忆无法换回梁爷爷和安娜,但是这些回忆慢慢地累积,会永远不让他们成为陌生人。"(88—89)

人地关联的第五维度涉及人与想象的或虚构的地方的联系。人并不一定要亲自体验实际的地方才能受它影响或者引起对它的重视。

"对遥远之地或虚拟地方的想象不但不会削弱地方的塑造力量，相反还会强化对某地方的忠诚和归属"，因为想象的力量在人与地方的联系中发挥着重要作用，如现代媒体（影视故事等）就可以创造出人们对远方生活的参与感，令其对遥远之地或理想国度产生依附感和责任感（Buell，2001：72）。在第五个维度上，地方意识聚焦于利昂一家人对中国的想象。回顾历史，不仅第一、二代华裔总是梦回中国，大多未曾踏足这片遥远地域的第三、四代也都憧憬中国之旅，因为在其想象中，这个地方总能令人产生莫名的依恋之情。小说《骨》为了凸显中国这一地方的想象维度，并不是以对中国的正面描绘来展现人物的地方依附感，而是用陌生化手法将这种情感处理为愧疚和恐惧：利昂和妈因未能履行将梁爷爷的遗骨送回中国安葬的承诺而视遗骨为厄运的源头，这种想象赋予中国神秘的力量，只有到了中国这个地方才能破解命运的诅咒。因此，尼娜的中国之行才能加速她与家人的和解：当得知尼娜即将前往中国的时候，"妈和利昂都兴奋得顾不上抱怨了。他们想趁尼娜转机的时候到机场去看她。她与妈和利昂之间的关系就是在从国内到国际通道的这段路上得到了和解"（28）。

　　如上所述，小说《骨》讲述的是一个聚焦回忆而又展望未来的故事。利昂一家经历了从惧怕回忆、刻意忘却家族历史到敢于直面过去、品味亲情与爱情的转变，在这一过程中地方意识发挥了极其重要的作用。正是因为利昂及其家人努力地在五个维度上建立自身与地方的关联，他们才能够重建精神家园，并以"家"为圆心，逐渐向外辐射，积极地融入周遭的群体与环境，寻回亲情、友情和爱情，从而摆脱以往那种以"逃离"为目的的生活。也正是因为这种与地方的多维度关联，他们才能从群体记忆中寻回家族历史和民族身份，并且牢记过去、迎接未来。在小说结尾处，当莱拉决定搬离鲑鱼巷去和梅森组建新家时，当她"把旧门牌、鲑鱼巷、妈和利昂，还有一切的一切都留在那里的时候"（194），她并不担心会失去与过去、家族及周遭环境的联系，因为地方意识将会为她提供指引与力量。

第三节 《在耶稣的脚下》中的西语裔
劳工与加州葡萄园

　　《骨》中的唐人街是美国华裔劳工的生活和工作场所，是一个被阶级、种族、性别和国家等因素形塑的城市空间。本节我们将移步美国西语裔劳工的工作和生活场所，去海伦娜·玛丽娅·维拉蒙特斯长篇小说《在耶稣的脚下》中的乡村空间——加州葡萄园一探究竟。

　　维拉蒙特斯是一位美国墨西哥裔小说家，现为康奈尔大学英语教授。她出生于洛杉矶东区，父母曾经做过葡萄园的季节工。她靠着勤工俭学完成了大学课程，并进入加州大学厄湾分校创意写作研究生班。目前她已出版长篇小说《在耶稣的脚下》和《他们的狗随行》及短篇小说集《蛾子及其他短篇小说》等。她的作品主要反映墨西哥裔女性劳工的生活和困境以及她们坚强乐观的精神状态，深受奇卡纳运动，尤其是恺撒·查维斯劳工运动的影响，也具有很强的女性主义思想倾向。《在耶稣的脚下》是维拉蒙特斯的第一部长篇小说，曾获多个奖项，包括约翰·多斯·帕索斯文学奖。

　　《在耶稣的脚下》的故事发生在20世纪90年代①美国加州的葡萄园，主人公是13岁的美国墨西哥裔女孩埃斯特雷利亚。她有一个以做农业季节工维持生计但总是处于赤贫状态的家，家里有七口人：37岁的妈妈佩特拉及其男友73岁的佩费克托，她的两个弟弟和两个双胞胎妹妹。在故事的开头，一个来自得克萨斯州的16岁农业工人阿莱霍与埃斯特雷利亚渐生好感，成了她家的编外成员。

　　小说中没有对人迹罕至的荒野、平原或其他原始景观的描绘，一开始便是通往葡萄园的车程，埃斯特雷利亚透过挡风玻璃，注视着窗外掠过的风景：白云、"易断的灌木和仙人掌"，大部分是果树，"桔子树、鳄梨树和桃树，波浪翻滚，一直延绵到远山刻出的天际线"

---

　　① 书中人物73岁的佩费克托·弗罗里斯梦到他出生的1917年，由此可以推算出准确的时间应是1990年夏天。

（Viramontes，1995：3。下文凡出自该书的引文，将直接在夹注中标注页码）。埃斯特雷利亚注意到"阳光在云朵间穿梭。几缕微风拂过桔子树、鳄梨树和桃树"（3）。这样的美属于被耕种过的自然。然而好景不长。当他们的车拐进一条小路，驶向他们的临时住处时，他们看到入口有"一堆被截断的树"，他们的住处是两间平房，丑陋，肮脏，没有卫生设施，散发着"绝望的臭味"（4）。这是季节工们的居住场所。到了地里，他们的劳动场所，季节工们感受不到丰收的喜悦。等待采摘的果实仅仅代表劳动的强度和微薄的收入。他们不能在地里偷吃"硬实的"果子，甚至不能捡拾地上快要腐烂的水果，只能在一个处理废弃水果的商店里购买，那里"只剩下水果的残迹：被压烂的老西红柿流出了汁水，泡着瘀青的苹果，墨西哥辣椒和软塌塌的树番茄混在一起，黄瓜从有污斑的桔子中间向外偷看"（110）。工作场所仿佛只有一种存在：火辣辣的太阳，以及裸露的脖子被太阳炙烤着的灼热和疼痛。有的季节工晕倒了，有的被晒得又干又瘦，像葡萄干，而埃斯特雷利亚仿佛闻到了洋葱的味道，刺痛得睁不开眼。下雨会凉快一点，然而也意味着劳动中断、薪水减少。

季节工们便是在这样恶劣的环境中从事长时间繁重单调的劳动："早晨、中午或晚上，四个小时、十四个或者四十个，都一样。她向前走了走，她的身体永远感觉不到有多累，直到她再次向前移动。"（53）佩费克托年纪大了，佩特拉要照顾五个孩子，且有孕在身，埃斯特雷利亚年纪还小，他们谁都不适合这样繁重的劳动。然而，除非饿死，他们别无选择，哪怕再难也要坚持。如佩费克托所言，"静寂、仓库，还有云朵，意味着很多事情。永远都与工作相关，工作有赖于丰收、开动的车、他们的健康、公路的路况、手里的钱还能支撑多久，还有天气。这一切意味着可能什么都靠不住"（4）。如此繁重的劳动、如此微薄的收入，都有可能随时被剥夺，因为天气、收成、健康、交通等都是不稳定的因素。季节工们若有严重的病痛，既承担不了劳动的强度，又必须花钱治病，其后果不亚于灭顶之灾。故而没有安全感的佩费克托总是梦到生病，梦中他的静脉"像是浇灌的水渠被奄奄一息的昆虫堵塞，它们躺着的身体不停地颤动，细树枝一样的腿一抽一抽的"（100）。佩特拉患有静脉曲张，在埃斯特雷利亚看来，像是"葡萄藤捆住了她的腿，动弹不得"（61）。葡萄园里的景物带给他们的感受不是自然的富饶或丰收的喜悦，却和病痛联系在一起。

恶劣的生活和工作环境以及繁重的劳动强度所致，病痛是季节工们无法回避的灾难。最可怕的是一种职业病，也就是季节工们所称的"地里的病害"（93），即杀虫剂中毒。喷洒杀虫剂是农业经济的通行做法。季节工们往往在没有得到事先通知的情况下遭受杀虫剂的毒害，而且对于杀虫剂的危害，他们的知情权被刻意剥夺。例如工头故意撒谎，说杀虫剂没有喷洒到沟渠里，对杀虫剂危害略有所闻的埃斯特雷利亚忍不住发问："你觉得，因为这水，我们的婴儿出生时没有嘴巴或其他？"（33）佩特拉有孕在身，非常担心"孩子生下来会不会没有嘴巴？地里的毒药会不会让它的小静脉硬化"（125）。墨西哥裔劳工领袖恺撒·查维斯不惜绝食抗议，让广大民众获知杀虫剂的毒害。埃斯特雷利亚和佩特拉对杀虫剂导致婴儿畸形等后果略有耳闻，可惜仍被工头们当傻瓜一样糊弄。

然而，维拉蒙特斯不会放过向读者科普和揭露的机会。于是我们看到当飞机喷洒着白色粉末状的杀虫剂，掠过果园上空之后，最先产生反应的是各种鸟，它们开始发出聒噪的叫声。很快佩费克托便感到不适："他对着手心咳嗽起来，鼻涕也流出来了，他擤了擤鼻子，又打起了喷嚏。苍蝇像落叶一样从茂密的树上滚落下来，掉到了他的肩上，然后又落到地上。"（81）这一段描写让我们意识到，杀虫剂可以杀死苍蝇或其他昆虫和害虫，也可以杀伤佩费克托。阿莱霍为了多挣钱，伙同堂弟从附近的桃园偷桃子到周末的跳蚤市场卖钱。没有人知道这两个男孩在桃园里。一架喷杀虫剂的飞机从头顶掠过，阿莱霍全身上下被洒上了杀虫剂，粉末进入他的呼吸道，令他感到窒息。中毒的他倒在了地上：

> 他首先想到的是他的双脚在陷落，淹没了他的膝关节，吞噬了他的腰和躯干，石油的压力挤压着他的胸膛，眼看要压碎他的肋骨。吞没着他的皮肤，上升到他的下巴、他的嘴巴、他的鼻

子，泛起了气泡。黑色的气泡抹杀了他的存在。最后是眼睛。空白。成千上万的骨头，被漂白的白色骨髓。碎裂的骨头用铁丝窜成一整块升上地面的骨头。没有指纹或历史，骨头。没有火山岩石。没有故事或家庭，骨头。（78）

阿莱霍把自己濒死的过程想象成几十亿年前动植物的尸体变成油料的过程，既突出了杀虫剂对人和自然中生物的可怕杀伤力，也暗示了劳工和能源油料一样同被资本主义经济体系当作资源加以利用的本质特征。在农场主眼里，季节工是"牲口"："司机把车厢后门的门栓打开，像赶牲口一样，从安装了畜栏的平板拖车里赶出来第一批'斗牛士'。"（67）在资本主义经济体系里，既然土地和劳工都被工具化，都被视为获取利润的生产资料和生产手段，那么对他们使用杀虫剂又有何不可呢？然而作者维拉蒙特斯并不认可这种思维逻辑。

必须一再强调的是作者维拉蒙特斯对杀虫剂事故这一故事情节的安排。杀虫剂事故看似偶然，它却牵出了一个必然的逻辑：无论如何，你斗不过资本主义，它总有办法置你于死地，不是穷死，就是毒死。杀虫剂是科技发展的产物，本该造福于人类和自然。然而卡森早在《寂静的春天》一书中淋漓尽致地揭示了滥用杀虫剂和化学药品造成的生态恶果。对照《环境正义原则》第一条，"环境正义认可地球母亲的神圣、生态系统的完整统一以及所有物种的相互依存关系，认可免受生态破坏之灾的权利"，便可认定，滥用杀虫剂是人类对自然的环境非正义（"Principles"）。阿莱霍因杀虫剂中毒的事故虽然责任看似在他自己，但不是自己的原因而被杀虫剂毒害的农业工人甚至消费者，比比皆是，何况即便不像阿莱霍那样被杀虫剂直接洒上，就算只是在被杀虫剂污染过的环境里工作和生活，难道就不会造成健康受损吗？参照《环境正义原则》第八条，"环境正义认可所有工人享有一个安全健康的工作环境的权利，不必被迫在不安全的谋生之道和失业之间做出选择。环境正义也认可在家里工作的人免受环境危害的权利"（"Principles"），便可认定，滥用杀虫剂也是人与人之间的环境非正义行为，获利的是资本家，受害最严重的是在地里工作的农业工人。

之所以会发生滥用杀虫剂这种违背人与自然之间、人与人之间环境正义原则的现象，是因为科技的进步和现代启蒙主义思想把自然工具化，以改善人类生活和进步的名义服务于利润的积累。资本主义的发展和殖民主义的历程更是加剧了这种对自然不符合伦理的利用，连带少数族裔、穷人、女性等弱势群体和发展中国家也成了被工具化的"他者"。如瓦尔·普鲁姆伍德所言，对"他者"不符合伦理的对待和工具化到了资本主义体系下变本加厉，这是"资本主义经济合理性"不可避免的后果（Plumwood，2001：158—159）。

然而，阿莱霍把"石油"与劳工"骨头"关联在一起，也传达了他（毋宁说是作者）对资本主义经济体系中劳工重要性的肯定和弘扬。油料是能源，劳工也是能源，都是经济发展的驱动力。这个关联令人想起日裔学者罗伯特·林的说法："美国亚裔和其他种族的移民往往是环境变化的发动机……他们是（美国）这片土地的矿工、铁路工人、农业工人和渔业工人：即这片土地的工人。"（Hayashi，2007：65）这也是埃斯特雷利亚从阿莱霍的地质知识中得到的信息："她记起了石油井。能源钱，变成化石骨头的能源物质。骨头是如何变成石油的，石油是如何变成汽油的。石油是他们的骨头变成的。"（148）

只是在如何迫使资本主义经济体系尊重和体现劳工的价值，纠正施加于他们的社会非正义和环境非正义方面，阿莱霍却给不了埃斯特雷利亚更多的指导和教诲。

与埃斯特雷利亚一家一年四季都得做农业工人不同，阿莱霍只在夏季打工挣钱，为祖母攒足一年的生活费，他便可以在新学年里安心上学。阿莱霍的境况显然比埃斯特雷利亚要好一些，最起码他能匀出固定的时间接受稳定的教育，这是埃斯特雷利亚和弟妹们极其渴望却又无法得到的教育方式。埃斯特雷利亚一家的工作机会和工作地点必须随着季节和收成的变化而变化，故而埃斯特雷利亚只能断断续续去学校，等到她学会认字读书的时候，岁数早就超过了同一阶段的小学生。阿莱霍憧憬着将来升入大学，毕业后当一个地质学家，而这对埃斯特雷利亚来说，形同白日做梦。虽然同为农业工人，阿莱霍与埃斯特雷利亚之间却存在着社会经济状态的差异，或者说同一阶级内不同阶层的差异。

既然阿莱霍年长埃斯特雷利亚几岁，又受过更好的教育，我们作为读者，自然会认为阿莱霍可能更成熟、更有能力，能够保护埃斯特雷利亚，或者至少教给她一些实用的应对困难生活的经验教训，或许甚至可以做她的启蒙老师，教她一些关于劳工组织或民权的知识。然而故事的发展却与读者的期待刚好相反。阿莱霍给埃斯特雷利亚的引导和帮助很有限，是埃斯特雷利亚充当了阿莱霍的保护人和导师。

在小说第四章，也就是众多评论家一致认为的情节转折点，埃斯特雷利亚本是遵从母亲教诲的乖女孩，却为了给阿莱霍求得治病救人的一线生机，变成了一个使用暴力手段与诊所护士对抗的斗士。事情缘于阿莱霍的杀虫剂中毒事件。阿莱霍中毒之后，由于他只身一人在加州，只能求助于关系亲近的埃斯特雷利亚一家。母亲佩特拉用土方草药给阿莱霍治病，没有效果。埃斯特雷利亚决定送阿莱霍去医院。对于经济拮据的人来说，以劳动交换想得的商品或服务是不得已而为之的惯用生存手段。埃斯特雷利亚答应帮佩费克托推倒一个仓库，以此换取佩费克托帮忙开车送阿莱霍去医院。

一帮人到了一个诊所，快下班了，诊所里只有一个护士。她草草检查了一下阿莱霍的状况，告诉埃斯特雷利亚，阿莱霍病得很重，必须送到 20 英里外的医院。护士随后问他们要医药费 10 美元，还好意降了 5 美元，因为她知道"如今世道艰难"。佩费克托只有 9.07 美元，他和埃斯特雷利亚都提出帮护士做一些杂事，用来抵销医药费。护士刻意拒绝，愿意接受 9.07 美元，嘴上一直说："别担心……听着，差几便士没太大关系。"（145）但是，他们的车已经显示没油了，他们需要给车加油，才能到达医院，再回到蜗居的小棚屋。佩费克托和埃斯特雷利亚在把钱递给护士的时候还是试图说服她，以做杂事的方式把钱换回来，但仍旧没有成功。此时，埃斯特雷利亚觉得看不出护士为阿莱霍做了什么，却要交费，"似乎不公平"（147）。

交涉未果，一家人垂头丧气，准备离开诊所。埃斯特雷利亚大步向汽车走过去，虽然"她不知道自己要做什么，但必须做点什么，才能把钱拿回来，给车加上油，送阿莱霍去医院"（148）。最终埃斯特雷利亚从车里拿起一根铁撬棍，走过去威胁护士，甚至举起铁撬棍对着护士的办公桌面砸了下去，砸坏了一些照片和小玩意儿。埃斯特雷利亚要求护士还钱，护士把收银箱递给她。埃斯特雷利亚从里面数出属于他们的 9.07 美元，没有多拿一分钱。

埃斯特雷利亚敢于采取行动，面对金钱诱惑又能保持自己的尊严，体现了人穷志不穷的操守，值得嘉许。尤其更值得称道的是埃斯特雷利亚说服自己奋起抗击的理由：她没有把自己与护士的关系看成医院小语境中简单的医患关系，而是放置在整个资本主义农业的生产和消费关系链当中。就医患关系来说，埃斯特雷利亚欠护士钱不假，但就食物供应者与消费者的关系来说，埃斯特雷利亚一家所做的一切也是为了让护士活命，其价值和重要性一点不亚于护士为了让病人活命所做的治疗。正是有了这一家农业工人的辛勤劳动，才换来了护士生命的延续。不仅如此，"石油是他们的骨头变成的，是他们的骨头，让护士的车不会中途停在公路上，让她一直开到迪斯尼，在六点钟接上她的儿子们。是他们的骨头，让车里的空调嗡嗡地响个不停，让他们在地图上长长的点状线上移动"（148）。如此一来，埃斯特雷利亚"想明白了：护士欠他们的和他们欠护士的一样多"（148）。埃斯特雷利亚夺回了自己的钱，不是因为贪婪，而是因为按照她的逻辑，这是对劳动交换秩序的纠正。埃斯特雷利亚的思维逻辑貌似强词夺理，实则还原了资本主义体系下对劳动估价的不合理和不公正：底层的农场工人在整个食物链当中扮演的角色丝毫不逊于任何人，他们付出了真正的劳动，而且常常身处险境，但他们能够得到的却是最低的酬劳和最低贱的社会地位。

阿莱霍因为穷所以去做劳动最辛苦、报酬最少的农业工人，也是因为穷所以去偷桃子，结果导致自己中了杀虫剂的毒，招致生命危险，为了治病缴付医药费，他会变得更穷。换句话说，他想靠正当的手段（当农业工人）改变贫穷的现状，然而报酬太低，他于是想用不正当的手段（偷桃子），结果令自己陷入更穷的境地，甚至有了生命之虞。他还想到了一个改变贫穷现状的正当手段，即接受高等教育，但现阶段在他只能靠做农业工人维持生计的情况下，他的生命安全和身体健康都没法得到保障，靠教育改变自己阶级地位的梦想仿佛成了没有根基的空中楼阁。他的遭遇仿佛在正告他：在这样的资本主义生产关系里，在这样的社会经济制度下，深陷贫穷泥淖的他无论用什么手段，横竖都无法突围。这似乎是底层劳工的宿命。

那么底层劳工被裹挟于依照其自身逻辑强力运行的资本主义体系之中，是否如阿莱霍的遭遇所暗示的那样，毫无突围的希望呢？如果有希望突围，那么采取什么途径呢？维拉蒙特斯的态度是倾向于乐观的。她也试图给出了答案。她的答案在埃斯特雷利亚针对护士的冲动一怒、暴力相向之中。

埃斯特雷利亚夺回微薄的 9.07 美元之后，回到车上，由佩费克托开车送阿莱霍去医院。这时她和阿莱霍有一段发人深省的对话。阿莱霍问她是不是打伤了护士，此时埃斯特雷利亚有一段内心独白：如果你只顾跟他们口头求情，"他们不理你"，但是"当你抢起一根铁撬棍，砸碎他们孩子的照片时，他们马上就听你的了"（151）。阿莱霍对她使用暴力表示忧虑，说自己不值得她那样做，还说埃斯特雷利亚诉诸暴力，等于"让他们觉得轻松"。他的意思是说，埃斯特雷利亚不应该使用暴力手段，加深主流社会视其为野蛮人的偏见，从而更加认定她不值得公平的对待。埃斯特雷利亚语带讥讽地说："你没有让他们觉得*轻松*。"（153，原文斜体字）阿莱霍坚持认为埃斯特雷利亚中了主流社会的圈套，"他们就想让你这么干"，继而提醒她维护自己的尊严时，埃斯特雷利亚回击："你难道看不出来，他们想要拿走你的心？"（153）阿莱霍说自己不值得埃斯特雷利亚拼命相救，其实是暗示他已准备听天由命，不打算反抗，而且他不赞成埃斯特雷利亚的暴力反抗行径，认为这是中了主流社会将他们"他者化"的圈套，他更主张按照主流社会的要求约束自己的一言一行，这样主流社会也许会大发慈悲，对他们"公正"一点、友善一点。而在埃斯特雷利亚看来，这样做等于出卖自己的真心，就像一条摇尾乞怜的狗。

阿莱霍与埃斯特雷利亚之间的争论，其实代表绥靖主义路线与暴力反抗路线之间的差异。阿莱霍主张以和平、顺从的姿态对待社会非正义和环境非正义，认为这样或许能够得到主流社会的开恩施舍。而埃斯特雷利亚忠于自己的内心判断，认定自己和家人的辛苦劳动足以从主流社会赢得体现其价值的物质回馈，以此为出发点，她采取了积极争取的态度，在和平手段无效的情况下，最终使用暴力手段去赢得她所认为的公平和正义。作者维拉蒙特斯让埃斯特雷利亚说服了阿莱霍，由此也表明了作者自己的立场。

但是需要说明的是，埃斯特雷利亚只是一个 13 岁的小女孩，她对自身劳动价值的判断以及对食物生产与消费链中其他人劳动价值的判断，均是基于有限的常识、经验和直觉，并不代表系统性的哲学思考或理性探讨。但在作者维拉蒙特斯看来，其珍贵性也正在于此，因为埃斯特雷利亚尚未把"心"交给任何话语体系，所以不受已有"资本主义合理性"话语体系的左右，能够忠于自己发自内心的判断。她不奢望变得大富大贵，也尚未想到大规模社会运动的可能性，她只是依靠自己的判断和有限的能力，在自己的小世界里争取一点小小的改变，争取一点小小的公平正义。她的反抗和暴力行为是个人层面的自发性行为，并不代表作者对大规模暴力反抗运动的提倡。作者所赞成的是埃斯特雷利亚积极争取、勇敢反抗、寻求改变的精神和态度，只要维持这种态度和精神，总能找到有效的反抗途径，暴力反抗或许会是其中之一。

在小说的最后，埃斯特雷利亚爬上准备第二天帮佩费克托拆掉的仓库棚顶，和自己的心交流，和大自然交流："在桉树的顶上，在月亮背后，星星们恰如银色的石榴，在无尽的黑暗前闪烁。怪不得天使挑了这样一个地方而存在。"（175）埃斯特雷利亚的名字意思便是"星星"，她就像"星星"一样，知道了如何"在无尽的黑暗前闪烁"，因为她"相信她自己的脚底、她的双手、她的铁撬棍一般的脊背、她的怦怦跳动的心脏"（175）。这一段很有隐喻色彩的文字不仅暗示出了埃斯特雷利亚与大自然的同盟关系，也让读者与埃斯特雷利亚一样相信她，相信她面对社会非正义和环境非正义，会一如既往地发挥主观能动性，寻求改变和革新。

第五章　环境与性别维度的生态思想

　　生态批评把文学批评置于地球生物圈这个广阔的语境下，把切实存在的环境问题和文学文本相结合，探讨人类与自然、文化与环境的关系等命题。它鞭挞人类对自然的征服与破坏，质疑人类在地球生物圈的中心地位，揭示人类欲望的膨胀和对自然的疯狂掠夺终会导致地球与人类社会的毁灭性灾难。在包括文学文本在内的一切文本中系统地梳理和批判人与自然二元对立和人类中心主义思想，进而重新确立人类与自然的关系和人类对待自然的基本伦理准则，解决前人未能解决的发展与生存、科技进步与生态灾难之矛盾等重大思想问题，建立崭新的生态哲学体系和人类活动模式，这是生态批评的终极使命。而女性主义批评自兴起至今，也一直致力于在包括文学文本在内的一切文本中拆借和颠覆男女二元对立及男性中心主义思想，进而重新确立男性与女性的关系和相处模式，建立崭新的性别哲学体系和人类社会模式。两者之间存在诸多相通和共鸣之处。这就不难理解当人文学科各个领域一致对准生态危机这个21世纪最迫切、最重大的命题时，会发生生态批评与女性主义批评相互取经、彼此渗透、协同合作的现象。事实上，前文已经论及生态批评领域对文学地理学、族裔研究、劳工研究等领域研究成果的借鉴和运用。生态批评与女性主义批评的联姻在女性与自然、女性与环境之间架设了一座桥梁，形成了生态女性主义和性别环境正义等批评理论，为我们观照环境问题，尤其是环境问题的性别维度提供了强有力的理论工具和批评视角。

第一节　生态女性主义与性别环境正义

"生态女性主义"（ecofeminism）这个术语最早由法国女性主义者、作家弗朗索瓦斯·德奥邦纳（Francoise d'Eaubonne，1920—2005）在《女性主义或死亡》（"Le feminism ou la mort"，1974）一文中提出。在这篇文章里，德奥邦纳呼吁广大女性同胞发起一场生态革命，以拯救我们的地球。但要达到这个目标，首先必须对性别关系及人类与自然的关系进行变革。

笼统地说，作为一种批评理论，生态女性主义从女性视角深入研究人类所面临的环境危机，它关注女性和自然的紧密联系，强调社会贬低女性与贬低自然之间的特殊关联，倡导女性与自然结盟，从中汲取力量以摆脱受压迫地位，进而建立人类与自然、人类与环境及人与人之间的和谐关系。生态女性主义理论与其脱胎而来的女性主义批评一样，从一开始便呈现出多流派、多分枝、多学者的特征。但无论多么多元化，生态女性主义始终存在一些通用的、基本的理论预设。

首先，生态女性主义认为自然和女性一样，都处于被压迫、被剥削的地位，而导致两者被压迫、被剥削的深层原因具有同源同构的特点：前者的根源是人类与自然截然两分的二元对立思维模式和人类中心主义价值观，后者则是男性与女性截然两分的二元对立思维模式和男性中心主义价值观。归根结底，是西方文化传统中根深蒂固的二元对立和逻各斯中心主义思维模式在作祟。既然同源同构，又相互交错，那么同时拆解和颠覆便会产生互相助力、事半功倍的效果。

其次，自然与女性之间存在亲缘关系，因而推动自然解放和寻求女性解放必须结合起来，同时进行。生态女性主义认为，女性与自然共同担负孕育和养育生命的责任，女性的月经、怀孕和生产等生理周期类似于自然生态的循环，而且在人类社会发展史上，女性被分配承担一些和自然直接相关的工作，如饲养家禽、家畜，取得材薪，处理食物等，因而女性本质上比男性更亲近自然，其潜意识中有着一种与自然的亲和感，希望结束人类统治自然的现状，与自然和谐相处。如查伦·斯普瑞特奈克（Charlene Spretnak）指出，"大地和子宫都依循宇宙的节奏"，因而"大地母亲是一切生命的本源，妇女的怀孕则是在较小的规模上重现了地母神特有的神力"（2001：112）。苏珊·格里芬（Susan Griffin）的观点也很有代表性："我们知道我们自己是由大地构成的，大地本身也是由我们的身体构成的，因为我们了解自己。我们就是自然。我们是了解自然的自然。我们是有着自然观的自然。自然在哭泣，自然对自然言说自己。"（1978：223）梵当娜·希瓦（Vandana Shiva）则提出了"女性原则"的概念，将自然与女性紧密联系起来，并认为自然过程遵循的是女性原则，即能动的创造性、多样性、整体性、可持续性和生命神圣性（转引自关春玲，1996：26）。

对于如何达到自然解放和女性解放的双重目的，生态女性主义提供的思路也于大同之中存小异。如卡罗琳·默茜特所说："激进生态女性主义者把环境问题置于其对父权制的批判之中，提供能够同时解放女性和自然的替代性方案。社会主义生态女性主义把对环境问题的分析置于资本主义父权制之中，通过社会主义革命，彻底重构市场经济把女性和自然当成资源使用而产生的对两者的宰制。"（Merchant，1990：100）也就是说，虽然两种生态女性主义都认为父权制是最后的根源，但激进生态女性主义更关注父权制在文化和哲学层面的宰制形式，注重拆解和颠覆二元对立和逻各斯中心主义思维模式、等级制意识形态及以统治逻辑为内核的压迫性概念结构，指出自然和女性，甚至男性都是父权制意识形态的受害者，提出男女两性和谐共处、人类与自然和谐相处的美好愿景，突出生态整体主义观。而对社会主义生态批评主义者而言，环境问题与资本主义和父权制紧密相关，对于女性、自然和非人类动物的剥削以及对于其他国家的经济宰制，两者都视为正当（Merchant，1990：103）。玛丽亚·麦斯（Maria Mies）也强调资本主义与父权制之间是相互加固的关系，它们其实构成一个体系，即"资本主义父权制"，她视父权制为"可见的资本主义体系下不可见的地下存在"，并指出"资本主义父权制世界体系形成了，它之所以能够建立和维持，其根基是对女性、'异己'人群和他们的土地及其逐渐摧毁的自然的殖民"（1986：38，2）。换句话说，社会主义生态女性主义聚焦的是父权制的经济宰制体系，即资本主义经济体系，因此最有效的社会变革手段便是社会主义革命。

殊途同归，生态女性主义的理想是建立一个符合生态理念的、可持续性的社会。在这个社会中，人类与自然、男性与女性平等相处、相互依存、和谐发展、共同繁荣。由于女性与男性的差异是客观存在的事实，他们之间应当建立一种平等对话的和谐关系，这样有助于促进人与自然万物的和谐发展，维持生态的平衡，从而实现德国哲学家海德格尔所倡导的"人是诗意地栖息在大地的"美好境界。

随着 20 世纪 80 年代环境正义运动的兴起，性别维度的环境非正义行为和现象被揭露并引起学界的关注。如凯伦·沃伦（Karen Warren）指出，"女性、其他社会从属人群和非人类自然所受到的不正当环境危害"，彼此之间有关联，这些"他者"人群"与男性相比，承受着比例过高的危险和危害"（2000：xvii，2）。格里塔·伽阿尔德（Greta Gaard）在《生活中与动物及自然的相互关联》（"Living Interconnections with Animals and Nature"，1993）一文中揭示，女性和非人类动物都受到环境危害和不安全工业产品的伤害，因为"有毒杀虫剂、化学废弃物、酸雨、辐射和其他污染物首先令女性、女性的生殖系统和儿童遭受重创"（5）。

沃伦和伽阿尔德都把上述性别维度的环境非正义现象归入生态女性主义的考察范畴，而中国学者则把生态女性主义和性别维度的环境正义统称为"性别环境正义"（龙娟，2008：158—172）。笔者更倾向于称上述现象为"性别环境非正义"，因为性别环境非正义揭露的是环境危害在男女两性之间的不平等分布，涉及性别不平等，并非直接叩问人与自然的不平等关系，也并非以认可两种不平等的同源同构关系为前提。如本杰明·查维斯和罗伯特·D. 巴拉德所用的"环境种族主义"，"性别环境非正义"也是一个内涵与外延比较窄小的概念和术语。不过恰如克里斯塔·格鲁—沃尔普（Christa Grewe-Volpp）所言，"环境正义运动强调种族、阶级、性别之范畴，政治导向的生态女性主义运动发现了对女性的宰制与对自然的宰制之间存在令人不安的联系，呼吁结束所有的压迫，两者之间有很多相似之处"，而两者的不同主要在于关注的焦点，性别是生态女性主义的首要关注对象，而环境正义运动更加直接地参与政治行动（2005：62—63）。因此我们不必纠结于个别术语的界定或理解，而更着眼于生态女性主义和（性别）环境正义的殊途同归。

如格里塔·伽阿尔德所强调的那样，"对基于种族、阶级、性别、性倾向、身体能力和物种范畴的压迫进行授权的意识形态，也是对压迫自然给予许可的意识形态"，因而环境是一个女性主义议题，女性主义议题也可以透过环境问题的角度进行审查（Gaard，1993：1、4）。无论是生态女性主义还是（性别）环境正义，都以整体主义的、开放的视野关注一切遭受压迫和剥削的群体，包括少数族裔、有色人种等，深入研究性别歧视、种族主义、阶级压迫等现象的内在联系，呼吁女性与自然及其他受压迫的群体建立联盟，终结人类对自然的征服与统治，使其重返与自然的和谐。

第二节　《保佑我，乌尔蒂玛》生态整体观中的　　　性别盲区与《芒果街上的小屋》中的　　　女性新空间

鲁道福·安纳亚享有"当代奇卡诺①文学运动的奠基人之一""最负盛名、最多才多艺、最多产的墨西哥裔作家之一""被研究最多、被文集收录最多的墨西哥裔作家"等美誉（Olmos，2004：117）。

———————————

① 多数学者认为，"Chicano"（奇卡诺）一词起源于 20 世纪三四十年代，来自墨西哥的纳瓦特尔印第安农业工人发不出完整的"Mexicano"（墨西哥人），美国当地的墨西哥裔故意夸张地念成"Chicano"，嘲笑这些贫穷的新移民。到了六七十年代的奇卡诺运动中，"Chicano"的负面含义被淡化和去除，成为凸显美国墨西哥裔独特身份和文化传统的骄傲的自称。七八十年代，女性主义者不满奇卡诺运动的男性中心主义意识形态，自称"Chicana"（奇卡纳），继而出现"Chicana/o"或"Chicano/a"的统称。本书一般采用"奇卡诺"这一统称，必要时用"奇卡纳"指代墨西哥裔女性作家。在文学批评界，狭义的"奇卡诺文学"指的是与奇卡诺运动同步兴起的墨西哥裔文学，广义的"奇卡诺文学"则可以上溯至1848 年，乃至 16 世纪初的西班牙殖民时期。

他迄今已出版长篇小说 16 部、短篇小说集两部、史诗两部、散文集 12 部、青少年文学作品 10 部，并有 7 部剧作上演，在西语裔族群内部和主流社会都享有不凡的声望。长篇小说处女作《保佑我，乌尔蒂玛》是安纳亚最著名的作品，也是很少几部奇卡诺畅销书之一，如今已被公认为奇卡诺/西语裔文学乃至美国族裔文学的经典作品之一。

《保佑我，乌尔蒂玛》以 20 世纪 40 年代中期的美国新墨西哥州瓜达卢佩镇为背景，以第一人称的口吻讲述墨西哥裔主人公安东尼奥·马雷（昵称托尼）6—8 岁的经历，具有成长小说的典型特点。托尼是家里最小的孩子，上有三个哥哥、两个姐姐，父亲来自大平原上一个世代放牧的家族，崇尚居无定所、自由自在的生活，母亲的祖先是一位天主教神父，家族长年在河谷从事农耕，过着安稳、虔诚的生活。故事开始前，托尼从未离开过家，顶多由父母带着在礼拜天去教堂，或夏末去舅舅家帮忙收割庄稼，他的小世界单纯宁静，唯一的价值观是母亲灌输的天主教教义，唯一的烦恼是父母期望的截然对立令他无所适从：是迎合父亲的愿望做一个牛仔，还是听从母亲的安排成为农夫，甚至神父？从 7 岁前的这个夏天开始，托尼的小世界逐渐向外面的大世界延伸，遭遇了一系列陌生的人和事之后，他的生活变得复杂和动荡。先是父母把孤苦无依的老人乌尔蒂玛接到了家里，这个闻名遐迩的民间药师不仅与托尼结成了忘年交，还让托尼认识到不光神父和医生能够治病救人，兼用草药和巫术的民间医术同样具有这种功效，其解咒驱邪的能力甚至令宗教和现代医学望尘莫及。紧接着，托尼成了一名小学生，走出说西班牙语、吃玉米粉圆饼的家，进入说英语、吃三明治的学校。上学第一天，托尼便意识到自己是个异类，只能从班上同样背景的其他孩子那里找到集体的温暖。不久，第二次世界大战结束，三个哥哥从战场归来，见过大世面的他们难以适应小镇的生活，又相继去了远方的大城市，托尼由此知道，在新墨西哥的农村以外，还有一个迥然不同的城市世界。一年级的最后一天，托尼从小伙伴那里听到了河谷水神金鲤的传说，后来又亲眼看到了金鲤，这才明白除了天主教的上帝、耶稣和圣母玛丽亚，还有不少人信仰异教的神灵，就连他自己也深受吸引。此外，托尼发现抽象的天主教教义根本无法解释成人世界的善与恶：妓院这等淫邪之地，为什么大人们会去光顾，连哥哥也不例外？饱受战争创伤的二战老兵卢皮托开枪打死了治安官，随后又被镇上的居民射杀，他们是不是都该下地狱？特雷门蒂奥和三个女儿利用巫术作恶多端，上帝为什么不惩罚他们，反而听任他们下咒伤害卢卡斯舅舅和特列斯？当积善行德的乌尔蒂玛挺身而出，与这伙邪恶势力作战时，上帝为什么无动于衷，听任他们杀死了纳西索和乌尔蒂玛的守护精灵猫头鹰，又最终置她于死地？

　　评论家布鲁斯—诺沃亚（Juan Bruce-Novoa）着眼于小说中的各项二元对立，认为其意识形态信息是以居中调和的政治应对因坚持二元对立而导致毁灭性冲突的文化强力，指出这一意识形态与 20 世纪六七十年代美国社会"好战的、分裂的"主流政治气候和社会氛围格格不入，属于"尊重所有生物、提倡手足情谊的反文化……如果该书有抵制的对象，那便是渐渐兴起的奇卡诺族裔抵抗话语中的好战倾向"（1996：186）。霍斯特·汤恩（Horst Tonn）则将这部小说置于两个社会历史语境——小说再现的时代和创作出版的时代——中进行解读：40 年代中期的新墨西哥农村处于社会转型期，类似于六七十年代的奇卡诺社区及整个美国社会，小说探讨的"身份形成、冲突调和、以古鉴今"等主题，正是两个时代的共同问题，面对价值观危机引起的身份危机，小说提出了拒绝怀旧、面向未来、"顺应变化、建构集体身份"的主张，而托尼与乌尔蒂玛设法弥合社区内部冲突的故事情节，"反映了 20 世纪 60 年代和 70 年代早期奇卡诺族裔内部冲突的调和过程，并为此发挥了积极作用"（1990：2、5）。

　　笔者赞同布鲁斯—诺沃亚和汤恩的基本立场：《保佑我，乌尔蒂玛》与其诞生的时代存在千丝万缕的关联，并非一个超越历史语境的纯文学文本。但两者在这部小说的主题解读和语境化等方面，存在一定的盲点：布鲁斯—诺沃亚只注意到二元对立与冲突调和的主题，汤恩谈到了身份政治，但缺乏文本分析所提供的必要支持，也没有详细论述顺应变化的具体方式以及身份建构的具体结果；就文本解读的语境而言，两者都聚焦于美国主流社会与奇卡诺社区、WASP 主流文化与奇卡诺族裔文化的对立与调和，连奇卡诺族裔的内部矛盾（激进主义与温和主义、分裂主义与同化主义等）也被视为这两对外部矛盾的延伸。这种思路自有其道理，毕竟自 1848 年美国吞并墨西哥的一半领土（今日美国的加州、内华达州、亚利桑那州、犹他州、新墨西哥州和科罗拉多州的一部分）、这里的墨西哥人集体沦为美国墨西哥裔开始，这两对矛盾便成为困扰奇卡诺族裔的主要问题，且随着时间的流逝愈演愈烈，最终激化为将政治民族主义与文化民族主义合二为一的奇卡诺运动；另外，小说虽未大肆铺陈，却也借助少量细节（如父亲变换工作、托尼上学、哥哥参战离家），勾勒出这两对矛盾对托尼一家造成的冲击。然而，作为主要的故事情节，托尼的成长经历并不涵括以一个局外人或讲双语者的身份争取在美国主流社会立足的矛盾冲突，连安纳亚本人也强调这部小说并未涉及"盎格鲁—奇卡诺的矛盾斗争"（Dash, et al, 1999：155）。

笔者认为《保佑我，乌尔蒂玛》不仅展示了托尼身份建构的过程，也勾画出了结果。汤恩没有看到后者，原因正是语境化的偏颇；只有把与美国墨西哥裔身份建构相关的历史和当前语境、宏观与微观语境结合起来，才能获得对这一问题的全面、正确的认识。

历史不容割裂，美国墨西哥裔的历史并非始于 1848 年，而是可以上溯至史前印第安文明时期。1519 年，西班牙殖民者赫尔南·科尔特斯入侵阿兹特克人统治下的墨西哥，西班牙文化与印第安文明、西班牙人与印第安人的碰撞与交汇，产生了现代意义上的墨西哥文化和混血人种。与此同时，弘扬西班牙血统与文化、贬斥印第安血统与文化的殖民价值体系开始生根发芽，1821 年墨西哥宣布独立时，这一价值体系已经根深蒂固，直到拉萨罗·卡德纳斯担任总统期间（1934—1940），墨西哥人方才接受其印第安传统，并引以为傲。

对于早在 1848 年便与母国分离的美国墨西哥裔来说，族裔认同与文化认同的问题变得更加复杂。面对"盎格鲁社会借助电影和其他传媒创造的恶毒的、残酷的、误导性的"墨西哥人刻板形象与"野蛮的、卑鄙的、背信弃义的"印第安人刻板形象，美国墨西哥裔"不仅被迫蜕去自己的墨西哥特性，更不可能想到自己的印第安文化之根"，肤色白皙者干脆假冒白人，深肤色的混血儿只能声称"我的祖先是西班牙征服者；我们是西班牙裔美国人、西班牙人"（Anaya & Lomelí，1989：94、97）。在文化认同上，他们只有两种选择：或被WASP文化同化，或以西班牙文化至上主义（Hispanicism）抵制同化。

在安纳亚土生土长的新墨西哥州，因其作为西班牙殖民地的历史长过西南部其他各州，西班牙文化至上主义最为深入人心：

> 美国西南部各州中，新墨西哥对其西班牙文化遗产最感自豪。自1598年胡安·德奥尼亚特建立殖民地以来，新墨西哥人一直致力于保护和弘扬其西班牙文化传统。新墨西哥的西班牙文化至上主义明显地流露出族裔和地区自豪感，同时也是一种有意采取的对策，反击盎格鲁美国人广泛散布针对墨西哥人和墨西哥裔的不满情绪的后果。在盎格鲁美国人眼里，西班牙人是最卑微的欧洲人，但比美国历史研究和通俗小说中那些背信弃义、懒惰无能的墨西哥混血杂种要高贵得多。（Paredes，1988：803）

然而，第二次世界大战爆发之后，成千上万的墨西哥裔美国人或移居大城市从事与国防相关的工作，或参军上前线，无形中加快了被WASP文化同化的趋势。但20世纪50年代盛行的同化主义并未带来政治、经济和社会地位的根本改善，积微成著的幻灭感持续发酵，最终演变成六七十年代的奇卡诺运动。1969年3月，第一届全国奇卡诺青年解放大会通过《阿兹特兰精神计划》，宣告奇卡诺运动致力于"以印欧混血人种和土著文化复兴为基点，建构和颂扬一种新型族裔身份"，在此基础上强化族裔认同，全面清算美国社会对奇卡诺族裔的政治压迫、经济剥削和文化消音（Caminero-Santangelo，2004：115）。具体到文化认同，奇卡诺运动推行奇卡诺文化至上主义（Chicanismo），宣称印第安祖先和墨西哥祖先（偶尔包括西班牙祖先）的文化传统决定了奇卡诺文化的独特性和优越性，彰显面对WASP文化的自信心和自豪感。

在新墨西哥州，墨西哥裔也开始认可其印第安祖先，彰显其印第安血统和文化。新墨西哥早期奇卡诺运动的领导人雷耶斯·蒂赫里纳及其支持者便以"印第安—西班牙人"自称（Jacobs，2006：16）。据安纳亚自述，他在 1963—1970 年间潜心创作《保佑我，乌尔蒂玛》，但时刻关注着奇卡诺运动的进展；从 1966 年起他结交了一些印第安友人，因此感受到体内"土著灵魂的颤动"；1971 年，《保佑我，乌尔蒂玛》的手稿荣获奇卡诺文学的最高荣誉昆托·索尔文学奖，翌年出版，风靡整个墨西哥裔社区，安纳亚由此"与奇卡诺运动建立联系"，成为奇卡诺文艺复兴的中坚人物，深知"在奇卡诺运动的高潮期，来自前哥伦布时期阿兹特克人统治下的墨西哥的神话、传说和象征开始成为奇卡诺诗歌和思想非常重要的组成部分"（Anaya，1990：379—384）。换句话说，安纳亚的文化认同和文学创作都与弘扬土著传统和身份的奇卡诺意识形态非常契合。

如上所述，就文化认同和身份政治而言，从 1848 年到《保佑我，乌尔蒂玛》出版的 1972 年，以 20 世纪 60 年代初为分界线，美国墨西哥裔社区，尤其是新墨西哥，经历了从西班牙文化至上主义占主导地位到奇卡诺文化至上主义日渐盛行的意识形态嬗变。当然，这一嬗变的根本原因是美国主流社会与奇卡诺社区、WASP 主流文化与奇卡诺族裔文化的对立与冲突，布鲁斯—诺沃亚和汤恩的解读也正是倚赖这一大的框架，但他们忽略了 1848 年以前的殖民历史和新墨西哥的特殊性，没有意识到西班牙文化与印第安文化的矛盾对立一直存在于美国墨西哥裔的身份政治，且在上述主要矛盾愈演愈烈的同时，这对次要矛盾的两个对立项之间发生了调和与转化；笔者认为，后者才是正确解读《保佑我，乌尔蒂玛》身份政治的社会历史语境。

20 世纪 40 年代中期，在《保佑我，乌尔蒂玛》所再现的新墨西哥州瓜达卢佩镇，因第二次世界大战而渐渐兴起的 WASP 文化同化主义虽然造成了一定的冲击，但源自殖民时期的西班牙文化至上主义依然根深蒂固。在日常生活中，居民依旧说西班牙语，信仰天主教，自豪地宣称自己是西班牙征服者或墨西哥殖民者的后裔，一如既往地歧视印第安人，几乎形同种族隔离。叙述者特意提到，偌大的瓜达卢佩

镇，只有一个印第安人，而且没有具体的姓名，被镇上其他居民称为
"贾森的印第安人"，他守着印第安人的古墓，独自住在山洞里，"贾
森的父亲禁止贾森和这个印第安人聊天，他为此打过贾森，想尽办法
不让贾森接近他。但贾森根本不听话"（Anaya，1972：9。下文凡出
自该书的引文，将直接在夹注中标注页码）。这些细节表明，这是一
个纯种印第安人，但受到镇上的非印第安人排斥，属于被边缘化的他
者。叙述者把托尼的肤色描述为"棕褐色"，暗示他属于印欧混血人
种，但托尼的父母从不认为家族与印第安人同根同源（9）。父亲不
仅言必称"祖先是西班牙征服者"，其推崇的生活方式亦"好动如他
们航行的海洋，自由如他们征服的土地"（6）；母亲也说祖先"在墨
西哥政府拨赠的土地上建立殖民地。殖民的头领是一位神父"，其安
稳、虔诚的农耕生活传统保持至今（49、27）。值得玩味的是，他们
了解新墨西哥的历史，对墨西哥殖民者 1848 年后反被盎格鲁美国人
剥夺土地和自由的惨痛经历有着切身的体会：

> 第一批开拓者中有牧羊人。后来他们从墨西哥进口了牛群，
> 成为牛仔……在这片从印第安人那里得来的原始、荒凉的土地
> 上，他们是最早的牛仔。随后，铁路修进来了。带刺的铁丝网架
> 起来了。民歌、柯利多民谣变得悲伤起来，德克萨斯的人与我们
> 的祖辈短兵相接，带来了血腥、谋杀和悲剧。人们失去了家园。
> 有一天他们环顾四周，发现自己被包围了。他们熟知的土地和天
> 空的自由消失了。这些人没有自由就活不下去，于是他们收拾行
> 装，向西迁移。他们成了农业季节工。（119）

相同的血脉，相似的境遇，却不足以在美国墨西哥裔与美洲印第
安人之间建立认同，托尼的父母刻意强调祖先是殖民者，而非被殖民
者，除了心理的慰藉，更深层次的原因在于殖民意识形态，即白人至
上主义的内化。无论是族裔内部的西班牙文化至上主义，还是主流社
会的 WASP 文化霸权，都是建立在将印第安人他者化的基础之上。

对印第安人的他者化导致墨西哥裔的文化实践与文化认同出现极

大的偏差。一个典型的例子便是同样有着"棕褐色"肌肤的民间药师乌尔蒂玛（10、22）。民间药师的行医实践根源于普韦布洛、那瓦霍等各印第安部落的古老宗教，这些部落早在西班牙和墨西哥殖民者入侵之前，就生活在美国西南部，虽然种族融合是不可避免的趋势，但印第安人的文化传统没有被埋没，而是与西班牙文化或墨西哥文化结合起来，存在于当代社会（Kevane，2003：42）。但在乌尔蒂玛的认知里，她的医术并非印第安文化的一部分，而是属于纯正的西班牙文化。在向托尼传授草药知识时，她说"我们与北河的印第安人采制相同的药草和药物。她还说起其他部落的古老医药，有阿兹特克人、玛雅人，甚至还有古老的故国里摩尔人的医药"（39）。显然，在她眼里，"我们"是正统的西班牙人的后裔，而北河的印第安人、墨西哥历史上的阿兹特克人和玛雅人以及西班牙历史上的伊斯兰民族摩尔人，都是非我族类。在安纳亚的人物构思中，乌尔蒂玛是一个墨西哥族裔文化的象征符号，代表着西班牙文化传统与他的"土著经验世界"的融合，但由于戴着意识形态的有色眼镜，她看不到自身的文化混杂，其中的反讽颇为耐人寻味（Olmos，2000：40）。托尼的母亲也是如此。她笃信的瓜达卢佩圣母是"第一个黑肤混血圣母"，西班牙天主教本地化的产物（Kevane，2003：43）。然而，尽管全家"都知道瓜达卢佩圣母在墨西哥向一个印第安小男孩显圣的故事"，却无人承认她与印第安文化的关联（43）。更极端的例子是托尼的父亲。他认为给人的自由与不朽灵魂提供滋养的是"高贵的广袤的土地和空气以及白净的天空"；他亦明确表示喜欢印第安人的火葬仪式，不赞同用棺材埋葬的天主教模式，因为前者是人死后"回归自然的好方法"（220、224）。这种对大自然的膜拜与印第安人如出一辙，然而他似乎没有意识到这一点，反倒对印第安文化横加贬斥。例如，孩子们在学校里学会使用"gosh""okay"等英语口语词汇后，他竟有如下反应："教育对他们有什么好处，他们只学会像印第安人那样说话。"（50）

究其原因，在于西班牙文化至上主义以对印第安人的他者化为前提，致使小说中众多人物对其血统和文化中的印第安成分或有意拒斥，或浑然不觉。安纳亚受到奇卡诺运动意识形态的启蒙，自然可以看到其中的反常与荒谬，故而借助反讽着意加以展示，并通过故事情节的安排，曲折表达出与小镇居民迥异的意识形态背景和身份认同取向。在小说的后半部，乌尔蒂玛与特雷门蒂纳一家的正邪大战殃及黑水牧场的泰莱兹一家，特雷门蒂纳姐妹下咒召来的三个科曼奇印第安人的鬼魂，频频侵扰他们的生活。对此乌尔蒂玛解释道：

> 很久以前，黑水牧场是科曼奇印第安人的土地。后来，从西班牙定居点来了做易货贸易的商人，之后是赶着牛羊的墨西哥人——多年以前，三个科曼奇人袭击了一个墨西哥人的牛羊，这个人就是泰莱兹的祖父。泰莱兹叫来了邻近的墨西哥人，吊死了三个印第安人。他们把三具尸体挂在树上，没有按照印第安人的习俗埋葬他们。于是，三个印第安人的鬼魂只能在牧场上游荡。下咒的女巫了解这段历史……唤醒了三个鬼魂，强迫他们做坏事。不要怪罪三个受苦的灵魂，他们被女巫控制了……（216）

值得玩味的是，这段话的要点不是印第安人对墨西哥殖民者的袭击，而是后者吊死前者的残暴和没有妥善安葬的亵渎。安纳亚已借瓜达卢佩镇只有一名印第安居民的细节，凸显 40 年代镇上的种族隔离局面，此处又虚构一个印第安人（而非其他族裔）闹鬼的故事，引出新墨西哥土著遭受双重殖民的历史，重点揭示墨西哥殖民者侵占科曼奇印第安人的土地在先，其后又对他们的反抗毫不留情地施以"血腥、谋杀和悲剧"的史实。对镇上的墨西哥裔居民来说，历史的回味似乎不是反省和哀痛，而是虎落平川的怅惘与不甘，但身处奇卡诺运动洪流的安纳亚不可能看不到印第安人遭受的多重伤害。因此，在含蓄批评墨西哥施暴者的同时，安纳亚却没有谴责印第安人的仇恨心理：尽管三个鬼魂给泰莱兹家带来了灾祸，但最终的责任应该由下咒的女巫承担。这三个印第安冤魂还有一层象征意义，类似于托尼·莫里森笔下的宠儿：他们携带着本族裔被压迫、被侵害、被擦除的历史和文化记忆，如闹鬼般叩击托尼和读者的"历史健忘症"，以记忆的开掘与重构服务于族裔政治和身份认同的需要。

托尼虽不是鬼魂袭扰的对象，但因为他敏感多思，大人们的只言片语便足以在他脑海里勾画出一个"幽暗神秘的过去，在这里繁衍生息的人们的过去"（220）。托尼所说的"幽暗神秘的过去"，更多的是指其族裔记忆中有关印第安人的部分；如前所述，这个过去早被白人至上主义驱赶至墨西哥族裔意识的边缘，但仍以某种形式隐身于民间的文化实践，等待托尼去发现和认识。作为托尼成长过程中的引路人，乌尔蒂玛尽管有着意识形态的局限性，但并不影响她把承载着印第安文化记忆的民间药师的技能和尊崇自然、敬畏自然的观念等传授给托尼。托尼"感觉跟乌尔蒂玛比跟自己的母亲还要亲。乌尔蒂玛给我讲祖先的故事和传说。从她那里，我知道了我们民族历史上的光荣与悲剧，我逐渐明白，我们民族的历史在我的血液里如何澎湃"（115）。鉴于墨西哥裔与印第安人缠绕纠结的历史经历，乌尔蒂玛在唤醒托尼对本族裔历史记忆的同时，不也等于告知印第安人的历史存在吗？此外，同龄人在托尼的成长中也起到了重要的作用，他们带他进入了土著神话的世界，让他知道在"官方既定的宗教"（托尼一家虔诚信仰的天主教）之外，还有另一种精神信仰和道德观，即土著的异教信仰（Olmos，2004：121—122）。具体说来，托尼从小伙伴塞缪尔那里听到了河谷水神金鲤的传说，后来又在希克的带领下亲眼看到了金鲤，深受吸引。需要强调的是大多数评论忽略的一个细节，即金鲤传说。如希克所言，先由"贾森的印第安人告诉塞缪尔；纳西索告诉我；现在我们告诉你"（102）。后殖民主义研究和族裔研究都已证明，强势族群借助官方的书写传统，实施对弱势族群的统治和钳制，而弱势族群往往依赖民间的口述传统保存自身的历史和文化记忆，并诉诸反记忆的形式寻求对官方记忆的挑战。从这个意义上讲，安纳亚小说中仅有的一个印第安人实则担当了印第安传统文化中极其重要的讲故事者，通过口口相传的方式，在强势文化的重压下达到保存和传播本族裔文化的目的。有了乌尔蒂玛和"贾森的印第安人"等讲故事者，托尼的文化认同和身份建构才有可能趋于完整。这里不能不提另一个同样重要的细节：当托尼询问金鲤传说中的部落"是印第安人吗"，塞缪尔（毋宁说是安纳亚）的回答听似闪烁其词却又别有深

200

意："他们是人民。"（73，原文斜体）读者完全有理由认为，"人民"
一词暗指混血墨西哥裔和纯种印第安人共同的印第安祖先。

　　从小说的情节发展来看，托尼深陷的二元对立冲突中，父亲家族
的游牧生活方式与母亲家族的农耕生活方式无疑是最明显的一种，但
在他的内心深处，持续时间最长、最激烈因而影响最大的是宗教冲
突。托尼从小浸淫于天主教，但从二战老兵卢皮托被镇上居民射杀开
始，他便意识到抽象的天主教教义无法解释成人世界的善与恶，随着
乌尔蒂玛的到来，她那令神父望尘莫及的神奇医术及她与特雷门蒂纳
一家的正邪大战，加剧了他对天主教上帝的怀疑，此时他接触到"贾
森的印第安人"传播的异教信仰，顿感醍醐灌顶，然而"上帝的戒
律说，除了我以外，你不可有别的神"，在天主教的上帝与土著异教
的金鲤之间，托尼该何去何从？（99）也就是说，是安纳亚向托尼单
一宁静的天主教世界派来了两位印第安文化使者，让他体会到了两种
文化的差异和冲突，冲突的根源却是贯穿西方文化传统的逻各斯中心
主义：这部小说中，从排他性的上帝，到西班牙文化至上主义乃至鲜
少涉及的 WASP 文化至上主义，无一不是它的具体表现形式。托尼要
想解决文化冲突和身份认同的问题，唯一的办法便是改变思维模式。
又是安纳亚安排乌尔蒂玛向托尼提供了替代的思想资源，即印第安人
的整体论：世间万物环环相扣、因果相连，是一个相互依存、不可分
割的整体，恰如"汇聚到河流并注入大海的正是来自月亮的甘甜雨
水。假如没有月亮之水补充给海洋，海洋便会干涸。海洋中苦涩的海
水被太阳带到天空，又重新变成月亮之水。没有太阳，就不会形成消
解黝黑大地饥渴的甘露"（113）。因此，我们不能孤立地看待一个事
物，只看到局部，看不到事物之间的普遍联系；也不能采取单一的视
角，以偏概全，看不到事物的方方面面；更不能固守二元对立、非此
即彼的思维方式，看似不可调和的对立面往往构成相互依存、相互补
充、相互转化的关系。在乌尔蒂玛的启发下，托尼认识到上帝所代表
的西班牙文化传统与金鲤所代表的印第安文化传统以及自己遭遇的其
他诸多矛盾冲突（父母对他的不同期望、天主教与民间医术、西班牙
语文化与主流文化、城市与农村等）其实并非相互排斥、势不两立，

他所要做的就是兼容并包、兼收并蓄，在消化吸纳的基础上创造出一个全新的、完整的自我身份和文化身份："把平原与河谷、月亮与海洋、上帝和金鲤合在一起——创造一种新宗教。"（236）而这正是他走向成熟的标志，如特雷莎·卡诺扎所言，这部小说的主旨"不是说成长要求人们在矛盾的选项中进行排他性的选择，而是说智慧与经历能够让人们的视线越过差异，看到统一与和谐"（Kanoza，1999）。从乌尔蒂玛的言传身教中，托尼还领悟到，宇宙间善恶两股力量此消彼长、循环往复，此乃生命的常态，个人应该学会发现人世间的真善美，在积极向善的同时，保持生活的勇气，以"心灵的魔力战胜人生的悲剧"。故而在小说的结尾，托尼能够坦然面对和接受乌尔蒂玛的死亡。

从殖民地时期开始，美国墨西哥裔的身份政治中一直存在西班牙文化与印第安传统的二元对立，1848 年后，这种对立被置于美国主流社会与奇卡诺社区、WASP 主流文化与奇卡诺族裔文化的对立与冲突之中，更加复杂和激化。以 20 世纪 60 年代初为分界线，延续了几个世纪的亲西班牙反印第安的殖民传统逐渐式微，奇卡诺运动使得印第安血统和文化第一次成了族裔自豪感的源泉，长期占主导地位的西班牙文化至上主义被奇卡诺文化至上主义取代。《保佑我，乌尔蒂玛》再现的是 20 世纪 40 年代中期，它的创作过程见证了奇卡诺运动由新兴到高潮的发展轨迹，两个时代的意识形态差异决定了小说人物与作者的意识形态背景和认同取向存在较大的反差。在西班牙文化至上主义依旧根深蒂固的 40 年代，对印第安人的他者化致使小说中众多人物对其血统和文化中的印第安成分或有意拒斥，或浑然不觉。安纳亚受到奇卡诺运动意识形态的启蒙，在着力表现笔下人物文化认同的反常与荒谬之时，将主人公托尼的成长展现为逐渐认识和接受印第安传统，并将其与西班牙文化融合建构新型文化身份的历程。

《保佑我，乌尔蒂玛》有着浓厚的自传色彩。安纳亚的儿童时代便是第二次世界大战前后在新墨西哥州的一个小镇度过，父母分别来自游牧家族和农耕家族，同样推崇本族裔的民间医术，兄弟姐妹也是从小信仰天主教，在家说西班牙语，在学校说英语，哥哥同样是二战老兵，就连他因游泳差点致残的经历也写进了书中的溺水事件。在一定程度上，这部小说是安纳亚的个人记忆或私人叙事。然而，为自己的成长树碑立传不是安纳亚的创作目的，安纳亚意在借助这部私人叙事，探讨与本族裔相关的重大或棘手的命题，履行治病救人、服务公众的使命。

作为20世纪六七十年代激进政治的见证者和温和的参与者，安纳亚非常清楚整个美国社会正处于一个重大的转型期，社会矛盾空前激化，社会对立渐趋严重，各种不同的新主张、新思潮纷纷涌现，对传统的价值体系造成强有力的挑战，新旧力量之间的角逐往往诉诸暴力冲突和流血斗争。在那个年代，每个美国人都想对这场社会大变革达成理性的认知，都想知道美国政治和文化的确切走向。具体到族裔政治，这个时期除了黑人民权运动和奇卡诺运动，还有亚裔运动、波多黎各人运动、印第安文艺复兴等，各个少数族裔均以前所未有的声势，要求在各个领域获得与白人同等的权利，改变盎格鲁—撒克逊新教文化一统天下的局面。在白人主流社会，保守派和改革派各执己见，争论不休。在各个少数族裔内部，激进派与温和派、分裂主义与同化主义的不同声音不绝于耳。如果说今天实行多元文化主义的美国是一个成年人，六七十年代便是他的儿童时代，恰如《保佑我，乌尔蒂玛》中的小托尼，面对生活中纷至沓来的变化，面对新旧差异、矛盾冲突，茫然四顾，不知所措。在安纳亚看来，乌尔蒂玛的生态整体主义智慧不仅适用于年幼的托尼，也适用于六七十年代的美国社会：人们应该以整体的、全面的、辩证统一的眼光去审视和认知社会的新旧矛盾，在尽可能获得理性把握的基础上，海纳百川，以平等、开放、包容的胸襟弥合对立，调和差异，将矛盾与冲突最终转化为和谐与统一。托尼将不同的宗教信仰、文化传统、价值观念、生活方式综合融会、建构新型自我的做法，其实也是安纳亚对个人和族群如何调和主流文化与族裔文化之矛盾，建构新型文化身份的有益建言。

尽管作为小说主要的故事情节，托尼的成长经历并未凸显"盎格鲁—奇卡诺的矛盾斗争"，但安纳亚以整体论取代二元对立思维模式的主张，完全适用于解决美国墨西哥裔及其他族裔读者现实生活中的任何矛盾与冲突，这也许是《保佑我，乌尔蒂玛》至今畅销不衰的根本原因吧。

　　然而，如果我们考察《保佑我，乌尔蒂玛》中安纳亚在性别问题上的立场，便会发现他所推崇的生态整体论思想并未惠及笔下的女性人物。我们不妨从这部作品的环境描写、人物刻画和主题表达中，通过分析安纳亚对墨西哥文化中泣妇①原型的借鉴和运用，彰显男女二元对立的思维方式和男性中心主义的意识形态对他或隐或显的影响。

　　《奇卡诺民间传说词典》指出，泣妇可能是大墨西哥（墨西哥及美国境内墨西哥裔聚居区）民间传说中最著名的女性人物（Castro，2000：152）。顾名思义，泣妇有一个凄惨的故事：一个被丈夫（情人）抛弃的女人，在报复心理的驱使下，把孩子扔进河里，事后悔恨交加、精神失常，还遭到神灵诅咒，死后夜夜徘徊于水边或水面，一边寻找一边哭喊："我的孩子！"这一形象最早出现于西班牙人笔录的土著神话和撰写的殖民地编年史中，多半与土著女神希胡亚柯亚托尔（Cihuacoatl）相关，她是死于分娩的女性的守护神，常常背负褴褛或怀抱死婴，在夜间游荡哭泣，不小心撞见她被视为一种凶兆。有学者认为，泣妇的形象融合了土著神话、中世纪西班牙的炼狱之魂概念和希腊神话人物美狄亚，是文化融合的产物（Rebolledo，1995：63）。

　　但到了现当代的文本中，泣妇被认为另有所指：西班牙征服者赫尔南·科尔特斯的土著情妇玛琳齐（La Malinche），或一个溺死私生子的妓女。这两种阐释都带着强烈的父权文化色彩：前者在墨西哥遭受殖民的历史语境中，站在民族主义的高度，把泣妇解读成危及本民族男权统治的卖国贼、自作自受的弃妇和天理不容的恶母；后者则把泣妇与遭男权社会唾弃的妓女联系在一起，暴露出父权文化因畏惧而妖魔化女性性欲与母性的一面。很多民间版本与后者一脉相承，也在

---

　　①　西班牙语"La Llorona"的英语对应词是"The Weeping Woman"，笔者译为"泣妇"，简洁之外，亦与"弃妇"谐音。安纳亚从小聆听老辈人讲故事，对泣妇非常熟悉，其长篇小说《泣妇传奇》（The Legend of La Llorona，1984）便是对这一文化原型的复述和改写。

泣妇杀婴忏悔的基本故事构架外，加上其凭借极具魅惑的哭声，将迷路的孩子或迷失的成年男子捕为猎物，令其死亡的情节。就这一特征而言，泣妇与希腊神话中用歌声诱惑水手的海妖塞壬（Siren）类似，对男人而言代表性欲的致命诱惑或死亡的呼唤。迈克尔·卡尼（Michael Kearney）曾在1969年的一项研究中指出，"这个传说显然有两种形式：泣妇寻找孩子，泣妇诱惑男人。现在最流行的说法是将两者结合起来"（1969：199）。伊丽莎白·雅各布斯还补充了一点：在许多文本中，泣妇是女性民间药师或女巫的同义词，属于"让人恨到想杀的人"（Jacobs，2006：60）。

托尼家居住的小山头与镇中心之间流淌着一条大河，镇子另一头的山里则有两个深不见底的湖泊，名曰暗湖，一条小河从这里流出，流经蓝湖，最终汇入托尼家旁的大河。传说中的泣妇总是出没于水域，也许正是这个原因，这个母题反复出现在小说的环境描写中。

一个典型的例子便是对大河的描绘。万物有灵，众生平等，这是托尼的精神导师、民间药师乌尔蒂玛向他传授的土著传统观念之一。但托尼毕竟年幼，长辈们给他灌输更多的是小孩溺死的可能性，他又目睹二战老兵卢皮托被镇上居民射杀在大河里，小伙伴弗洛伦斯溺死在蓝湖，故而在托尼的意识深处，大河虽然有灵魂，却始终是一种"可怕"的存在（14）。譬如托尼在第二个梦中，梦到自己帮助三个哥哥随父亲渡过大河，去对岸修城堡，这时"一个孤独女神痛彻心肺的哭声沿着河岸响彻了山谷。男人听到这迂回缭绕的哀号，一腔热血顿时冰冷。那是泣妇，三个哥哥吓得大哭，那个沿着河岸哭泣、专找男孩男人的血解渴的老巫婆！泣妇要的是安——东——尼——奥——的灵魂……那是卢皮托的灵魂……他的灵魂被河水冲走，不得不夜夜在河中游荡……都不是！……那是大河的灵魂！"（23—24）这个梦境反映出托尼对三个哥哥离家远行的担忧和焦虑，也将他对大河的恐惧泄露无疑。三年级暑假，托尼在舅舅家，得知巫师迪诺里奥·特雷门蒂纳要为死去的女儿报仇，便连夜赶回瓜达卢佩镇报信，一路上遭遇种种危险，其中包括来自大河的死亡呼唤："黑暗中，大河的灵魂如一块裹尸布，包裹着我，呼唤着我。"（243—244）此处托尼潜意识里对大河的恐惧上升到了意识的层面。

另外，异教徒希科给托尼讲述暗湖的危险时，挪用了泣妇传说中与塞壬接近的一个版本。希科称暗湖为"美人鱼湖"，他曾亲耳听见"一种低沉、孤独的声音，像是一个悲伤的女孩在唱歌……歌声要把我拉向漆黑的水底"，他猜想美人鱼是"一个弃妇"，又援引一个听来的故事，说一个牧羊人"看到了美人鱼……浮在湖面上唱着一首孤独的歌……歌声让他想趟到湖中央帮她，但恐惧使得他逃开"，牧羊人醉酒之后，发誓把美人鱼带回来，却一去不复返，人们只在湖边找到了他的羊群（108—109）。

值得注意的是，此类环境描写或直接提及泣妇，或挪用其他版本，或借用相关意象，泣妇或等同于嗜血如命的老巫婆，或化身为魅惑无限的塞壬，但均与死亡的威胁相联，受害者则是清一色的"男孩男人"，个中性别歧视毋庸多言。

这部小说的女性人物分为三类：仿效瓜达卢佩圣母的传统型好女人，如托尼的母亲和两个姐姐；邪恶的女性，即传统意义上的坏女人，如鸨母罗茜和她手下的妓女，以及女巫特雷门蒂纳三姐妹；特立独行、无法归类的乌尔蒂玛。前面提到妓女、女巫或女性民间药师往往是泣妇的分身，三者在这部小说里一应俱全。

父权制文化历来对女性性欲实行强制性的规训，视传宗接代为唯一正途，大力褒扬处女和贞妇，对妓女则推上道德的绞刑架。这部小说也以性欲为指标之一，划分好女人与坏女人。对于托尼的母亲，叙述者几乎没有提及她的外貌和性欲，连她身上的香味也是一种"像面包的馨香"，对于罗茜的刻画却极力突出她的性诱惑："她的脸涂得绯红……牙齿洁白闪亮。身上的香水味飘过敞开的门，和里面的乐音混合在一起。"对罗茜妓院的描绘也如同塞壬神话的再版："大门上方亮着一盏红色的电灯，如同一座温暖的灯塔，吸引着暴风雪中疲惫的赶路人……从院子里某个地方飘过来淡淡的悦耳旋律，旋即消失在风中。"（155）托尼尽管年幼，却已知道"罗茜邪恶，不是女巫那种邪恶，而是其他形式的邪恶"，她和她的妓院不仅受到天主教神父的公开谴责，也被母亲所代表的好女人鄙弃（31）。不仅如此，托尼还亲身体验到了女性性欲对男性的危害：三年级的圣诞节前夕，迪诺里奥来找乌尔蒂玛寻仇，纳西索知道后，到罗茜妓院找托尼的哥哥安德鲁报信；当托尼看到安德鲁拥着"一个年青女孩。她穿着一件飘逸的长裙，很宽松，露出了粉红的肩膀和曲线柔美的乳沟"，震惊反感之余，也感受到了自身性欲的萌动，突然间，他意识到自己"失去了天真，让罪孽进入了我的灵魂"；更严重的是，安德鲁沉溺于妓女的"甜美诱惑"，对纳西索的警告置若罔闻，最终导致纳西索被迪诺里奥杀死，自己也满怀愧疚离家远行（156、158、157）。

　　如果说妓女以张扬的性欲危害男性及男权秩序，特雷门蒂纳三姐妹则被刻画成魔鬼的信徒："她们是过于丑陋、无法取悦男人的女人，所以她们把时间都用来读《巫经》，对毫无防备的可怜的人们作恶。她们不做正事，一到夜里就到漆黑的河边做黑弥撒，为魔鬼跳舞。"（92）小说对三姐妹的"弃妇"身份并不同情，反倒历数她们下咒欲置男人（托尼舅舅卢卡斯及泰莱兹）于死地、导致其父与乌尔蒂玛展开正邪大战的罪行，并且为其中两姐妹安排了死亡的结局，作为对其作恶多端的正当惩罚。

　　乌尔蒂玛是小说中唯一的女性圆形人物，终身未婚，无儿无女，致力于以民间医药和巫术为社区（男性）服务，还在托尼的成长中扮演导师和代母的角色，不仅向他传授知识和技能，更引导他顺利融入父权制文化，成长为一个男子汉。然而，乌尔蒂玛的所作所为只是表面上符合男权社会的利益，她超越女性的传统社会角色，侵入男性的领地，对男权秩序构成了隐性的但却强大的威胁。因此，这位女性民间药师被刻画成了好坏参半的人物，行善之外，以女巫的邪恶伎俩对特雷门蒂纳三姐妹下咒，形同杀害孩子的泣妇，最终难逃被迪诺里奥杀害的结局。与其说这是迪诺里奥寻仇得逞的结果，不如说这是他代表男权统治对乌尔蒂玛实施的惩罚。

　　小说在刻画托尼及三个哥哥与母亲的关系时，也大量运用了与泣妇相关的意象。

　　小说一开始，托尼的三个哥哥已开赴第二次世界大战前线，担惊受怕的母亲出现在托尼的第三个梦中，"哭喊着"祈求儿子们平安归来（43）。第二次世界大战结束，他们如愿归来，玛丽亚"哭了很长时间……她的身体随着每一声哽咽起伏颤动。她需要哭泣"（58）。但他们见过了大世面，无法适应小镇的生活，又相继去了远方的大城市谋生，玛丽亚再次沦为泣妇："'你们要抛弃我'，我的母亲又哭了起来"（67）。也许正是因为"失去"三个大儿子已是不可挽回的生活现实，故而在处理与小儿子的关系上，玛丽亚更显依恋不舍，难免在托尼的意识和潜意识中与泣妇联系在一起。譬如在托尼的第二个梦中，他"听到母亲的哀叹和哭泣，因为伴随着日出日落，儿子在渐渐长大……"（24）在托尼的第三个梦里，母亲向瓜达卢佩圣母祈求让三个大儿子平安归来，圣母给予了肯定的答复，再让小儿子长大后做神父，圣母却"身披黑色的长袍，站在一弯明亮的秋月上，为第四个儿子服丧"（43）。母亲和圣母都变成了泣妇，这一意象暗示出，托尼（至少在潜意识里）已经预见到自己不会如母亲所愿，成长为一名神父，在这一意义上，母亲和天主教的圣母"失去"了他这个儿子。梦境之外的实际生活中，托尼第一天上学，"第一次离开母亲的荫庇"，母亲把他揽在怀里，一边哭泣一边说："我的宝贝今天要走了"，等他迈出家门，又听到母亲"在身后哭喊着我的名字"（50、52）。

无论是作为主人公的幼年托尼，还是作为叙述者的成年安东尼奥，他们为何反复多次把泣妇意象加诸堪称母性典范的母亲？答案隐藏在与这一意象几乎如影随形的关键词"男子汉"里。当母亲埋怨三个大儿子弃她远行时，他们的回答是"我们现在是男子汉了，妈妈"（67）。上学第一天，乌尔蒂玛将难舍难分的母子俩分开，指出"儿子必须离开母亲的身边"；父亲以平等的姿态与托尼告别，令他"感觉很好。像个男子汉"；当学校的陌生环境令托尼感到害怕时，他"想找母亲，但又放弃了这个念头，因为我知道我应该成为一个男子汉"（50、51、53）。一年级结束时，托尼成绩优异，跳到三年级，校长与他握手表示祝贺，他视其为一种"男子汉对男子汉的姿态"；放学后小伙伴塞缪尔邀他去钓鱼，犹豫不决的托尼"想到了母亲……我在长大，长成一个男子汉，猛然间我意识到我可以做决定"（70、

71—72）。三年级暑假，父亲送托尼去舅舅家休养，对他说："离开你的母亲，这对你有好处"；尽管父亲认为舅舅们安稳的农耕生活是一种"女性化"的生活方式，但托尼"毕竟是跟男人们待在一起，在地里，这才是最重要的"；至于原因，父亲的回答是"我没法告诉你为什么，但事实就是这样"（235）。到了小说结尾处，乌尔蒂玛的守护精灵猫头鹰被迪诺里奥杀死，托尼的两个姐姐惊恐万状，母亲只能好言劝慰，是托尼命令母亲带她们去自己的房间，"这是我第一次以男子汉的口吻对母亲说话；她点点头，照我的话做了"（246）。叙述者如此不厌其烦地使用"男子汉"这个字眼，其实是在强调一个事实：托尼的成长根本就是一个移入父权制文化、长成"男子汉"的过程，也就是一个摆脱母亲控制、远离女性文化、建构男性特质的过程。具体说来，尽管在墨西哥裔父权制文化里，托尼的母亲是好女人的代表，与温柔、贤惠、柔弱、被动等传统女性特质以及家庭、厨房等狭窄的活动领域联系在一起，但她绝对不能成为托尼的人生榜样，因为"男孩被父权制文化视为一个羽翼未丰的男子汉，他必须走出家门去闯荡，方能考验他的翅膀，成为一个真正的男子汉"（Mirande & Enriquez，1979：114）。托尼虽然不过七八岁，却深谙父权制文化的男性至上价值观和逻辑思维，这不仅体现在他与母亲的关系上，从他对两个姐姐的态度也可见一斑："我一般很少跟两个姐姐说话……她们整天待在阁楼上，和玩具娃娃玩，咯咯地笑。我不关心这些东西。"（7）到了小说最后，托尼能以男子汉的口吻命令母亲，后者亦听命于他时，他与母亲的关系不再是传统意义上的母子关系，而是父权制文化二元对立架构下男与女、自我与他者的关系。从这个意义上讲，母亲"失去"了儿子。

如上所述，在《保佑我，乌尔蒂玛》中，叙述者无论是直接挪用泣妇传说，还是间接运用相关的意象和象征，都遵循着美国墨西哥裔父权制文化将她作为负面女性原型的一贯做法。有评论认为安纳亚刻画了"一个男性的世界"（Gonzalez-T.，1990：xxiii），的确不是妄言。尽管我们不能把小说的叙述者与安纳亚本人等同起来，但作为作者，安纳亚没有站在一定的高度，批判地看待性别文化，对叙述者的立场提出质疑，这是他的不足之处。

自 20 世纪 80 年代开始，日益兴盛的奇卡纳批评对墨西哥裔女性在文学作品中的沉默和再现给予了深入的探究，尤其注重清算和改写大墨西哥文化传统中的女性原型，如瓜达卢佩圣母、泣妇和玛琳齐等；在奇卡纳批评家和作家眼里，这些女性原型是男权社会菲勒斯中心主义的产物，对历史上女性主体性的生成起到了严重的制约作用，直到今天仍在有力地维护女性的"第二性"地位（Jacobs，2006：55—63）。因此，她们一边批判和拆解此类女性刻板形象与文学运用实例，一边进行改写和重构，向这些负面的女性原型注入正面的、积极的意义和内涵，以求彻底颠覆其承载的父权制意识形态。在她们的笔下，泣妇的杀婴行径是一种短暂的迷狂，罪魁祸首在于诱发这种迷狂的男性和男性中心文化，她的哭泣也被演绎成了反抗父权制妇德规范的尖叫。如果我们在这一语境下观照《保佑我，乌尔蒂玛》中的泣妇原型，安纳亚作为男性作家的意识形态局限性便不言自明。对父权制意识形态的复制和强化，无论是有意识的文学行为还是无意识的文学行为，都值得安纳亚本人及读者大众深思和反省。

在清算和重构墨西哥裔女性原型方面，奇卡纳作家桑德拉·西斯内罗斯与鲁道福·安纳亚形成有趣的对比。西斯内罗斯出生于芝加哥一个贫穷的工人家庭，父亲是墨西哥移民，母亲是墨西哥移民的后代。她聪慧好学，1976 年从芝加哥的罗耀拉大学毕业后，进入久负盛名的依阿华大学作家坊研究生院，学习诗歌创作。她不仅诗写得好，小说和散文也拥有广泛的读者，迄今已出版三部长篇小说、三部诗集、一部短篇小说集、一部自传和一部儿童文学作品。西斯内罗斯的长篇小说处女作《芒果街上的房子》是第一部获得商业性成功的墨西哥裔女作家的作品，还获得了著名的前哥伦布基金美国图书奖，如今已经成为美国大学和高中的教材。西斯内罗斯也被视为西语裔作家的代表人物，于 1998 年入选《诺顿美国文学选集》。

作为在主流文化中最活跃、在经济上最早成功的墨西哥裔女作家，西斯内罗斯懂得"饮水思源"的道理。她拒绝牺牲族裔身份以彻底融入主流社会，相反，愈成功，她对本族群的认同、她的社会责任感愈强烈。西斯内罗斯不能容忍美国文学中西语裔形象匮乏或被扭曲的现象，但要改变被隐形和被噤声的历史命运，只有靠本族群作家自身的努力。她把纠正刻板形象、反映西语裔的真实面貌当作自己义不容辞的创作使命。西斯内罗斯也意识到本族群历史、文化中女性的失语，她决意颠覆或阴险善变、或温柔无助的女性刻板形象，塑造个性丰富、意志坚强、富有人性美的西语裔"女强人"。她说："读到对我们族群一无所知的人写的作品，或者了解我们族群却不了解女性半边天的男人写的作品，常常令我忍无可忍。我觉得拉丁裔男作家歪曲了拉丁裔女性形象。历史中女性的缺失让我沮丧。一般情况下，尤其是你寻找拉丁裔妇女的信息时，结果无非说她们是某人的母亲或妻子。"（"Sandra Cisneros"）

《芒果街上的小屋》是一部墨西哥裔女性成长小说，主人公和叙述者是一个名叫埃斯佩兰萨·科德罗的墨西哥裔女孩，居住在西语裔聚居的芒果街上，她个性敏感、观察敏锐，街上发生的一点一滴都被她看在眼里。小说一开头，埃斯佩兰萨描述了贫困的家境和因此受到的歧视，内心非常憧憬拥有自己的房子。她注意到邻居对西语裔怀有恐惧和敌意，总是迫不及待地搬离芒果街。更让她触目惊心的是芒果街上其他女性的遭遇：她们或者早婚，逃脱专制霸道的父亲，不料嫁了个虐待成性的丈夫；或者极富才情，却因社会偏见和过早陷入婚姻牢笼而变得庸俗愚钝。诸多的见闻使埃斯佩兰萨深刻感受到处于美国文化边缘的西语裔，尤其是其中女性的困境、挣扎与无奈，她决意改变自己的命运，冲破阶级和性别的樊篱，成为作家。小说结尾，埃斯佩兰萨决定去外面闯世界，但她明白自己的责任和义务，表示一定会回来帮助那些无法走出芒果街的人，改变芒果街的面貌。

在《芒果街上的小屋》中，埃斯佩兰萨的身边多为瓜达卢佩圣母型女性，也不乏玛琳齐型女性，她们都住在父权制的房子里，被父权制传统女性价值观禁锢着身心。然而，"瓜达卢佩圣母"也有异端邪说，"玛琳齐"也会改邪归正。埃斯佩兰萨目睹她们的遭遇和变化，决意突破男性中心话语的本质主义和二元对立思维模式，开辟女性生存的新空间，拥有一栋"完全属于我自己的房子"（Cisneros，1991：

108。下文凡出自该书的引文，将直接在夹注中标注页码），建构独立的主体意识，获得完整的生命体验。埃斯佩兰萨的女性自我自成一体，无法被父权社会贴上简单化的"好"或"坏"的标签，由此成功颠覆和拆解了男女二元对立的思维模式。

法国女性主义先驱西蒙·波娃有一句名言："一个人之为女人，与其说是'天生'的，不如说是'形成'的。"（1986：23）美国墨西哥裔女作家桑德拉·西斯内罗斯从本民族文化的角度对这句话做了注解："我们是在墨西哥文化的熏陶中被抚养长大的，这种文化为我们准备了两个行为榜样：玛琳齐和瓜达卢佩圣母。……这是一条艰难的道路，要么学这个，要么学那个，没有中间的可能性。"（Rodriguez-Aranda，1990：65）这两类对立的女性原型，恰如西方传统文化中的圣母玛丽亚和夏娃、中国传统文化中的贤妻良母和泼妇淫妇，作为男性中心的话语形式，对一代代的女性主体形成压制，迫使她们成为臣服于男性的"第二性"。女性主义者的重要使命，便是解构这些按照男性意愿、为确保男性统治地位设计出来的虚假妇女形象，建构反映女性生存真相的反话语，帮助女性获得与男性同样的主体性存在。西斯内罗斯的代表作《芒果街上的小屋》便是此种性质的反话语。这是一部女性成长小说，主人公和叙述者是一个名叫埃斯佩兰萨·科德罗的墨西哥裔女孩，在她居住的芒果街上，生活着众多的瓜达卢佩圣母型和玛琳齐型女性。她们在主人公的成长道路上扮演着正面或反面的引路人角色（芮渝萍，2004：124—138），从她们身上，埃斯佩兰萨领悟到这两类女性形象的局限性和虚假性，进而确立起独立的女性自我意识，开辟出女性生存的新空间。

瓜达卢佩圣母是墨西哥天主教徒信仰的神，相当于基督教的圣母玛丽亚，她抚慰穷人，保护弱者，帮助受压迫者，是母性的象征。在宗教重要性之外，瓜达卢佩圣母还具有政治意义，对墨西哥民族身份的形成起到了重要作用。她的前身被认为是阿兹特克文化中的丰饶和繁衍女神托南齐恩（Tonantzin），因而代表着与西班牙殖民文化相对的墨西哥本土文化；她被尊崇为土著居民的保护神，广泛出现于墨西哥独立革命中的旗帜上。就女性气质而言，她是圣洁的贞女，在墨西哥文化中被标榜为美德的典范、妇女的楷模，教会借助她宣扬童贞至上和禁欲操守，普通大众则从她的纯洁、温顺、慈爱和自我牺牲等品质中获得感情的慰藉。

在《芒果街上的小屋》中，埃斯佩兰萨的母亲是一个贯穿全书的人物，是女儿成长过程中可以随时观照的行为榜样。女儿眼里的母亲有着圣母般的美貌和品德，尤其在《头发》这个小故事里，她用颂歌的句式对母亲所做的描绘不啻教堂里的圣母像：

> 但我妈妈的头发，我妈妈的头发，像小巧的玫瑰花结，像卷曲精致的糖果卷儿，因为她整天戴着发卷，当她抱着你的时候，当她抱着你、你感觉非常安全的时候，把你的鼻子伸进她的头发，你会嗅到甜甜的味道，那是烤面包之前暖融融的味道，当她在床上留着她体温的一侧为你挪出地方，你躺在她身边，窗外雨水滴滴答答，爸爸的呼噜声此起彼伏的时候，你嗅到的就是这种味道。此起彼伏的呼噜声，滴滴答答的雨，还有妈妈散发着面包香味的头发。（6—7）

在这个男主外、女主内的典型父权制家庭里，埃斯佩兰萨的母亲可说是典型的贤妻良母，用无私的爱心和辛勤的双手，与丈夫一起把清贫的家变成了温馨的港湾。按父权制的逻辑，这是理想女性理想的幸福生活。然而在《聪明的家伙》中，父权制培养的理想女性却反戈一击，将幸福的神话击得粉碎。做一个好妻子、好母亲并不能让母亲感到满足和快乐，她告诉埃斯佩兰萨："我本来可以出人头地的，你知道吗？"（90、91）母亲天资聪颖，会说两种语言，会唱歌剧，会画画，可惜很早辍学嫁为人妇之后，她只能"用针和线画画，画小巧的玫瑰花结，还有丝线绣成的郁金香"（90）。弗吉尼亚·伍尔夫曾指出，女性要进行艺术创作，必须先杀死"屋子里的天使"（1992：91—92）。然而面对强大的父权制传统，谈何容易？埃斯佩兰萨的母亲做了一辈子"屋子里的天使"，连该做哪趟地铁去市中心都不知道。所幸她并未完全内化男权文化规定的女性价值观，在为家庭无私奉献的同时，她保留了一部分真实的自我，没有放弃对艺术的向往。她更没有成为父权制的同谋和帮凶，教育女儿做圣母型的理想女性。恰恰相反，她不仅现身说法，还用蝴蝶夫人和周围的单身母亲做反面教材，督促女儿努力学习，靠教育改变做男性附属品的命运，做一个独立自强的女性。她是一个具有女性主义意识萌芽的母亲。

埃斯佩兰萨的姨妈与瓜达卢佩圣母同名，也是一位圣母型的妇女。身患不治之症的她一直盼着死神的到来，因为病痛使她无法履行作为妻子、母亲的责任和义务，面对"只想做小孩子、不想洗碗、不想给爸爸熨衬衣的孩子，还有想着再娶一个妻子的丈夫"，她倍感"羞愧"和"不安"（61）。毋庸置疑，她羸弱的身体承载着温顺、慈爱、自我牺牲等为父权制社会推崇的女性美德。但作家刻画这样一位"受难的圣母"，并非为埃斯佩兰萨树立一个女性的楷模，透过埃斯佩兰萨的讲述，读者看到的却是"圣母"光环背后男权文化的丑陋和冷酷。瓜达卢佩圣母被供奉在金碧辉煌的教堂里，病中的瓜达卢佩姨妈却如"小小的牡蛎，张开的硬壳里的一小片肉"，窝在不见天日的小屋里，"水槽堆着脏盘子，布满灰尘的天花板上爬着苍蝇"；圣母受到万千信徒的膜拜和称颂，姨妈却无从奢求丈夫的体贴和忠贞（60）。如此强烈的对比，凸显的恰恰是男权话语支配和规范下，女性生存的非人化。姨妈如同婚姻市场上的商品，其价值体现为圣母般的美貌和美德，以此换取丈夫提供的经济保障；但当疾病剥夺了她的价值和相夫教子的能力，她的存在便失去了意义，求生还是求死，全得看丈夫的脸色。

"瓜达卢佩"本是男权文化用以指代理想女性的符号，却与不治之症、生活的停滞和女性的无助联系在一起。作家试图解构这一女性原型的意图不言而喻，正如女性主义批评家苏珊·格巴和桑德拉·吉尔伯特在《阁楼上的疯女人》里写道的："被男人称颂的理想女性都回避着她们自己——或她们自己的舒适，或自我愿望，即她们的行为都是向男性奉献或牺牲，而这是真正的死亡的生活，是生活在死亡中。"（转引自朱立元，1997：347）解构的目的是给女性创造一线生机，作家在铺陈凄凉意象之后，让埃斯佩兰萨听到了受益终身的教诲。瓜达卢佩姨妈虽生不如死，但这种极端的生存状态反倒使她认识到身体乃至心灵的自由对于女性的可贵，她的病榻成了埃斯佩兰萨的书房，她鼓励埃斯佩兰萨"坚持写作。那能带给你自由"（61）。这与法国女性主义者埃莱娜·西苏的"女性写作"理论不谋而合："写作这一行为将不但'实现'妇女解除对其性特征和女性存在的抑制关系，从而使她得以接近其原本力量；这行为还将归还她的能力与资格、她的欢乐、她的喉舌以及她那一直被封闭着的巨大的身体领域。"（张京媛，1992：194）

　　母亲和姨妈做了一辈子的贤妻良母，却告诫埃斯佩兰萨要走教育求自立的道路，要借艺术创作获得身心的自由。这是与父权制传统女性价值观格格不入的异端邪说，却是她们付出一生的代价换来的血泪教训。男权文化仅仅用为人妻母来界定女性的生命价值，用母性取代女性完整的人性，把女性局限于家庭生活小圈子，其结果必然是剥夺女性丰富多样的生命需求，使女性沦为一个没有主体性价值的、仅仅是为满足男性需求而存在的工具。虽然她们这代人无法摆脱对男性的依附地位，走出"家"的四堵墙，但埃斯佩兰萨最终能摈弃父权制传统对女性的定义，成长为具有独立自我意识的新女性，她们的引导功不可没。

　　玛琳齐是墨西哥历史上颇受争议的传奇女性。据记载，她生于1501年，父亲是一个印第安部落首领，父亲死后，母亲改嫁，把她卖给了过路的商人，几经辗转，最后她成了塔巴斯科玛雅族首领的奴隶，通晓几乎所有的印第安语。1519年，西班牙探险家赫尔南·科尔特斯抵达阿兹特克人统治的墨西哥，她被当作礼物敬献。不久科尔特斯发现了她的语言天赋，她得以从女奴转变为翻译和情妇，被称为"玛丽娜夫人"（Donna Marina）。她为科尔特斯育有一子，并帮助他征服了墨西哥，随后却遭到抛弃，被转嫁给他的下属。本族人视她为叛徒，轻蔑地叫她玛琳齐（意思是"船长的女人"），据传还处死了她与科尔特斯的儿子以示惩罚。几个世纪来，出于墨西哥民族主义运动的需要，"玛琳齐"成了被西班牙人勾引或强暴，因而背叛民族和国家的印第安女性的代名词。她的背叛和被玷污被视为对墨西哥男性中心文化的威胁：男性的强势地位遭到颠覆，男性的保护无济于事，传统的妇德遭到僭越。在墨西哥人的意识深处，"玛琳齐"指代受歧视的女性：妖女、荡妇、弃妇、被强暴或被奴役的女人。

《芒果街上的小屋》中，最易辨识的玛琳齐型女性无疑是玛琳（Marin），作家为她安排了几乎一模一样的名字。不仅如此，她的经历可说玛琳齐原型的置换变形：她远离波多黎各的父母，孤身一人寄居在美国的姨妈家里，靠给姨妈看孩子换得生活费，人身自由受到控制。玛琳最大的梦想就是钓得金龟婿，远远地离开姨妈家，离开芒果街，过上白人中产阶级女性的生活。为了达到这个目的，在她看来，唯一的办法便是出卖自己的身体，最好是先在白人占多数的市中心写字楼里找一份白领的工作，有足够的钱把自己打扮成性感的尤物，吸引有钱男人的目光。即便只是姨妈家的小保姆，玛琳也"总是穿着深色的长筒尼龙丝袜，脸上画着浓浓的妆"（23）。每晚等姨妈睡觉之后，她穿着短裙，点着香烟，在房前如展览商品一样展览自己，或者深更半夜跑出去参加舞会："要让男孩子看到我们，也要让我们看到男孩子。"（27）在芒果街居民的眼里，玛琳成了一个满身风尘味、不守贞节、为了改变自身处境不惜背叛芒果街的坏女孩。姨妈最终打发她回了波多黎各，因为这个危险的妖女"太让人操心了"（27）。

莎莉是书中另一个玛琳齐型的女孩。如果说玛琳是为了实现美国梦而主动选择做"玛琳齐"，莎莉却是父权制"红颜祸水"逻辑的受害者。她天生丽质，喜欢打扮，把眼睛画得像埃及艳后，"穿着烟灰色尼龙长袜……黑外套和鞋子"（81—82）。在父亲的眼里，"美丽到这个份上是麻烦"，因为"他信仰的宗教教规很严"，而且他的姊妹曾因私奔而令家人蒙羞（81）。众所周知，天主教提倡禁欲，尤其看重女性的贞操；女性向来被视为充满诱惑且危险的"夏娃"，教会常常告诫男人要管好自己的妻女，否则她们可能随时投向陌生人的怀抱。美貌的莎莉对男性已经构成相当大的诱惑，她没有刻意收敛，却放任自己的爱美之心，更加突出女性的身体魅惑。在深受天主教影响的芒果街西语裔居民看来，即便莎莉没有做出任何不轨之事，她也是妖女和潜在的荡妇，女同学不愿与她交朋友，男同学都在背后说她的坏话，连埃斯佩兰萨的妈妈都暗示："这么小就穿黑色是不吉利的。"
（82）莎莉的父亲也把女儿看成潜在的"玛琳齐"，随时有可能勾引
异性，或者被异性勾引；无论何种情况，对他作为男性家长的权威和
尊严都是严重的损害。他不让女儿去学校以外的地方，不让女儿参加
舞会，一旦发现女儿与男孩子说话，便会"像打一条狗一样地用双手
打她"（92）。

　　父权制社会不由分说，把"玛琳齐"的帽子扣在莎莉头上，对她
的期待只有两种：不是变得安分守己，便是继续自甘堕落，而提供给
她的出路只有前者。初始，莎莉选择了"阳奉阴违"的抗争：在家
里，她是"父亲的女儿"；在家外，她是爱美的莎莉。但是到了《猴
园》和《红色小丑》里，莎莉与男孩子交往随意，变成了名副其实
的坏女孩。莎莉的行为不难理解：对她而言，身体是自我的唯一载
体，也是反抗父亲、反抗芒果街的唯一武器。她试图做自己身体的主
人，却在"玛琳齐"的陷阱里越陷越深，招致愈传愈烈的坏名声和
父亲变本加厉的毒打。无奈的莎莉只得辍学，嫁给一个糖果推销员。
婚姻可以给予她妻子的名分，一劳永逸地帮她摆脱坏女孩的形象和父
亲的淫威，进而按"瓜达卢佩圣母"重塑自己的形象，赢得社会的
认可。对此，埃斯佩兰萨颇有见地："她这样做是为了逃离。"（101）
不幸的是，莎莉才出狼窝，又入虎口。丈夫不让她打电话，不让她的
朋友上门，甚至不让她"向窗外看"，她整天"坐在家里，因为没有
他的许可，她不敢出门"（102）。像她这样的情况在芒果街上并不少
见，拉费拉"美丽得令人无法直视"，丈夫怕她逃跑，一出门便把她
锁在家里（79）。莎莉从"父亲的房子"逃到了"丈夫的房子"，却
始终没有意识到它们并无本质的不同：它们都是男人的领地，是父权
制价值体系主宰的地界。她——包括她的贞操——只不过是男人锁在
房子里的财产，婚前归父亲所有，婚后归丈夫所有。

　　与被动、温顺、贞洁的圣母型女性相比，玛琳和莎莉都是具有一
定自由意志的主动型女性，这是埃斯佩兰萨在她们身上看到的闪光
点。然而，玛琳虽有一定的经济自立能力，却把改变自己命运的希望
寄托在男人身上；而莎莉在父权制设计的两种女性原型之外，看不到

其他的可能性。前者把自己的身体作为商品，后者除了姿色一无所有；前者等待男人带她"住在远方的一幢大房子里"，后者永远也不可能如埃斯佩兰萨设想的那样，走到一栋位于芒果街外的房子，自由地呼吸（26）。埃斯佩兰萨意识到，无论是"玛琳齐"还是"瓜达卢佩圣母"，归根结底都是男人的附属品，很难成长为独立自主的新女性，依靠自己的力量改变自己的生存处境。莎莉改邪归正，是意料之中的事。

芒果街上的西语裔妇女，无论是"瓜达卢佩圣母"还是"玛琳齐"，但凡出现在埃斯佩兰萨敏感的视线里，总是与房子的意象联系在一起。房子不再代表着舒适的家或安全的空间，更多的时候，它成了父权制传统女性价值观的象征，有形或无形地禁锢着女性的身心。

从身边这些女性的遭遇中，埃斯佩兰萨看到了与自己同名的曾祖母的影子。曾祖母本是"一个像野马一样的女人，野到了不想结婚的地步"，却被曾祖父用麻袋扛回了家，如扛"一盏新奇别致的枝形吊灯"，从此，家形同牢狱，"她一辈子望着窗外，像很多很多女人那样用肘撑着忧伤"，仿佛她名字的不祥寓意——"在西班牙语里……它意味着忧伤，意味着等待"——在现实生活中得到了应验（10、11）。从曾祖母生活的墨西哥，到埃斯佩兰萨所处的美国，时空的变迁，并不妨碍同样的命运在一个又一个西语裔女人身上重演，如今的芒果街上，像曾祖母一样"在窗边等待的女人"比比皆是。难道这是女性的宿命：面对父权制无时不在、无孔不入的霸权，野马般的女人也难以逃脱？埃斯佩兰萨却拒绝接受这样的解读，她看到的更多是教训，是警示：女人如果一味地温顺、被动、妥协，"把脖子搁在门槛上等着男人的睾丸和锁链"，结果只能是世世代代被囚禁在"男人的房子……爸爸的房子"里。（88、108）虽然她"继承了［曾祖母］的名字"，却决意不要"继承她在窗边的位置"；不仅如此，她还要"取一个新名字，一个更能代表真实的我、无人知晓的我的名字"，拥有一栋"完全属于我自己的房子……一个我可以来去自如的空间"（11、108）。

著名女性主义批评家肖瓦尔特说过："废弃名称和自我命名的行为是确立文化身份和伸张自我的必要手段。"（Showalter, 1991：7）埃斯佩兰萨把这个独立的自我命名为"紫紫 X"，这个充满不确定性的符号，体现的是一种非本质主义的思维模式。埃斯佩兰萨不仅拒绝接受父权制对女性的定义和期待，而且在不经意间，摈弃了男性中心话语的本质主义和二元对立思维模式。男性中心话语为了确保父权制的等级秩序和男性的社会地位，定义和确立了两种对立的女性基本类型，如紧箍咒一样套在所有的女性头上，严重地压抑着女性作为人的主体性和丰富多彩的、不断变化的生命需求。埃斯佩兰萨拒绝给自我一个明确的、恒定的定义，便是反其道而行之，听任天性的自由发展，激发内心的各种可能性，开辟女性生存的新空间，获得完整的生命体验，这对于成长中的女性尤其是至关重要的。解构主义女性主义者认为，以此为前提，女性可以成功地把自我从父权制女性价值观的囚笼中解放出来，建构独立的主体意识。埃斯佩兰萨便是一个成功的例子。如果说芒果街上的绝大多数女性不是"瓜达卢佩圣母"便是"玛琳齐"，埃斯佩兰萨的女性自我却超越了这种二元对立的模式，自成一体，无法被父权社会贴上简单化的"好"或"坏"的标签。

表面看来，埃斯佩兰萨的自我建构似乎是以"玛琳齐"为镜像，最明显的联系在于两者都没有臣服于西语裔父权制传统文化的禁欲主义要求，刻意压抑性意识，规训自己的身体。埃斯佩兰萨正处在青春发育期，性意识、性别意识的萌动和发展变化是这个时期的突出特点。在《芒果街上的小屋》中，她对生理变化的敏感，她的爱美之心以及对与异性交往、对性爱的渴望成了《小脚之家》《胯》《钱恩克拉斯》《赛尔》等小故事的中心内容。与此同时，传统文化对女性身体和情欲的规约性期待逐渐渗入她的意识，牵制和挤压着她的生命需求，在她的内心造成了不小的冲突，冲突的结果却是对自我的忠诚和对自由的渴望。在《赛尔》中，埃斯佩兰萨直言不讳："我想不守规矩，在夜里坐在外边，有个男孩子搂着我的脖子，风钻入我的裙子底下。"（73）也许是因为感同身受，她对莎莉这样的坏女孩产生了真切的同情。即便后来被同事强吻，又遭人强奸，成了事实上的被强暴的"玛琳齐"，她仍然没有从男性的视角来看待自己，反倒更加深切地体会到男性对性的双重标准：一方面强调女性的贞洁，一方面却对自己的欲望不加控制；无论何种情况，女性都是受害者。自身的经历，加上芒果街其他女人的遭遇，更加坚定了埃斯佩兰萨不做"第二性"的决心。她拒绝做传统的好女人："我已经不动声色地开始了自己的战争。……我是一个像男人一样离开饭桌、既不往后推凳子也不端走盘子的女孩。"（89）而她欣赏的坏女人却不存在于现实生活："电影里常常有一个嘴唇鲜红鲜红的女人，既美丽又残忍。她是一个让男人发狂却又把他们嘲笑走的女人。她的力量属于自己。她不会让这种力量消失。"（89）这样的坏女人有点像"玛琳齐"，但她不再是男人的附属品和性玩偶，而是自己——从肉体到精神——的主人。

对埃斯佩兰萨来说，身体不是对付男人的武器，更不是女性最终获得自由的途径。妈妈和姨妈向她指出了教育和写作的出路，艾丽西娅，一个靠教育、自我奋斗改变命运的女孩，给她树立了具体的榜样。埃斯佩兰萨最大的梦想是拥有"自己的房子"，不仅是代表富足生活的物理意义上的房子，更是不受芒果街男性中心价值观控制的"心灵的房子"，是女性生存的新空间（64）。埃斯佩兰萨的梦想及其对芒果街的拒斥颇似玛琳齐的投敌求荣，但她的榜样不是倚赖男人拯救的玛琳齐，而是走自救之路的艾丽西娅，而且，她摈弃的只是西语裔传统文化中的糟粕，心始终与芒果街上本民族、本阶层的同胞在一起。恰如她所说："有一天我会拥有自己的房子，但是我不会忘记我的身份和我成长的地方。路过的流浪者会问，我可以进来吗？我会把阁楼让给他们，请他们住下来，因为我知道无家可归的滋味。"（86）更重要的是，埃斯佩兰萨谋求的不仅是个人命运的改变，还有芒果街所有女人和男人的福祉："我离开，为的是回来。为了那些我留在身后的人。为了那些走不出芒果街的人。"（110）她吸取了"瓜达卢佩圣母"的积极因素：悲天悯人的情怀、普救众生的使命和助人为乐的美德，把小我建构成推己及人的大我。

逐步走向成熟的埃斯佩兰萨身上既有"玛琳齐"的痕迹，也有"瓜达卢佩圣母"的影子，但她既不是"玛琳齐"，也不是"瓜达卢佩圣母"。她将建构一个父权制传统无法界定的女性自我，成为兼具独立自主意识和社会责任感的作家，担任西语裔族群，尤其是妇女的代言人和引路人。她要用手中的笔写自己的故事，激励千千万万的墨西哥裔妇女摆脱身体和心灵的束缚，自立自强，改变愚昧、受剥削和控制的生存状态，开辟女性生存的新空间。她要用手中的笔写芒果街女人和男人的故事，让白人主流社会听到他们的声音，为改变西语裔的生存状态击鼓呐喊。不妨说，埃斯佩兰萨将沿着她的创造者的道路，成长为一位"奇卡纳女性主义者"。西斯内罗斯曾说："在我创作的故事和我本人的生活里，我力图表明，美国西语裔妇女必须对我们这个性别进行彻底改造，运用全新的神话重新解释。"（Gonzalez，2000：101）就《芒果街上的小屋》来说，此言不虚。

第三节　《紫色》中的双性同体与《接骨师之女》中的大爱

同为美国墨西哥裔作家，男作家鲁道福·安纳亚虽然提倡生态整体主义观，并视其为解决种族冲突、族裔争端和文化差异的良策，但他的生态整体观中却留下了一个性别盲区，揭示出他在性别问题上的局限性，而女作家桑德拉·西斯内罗斯对二元对立和逻各斯中心主义的思维模式进行了相当彻底的拆解，并成功做到了对"我们这个性别进行彻底改造，运用全新的神话重新解释"。

美国黑人作家艾丽斯·沃克和华裔作家谭恩美则走得更远，为男女两性关系分别建构了双性同体（androgyny）和"大爱"的理想化发展模式。

双性同体是由希腊语中 andros（男性，相当于英语的 male）和 gyne（女性，相当于英语的 female）两个词合并而成。在生理学的意义上，双性同体指生理结构亦男亦女（也可以说，非男非女）的"阴阳人"（hermaphrodite）。笔者在阅读西方女性主义文学理论时，发现这个令一般人侧目的名词早就被西方女性主义批评家发掘利用，用来指涉一种或几种综合了传统意义上的男性气质（masculinity）和女性气质（femininity）的新型文化性别。（Childers & Hentzi，1995：11）尽管不同阶段的女性主义批评家对双性同体的阐释不尽相同，但它毋庸置疑地已经成为西方女性主义理论史上的一个重要概念，并被广泛运用于女性主义文学作品的解读。

最先把双性同体概念引入女性主义批评理论的是英国女作家弗吉尼亚·伍尔夫。[①] 她在论述妇女问题的著名作品《一间自己的屋子》(1929) 最后一章这样写道："在我们之中每个人都有两个力量支配一切，一个男性的力量，一个女性的力量。在男人的脑子里男性胜过女性，在女性的脑子里女性胜过男性。最正常、最适宜的境况就是在这两个力量结合在一起和谐地生活、精神合作的时候……只有在这种融洽的时候，脑子才能变得非常肥沃而能充分运用所有的官能，也许一个纯男性的脑子和一个纯女性的脑子都一样不能创作"，"任何无愧于艺术家称号的艺术家是或多或少的双性人"（伍尔夫，1992：120—121）。在小说《奥兰多传》(Orlando，1928) 中，伍尔夫更加形象化地表现了她的双性同体观。同名主人公经历了从文艺复兴到 20 世纪 400 多年的历史，从一个翩翩少年变成了美貌少妇，不仅创作了 47 部作品，还生了一个儿子。通过这个身兼二性的人物，伍尔夫传达出她对人的性别的思索：在比较敏感的艺术型人物身上，男性气质与女性气质交织在一起；两性的相融，正是创作出艺术作品的重要原因。表面看来，伍尔夫凸显的是双性同体的美学内涵，但这一概念的提出在一定程度上否定和颠覆了男女二元对立和性别本质主义这样的父权制概念和范畴，其政治意义不容忽视。正是由于这个原因，伍尔夫的双性同体观可以看作当代解构主义女性主义者对性别二元对立进行解构的思想的萌芽状态，并因此而成为当代女性主义批评家经常论及和反复讨论的一个重要问题。

受法国解构主义思想的启发，女性主义批评家发现父权制文化是建

①　作为民俗和神话母题的双性同体概念古已有之，中外的神话、传说、宗教、哲学以及文学艺术作品中均有涉及（廖咸浩，1986：120—148）。柏拉图的《会饮篇》是西方哲学中有关双性同体的最早记录。篇中提到，远古的人类分为男人、阴阳人和女人，都有两副面孔、两副四肢，相当于现在的两个人。人类由于犯了罪被剖分成两半，分是一种惩罚、一种疾病，求合是要回到原始的整一和健康，故而人类的爱情（同性恋也好，异性恋也好）是为了满足由分求合的潜在欲望。柏拉图的论述中"寓有矛盾统一的道理"（朱光潜语），与女性主义的双性同体观不无契合之处。（柏拉图，1997：238—244）

立在男女二元对立的基础之上的。按照雅克·德里达的理论，二元对立的思维模式渗透于哲学、宗教和语言之中，是西方逻各斯中心主义的一个显著特征。太阳/月亮、白天/黑夜、善/恶、父/母这样对立的两极之间并非平等的关系，而是有等级之分的。同样的，在父权制的等级秩序中，女人总是被作为男人的对立面与他相对应。男人是主体，女人是他者，男人正是不断排除、压抑这个他者来肯定自己，稳固自己的中心地位。为进一步巩固父权和男性的统治地位，父系文明对男女两性的性别气质和社会角色进行了强制性的划分，并将其规范化、合法化，给人一种"先验的错觉"，即性别本质主义。（伊格尔顿，1989：217）属于男性的特征代表着正面的价值，属于女性的特征则代表了与之相反的负面价值。男性是精神的、理性的、勇猛的、富于攻击性的、独立的、理智型的、客观的、擅长抽象分析思辨的、属于公众领域的；女性则是肉体的、非理性的、温柔的、母性的、依赖的、感情型的、主观的、缺乏抽象思维能力的、属于私人领域的（李银河，1997：187、250）。女性主义批评家认为，这个发生在历史之中的性别构造过程显然是以有利于男人支配、压迫女人为出发点和最终目的的。

如何颠覆现存的两性秩序，突破父权制僵死的性别划分，重新确立女性的地位和角色，最终达到消解男性中心主义文化的目的，这些便成了女性主义者在现实斗争和理论批评中关注的中心问题。法国著名女性主义批评家朱莉亚·克里斯多娃在《妇女的时间》（1979）一文中指出，女性主义的斗争要经历政治和历史发展的三个阶段：在第一阶段，妇女要求平等地进入象征秩序（父权制的性别和社会文化秩序）；第二阶段是 1968 年以后出现的新一代女性主义者，她们强调差异，摈弃男性的象征秩序；第三阶段是克里斯多娃当时所看到的正在兴起的女性主义者，她们反对形而上学的男女两分法。与此同时，她们提倡理论的多元化，允许三个阶段的女性主义的方法相互混合或共存于同一历史时间内。[①]（张京媛，1992：347—371）

---

① 出生于挪威、在英国教授法国文学的著名女性主义批评家托里·莫依对克里斯多娃的划分表示赞同（Moi, 1985：12）。

不同阶段的女性主义者由于斗争纲领和目的不尽相同，她们对双性同体的理解和阐释也存在分歧。

第一阶段的女性主义者争取平等的权利，实际上就是要获得男性已有的权利，解放妇女实际上是以解放了的男性为标准。其结果无异于认同了父权文化对女性的排斥，通过服务于男性文明获得某些权利，本身就有否定自我的危险。她们所提倡的双性同体实际上仍是以承认男性气质的正面价值为前提的，男女两性的整合占主导地位的仍是男性，其代价是抹杀女性特征。伍尔夫作为女性主义文学理论的先驱者之一，也逃不出男权统治的樊篱。她心目中真正的艺术家——所谓的"双性同体"的作家——全是男性：莎士比亚、济慈、斯特恩、考珀、兰姆、科勒律治和普鲁斯特。另外，伍尔夫认为双性同体是妇女进行艺术创作的最佳心灵状态，这在强调差异的女性主义者看来，无异于压制女性的性别意识。正是由于这个原因，美国女性主义批评家伊莱恩·肖瓦尔特对伍尔夫的双性同体思想提出了批评。肖瓦尔特以《弗吉尼亚·伍尔夫与逃向双性同体》（1977）为题，竭力证明双性同体是一个极不现实的乌托邦神话，它只能帮助伍尔夫"避免与自己痛苦的女性本质相遇，并使她能够压抑和遏制心中的怒火和野心"。"无论如何，双性同体意味着逃避与女性本质或男性本质的相遇。她（伍尔夫）心目中理想的艺术家不可思议地超脱了性别，或者说根本就没有性别。"（Showalter，1977：264、289）肖瓦尔特认为，伍尔夫最后逃向双性同体，实际上是对自己的女性气质和独特的女性经验的压抑，这对于标举反抗和差异的女性主义是极为不利的。肖瓦尔特的担忧不无道理，但是她的论点显然又陷入了二元对立和性别本质主义的父权文化思维定式。女性主义者强调差异的目的在于瓦解父权制表面上接纳妇女而实际上把她们同化的策略，它是一种反策略，也是建构女性文化的出发点。为了使妇女处于依从的地位，父权制建立了形而上学的性别划分，而女性主义者为了标榜妇女的独特性和重要性，又采用同样的分类原则反其道而行之，这种分离主义的路线有可能会导致逆向的性别歧视。以女性为中心排斥男性，性别等级、二元对立依然存在。一些激进的女性主义者（如走向极端的同性恋女性主义者）幻想建立"没有男人的地界"（no man's land），只会使男女两性的对立更加尖锐化，对消除性别歧视予事无补（李银河，1997：109—121、144—146）。

第三阶段的女性主义者吸收了解构主义和精神分析学的观点，总结了前两个阶段的得失，高屋建瓴地提出了反父权制二元对立和性别本质主义的主张。特里·伊格尔顿在谈到解构批评与女性主义批评的关系时说："在后结构主义企图消除的所有二元对立当中，男女之间的等级对立也许最为严重。"（1989：216）第三阶段的女性主义者所要做的就是解构男女之间的二元对立，但这并不是简单地把男尊女卑颠倒成女尊男卑，制造新的性别不平衡。女性主义的最终目标是要建立一个没有等级、没有压迫，男女之间和谐共处的性别文化体系。要做到这一点，就必须彻底摒弃二元对立和中心/边缘相对抗的父权制思维模式，提倡去中心和多元化。因此，第三阶段的女性主义者反对把两性及其特征截然两分的做法，反对永恒不变的性别角色模式，主张以一个"两性特质的多元的、包含一系列间色的色谱体系"取代男女对立的二元结构（李银河，1997：187）。她们重新诠释了伍尔夫的双性同体观，使之成为反对阴阳两极化及性别本质永恒不变的一个有效概念，即解构主义的"中介物"概念（张京媛，1992：341）。

早在1973年，美国女性主义批评家卡罗琳·G. 海尔布伦在她影响深远的著作《迈向双性同体的认识》中，就充分肯定了伍尔夫的双性同体观。海尔布伦逐一分析了大量经典文学作品（如希腊悲剧和莎士比亚戏剧）中的双性同体主题和女性形象，指出双性同体是人类社会和男女独立人格发展的最终理想："我相信未来的救赎完全超脱性别的两极化和禁锢，而迈向一个允许自由选择个人角色和行为模式的世界。我提倡我们应该为之奋斗的这个理想称为'双性同体'，这个古希腊的词汇……描绘了一种非僵化地派分男女两性特征和人类本能的情境。双性同体寻求将个人从社会规范的限制中解放出来。"海尔布伦进一步阐明了双性同体的含义，认为它指的是"一种全面的个人经验的范畴：女人可以敢作敢为，男人可以温柔；人类可以不顾风俗礼仪来选择他们的定点。'双性同体'海阔天空的本质基本上是无法定义的"。（Heilbrun，1973：7—8）在作品的最后，海尔布伦还另辟专章讨论伍尔夫和她所属的"布隆斯伯里学派"，认为他们的生活和创作都体现了双性同体的原则。与海尔布伦相仿，玛丽·雅各布斯也十分强调双性同体的积极意义。在《阅读妇女（阅读）》（1986）一文中，雅各布斯从反性别本质论的高度解读伍尔夫的《奥兰多传》，指出这部作品表明了性别特征是"流动的、多样化的、可以互换的"。在她看来，奥兰多这个人物形象反映了"被压抑的性别摆动或曰性别的不稳定性——它是主体性本身的模糊不清，这种模棱两可的状况反过来又给人的意识、等级以及专门设计出来压制女性的异己性（otherness）的一元化体系带来极大的混乱"（张京媛，1992：21，19）。法国女性主义批评家可能不熟悉伍尔夫的双性同体观，但她们也极力主张一种与之相似的"双性特征"（bisexuality）。① 埃莱娜·西苏的观点最有代表性。在她论述女性写作的著名论文《美杜莎的笑声》（1975）中，为了消解男女二元对立的父权制思维模式，抵制体现男性价值的单一性征（monosexuality），西苏提出了"另一种双性特征"（other bisexuality）的概念，即："每个人都在自身中找到两性的存在，这种存在依据男女个人，其明显与坚决的程度是多种多样的，既不排除差别也不排除其中一性。"西苏认为传统意义上的"双性特征"其实是由两半组成的，因而是中性的或无性的（asexual），它合并了差别，把男女两性的特征压缩为一个"整体"。如果说"双性特征"是单一型的，那么"另一种双性特征"就是复合型的、异质的、复杂多变的，它极具包容性，"并不消灭差别，而是鼓动差别，追求差别，并增大其数量"。（张京媛，1992：199）也就是说，西苏试图用多元的、异质的差别来消解二元对立的思维模式。西苏同时也指出，由于男人始终固守着菲勒斯的单一性征，在目前的历史发展阶段，处于父权中心文化边缘的女性更趋向于双性。

---

① 美国的女性主义批评家用得较多的是"androgyny"，而法国的女性主义批评家倾向于用"bisexuality"，玛丽·雅各布斯可能受到后者的影响，在《阅读妇女（阅读）》一文中用了"bisexuality"。这两个术语的女性主义内涵大体上是相似的（Childers & Hentzi，1995：11、29—30）。

　　由此可见，第三阶段的女性主义者提倡的双性同体不是一种机械刻板的性别模式，它是开放的，不定型的，"既是对立的消解，又是差异的高扬"（张岩冰，1998：107），目的是解构固定的男性和女性本质及其二元对立关系，从而实现"在两性和谐共处的基础上争取人的最大限度的自由"这一遥远而宏大的理想（李小江，1988：2）。这一阶段的女性主义者甚至还把双性同体思想引申到人际关系、政治统治及事物的本质之中，强调一切对立面友好相处，结为一体。著名的女性主义人类学家理安·艾斯勒在她的著作《圣杯与剑——男女之间的战争》中，便提出以"男女合作（gylany）"取代以人类的一半支配另一半的等级制为基础的社会制度（1995：145—146）。不难发现，她们提倡双性同体的前提是承认对男性气质和女性气质的传统划分，表面看来似乎是陷入了父权制性别本质主义的窠臼，其实这正是美国著名女性主义批评家佳娅特丽·斯皮瓦克所推崇的"策略上的本质论"（strategic essentialism）。（张京媛，1992：303—304）她们对双性同体定义的构筑与其说是根据男人或女人假定应有的本质，不如说是根据通常使用的词语，最终目的是以多元化的差异取代性别或性别差异的政治，使性别丧失父权制文化所赋予它的重要位置。

　　细读艾丽斯·沃克的代表作《紫色》（1982），我们不难发现小说人物的塑造和主题的表达都遵循着双性同体的思想。这部小说以书信体的形式，记录了逆来顺受的底层黑人妇女西丽逐步确立女性自我、摆脱男权压迫的心路历程。多年之后在谈到这部作品时，沃克说："我个人喜欢《紫色》的地方在于它强调人的发展成长、妇女间的团结以及男人发展成长产生变化的可能性。只有女人自由了，男人才可能懂得他们其实并不拥有女人，他们是可能跟女人建立真正的友谊的。"① 由此可见，《紫色》传达给读者的信息是积极的、乐观的、着眼于未来的。通过西丽的经历个案，沃克提出了她对人类社会最终解决性别歧视和男女关系问题的憧憬和设想：《紫色》中的女人和男

---

　　① 艾丽斯·沃克：《紫颜色》，陶洁译，译林出版社1998年版，沃克撰写的中文版序言，第2页。引自该小说的文字均出自该译本，将直接在引文后夹注内标出页码。

人以及他们之间的关系无不是朝着双性同体的理想发展变化的。

男性中心的父权制社会极力主张和捍卫一种不平等的两性关系，女性处于被压迫和奴役的物化状态，根本谈不上人格尊严和自我意识。这一点在女主人公西丽身上得到了集中的体现。"在以男人为主的家庭里，女孩子很不安全。"（33）还在不谙世事的时候，西丽就成了继父泄欲的对象；继父不仅在身体上摧残西丽，使她最终丧失了生育能力，还将他们两个所生的孩子从西丽身边夺走，送与他人。长大后，西丽又被继父当成一钱不值的私有财产，搭配一头母牛转让给了某某先生。在某某先生家里，西丽依然被"踩在脚底下过日子"（33），依然是家务奴隶和泄欲对象，丈夫根本不把她当人看，对她任意地打骂和虐待。西丽的妹妹耐蒂、某某先生的妹妹凯特，还有敢于反抗男权的儿媳索菲亚都鼓励西丽起来斗争，西丽采取的对策却是认同自己的非人地位，把血肉之躯当成没有知觉的木头，只求天堂会有好日子过。此时的西丽似乎注定要成为强大的父权制社会的牺牲品。她不敢反抗，因为她害怕男人。从小到大，男性群体的迫害构成了西丽的大部分生活经历，导致她对男人产生了恐惧心理，她怕他们，连在教堂里正眼看他们都不敢。但是更重要的是，西丽深受父权制文化的毒害，早已将父权制的价值标准和男权规范深刻内在化，自觉地以此来衡量自己的价值，约束自己的行为。这不仅使她安心于受奴役的地位，还导致她成为男性压迫者的同盟，伤害自己的同性姐妹。作为一个女性，西丽缺乏清晰的自我意识。西丽眼中的自我完全是由继父和某某先生按照父权制的标准来界定的：丑陋，不聪明，没有文化，一钱不值，不值得人爱，只配给男人做牛做马。西丽如此自轻自贱，自然看不到反抗的意义所在。更可悲的是，西丽接受了父权制的神学观，认为女人受制于男人是天经地义的事情："我也不能生我爸爸的气，因为他到底是我的爸爸。《圣经》上说，无论如何也要尊重父亲和母亲。……呃，有时候某某先生待我实在太过分了。……可他是我的丈夫啊。"（34）西丽羡慕索菲亚的敢作敢为，却不支持她反抗哈波的控制。为了使索菲亚听从哈波的指挥，饱受男权迫害的西丽竟然附和某某先生的建议，要哈波狠狠地"打她"（30）。结果不仅导致了索菲亚与她的疏远，还间接造成了哈波幸福家庭的解体。

要想摆脱受压迫、受歧视的"第二性"地位，成为一个真正意义上的完整的人，西丽必须确立独立的女性自我意识。作为女性觉醒的标志，女性的自我意识首先表现为对女性自我价值的肯定，并意识到作为人的独立存在。耐蒂、凯特和索菲亚都具有或强或弱的女性自我意识，都以不同的方式对西丽产生了潜移默化的影响，但是真正让她"重新开始生活"（64）的是莎格，西丽丈夫的情人，一个自我意识十分强烈的女人。美国批评家梅·亨德森指出，莎格自己创造了自己，她的自我意识摆脱了男权的控制，她的神学观容忍一种自我认可的、神圣的自我意识（Henderson，1989：73）。传统的神学观（正是西丽所接受的神学观）代表白人和男性的利益，捍卫种族和性别的等级制度。而莎格的神学观摈弃了中心与边缘的对立，强调个人的独立与自由以及人与人之间的平等关系。莎格眼里的上帝没有种族，也没有性别："上帝既不是她也不是他，而是它。"（149）在一定程度上，莎格的上帝形象解构和颠覆了雅克·拉康所说的代表父权制法律和权力的父亲形象（Childers & Hentzi，1995：11）。在莎格看来，相信上帝就等于相信自己，因为"上帝在你心里，也在大家的心里。你跟上帝一起来到人间，但是只有在心里寻找它的人才能找到它"（148）。因而莎格鼓励西丽相信自己，摈弃父权制社会所界定的"女性"范畴，确立独立的女性自我意识，并最终实现"自由人"的目的，自由选择自己的存在，掌握和确立自己的社会关系与社会价值。莎格告诉西丽："男人腐蚀一切……他要让你以为他无所不在。你相信他无所不在的话，你就会以为他就是上帝。可他不是。如果你在做祷告，而男人堂而皇之地一屁股坐下来接受你的祷告的话，你就叫他滚蛋。"（151）在莎格的支持和帮助下，觉醒了的西丽终于向某某先生宣布："我现在该离开你去创造新世界了。"（153）西丽离开了父权制的家庭，走向社会，像上帝一样开始创造新的自我、新的生活和新的社会关系。

莎格的神学观寻求将个人（尤其是女人）从父权制社会规范的限制中解放出来，允许个人自由选择社会角色和行为模式，这恰恰就是海尔布伦等第三阶段的女性主义批评家所提倡的双性同体理想。事实上，沃克笔下的莎格本人就是一个兼具女性气质和男性气质的"双性人"。在生理性别上，莎格是个不折不扣的女人，漂亮，性感，歌声悦耳动听，是异性争相追逐的对象。但是在社会或文化性别方面，莎格却不是一个符合父权制规范的纯粹的"女性"：女人应该待在家里，"家管得好，孩子带得好，饭做得好"（18）；女人不应该去酒吧、穿长裤；女人"就该听话"（51），就该服从丈夫，如此等等。特立独行的莎格可以说是女性反家庭行为模式的典范，无论在经济上还是在精神上，她不需要倚赖于任何男人。在遇到格雷迪之前，莎格没有家，没有丈夫，甚至没有履行做母亲的责任和义务。唱歌本是女人取悦于男人的小伎俩，莎格却创造性地使之成为谋求经济独立、脱离男性控制的手段。莎格不光不守所谓的"妇道"，西丽还注意到她"有时候举止谈吐像个男人"（64）。某某先生也觉得莎格"干起事来，比大多数男人还要有男子气概"，她和索非亚一样，既"不像男人……也不像女人"（213），换句话说，是"双性人"。莎格的确也有双性恋的性倾向。但是毫无疑问，在沃克眼里，在脱胎换骨的某某先生和西丽眼里，"双性同体"的莎格是书中活得最健康的人物，因为她突破了父权制僵死的性别角色和气质划分，活得自由自在。在莎格的影响下，唯唯诺诺、不敢越雷池一步的西丽也勇敢地走出家庭，成长为一个独立自主、富有阳刚气质但又不乏传统女性美德的人。凭着做针线活的手艺，西丽开办了自己的服装公司，不仅为男人、也为女人缝制裤子。在小说的最后，西丽还获得了生身父亲的遗产，经济上更加独立。在感情上，西丽爱莎格，但她尊重莎格的个人选择，不把自己的意愿强加给她，并最终挣脱了对莎格的依恋。自主自立的西丽并没有失去母性和"女人味"。她想念远方的孩子，时时刻刻希望与他们团聚。惨痛的经历使她不能接受男人的性爱，但是她仍以平等的态度对待男人，不仅和个性发生改变的某某先生成了知心朋友，对丧尽天良的继父也不无同情之心。总的说来，获得解放之后的西丽不仅"有了爱，有了工作，有了钱，有了朋友，有了时间"（166），与男人、上帝和社会之间也建立了平等和谐的新型关系。

沃克认为，父权制所强调的阴阳两极化和恒定不变的性别角色模式不仅对女人是一种压抑和禁锢，也扭曲着男人的性格和生活。碍于父命难违，某某先生不能和自己心爱的女人莎格结婚；因为受到嘲笑，他也不得不放弃从小就喜欢的针线活。尽管如此，某某先生仍然自觉地捍卫男性中心的父权制，不仅使用暴力迫使西丽接受沉默无言的家奴地位，还挑动儿子哈波逼索菲亚"听话"。当西丽和莎格都离他而去时，孤苦伶仃的某某先生逐渐对自己的男权思想产生了怀疑，开始意识到自己并不是天生的强者，并不具有天生的控制女性的权利。到小说的结尾部分，某某先生不仅"像女人一样把房子收拾得干干净净"（173），还修正了坚持一辈子的"男人才穿裤子"（215）的想法，和西丽一起做针线活，为西丽制作的长裤设计衬衣。由此可见某某先生已经摆脱了大男子主义的思想，愿意与女人平起平坐分担她们的劳动。生活教会了某某先生以平等友爱的态度对待女人和所有其他的人，并回报他以无穷的爱，就连对他恨之入骨的西丽也开始亲昵地称他为"艾伯特"。心满意足的某某先生觉得自己"第一次像个正常人那样生活在世界上"（204）。在谈到西丽和某某先生这两个人物时，沃克说："他们俩都不是身心健康的人。事实上，他们的病情很严重，导致疾病的是来源于（父权制）文化的性别角色和很早便影响他们个性形成的惨痛经历。他们开始成长，变化，成为完整的人：他们变得越来越像对方，却没有染上对方的疾病。西丽变得更利己和敢作敢为，艾伯特变得更体贴和善解人意。"（Walker，1988：80）沃克显然认为双性同体不仅可以促进人性的健康发展和完善，而且还是建立友好和谐、互尊互爱的男女关系的必要条件。西丽和艾伯特"一块儿坐着做针线活，聊天，抽烟斗"（216）的情景不正是这种新型男女关系的最好写照吗？另一个很明显的例子便是哈波和索菲亚。哈波天生具有女性气质，他不仅长着一张"有点像女人的脸"（23），还"喜欢做饭，收拾屋子，在家里做些零碎活"（48）。他的妻子索菲亚正相反，她长得结实健壮，喜欢穿长裤，做一些按传统应该由男人做的事，比如说"下地，伺候牲口，甚至劈柴"（48）。他们俩本可以由着自己的天性幸福地生活在一起。但是在强大的父权制价值体系面前，哈波也不可能不受影响，他诉诸暴力，非要索菲亚做个听话顺从的老婆，借此凸显出自己的男子气概，结果落得个妻离子散、家不成家。小说的结尾处，破镜重圆的哈波和索菲亚自觉地摈弃了父权制僵死的性别角色模式：索菲亚受雇于西丽的商店，哈波在家操持家务，照顾孩子。

艾丽斯·沃克是一位有着强烈的女性主义意识的黑人作家。她把争取妇女解放和种族平等作为终身事业，称自己是"妇女主义者（womanist）"。按她的定义，妇女主义者指的是黑人女性主义者或有色人种女性主义者，她们"热爱其他女人，有性欲要求和/或无性欲要求。欣赏和偏好女人的文化，女人的情感变化……和女人的力量。有时热爱个体的男人，有性欲要求和/或无性欲要求"。她们"献身于全人类（包括男人和女人）的生存和完整。不是分离主义者，除非定期出于健康原因"。她们都是"传统的普遍主义者（universalist）"，认为全人类都是有色人种，黑人、白人和其他肤色各异的种族"代表着人类大花园里的各色花朵"。（Walker，1983：xi—xii）沃克指出，妇女主义者与女性主义者（feminist）的区别就如同紫色与淡紫色的区别一样。显然，沃克是针对带有种族歧视色彩的白人女性主义和强调分离主义的女性主义而提出妇女主义这一概念的。在《紫色》中，沃克强调妇女间的团结是妇女求得解放的重要途径，但她对白人妇女能否突破种族歧视的藩篱，与黑人妇女组成统一战线表示怀疑。沃克提倡的妇女之间的情谊与女性主义批评家莉莲·费德曼所定义的"女同性恋主义"（lesbianism）有不谋而合之处（张京媛，1992：170），但沃克不是有反向性别歧视倾向的同性恋女性主义者，她并不反对异性恋，所谓的"女同性恋"只是手段，为的是实现双性同体的理想，把女人和男人都从父权制的禁锢与束缚中解放出来。正如美国黑人女性主义批评家帕特里夏·希尔·柯林斯所指出的，沃克的妇女主义在充分尊重个体差异和个体自治的基础上，提倡全人类的团结一致，共同创造一个没有性别、种族、阶级和其他等级划分，没有中心/边缘对立的美好未来（Collins，1994：596）。

综上所述，艾丽斯·沃克和许多第三阶段的女性主义者都希望实现双性同体的理想，消除人类处境的对立面两极——男与女、阳与阴、乾与坤、社会与家庭、理性与感性、公众领域与私人领域等二元的对立与分离，从而结束男女两性的对立和不平等关系，代之以相互尊重、平等和谐的伙伴关系和可变换的、非恒定化的文化性别。应该说，这是有一定现实基础的。在经济日趋发展、人类文化日趋融合的现代社会，男性与女性之间的鲜明界线正在缓慢而又不可逆转地消解，男女双方的特性或个性处于不断转换、融合之中。尽管有些生理方面的特性是永远也消失不了的，但它们在文化上的尊卑或荣辱意义正趋于逐渐消亡之中。女人天生具有月经、生育、哺乳等许多生理性特征，还具有父权制传统文化所赋予的社会性内容——管理家务、养育孩子，甚至包括穿裙子、留长发等，这两部分组成了女性的角色内容。然而随着科学技术的高度发展，女性特征，尤其是女性角色的社会性内容已经发生了巨大的变化。在许多国家，妇女不仅走向社会，进入公众领域，试管婴儿和"丁克家庭"的出现更使女性自然母性的消失成为可能。与此同时，男人开始替代女人参与家务劳动，他们手执奶瓶或手推婴儿车的形象正在改写着传统的严父慈母的角色框架。在西方国家，同性恋的合法化进一步瓦解了父权制文化对生理性别、社会性别和性倾向的全部定义。当父权制所强调和捍卫的性别差异不再比男女在个人层面上的差异更重要时，人类就不会由于性别大战而分崩离析了。

在越来越多的人对生态危机进行反思并积极建构生态文明的背景下，部分女性主义者以强劲的理论穿透力在女性与自然之间架设了一座桥梁，形成了女性主义与生态批评的联姻，即生态女性主义的批评理论。一方面，生态女性主义者看到了性别歧视与人对自然的压迫之间的共性，对蕴含于男性中心主义和人类中心主义的等级制思维、价值二元论及以统治逻辑为内核的"压迫性概念结构"进行了批判，提出了男女两性和谐共处的美好愿景，突出了"人类只是'宇宙之链'的一部分，人既不在自然之上，也不在自然之外，而在自然之中"的生态整体观（陈喜荣，2002：524）。另一方面，生态女性主义汲取生态学的养分，突出女性与自然的联系，强调女性与自然共同担负孕育和养育生命责任的事实，认为女性本质上比男性更亲近自然，其潜意识中有着一种对自然的亲和感，希望与自然和谐相处，更倾向于保护自然，结束人类统治自然的现状。

如果以上述生态女性主义理论作为文本研究的切入点，对《接骨师之女》进行解读，我们不难发现，谭恩美在书写三代女性命运的过程中巧妙地展现了她们与自然的内在联系，通过刻画封建制度、男性欲望、战争、种族主义对自然和女性的物化、掠夺及压迫，强有力地鞭挞了人类中心主义、男性中心主义、种族中心主义和西方中心主义思维模式，表达出对女性从自然汲取力量、携手共创美好前景的憧憬。

有别于《喜福会》的母女四重奏，《接骨师之女》的叙事焦点更加集中、浓缩，形成了围绕接骨师家族三位女性、纵向推进的独奏曲。通过追溯宝姨和女儿刘茹灵跌宕起伏的命运，《接骨师之女》把女性遭受男性蹂躏及封建制度压迫的悲惨遭遇与自然环境的恶劣交织在一起，突出强调了女性和自然被物化、成为男性的欲望对象或谋财工具的生存境地，将男性欲望的罪恶本质赤裸裸地展现在读者面前。

这部小说的中心部分主要讲述宝姨和茹灵在仙心村的不幸境遇。在这个"运道已经趋于衰败"（Tan，2001：87。下文凡出自该书的引文，将直接在夹注中标注页码）的村子里，人类的贪婪导致对自然的索求无度，致使环境不断恶化，村子由原先的圣地变为被人遗忘的荒村。在古代，一位大将军由于贪图山里的玉石而命人不停地往下挖掘，致使平坦的田地变成悬崖沟谷，几百年来形成了被称为"穷途末路"（The End of the World）的崖沟。这里是人间的炼狱，是腐烂发臭的大自然："沟底下净是些死孩子、自杀的女人，还有死要饭的……恶臭从泥土中往上冒，随着成千上万的苍蝇直往我们身上冲……一下大雨，山沟里很快就积满了水……垃圾、树木和尸骨都被冲进下面的山洞里，就像是经过大山的喉咙肠胃，最后落到大肠，样样都堆积在这里腐烂发臭。"（90—91）在近代，村中原有一棵3000岁的神树，贪婪的村民"剥一点树皮，或是折一根树枝……祈求沾上神树不死的神力……生个男孩，发家致富"（88），而致使神树枯朽，村子周围的山谷也随之出现溪流干涸、神泉干枯的局面，"长生不死"的仙心村犹如失去血液的心脏，枯萎衰败。

正是这样一个干涸、衰败的村庄，这样一条弥漫绝望气息的"穷途末路"，困缚住了宝姨的身体和灵魂。出身于接骨大夫世家的宝姨原名谷留信，在"女子无才便是德"的时代，她认字读书，知识丰富，还能助父行医，在男人眼中是个刁蛮任性、自行其是、不懂如何为人妻的女性。她追求婚姻自由，无所畏惧，誓不为妾，不做封建婚姻的奴隶，因此，她断然回绝了棺材铺张老板纳其为妾的要求，选择嫁给自由恋爱的对象刘沪森，却也由此引来灭门之祸。早已将宝姨视为囊中之物的张老板纠集匪徒在送亲路上进行劫杀，抢走作为嫁妆的龙骨，令她丧父丧夫。惨案发生后，宝姨对张老板的指控却因其卑微的女子身份而不被采信，哀伤绝望的她只得吞下滚烫的墨浆，以死抗议，结果烧伤了脸的下半部，变成了丑陋的哑巴。宝姨自杀未遂，只得忍辱负重，生下腹中的胎儿，却又被禁止女性未婚生子的封建制度剥夺了做母亲的权利，只能以刘家保姆（"宝姨"之称由此而来）的身份与女儿茹灵相处。

然而，家破人亡，毁容，失声，被剥夺为人母的权利，这并非宝姨悲惨生活的全部；神树枯死，水源干涸，恶臭飘溢，这也远非自然被凌虐的终结。随着 1929 年考古工作者对周口店龙骨山"北京人"遗址的发掘，传言中价值数百万黄金白银的龙骨成了人们一夜暴富的工具。面对巨额财富的诱惑，人们的欲望瞬间膨胀，即便他们"从那片垃圾堆里挖出的只有树根虫豸"，却还"猜想那些东西可能是古人的手指脚趾，甚至可能是古人的舌头化石"，于是，一时间"大街上到处都是卖各种干巴古物的人，连鸡嗉猪粪都有，没用多久，我们村就变得乱糟糟的，像是盗墓的人挖过的乱坟场子"（101）。棺材铺张老板便是这种罪恶欲望的缩影。当年他不惜杀人而谋得龙骨，一夜暴富，名利双收，可他仍不满足，又将魔爪伸向茹灵，企图再次以骗婚的手段从她那里获知龙骨的秘密所在地。尽管宝姨知晓内情，百般劝阻，却因其失声及保姆的身份得不到女儿的理解，绝望之下她只能自杀，并以鬼魂复仇的方式迫使张、刘两家解除婚约，换得女儿茹灵的自由。

宝姨的悲惨命运与危机四伏的生态环境彼此映照，这种女性与自然的紧密联系在谭恩美对宝姨葬身"穷途末路"的细致刻画中达到极致。小说中，宝姨死后被弃尸在"穷途末路"，茹灵在得知真相后下到崖底寻找尸骸时，感觉母亲的身体、头发、骨血仿佛已经和"穷途末路"融为一体：

> 我看到了苔藓，又或者，那其实是她的头发？我看到高高的树枝上有个鸟窝，又或者，那是她的身体挂在树枝上？我碰到干枯的树枝，难道那是她的骨头？……我看到乌鸦衔着细碎的东西——那是不是她的肉体？我来到一块碎石堆积的荒地，看到成千上万的碎片，都是她的颅骨和尸骨。不论我走到哪里，仿佛都看到她残破损毁的样子……（118—119）

宝姨死后，刘茹灵离开刘家，来到基督教会开办的孤儿院，成功地逃离了封建制度的压迫。凭借从母亲那里学到的识字和绘画本领，她在孤儿院当上了老师，找到了自我价值，后来还与地质学家潘开京自由恋爱，共结连理，实现了孤儿院院歌所描绘的愿景，"我们学习，我们进步，婚姻大事我们自己做主，我们工作，自谋生路，旧命运就把它抛到脑后"（129—130）。在两性和谐的同时，人与自然的关系也进入"道法自然"的美好境界（136）。

然而好景不长，和谐的生态美景被战争铁蹄所践踏，茹灵与自然又再次陷入困境。一方面，卢沟桥事变后，日军侵华战区迅速蔓延至龙骨山附近，留守在考古坑的潘开京被日本鬼子杀害，历经丧夫之痛的茹灵为逃避战祸而辗转北京，继而又因为内战爆发的威胁流亡香港，在颠沛流离中惶恐度日。自然亦难逃厄运：先是远古人类的头骨被"军用卡车的车轮碾过，轧成比戈壁滩上的砂石大不了多少的碎片"（150），继而环境变得恶臭熏天，即便是在所谓的"香"港，人所吸到的空气也"散发出死亡的气味，那股恶臭一吸进来，就好像有人把手伸进我的肚子里，把五脏六腑全挖出来一样，叫人恶心得要命"（157）。

　　为躲避战祸，茹灵又一次选择了逃离，漂洋过海来到她所憧憬的
"没有鬼魂也没有毒咒"的美国（164），但逃离却将她推入文化冲突
与内心痛苦的深渊。作为华人移民，茹灵恪守中国的文化传统，也因
此被白人主流文化所排斥，沦为"他者"，甚至在自己女儿眼中也不
例外。中国的生活经历以及根深蒂固的鬼魂言说观念让茹灵无法忘却
过去，摆脱负疚感，她在美国生活，却固守中国的语言、生活习俗和
思维方式，吃着中国菜，用沙盘与宝姨的鬼魂交流，说着一半是蹩脚
的英语、一半是普通话的混杂语言，用中文书画熏陶女儿露丝。不幸
的是，露丝属于"仅仅皮肤和头发是中国人的，而内部的都是美国制
造"（Tan，1989：254）的华裔移民第二代，在美国主流文化的潜移
默化下，她总是以居高临下的种族主义态度看待来自"旧中国"的
母亲，对中国文化和汉字几乎一无所知的她为母亲讲英语含糊不清、
充满鬼神思想、性格孤僻、举止怪异感到丢脸，甚至大喊："她不是
我妈妈，我不认识她！"（39）

　　然而，自视为"真正美国人"的露丝也没能逃脱双重"他者"
的尴尬处境。一方面，她把自己里外包装成"美国制造"，排斥中国
文化和传统，并在与美国白人主流文化的接触中产生趋同性的文化变
迁，成为中国文化的"他者"；另一方面，华人移民家庭的遗传和血
统又将她推至主流社会话语与权力中心之外的边缘之地，即使是她自
动背离东方、主动亲近西方的姿态，也无法使她免受东方主义"西优
东劣"逻辑的侵害，她注定成为美国主流文化的"他者"。小说对露
丝的心理描写时时可见这种被双重边缘化的疏离感："她深知被当成
局外人的那种尴尬感受，她从小就经常遭人排挤。打小搬过八次家的
经历使她非常清楚地体会到那种格格不入的感受。"（32）每当她与
白人男友阿尔特及其亲友相处时，她都能敏感地体会到作为少数族裔
而受到美国白人文化边缘化的尴尬与失落。阿尔特的父母"希望露丝
只是阿尔特生命中的匆匆过客"，反对儿子与露丝结合，对阿尔特的
白人前妻米莉安却非常热情，"钟爱这位前儿媳"，甚至"把家传的
银器、瓷器，还有卡门家族五代家传、从乌克兰一直带到美国的圣经

经卷安家符，统统都给了米莉安"（48—49）。不仅如此，与阿尔特的相处让露丝感受到，两性关系不仅受制于种族差异，也摆脱不了性别歧视的阴影。和阿尔特同居后，阿尔特不认可她的工作价值，令她倍感受挫，阿尔特"只同居、不结婚"，"爱得轻松、不用负责任"的爱情观念也令他们的爱情陷入踯躅不前的境地。

如上所述，在种族中心主义和西方中心主义占统治地位的美国社会里，语言与文化的差异使母女之间不可避免地出现了误解和冲突，让茹灵与露丝陷入代际沉默中，文化身份的认同障碍和隐而不露的男性中心主义又逼得她们在白人男权社会中默然不语。露丝每年8月12日起都会失声一周，而茹灵也只能依赖女儿充当翻译，与外人进行交流，她们亟须从外界获取力量以治愈这种"失语症"，实现女性主体性的发声和自我伸张。

面对封建制度和男性欲望的压迫与操控，茹灵选择了逃离；面对战乱，她又选择逃往大洋彼岸，憧憬着远离"我过去的毒咒和坏背景"（155），但这些逃离都不同程度地失败了。面对种族歧视和男权统治，露丝最初选择了隐忍和沉默，其结果毫无疑问是女性自我的丧失与文化身份的迷失。出路何在？谭恩美给出了一个答案：女性应该彻底摈弃人类中心主义的思维逻辑，与同为"他者"的自然建立同盟，重返与自然的和谐境界，并从中获取战胜懦弱自我、挑战男性中心主义逻辑、走向新生的力量与勇气。

与谭恩美前期的作品《喜福会》和《灶神之妻》所刻画的女儿们相比，《接骨师之女》的露丝年近五十，已经非常成熟，对生活深有感触，年轻时与母亲的激烈冲突已经在岁月蹉跎中逐渐淡化，留下的更多是对日渐衰弱的母亲的怜悯与痛心。面对生活的诸多不如意，她选择在自然中找寻精神的宽慰和力量的源泉。

在自然各元素中，水与女性的关系尤其亲密。毕淑敏曾在《女人与清水、纸张和垃圾》中指出，"水是女人天生和谐的盟友，水是女人与自然纯真的纽带"（1999：71）。在《接骨师之女》中，水元素的典型表征大海也不负所望，为露丝提供了心灵的力量。作为最贴近作者自身经历的小说人物，露丝和谭恩美一样，喜欢独自在旧金山海岸的"天涯海角"（Land's End）漫步。在这里，宽广无垠的大海犹如情深的姐妹，让她"感到海水的抚慰"（78）；在这里，她"听着海浪的咆哮，让磅礴的海浪不断拍打岸边的巨响淹没自己怦怦的心跳"（62）；在这里，她忘我地投入大海的怀抱，从中获得开始新生活的希望和决心：

> 她感觉到冰冷强劲的海浪拍打着脚踝，仿佛要把她拉进大海……她记得自己在海浪的咆哮声中放声大哭，终于不用再担惊受怕了……沙滩就好像一块巨大的写字板、一块干净的石板，仿佛邀请自己填满任何的愿望，一切皆有可能实现。在她生命的那一刻，她的心中充满了强烈的希望和决心……跟从前一样，露丝蹲下身，捡起一块贝壳，在沙滩上写下"帮我"。（77）

"天涯海角"不再是女性的"穷途末路"，字面意义上的"陆地尽头"成为大海的始端、女性新生活的开始。从大海中获得新生力量的露丝开始内省，在回忆中体味早年被文化冲突湮没的母爱，并在"爱"的引导下阅读茹灵的手稿，挖掘家族历史，最终为跌宕百年的女性悲剧命运划下了祖孙三代"原谅对方，也宽恕自己"（196）的完美句号。不仅如此，水的力量还帮助露丝跨越东西方爱情观念的差异，实现两性的和谐相处。在消除与母亲的种种误会后，露丝搬回了茹灵的住处，结束了自己"主动妥协、迎合阿尔特的感受"的同居模式；短暂的分居令她和阿尔特正视自己的内心，意识到双方超出性爱的感情需要。阿尔特积极挽救两人的关系，一改以自我为中心的恋爱方式，"考虑问题想的是'我们'，而不是他一个人"；他还为露丝出谋划策，帮助安排茹灵的晚年生活，甚至主动分担茹灵在养老院居住的部分费用。露丝也坦然面对阿尔特，说出内心深处的恐惧和怨尤，认识到阿尔特提出给她部分产权是他对爱人的一种承诺形式，而不是以金钱衡量爱情的表现。在小说结尾处，露丝与阿尔特相拥在一起谈论着唐先生对茹灵的爱慕，憧憬着新的爱情模式，向往着未来的婚姻生活："他爱她的一切，包括她的过去、现在和未来。他对她的了解，比许多结婚多年的伴侣还要多。其实，我希望我们俩也能像这样，有一种跨越时间的承诺，跨越过去、现在和未来……像婚姻。"（194）

在《接骨师之女》一书中，谭恩美运用娴熟的创作技巧，将宝姨、茹灵、露丝三代人的故事巧妙地编织在一起，让读者穿行于过去与现在、历史与现实的时空，体味自然与女性的关联与互动，感受不同地域、不同时代下女性的悲欢离合以及文化冲突的错综复杂，既为宝姨身心受困于"穷途末路"而悲愤不已，为茹灵一生苦海漂泊而唏嘘感慨，又为露丝最终实现母女、恋人之间的相互理解、彼此宽容而倍感欣慰。这三代华人女性的人生际遇，集中反映了男性（人类）中心主义、种族中心主义和西方中心主义对女性和自然的"他者"化，以及女性从自然中汲取力量，逐步走出"他者"境地，迈向两性和谐的历程。透过笔下鲜活的人物，谭恩美展现出对女性命运及其前景的关切与思索。

大爱无垠，诚如小说《尾声》所写的那样，"她们知道幸福的所在地，它并不藏身于某个山洞或是某个国度，而在于爱，在于能够自由地付出和收获爱"（197）。女性对自然的眷恋、母亲对女儿的疼爱、恋人彼此的情爱，这一切都赋予了小说女主人公们以无穷的力量，引导她们最终走出"穷途末路"，驶向幸福的彼岸，而这种"大爱"也将引导人们从生态整体观的角度重新审视人与自然的关系，履行保护自然、重建生态平衡的责任，最终重返与自然的和谐相处。

第六章　环境与国界维度的生态思想

1969 年，美国联合碳化物公司在印度中央邦博帕尔市北郊建立了联合碳化物（印度）有限公司，专门生产滴灭威、西维因等杀虫剂。这些产品的化学原料是一种叫异氰酸甲酯的剧毒气体。1984 年12 月 3 日凌晨，这家工厂储存液态异氰酸甲酯的钢罐发生爆炸，40 吨毒气很快泄漏，造成了 2.5 万人直接致死、55 万人间接致死，另有 20 多万人永久残废的人间惨剧，引发了 20 世纪最著名的一场灾难，位列过去百年世界十大人为环境灾难（"十大人为环境灾难"）。这是一桩美国跨国公司在国境外造成的环境灾难事件。

如果说普通民众对印度博帕尔毒气泄漏事件不太熟悉，那么对近年来不绝于耳的"联合国气候变化大会"应该有所了解和关注。自1992 年 5 月联合国通过《气候变化框架公约》且于 1994 年 3 月正式生效以来，该公约缔约方每年都会召开缔约方会议以评估应对气候变化的进展。1997 年的缔约方会议通过了《京都议定书》，使温室气体减排成为各个国家的法律义务，却被美国政府拒签，致使该议定书一直难以生效。2015 年 12 月，联合国气候变化大会达成《巴黎协定》，这是继《京都议定书》后第二份有法律约束力的气候协议。然而美国能否真正贯彻落实，却是个未知数。这是一系列最能体现美国政府应对全球性环境危机态度的事件。

华盛顿州立大学教授里德曾指责主流环境运动是以白人为中心的运动，"不愿意设法解决种族特权、阶级特权和国家特权的问题"（Reed，2002：145）。我国学者龙娟也指出，"环境非正义是国际环境政治的一个棘手问题，以美国为首的发达国家动辄打出"环保牌"，遏制中国等发展中国家的生存与发展，对于自身所应承担的责任和义务却极力敷衍或规避。2009 年底，草草收场的哥本哈根气候峰会更是将这一问题推到风口浪尖"（龙娟，2008：215）。而对于"美国还实行生态殖民主义做法，经常向发展中国家输出高污染企业或资源高消耗企业，这极大地加剧了发展中国家的环境恶化"这一现象，龙娟遗憾地发现，只有加里·斯奈德等极少数美国环境文学家做出了反应和关注，"这说明美国环境文学家普遍存在视野和思想上的局限性"（龙娟，2008：215）。

事实上，美国作家和学者，尤其是少数族裔作家和学者，一直比较关注跨国界的环境正义问题，也在非虚构和虚构的环境文本中探讨过此类问题，随着美国环境正义运动逐渐深入人心，此类环境文本的创作也呈现出更加令人期待的发展走势。本章将通过研究有代表性的环境文本，揭示美国少数族裔文学中环境与国界维度的生态思想。

第一节　环境殖民主义与生态帝国主义

本书"环境与种族维度的生态思想"一章重点介绍了美国环境正义运动领导人本杰明·查维斯和罗伯特·D. 巴拉德的环境种族主义和环境正义思想，本章必须提及这两位领导人的国际视野，即两者对跨国界环境非正义现象的关注和解析。查维斯和巴拉德都认为，全球性的环境危机和美国国内的环境问题都"根源于同样的经济剥削、种族压迫和生命贬值的体系"（Bullard，1993：19），即（新）殖民主义体系。

查维斯在为巴拉德主编的《迎战环境种族主义》（1993）撰写的《前言》中，提到巴拉德三年前出版的《美国南部的垃圾倾倒：种族、阶级和环境质量》（1990）对"我们国家自己的欠发达'第三世界'地区，即南部的黑人社区"的环境种族主义做了研究，并强调"没有任何一个部分的人口或地区垄断了这个问题。就范围而言，它是全国性的，也是国际性的"（Chavis，1993：4）。查维斯指出第三世界受到的环境危害日益增多，有毒废弃物、被禁用的杀虫剂、"循环利用的"电池、废金属，都被跨国公司按惯例运往第三世界国家，其中许多危害都是第三世界的贫穷国家无力掌控的。查维斯以美墨边境墨西哥一侧将近 2000 家装配厂①为例，指证这些跨国公司在第三世界执行的"残暴的环境政策"，指出环境正义运动已经开始质疑把废弃物和污染型工业转移至第三世界的政策和做法，并对此动向表示肯定和支持。查维斯认为，美国跨国公司的国际废弃物和污染处理方式是美国国内环境非正义问题的反映：美国国内政策把污染问题转嫁给低收入、被剥夺公民权利的有色人种社区（Chavis，1993：4、5）。

巴拉德为《迎战环境种族主义》撰写了《引言》、第一章和最后一章。在第一章《剖析环境种族主义与环境正义运动》中，巴拉德以"国外的毒物殖民主义"（"Toxic Colonialism Abroad"）为题，详述查维斯约略提及的美墨边境跨国公司的环境非正义行为，指出把第三世界国家贫困的有色人种社区作为废弃物处理的选址目标，工业化国家向第三世界国家转让有风险的技术，这些都是"毒物殖民主义"的表现形式，即一些环境正义行动主义者所称的"人们被他们无法控制的实体压制，屈服于一个对生态有毁灭性的经济秩序"（Bullard，1993：19）。

对于这个"对生态有毁灭性的经济秩序"，巴拉德援引臭名昭著的"萨默斯备忘录事件"②，进行了直观的展示。这里，本书将仿照巴拉德的做法，与读者分享萨默斯备忘录的要点全文，毕竟与这份备忘录相比，其他的表述都略显苍白：

---

① 按照巴拉德的描述，在美国和墨西哥两国 2000 英里的边境线上，来自美国、日本和其他国家的人经营着超过 1900 家边境加工厂，都是装配厂。这些装配厂利用墨西哥的廉价劳动力，把进口元件和原材料组装成产品，然后运回美国。那里估计有 50 万墨西哥工人，一天挣 3.75 美元。尽管这些装配厂带来了工作机会（虽然报酬低廉），但也加重了当地的污染问题，边境小镇变得拥挤不堪，排污系统和供水系统使用过度，空气质量显著下降。这些因素损害了工人们和附近社区居民的身体健康。墨西哥环境管理部门人员不足，装备不足，难以充分保障该国法律的实施。（Bullard，1993：19）

② 1991 年 12 月 12 日，美国著名经济学家、时任世界银行首席经济师的劳伦斯·萨默斯（Lawrence Summers）签署的一份内部备忘录公之于众，工业化世界在第三世界倾倒垃圾的争议性政策大白于天下。这一全球性丑闻震惊了整个世界，舆论一片哗然，谴责声浪不绝于耳。

"肮脏的"工业：只有你知我知，难道世界银行不应该鼓励更多的肮脏工业迁移到欠发达国家吗？我想到了三条理由：（一）导致健康受损的污染成本核算取决于因发病率和死亡率增加而放弃的收益。从这个角度来看，一定量的导致健康受损的污染应该放在成本最低的国家，也就是工资最低的国家。我认为把有毒废弃物倾倒在工资最低的国家，背后的经济逻辑是无懈可击的，我们应该正视这一点。（二）鉴于污染的最初增量极有可能需要很低的成本，那么污染的成本应该是非线性的。我一向认为，非洲那些污染不足的区域面积广阔且承受力强；与洛杉矶或墨西哥城相比，非洲的空气质量极有可能很低，但体现在效率极度低下。大量的污染产生于非贸易工业（交通、发电），而固体废弃物的单位运输成本如此之高，这些令人惋惜的事实阻碍了世界在空气污染和废弃物方面的福利加强型贸易。（三）因为审美和健康原因对洁净环境的需求很有可能具备很高的收入弹性。一个人们活得足够长才得前列腺癌的国家，与一个五岁以下儿童死亡率为百分之二十的国家相比，对于一种药剂是否会对罹患前列腺癌产生百万分之一的影响，前者的担心肯定要大得多。另外，对于工业大气排放的担忧多数与影响能见度的微粒有关。这些排放物或许对健康只会产生微乎其微的直接影响。显然，与审美性污染担忧相关的商品贸易属于福利加强型贸易。生产是自由流动的，但美好空气的消费是不可贸易的。

对所有增加欠发达国家污染提案的反对意见（对于一些商品的固有权利、伦理道德考量、社会问题、合适市场的匮乏）均可以加以曲解，用于反对世界银行的每一项建议，而且多少都有效果。（Bullard，1993：19—20）

巴拉德指出，要了解全球性的生态危机，"重要的是要了解洛杉矶中南部的黑人和边境加工厂里的墨西哥人受到毒害，根源于同样的经济剥削、种族压迫和生命贬值的体系"（Bullard，1993：19）。因此，寻求美国境内环境问题的解决之道，寻求美国境内获得可持续性发展的方法，对于全球性环境运动具有相当大的启示。而在这部著作的《引言》里，巴拉德便已经把美国国内许多环境种族主义问题的根源追溯到美国在美洲大陆的殖民过程，即"'征服'这片土地及其人民的帝国伦理和价值观以及我们的文学当中对殖民化过程的歌颂。欧洲殖民者没有倾听，也没有学习呵护这片土地几个世纪的印第安人的智慧，而是选择掌控、支配、驯服和发展这片'荒野'以获取物质方面的舒适和利润"（Bullard，1993：19）。

巴拉德虽然提及了"帝国"伦理和价值观，但更倾向于使用"殖民主义"这一术语来命名跨国界的环境非正义现象。而美国学者阿尔弗雷德·W. 克罗斯比（Alfred W. Crosby）则在著作《生态帝国主义：900—1900 年间欧洲的生物扩张》（*Ecological Imperialism*：*The Biological Expansion of Europe*，*900 - 1900*，1986）中创造了"生态帝国主义"这一术语，指出帝国主义造成被占国土的生态影响和破坏远较军事武力带来的灾难更深远和广泛。克罗斯比所使用的"生态帝国主义"具有比较宽泛的内涵和外延，既可指对原住民土地的暴力侵占，也可指把非驯养牲畜和欧洲农耕方式引入殖民地的不妥当做法。之后不少学者沿用"生态帝国主义"这一术语，但其内涵与外延各有不同。按照澳大利亚学者格雷厄姆·哈根（Graham Huggan）与加拿大学者海伦·蒂芬（Helen Tiffin）在《后殖民生态批评：文学，动物与环境》（*Postcolonial Ecocriticism*：*Literature*，*Animals*，*Environment*，2010）中的综合与分类，生态帝国主义有三种表现形态。

第一种形态的生态帝国主义体现为哲学层面的西方"二元对立思维"和"工具理性"（Bullard，1993：19）。这一哲学根基为欧洲帝国主义宰制提供了意识形态支撑，如今仍然支配着人类与自然的关系。自然被看成人类的对立面，自然只拥有为人类所利用的工具价值，这是今天全球范围内生态危机的思想和文化根源。瓦尔·普鲁姆伍德的专著《环境文化：理性的生态危机》（*Environmental Culture*：*The Ecological Crisis of Reason*，2001）所批判的便是这一形态的生态帝国主义。

第二种形态的生态帝国主义有一个更时兴的称谓，即"生物殖民化"（biocolonisation），指的是西方生物科技发展的政治内涵。比如生物剽窃（对本土自然文化财产、遗传资源和物化知识进行窃取的公司行为）、西方拥有知识产权的基因改组技术等生物科技至上主义和"全球治理"的表现形式，打着拯救世界的科技幌子，实则服务于西方的自我需要与政治目的（Huggan & Tiffin, 2010: 4）。

第三种形态的生态帝国主义即环境种族主义，指的是"在理论和实践中把种族与环境关联，对种族的压迫与对环境的压迫既相互联系，又相互支撑"（Huggan & Tiffin, 2010: 4）。① 环境种族主义包括"生态印第安"等与种族相关的环境文化刻板形象以及挪用这些刻板形象达到环境政治目的的行为。但环境种族主义或许最好被理解为一种社会学现象，指涉对社会边缘化人群或经济上处于不利地位人群的环境歧视，也指涉把生态问题从原发地转移至外国（包括话语层面，比如想象外国人的"肮脏习惯"，也包括物质层面，比如转移第一世界的商业废弃物至第三世界）。最重要的是，环境种族主义是瓦尔·普鲁姆伍德所说的"霸权中心主义"（hegemonic centrism）的一种极端形式，种族主义、性别歧视和殖民主义都是霸权中心主义的表现形式，它们互相支撑，彼此强化，在历史上均被挪用于剥削自然（Huggan & Tiffin, 2010: 4—5）。

格雷厄姆·哈根与海伦·蒂芬强调指出，人类中心的和理性中心的人类文化已经存在了几千年之久，"霸权中心主义"是环境种族主义和各种形式的制度化物种主义（speciesism）的本质。西方文化对"人"的建构依旧以与之对立的"非人类"为基础。人类中心主义认为具有理性的人类优越于自然，欧洲中心主义认为具有理性的白人优越于有色人种。这是欧洲文化为其侵略和殖民行径辩护的基本出发点。欧洲殖民主义视原住民文化为原始的、不理性的、充满动物性的存在，其思想根源是欧洲中心主义，而欧洲中心主义的根源是人类中

---

① 需要说明的是，格雷厄姆·哈根和海伦·蒂芬这里借鉴的是美国环境哲学家迪恩·柯廷（Deane Curtin）的定义，而非本杰明·查维斯和罗伯特·巴拉德的社会学定义，不过各自表述的环境种族主义基本重合。

心主义。因此，在"殖民化意识形态中，人类中心主义和欧洲中心主义是密不可分的一个整体"（Huggan & Tiffin，2010：5）。重新定位人类在自然界中的位置需要我们重新审视"人类与自然的二元对立建构及相关的生命形式等级化思想，它们与从帝国主义征服时期至今的殖民主义和种族剥削构成共谋关系，曾经如此，现在仍然如此"（Huggan & Tiffin，2010：6）。

在不同的历史阶段，"霸权中心主义"与殖民主义、种族剥削与环境非正义的共谋关系表现形式不一，但在本质上是相通的。如果说在历史上的殖民主义时期，西方殖民者主要通过武力征服与政治掌控原住民，达到掠夺自然资源、加速经济发展的目的，那么到了 20 世纪和 21 世纪，即所谓的后殖民时代，西方国家推行经济、政治和文化等方面的全球化，常常以帮助第三世界发展为借口，打着人道主义、经济扶持的幌子，大力剥削当地的自然资源和廉价劳动力，达到资本流通、市场扩张、经济发展的目的。对此学者也多有研究。

美国印度裔学者阿朱恩·阿帕杜莱（Arjun Appadurai）认为，全球化作为对发展中国家一种新型的经济主宰和新殖民主义，"不可避免地与当下资本在全球的运转联系在一起"，其特点是"掠夺性的流动能力"（2000：3）。在很多方面，资本的"掠夺性流动能力"和发展中国家人民被迫消费有生态危害性的商品现象，都伴随着环境的毁灭性破坏，对发展中国家的人民造成损害。丹尼尔·费伯（Daniel Faber）则指出，《北美自由贸易协定》（NAFTA）、跨国公司以及世界贸易组织（WTO）的创立，使得构成贸易壁垒的环境规章制度都被撤销或重新谈判："自由贸易协定产生了一种堕落性的和谐化，即包括美国在内的世界各国在环境、劳工、消费者和工人健康与安全规约方面的协调一致。"（2008：177—178）资本家的利益影响着政府和公司的政策，导致了欠发达国家的土地和人民遭受环境恶化和生态危害。约书亚·卡莱纳（Joshua Karliner）称这些跨国公司为"全球经济中的地球掮客"，强调全球企业化的掠夺性质（2000：178—179）。马克·里奇（Mark Ritchie）也认为跨国公司的自由贸易协定是"一种新型的殖民主义"，加速了世界各国的贫富差距和环境恶化。比如北美自由贸易协定和关贸总协定（GATT）以及贸易相关政策坐视"食物产品的倾销"摧毁了"贫穷国家的食品自给自足"（2002：217、212）。弗雷德里克·布依尔（Frederick Buell）指出"经济全球化的过程"和北美自由贸易协定及关贸总协定之类的全球性经济协定有毁灭环境的后果（1998：571）。

总的说来，不论是环境殖民主义还是生态帝国主义，都属于全球性的环境非正义，表现形式有发达国家对发展中国家自然资源、劳动力和市场的新殖民主义剥削，或向发展中国家转移有毒废弃物和污染性工业，等等。不管表现为何种形式，都体现出全球语境中环境问题与种族意识形态、权力的不平等分配和经济力量之间的紧密关联。我们要着重关注"导致生态批评'跨国转向'的深层经济力量，以及以剥削和宰制国境线内外自然世界、女性和社会底层的方式赚取和积累利润的资本主义逻辑所引发的后果"（Heise，2008：383）。

第二节　《我的食肉之年》中的乙烯雌酚

露丝·尾关是当代美国文坛颇受关注的日裔作家之一。她出生于美国康涅狄格州纽黑文市，父亲是美国的一位语言学家和研究玛雅文化的人类学家，母亲是日本人。《我的食肉之年》（1998）是她的处女作，荣获伊穆斯/巴诺书店美国图书奖等奖项，并入选《纽约时报》年度好书榜。这部小说讲述一个美日混血的纪录片导演在为美国牛肉出口贸易集团拍摄旨在开拓日本市场的广告性质纪录片过程中，了解到美国养牛业非法使用乙烯雌酚等违禁药物的故事。第二部小说《大千世界》也是探讨饮食政治与大众健康、生物科技与食品安全的关系，而且有着跨国界的视角。在这部小说里，一个美日联姻的家庭坚持以传统方法种植土豆，因此与企图对土豆进行遗传学控制的跨国公司高管及反对生物遗传工程的食品激进分子之间发生了一系列的纠葛。这部作品同样广受好评，受到美国图书奖等奖项的青睐。之后的《不存在的女孩》（*A Tale for the Time Being*，2013）讲述一个16岁日本女孩的日记被一个美国移民作家捡到的故事，在跨国界的语境中探讨生存的意义，入围了英国布克奖短名单、美国全国书评人协会奖决选名单，并荣获《洛杉矶时报》图书奖等多个重要文学奖项。尾关笃信日本禅宗曹洞宗，嫁给了一位加拿大环境艺术家。从尾关的生活经历、个人信仰和伴侣选择便可以看出，她的作品常常从跨国界、跨文化的视角探讨食品安全和环境问题，并非偶然。我们不妨细读《我的食肉之年》，探知尾关从环境与国界的维度对于食品与生态问题的思考。

《我的食肉之年》的故事发生于 1991 年 1 月，"千禧年最后十年的头一年头一个月。布什总统刚刚发动了'沙漠风暴'行动，第二次世界大战以来最大规模的空中轰炸和地面进攻行动"（Ozeki，1998：1。下文凡出自该书的引文，将直接在夹注中标注页码）。主人公是美国日裔纪录片导演简·高木—李特尔，刚被聘为 52 集电视系列纪录片《我的美国妻子》的节目统筹，在该节目的纽约办公室工作，负责节目参与者的遴选和具体的拍摄工作。这档节目虽然由日本团队制作，并面向日本的观众，在日本的电视台播放，但都是在美国实地拍摄，参加录制的都是美国人，主要内容是与日本观众分享美国人最喜欢的菜谱，通常都是牛肉菜谱。简了解到这个系列不是"真实的纪录片"（334），而是由美国牛肉出口贸易集团赞助、致力于为其开发日本牛肉市场的商业广告型纪录片，由该集团的日本广告代理商策划制作。美国牛肉出口贸易集团是一个"全国性游说议员组织，代表着美国各种肉类——牛肉、猪肉、羊羔肉、山羊肉、马肉——以及家畜饲养业者、肉类加工商、肉类供应商、肉类出口商、粮食推销商、制药公司和农业综合企业集团"（9）。换句话说，该集团代表的是美国农牧业整个产业链及与其相关的制药业的利益。为了彻底打开日本牛肉市场，该集团不惜重金制作《我的美国妻子》系列节目，每周六早上播放一集，每集 30 分钟，内容都是一个美国式贤妻良母示范烹调牛肉的方法以及相关的知识介绍，中间插播四次"牛肉王国"的广告，把关于美国和美国家庭的理想化形象与牛肉"有益健康"、美味可口的特质联系起来，借助前者包装后者，借助后者加固前者，把文化输出和商品输出完美结合，取得相得益彰的双赢效益。

美国牛肉出口贸易集团作为唯一的赞助商，有权决定《我的美国妻子》的内容和形式。它对于节目宗旨的指令是"促进日本家庭主妇对美国肉类有益健康的正确认识"（10）。然而，简在录制节目的过程当中，却逐渐了解到"美国肉类有益健康"是一句彻头彻尾的谎言：由于整个美国养牛业几乎都把使用乙烯雌酚（DES）和其他药物作为提高活牛出栏率的不二法门，美国牛肉及其制品会给食用者带来很大的健康风险，甚至于致命的身体危害。

在第六章《水之月》中，简用了整整一个章节来讲述她对乙烯雌酚的调查结果。① "DES，或乙烯雌酚，是一种人造雌激素，合成于1938年。"（123）不久之后，加州大学一位养禽业教授发现乙烯雌酚能够刺激公鸡的生长，从此这种人造雌激素被广泛运用于养禽业，直至1959年被美国食品和药物管理局勒令禁用。养牛业使用乙烯雌酚，始于1954年。依阿华州立学院的一个反刍动物营养学家发现，如果给肉牛喂食乙烯雌酚，它们会快速增肥，用乙烯雌酚"强化过"的肉牛可以比没有"强化过"的肉牛提前一个多月"长成"（达到出栏宰杀的重量），节省大约500磅饲料。那一年，乙烯雌酚被鼓吹为一个"奇迹"和"养牛业的一次革命"，美国食品和药物管理局干脆利索地准许给家畜喂食乙烯雌酚。一年后，乙烯雌酚被授予专利，成为第一种刺激动物生长的人工合成剂。尽管1959年美国食品和药物管理局便已禁止对鸡注射乙烯雌酚，但仍有超过95%的养牛业者使用乙烯雌酚加速牛的生长。直到1979年，在与制药公司和肉类行业进行了长期"艰苦的政治斗争"之后，美国政府终于禁止在牲畜饲养中使用乙烯雌酚。但大多数养牛业者依旧我行我素，即便是在DES被列为"非法"药物的今天，"美国95%的养牛场仍给牛饲料里添加刺激生长的某种激素或药物"。（123—127）

1959年，美国食品与药物管理局之所以禁止养鸡业使用乙烯雌酚，是因为"有人发现狗和南方低收入家庭的男性吃了便宜的鸡肉和鸡肉加工厂的废弃物之后，出现了女性化的症状，就像珀塞尔先生那

① 露丝·尾关在书后附了她研究所用的书目（364）。

250

样。美国农业部被迫从市场上买光全部受到污染的鸡肉，大约价值一千万美元"（124）。换句话说，乙烯雌酚的使用虽然降低了鸡肉的生产成本，却对人类和非人类动物的健康产生了危害。同样，有报道说，养牛业者不小心吸入或者咽下乙烯雌酚粉末之后，出现阳痿、不育、男性乳房发育症、音域变化等不良反应，但在可能获得的巨大利润面前，身体的这些不良反应都被视为务农职业病，不予考虑。

与此同时，乙烯雌酚被发现对女性的身体会产生无法逆转的伤害。研究者认为乙烯雌酚可以防止流产和早产，制药公司鼓吹乙烯雌酚可以帮助孕妇生出"更大更壮的婴儿"，医生给孕妇开处方时使用乙烯雌酚的态度像维生素一样随意。但早在20世纪30年代，美国西北大学医学院便已通过试验证明，怀孕的老鼠在服用乙烯雌酚之后，生出来的老鼠会出现性器官畸形。1952年，研究者发现乙烯雌酚不能防止流产；芝加哥大学的研究表明，因为使用乙烯雌酚，流产、早产和婴儿早夭的概率显著上升；乙烯雌酚甚至还被用作紧急避孕药。然而，所有这些反例都被忽视。直到1971年，波士顿有研究者在年轻女性患者身上发现一种非常罕见的阴道癌，她们的共同点是母亲在怀孕时都注射过乙烯雌酚。另有研究发现，怀孕的母亲如果注射过乙烯雌酚，除了导致女儿致癌之外，还会出现月经周期紊乱、妊娠反应严重、阴道和子宫及子宫颈结构突变等不良后果；而儿子则会出现先天性生殖系统畸形，患睾丸癌和不育的风险显著提高。用过乙烯雌酚的母亲和孩子们成立组织，呼吁对乙烯雌酚进行研究，最终由消费者、科学家及国会议员共同努力，迫使美国食品和药物管理局禁止了乙烯雌酚的大多数用途。然而，美国大多数饲养场私下里仍使用乙烯雌酚。（125—127）

除了专门性的调查研究，简在生活中碰到的乙烯雌酚中毒的事例比比皆是。她所在的《我的美国妻子》摄制组里，竭力逢迎赞助商意愿的导演织田品尝了德国裔主妇科林克太太烹制的小牛肉后，因对牛肉中残留的抗生素过敏而休克，不得不住院治疗。简计划拍摄但未能如愿的黑人主妇海伦的丈夫珀塞尔先生因喜食鸡脖子，导致嗓音发生变化，胸部也变大不少。摄制组还注意到另一个拍摄对象邓恩父子养牛场的老板之一、儿子盖尔·邓恩身上有着与珀塞尔先生同样的症状。而盖尔同父异母的妹妹罗斯虽然只有五岁，却因在养牛场里接触到雌激素，乳房已经开始发育，长出了阴毛，来了月经，而且这种发育过早的情况"一般都伴有卵巢囊肿，常常导致宫颈癌或子宫癌，可能会置她于死地"（278）。简自己也是受害者。在为《我的美国妻子》工作的过程中，简怀了男友斯隆的孩子，却不慎流产，原因是母亲怀着她的时候，为了生出"更大更壮的婴儿"，注射了乙烯雌酚，结果造成了她的子宫畸形、宫颈增生，即便怀了孩子也只能以流产告终。

乙烯雌酚作为一种人工合成的非甾体雌激素物质，貌似代表着人类社会的科技进步，但带给人类和非人类动物的其实是身体变异和健康危害的灾难性后果。简不厌其烦地罗列乙烯雌酚的害处，既是作家尾关借简之口对读者进行科普，也是她在申明自己面对科技进步的审慎态度：在某些情况下，现代科学改善人类生活、推动文明进步可能只是一个乐观的神话。

不仅如此，尾关认为更重要的是揭露乙烯雌酚在美国肉类生产中屡禁不止的原因。在她看来，根本原因与利润驱动的资本主义经济体系有关。使用乙烯雌酚能够确保养牛业者在短时间内以一定的成本投入获得更多的利润，从而带来了养牛业的产业革命："乙烯雌酚改变了美国肉类的面貌。使用乙烯雌酚和其他药物，比如抗生素，饲养业主可以运用装配线饲养动物，就像用装配线生产汽车或电脑芯片。在开阔的原野上放牛变得毫无必要、效率低下，很快便被封闭式养牛场取代，这种养牛场也叫工厂化养牛场，在那里，养在围栏里的成千上万的牛光靠食槽便可以养肥。这便是规模经济。这种变化到处都在发生，这是未来的浪潮，科学与大企业的联姻。"（125）邓恩父子养牛场的老板盖尔·邓恩对简的说法直认不讳："这年头，利润太薄，你只能做大批量买卖，没有这些药物，我们就完蛋了。肯定赔钱。我养的牛出栏率（我父亲）想都别想。要不是因为我在这里实施的现代化……"（263）盖尔所说的科技进步带来的养牛业现代化，本质上是一种提高成本效益、赚取更多利润的生产方式，其背后是利润至上的资本主义生产逻辑。如瓦尔·普鲁姆伍德所言，利润至上的唯理主义逻辑渗透了生活的方方面面："工厂化农场经营的经济体制是这种追求自身利益最大化的运算规则的产物，是唯理主义经济的产物，这种经济体制剥夺了一切荒谬的腐化性人类情感和同情。"（Plumwood，2001：159）

现代化的规模经济要达成利润的最大化，必定需要拓展市场。美国政府对国内肉类生产非法添加有毒药物的做法虽说管控不力，但毕竟持反对态度，而对于美国有害肉类倾销到其他国家，美国政府却持鼓励态度。美国牛肉最早出口到欧盟国家，1986 年第一例疯牛病在英国被发现①，1989 年，欧盟宣布禁止进口美国牛肉。美国养牛业者不得不开拓新的市场。根据美国农业部经济研究室的调研，从 20 世纪 80 年代中期开始，日本成为最大的美国牛肉出口市场，日本牛肉进口量从 1991 年 12 月持续增长至 1996 年 3 月。日本政府称 2001 年发现了第一例疯牛病。（Jin &Won，2003：1—2）简也是如此解释促成《我的美国妻子》这档电视节目的经济原因："1990 年，由于美国政府施压，日本签署了《新牛肉协定》，放宽了进口配额，增加了美国在日本红肉市场的份额。1991 年，我们开始制作《我的美国妻子》！"（127）显然，美国强制日本签订自由贸易协定，目的在于出售使用过激素的美国牛肉。简的叙述貌似轻描淡写，实则勾勒出了美国实施经济全球化的路径：利用政治压迫强制打开弱势国家的市场，以达到倾销本国商品赚取最大利润、同时转嫁牵涉其中的生态代价等目的，跨国商品倾销与跨国文化输出紧密配合，相辅相成，构成对其他国家的经济剥削、文化殖民和生态帝国主义行径。

殖民主义的历史早已证明，跨国界的经济剥削若要行之有效，必定要在最重要的政治宰制之外，辅以文化输出，即输出价值观念和意识形态。如果全世界都与美国的价值观同步，美国资本的扩张之路无疑会畅通无阻。美国牛肉出口贸易集团深谙此道，找来日本广告代理商以日本观众最容易接受的方式打造《我的美国妻子》，指示要传达

---

① 《我的食肉之年》认为英国发现第一例疯牛病的时间是 1987 年（358）。

"美国乡村红肉象征的传统家庭价值观","促进日本家庭主妇对美国肉类有益健康的正确认识"(8、10)。日本广告代理商为了落实到位,为节目开列了一个"可取之处""不可取之处"的清单。其中"可取之处"的关键词是"值得拥有的""(有益)健康的","美味可口的肉食食谱"一项则如此做注:"猪肉和其他肉类是第二等肉类,所以请记住这句很简单的格言:'猪肉可以凑合,但牛肉才是极品'!"而"不可取之处"包括"身体的不完美"和"第二等人类"。另外,"最重要的是价值观,必须是典型的美国价值观"。(11—12)节目组按图索骥,确认形象健康、厨艺精湛、生育两至三个孩子的美国白人中产阶级或中上阶层女性是理想的节目候选人。每期节目都会邀请这样一位白人主妇,偕同丈夫和孩子一起出现,为观众烹制一款牛肉佳肴,竭力营造温馨幸福的家庭氛围,哪怕造假也在所不惜,只为打造美国白人及其所代表的一切看起来无可挑剔的"假象"。(13、9)日本广告代理商专门指派上野穰一对《我的美国妻子》节目进行审查和督导,确保节目组严格执行美国牛肉出口贸易集团的指令,一旦出现不一致,上野穰一便会横加干涉。比如,依照惯例,简所在的纽约办公室会为每一集节目提交两个人选。有一集两个人选中:一个是白人贝基·塞耶,一家住宿加早餐旅馆的老板,会做不少牛肉菜肴,丈夫是房地产商、当地商会会长;另一个是黑人海伦·道斯太太,按照上野穰一的描述,"穷得要命……口音没受过教育……丈夫的牙整得很可怕,一口金牙,妻子看上去穿得很差。房子一点都不漂亮,还有她做的菜!猪小肠!完全不合适。……日本主妇怎么会对一个有九个孩子的黑人贫困家庭产生共鸣呢?"(130)尽管简属意海伦,上野穰一还是利用职权之便强制选择了贝基,因为按照美国牛肉出口贸易集团的指令,黑人等少数族裔和/或穷人不符合节目参与者的健康形象,不足以营造美国牛肉有益健康的特点以掩盖其毒性品质问题。

不难看出,《我的美国妻子》所传达的"美国乡村红肉象征的传统家庭价值观"实际上是一个极具排他性的等级制话语体系:恰如牛肉被赋予了一种优越于其他肉类的高贵地位,中产阶级或中上阶层白人也被奉为优越于其他一切"第二等人类"的一等人类，高居以种族和阶级为架构的等级制最顶端，享有无可替代的主导地位。也就是说，节目其实是在复制以白人中产阶级或中上阶层异性恋核心家庭为主导的美国主流社会及其文化和价值观，其他种族、族裔和阶级、非核心家庭和非异性恋家庭都被视为"不健康"的"第二等人类"，不仅不能代表美国人民，还往往会顺理成章地成为"第一等人类"的压迫和剥削对象。《我的食肉之年》揭示出这种殖民主义时期盛行的等级制话语体系和意识形态不仅依然主宰着美国国内的政治和文化，也依然左右着美国白人看待世界上其他国家、其他民族的眼光和态度。

在得克萨斯州邓恩父子养牛场拍摄素材的时候，简碰到了一个为盖尔·邓恩工作的白人牛仔，他告诉简，他正在给牛注射一种"老板的特殊配方"以增强它们的免疫力。"对，这些牛直接运到日本去。我听说他们连屁眼都吃。你们都是从那里来的吗？""嗨，都是那边肉品加工厂的罗伊告诉我的。直接运去日本、台湾和韩国。你问我，真他妈丢人，这么好的美国肉浪费在一群东亚佬身上。没有冒犯你的意思。"（266—267）这里，这个白人牛仔谈到太平洋彼岸的日本人、中国台湾人和韩国人时，使用了种族歧视意味浓厚的称谓"东亚佬"，并称把"这么好的美国肉"卖给低人一等的"东亚佬"是一种"浪费"。这种思维逻辑简直是殖民主义思维逻辑的翻版：当白人殖民者强行入侵黑人、印第安人、黄种人世代居住的国家和地区时，他们冠冕堂皇地打着为"野蛮人"送去"文明"的旗号。这个白人牛仔既然说"没有冒犯（简）的意思"，表明他明白其中的种族歧视意味，但这并不妨碍他挪用这种种族歧视话语，满足自己的白人至上主义心理设定。他似乎对乙烯雌酚和其他药物的毒害并不知情，也不明白自己参与饲养的美国牛肉会造成消费者的身心伤害。但是完全可以推断出来的是，这个白人牛仔即便知情，也会自然而然地挪用已有的等级制种族话语为养牛业不符合伦理道德的饲养方式（给牛注射乙烯雌酚）和销售手段（倾销至亚洲国家）洗白和辩护。也就是说，美国国内的种族歧视意识形态被扩大应用范围，为跨国界的环境非正义行为辩护，从而成了为农业综合企业洗白的便利工具。

露丝·尾关在《我的食肉之年》篇首引用了两段文字作为题词，其中一段来自美国教育家阿莱克西斯·埃弗雷特·弗莱（Alexis Everett Frye，1859—1936）所著《小学地理》（*Grammar School Geography*，1895—1902）："旧世界里，白种人的家园位于黑种人的土地和黄种人的土地之间……新世界里，几乎处处都有白种人的家。有人认为，很长时间以前，中亚某个地方居住着一群白种人，现在被称为雅利安人。随着这个种族的壮大，一大群一大群的人开始四处游荡，寻找新的家园，在那里，他们可以为他们的牛群找到牧场。"（1）这段题词很短，摘自19世纪和20世纪之交的美国小学生地理课本，却包含着关于种族划分、白种人的领土扩张、殖民主义造就的新旧世界等历史知识和思想概念。尾关选取这段题词，并非怀古，而是暗示今天与过去的关联；或者说，过去从未成为过去，过去的思维方式和思想观念依旧影响着现在，甚至会以另一种形式或另一种行为方式参与现在，影响现在发生的一切。所以这本《小学地理》不仅充当题词的来源，还被尾关安排进了《我的食肉之年》的故事情节。在第七章《作诗之月》和第十一章《霜冻之月》中，简四次提到美国公立图书馆里随时供人借阅的弗莱的《小学地理》。简12岁时第一次借阅这本书，只是为了阅读其中"人类的种族"这一部分，憧憬自己（美日混血儿）的后代。在第七章中，尾关毫不吝啬篇幅，连续四次大段引用《小学地理》中关于"种族"的文字："如果我们走遍所有国家，应该会看到很多不同种类的人。我们可以把他们划分成五个称为种族的群体"；"撒哈拉沙漠以南的非洲是黑人种族的家园……这些人拥有粗陋的武器……这些当地人非常愚昧。他们对书籍闻所未闻；他们几乎什么都不懂，除了如何捕获、煮熟他们的食物……这样的人是野蛮人"；"在新世界炎热的地带，在南部美洲，也发现了上千万野蛮人，不过他们属于红种人或印第安人……这些"红种人"的家居生活很像中部非洲的黑种野蛮人。……棕色人种或马来人也几乎全部生活在炎热的区域……黄种人长着一双斜眼、粗糙的黑发、平板的脸和短小的颅骨"；"生活在日本的黄种人取得的进步比这个种族的其他分支大。他们热切地学习着白人做各种工作的方式，他们足够明智，吸纳了白种人的许多习俗"（148—149）。这里笔者尽量完整呈现简的引文，只因这些引文足以展示简和其幕后作者尾关在意识形态层面对美国有害牛肉及其他有害肉类的生产和销售过程的剖析与解读。当年，雅利安人为了拓展牛群的牧场而扩张领土；如今，多亏了科技发展的产物乙烯雌酚，牧场已不是问题，美国白人为了拓展牛肉的市场而推行经济全球化。当年，伴随白人入侵新世界的是凌驾于其他种族之上的白人至上主义意识形态，白人美其名曰给"野蛮人"带去了"进步"，因善于向白人学习而进步明显的日本人被奉为典型；如今，为美国有害牛肉进入日本市场保驾护航的依旧是白人至上主义意识形态，只是增加了阶级、性别、性取向等相关范畴。历史仿佛在重演。资本主义发展到全球化阶段，旧时的殖民主义焕发新颜，变成了新型的殖民主义和"内部殖民"。

　　资本主义经济的利润至上逻辑与白人至上主义的意识形态默契配合，为美国养牛业者保驾护航，他们以生产和销售有害牛肉的方式牟取利润，却把乙烯雌酚等有毒制剂造成的危害转嫁给美国国内和其他国家的"第二等人类"。尾关引用《韦伯斯特新世界词典》的义项，指出"capital"（资本）、"stock"（［人/畜］世系、家畜、股本、股份）、"cattle"（牛、家畜）之间在意义上的关联（365—366），暗示资本主义经济体系下，资本家的利益渗入其他种族、穷人、妇女儿童和非人类动物等弱势群体，对他们的剥削和凌虐，成为积累财富的手段。正义何在？伦理何在？道德何在？在盖尔·邓恩和其他养牛业者眼里，没有社会正义，没有环境正义，只有他们自定的唯一的正义，便是"边疆正义"（frontier justice）。（127、279）美国西进运动中，白人拓荒者抢占印第安人的土地和资源，将他们的生存空间压缩为小小的保留地，当时盛行的"边疆正义"居功至伟。上野穰一酒醉吐真言，骂美国牛肉出口贸易集团是"一帮冒充国际贸易商的牛仔"（194）。美国养牛业者现在的身份不论是资本家还是国际贸易商，他们本质上仍是奉行"边疆正义"的牛仔，体现着冷酷无情的资本主义暴力和侵犯环境正义、不符合伦理道德的行为逻辑。如简所言：

"枪支、种族、肉类和天定命运相撞在一起，引爆了一次暴力的、非人化的活动。"（89）

对于乙烯雌酚屡禁不止、持续在一国之内及国家之间造成生态危害和环境非正义的根源，简，或者说尾关，是非常清楚的。简曾因子宫畸形、无法怀孕而致婚姻触礁，在拍摄《我的美国妻子》过程中她越来越确定自己极有可能是乙烯雌酚受害者，当她怀了男友斯隆的孩子却意识到很难保住孩子时，她回到了自己长大的地方明尼苏达州的关姆，获知母亲的确在怀着她的时候注射过乙烯雌酚。简专程去了关姆公立图书馆，偷走了从小影响她的弗莱的《小学地理》，她说这是她个人实施的"审查"，"是她至少能为关姆的孩子们所做的事"，保护他们免受书中种族歧视思想的毒害（154）。这一次，简读了《小学地理》的前言，做了如下评述："我感兴趣的不是弗莱先生对'人类'（human）使用通称'男人'（man）。其他女性也许反对他的用词，但在我看来，这是物种内的牢骚。让我感兴趣的冲突不是男人与女人的冲突，而是男人与生命的冲突。男人的理性，他们的工业和商业，与整个自然世界的冲突。我认为这是这本封面磨损的书里隐藏的肮脏秘密。"（154）尾关借助简的评述，指出简的遭遇烛照乙烯雌酚引起的生态危害和非正义问题，背后的症结至少牵涉经济层面和意识形态层面的因素：资本主义的全球化经济体系、以男女两性对立为表征的西方二元对立思维模式及一方宰制另一方的权力机制，还有将这一切合理化的工具理性。

那么如何改变这一切？尾关提供的思路是"传播真相，引发变革，产生影响"（360）。为此，她在《我的食肉之年》中塑造了简这样一个行动主义者的形象。简所做的第一步，是拆借美国白人主流文化中等级制话语体系和意识形态的谎言。简非常了解《我的美国妻子》节目对她的角色定位："作为一个种族上既不属于这儿也不属于那儿的'一半人'，我非常适合我在电视行业中所属的位置。……尽管我一心想做一个纪录片制片人，但我似乎更适合做一个中介，一个文化淫媒，负责向居住在那一溜狭促的太平洋小岛上的人们兜售一个关于美国的巨大假象。"（9）穷困潦倒的简需要这份工作，但她打定主意尽全力拒绝执行美国牛肉出口贸易集团及其日本广告代理商"恣意妄为的资本主义指令"（167）。《我的美国妻子》反倒成了简的意识形态斗争手段："在美国，在日本，我挣扎在文化与种族错误信息的乌烟瘴气中，不知所措，年头太久了。我下定决心，要利用这一扇向主流电视广播网敞开的窗户，教育大众。或许这有点幼稚，但我打心眼里相信，我可以利用主妇们为了一个更大的真相而销售肉类。"（27）尽管上野穰一和织田导演拼命迎合美国牛肉出口贸易集团的指令，但简仍坚持不懈地贯彻自己的想法。好在上野穰一大多时候身在日本，鞭长莫及，织田导演又因抗生素过敏住院，简接任导演一职，因而得以在节目里加入了新的面孔和内容，比如波德鲁一家收养了10个韩国孩子，用猪的排骨做菜；白人地方检察官拉拉和黑人畅销书作家戴安组成了一个同性恋者家庭，借助人工授精各自生了一个女儿，她们都是素食主义者，做了一个意大利面食；马丁内斯一家是来自墨西哥的移民家庭，丈夫做农场工人，因工伤失去一只手，妻子做工厂工人，辛苦挣钱买了一座农舍，在美国安定下来，他们做的是墨西哥牛肉卷；而各方面均符合指令的布可夫斯基夫妇，却有一个双腿被集装箱卡车夺走的残疾女儿，不那么符合"健康"的要求。虽然《我的美国妻子》的主导面孔仍然是生有两三个孩子的美国白人中产阶级或中上阶层女性，但简的努力打破了美国牛肉出口贸易集团企图以一副面孔代表整个美利坚民族的如意算盘，不仅让日本观众看到了美国文化的多元化，也在一定程度上拆解了节目的一元论价值观和白人至上的等级制思维模式。

　　简的真相揭示使命更是直指"追求自身利益最大化的"的资本主义经济体制及其危害。简在拍摄《我的美国妻子》的过程中，发现了美国肉类生产的真相和危害："我当然知道肉类的毒性，大规模工厂化农场经营有损健康，热带雨林被大肆砍伐，为汉堡留出放牧之地。"（334）既然知道真相，知道危害，却要听从美国牛肉出口贸易集团及其日本广告代理商的指令，在节目中把邓恩父子养牛场等生产有害牛肉的工厂化农场虚构成"健康"和"有益健康"的形象，这既违背简作为纪录片导演的职业道德，也有违她的社会良心，更对不起深受其害的自己和胎死腹中的婴儿。在劝诫上野穰一未果之后，简把在邓恩父子养牛场拍摄的有害牛肉生产流程编辑成"真实的"纪录片，放给同事观看，寄给相关的受害者和素食主义者拉拉和戴安。拉拉和戴安之所以成为素食主义者，不是因为她们不喜欢牛肉，而是因为她们了解肉类生产非人道、有毒害的整个过程。戴安在给简的信里写道："你知道吗？一些研究显示，在过去的50年里，全球范围内的男性精子数量下降了大约50％？这个变化开始的时间正好等同于工厂化农场经营以及在肉类生产中大量使用雌激素和其他激素的开始时间。"（204）她们拒绝吃肉，宣示了她们的政治抉择，即拒绝接受父权制资本主义体系的压迫、剥削和侵害。她们属于有环境自觉意识、诉诸个体反抗的行动主义者。简把纪录片录像带寄给拉拉和戴安，表明她对个体意识觉醒和个体反抗行动的肯定性态度，也体现了她寻求与这样的个体结成同盟、协同反抗资本主义经济逻辑及其社会与环境危害的可能性。

对于个体层面的意识觉醒和自觉反抗，《我的食肉之年》给予的信息是积极的和正面的。罗斯的母亲邦妮和父亲约翰·邓恩便是一个被简唤醒、从而起来反抗的养牛业内部人士。邦妮作为养牛场老板的妻子，本已对乙烯雌酚的存在习以为常，甚至已经接受女儿身体变化的事实，但在目睹简因流产而遭受的身心重创之后，她开始从简的眼光看问题，意识到"一切都不一样了。都是错误的"（295）。邦妮同意在镜头前展示罗斯提前发育的身体，并把简的录像带放给丈夫观看，成功地赢得了丈夫的支持。到了小说的最后，邦妮甚至鼓励简把录像片传播出去，让更多的人知道养牛场非法使用激素的做法。邦妮从一个唯唯诺诺的白人主妇，变成一个愿意放弃养牛场既得利益、敢于为受害者发声的女人，说明简的意识启蒙使命取得了初步的成功，也暗示了尾关对于人际间、国家间环境非正义问题不能容忍的态度。

尾关不仅肯定了个体觉醒和反抗的必要性与有效性，还提出了一个在社会层面进行意识启蒙的有效途径，即借助意识形态的传播工具大众传媒。美国牛肉出口贸易集团借助《我的美国妻子》节目意图实现在日本倾销有害牛肉的计划，这是全球资本通过广告对大众传媒的内容进行操控的一个实例，即齐拉·爱森斯坦（Zillah Eisenstein）所说的"跨国资本的网络传媒情结"（1998：108）。但"水可载舟，亦可覆舟"。美国牛肉出口贸易集团可以借助大众传媒虚构美国有害牛肉"有益健康"的"巨大假象"，简也可以借助大众传媒还原和传播事情的真相。在小说的结尾处，情节的戏剧化发展非常有力地证明了这一点。在得到事件相关人邦妮和约翰·邓恩夫妇的鼓励之后，简把"真实的"录像带片段乃至全片卖给了包括日本、美国在内的全球多家电视台和电视广播网，掀起轩然大波。与此同时，《我的美国妻子》把邓恩父子养牛场虚构成健康牛肉供应商的那一集节目也如期播出。同样的地点，同样的人物，两相对照，美国牛肉出口贸易集团及其日本广告代理商发现"除了牛肉丑闻，他们还身陷传媒争议，涉及电视节目的可靠性，以及公司的赞助对节目内容和真相的决定权"（358）。上野穰一被降级，《我的美国妻子》节目被取消。而简虽然知道任重道远，但也为自己的使命取得了小小的成功而感到喜悦："这一年开始时，我想做一个纪录片导演。我想传播真相，引发变革，产生影响。在一定程度上，我成功了：我把一条不起眼但很关键的信息传播到了整个世界，告知大众美国肉类行业的腐化，在这个过程中甚至可能拯救了一个小女孩的生命。"（360）简并不幼稚，并不认为"仅仅靠写出一个大团圆结局便能改变我的未来。……我当然会尽我所能想象一个快乐的结局，但在现实生活中，我必须持观望的态度"（363）。然而，展望新世纪，简下定决心继续为乙烯雌酚的受害者发声，即便不再做"全球性传媒的制作人"（335），也要以作家的身份将真相公之于众。于是，她写出了《我的食肉之年》，恰如现实生活中真实的作家露丝·尾关。

　　总的说来，《我的食肉之年》揭示出资本跨国界的流动暴力是资本主义体系的一部分，从环境和生理方面对人类、非人类动物和自然造成了巨大的伤害，全球资本暴力和环境恶化之间存在十分明确的关联。具体说来，美国的新自由主义经济势力以环境新殖民主义的面目出现，传播农业单一文化论，推广对牲畜使用激素和其他有毒制剂的养殖方法，造成的生态恶化后果殃及的人群大多是在种族、阶级、性别、国家等方面的边缘化群体。尾关批判资本主义体系的利润赚取逻辑和对他者的环境非正义，使我们认识到全球性生态暴力是一种新型的环境新殖民主义，其思想根源是旧式殖民文化和美国主流文化中深受白人至上主义进步主义意识形态浸淫的思维方式和价值观。

第三节　《拯救世界》中的世纪绝症

在《我的食肉之年》中，美国日裔作家露丝·尾关探讨全球化时代美国养牛业违法使用乙烯雌酚却将危害转嫁给其他国家和美国社会弱势群体的环境非正义现象。美国西语裔作家朱莉娅·阿尔瓦雷斯同样关注全球化时代的跨国界环境非正义现象，并且将历史与现实并置，强调跨国界环境非正义现象的循环往复，根源在于社会不公平的根深蒂固。

阿尔瓦雷斯是美国第一位知名的多米尼加裔作家，也是美国西语裔作家的代表人物之一。她迄今已出版 5 部长篇小说、5 部诗集、1 部中篇小说、3 部非虚构文集和 12 部青少年文学作品。其中长篇小说处女作《加西亚家的姑娘们如何失去口音》1991 年甫一出版，便荣获奥克兰国际笔会约瑟芬·迈尔斯奖，并被《纽约时报书评》和美国图书馆协会选为 "值得注意的书"，与桑德拉·西斯内罗斯的《芒果街上的小屋》、克里斯蒂娜·加西亚（Cristina García，1958—）的《古巴一梦》（*Dreaming in Cuba*，1992）一起，"正式宣告了西语裔女作家在美国文坛的崛起"，开创了美国西语裔文学的新纪元（Martinez，2007：8）。她的作品或描写多米尼加移民及其后代在美国的生活遭遇，或挖掘 1492 年被哥伦布发现的多米尼加的前尘往事，主人公大多是女性，具有鲜明的女性文学特征。但她往往把主人公的命运置于地缘政治、殖民主义和帝国主义的风云变幻当中，至少涉及美国和多米尼加两个场地，有时包括古巴、海地等其他加勒比海国家乃至西班牙，借此检视多米尼加人民乃至拉丁美洲人民的历史命运及美国在其中扮演的角色，在性别视角之外，还探讨种族、阶级、暴政、人权、环境问题、文化身份等议题。

　　阿尔瓦雷斯视自己为多米尼加离散族群的一员，游走于两个世界之间。她告诉《国家》杂志："我是一个多米尼加裔，连字符，美国人。作为一个小说家，我发现最令人兴奋的事情都发生在连字符的区域——两个世界碰撞或融合的地方。"（Eshom）她的这种自我定位根源于特殊的跨国度、跨文化生活经历：1950 年，阿尔瓦雷斯出生于美国纽约，父母均来自多米尼加的名门望族，外祖父曾是驻联合国的文化参赞，父亲因学生时代反对拉斐尔·特鲁希略（Rafael Trujillo）的独裁统治逃亡北美，与在美国读书的母亲相爱结婚。阿尔瓦雷斯三个月大时，多米尼加当局在美国的压力下释出善意，父母决定搬回多米尼加。1960 年，父亲又被当局发现卷入一个反特鲁希略的地下组织，全家被迫移居美国，成为美国公民，但一直与故国保持联系，每年夏天，父母都会把阿尔瓦雷斯和姐妹们送回多米尼加度假。阿尔瓦雷斯常年往来于美国与多米尼加之间，婚后定居美国佛蒙特州，1996 年和丈夫、牙科医生比尔·艾希纳在多米尼加山区开办了一家有机咖啡小农场和农民扫盲学校。2000 年，《拉丁裔女性杂志》（Latina Magazine）授予她"年度杰出女性"的称号，同年她参加美国官方代表团赴多米尼加共和国出席新任总统的就职仪式。这种候鸟般迁徙的生活方式使得阿尔瓦雷斯对美国和多米尼加两国在政治、经济、文化、自然环境等各方面的差异有了更加深入的了解，为她提供了独特的跨国界创作题材和视角。

　　阿尔瓦雷斯喜欢亲近自然，向往田园生活，对环境问题颇为关注，但真正与环境运动产生交集，则始于 1996 年。那一年，美国大自然保护协会（Nature Conservancy）邀请作家去协会各个场所参观，而后把他们的参观见闻写成作品，编成文集出版，借此宣传协会的功绩，弘扬自然保护理念。阿尔瓦雷斯受邀前往多米尼加，准备就当地的自然资源等状况写一篇短篇小说。未曾预料到的是，这次行程对阿尔瓦雷斯的生活和创作产生了巨大的影响。她和艾希纳吃惊地发现当地种植咖啡的农民生活极度贫困："在多米尼加共和国，我们看见咖啡的价格低至一磅 33 美分。他们不得不卖掉种植咖啡的土地，因为他们无法养家糊口。他们把土地卖给这些农业经济大企业，这些企业大片大片地种植第一世界需要的商品，失去土地的农民迁往城市中心，但找不到工作，或者想办法偷渡去美国。就这样开始了一个恶性循环。"（"The Reluctant Celebrity"，50）艾希纳在内布拉斯加州长大，多米尼加农民的遭遇令他想起童年时见证的家庭农场在农业经济大企业的挤压下纷纷破产的经过，非常忧心。一些农民决意组织合作社，守住自己的土地，邀请阿尔瓦雷斯夫妇购买附近土地，加入合作社，他们欣然同意。在此基础上，夫妇俩成立了感恩女神有机咖啡公司，以公道合理的价格收购当地农民种植的咖啡豆，帮助他们养家糊口，并就地成立感恩女神基金会，致力于当地农民的扫盲运动。① 由于扫盲学校需要青少年读物，阿尔瓦雷斯开始涉足这一体裁，创作了《秘密脚印》（*The Secret Footprints*，2000）等 12 部青少年文学作品。

1996 年的多米尼加环境之旅，堪称阿尔瓦雷斯的环境正义启蒙之旅。她看到了在全球化的资本主义经济体系中第一世界国家对第三世界国家的变相侵占：多米尼加农民失去了自己的土地和工作，整个国家的咖啡种植业沦为第一世界的生产基地。这次醍醐灌顶的见闻促使阿尔瓦雷斯与故国的联系变得更加紧密，促使她打破阶级鸿沟，以成立非营利性扶贫机构的形式帮助贫困的当地农民，而且促使环境问题，尤其是环境正义问题，成为她的一个重要创作主题。

中篇小说《咖啡的故事》便是这次环境之旅的成果之一，创作素材全部来源于阿尔瓦雷斯在多米尼加的有机咖啡农场。这部小说的主人公是一个叫乔的美国人，他从小喜欢耕种，喜欢接近大自然。父亲的农场倒闭之后，乔做了老师，经历了一场失败的婚姻，失意中启程去多米尼加旅行，遇见一个神秘的当地女人，她预言乔将在多米尼加的山区开始新的生活。乔去了山区，买下那里的一个小农场，和山民一起种咖啡，教他们学文化，过上了自己想要的生活。《咖啡的故事》是一部具有自传色彩、风格独特的中篇小说。用阿尔瓦雷斯自己的话说，这是一部现代的"绿色寓言（green fable）和爱情故事"，倡导人与自然的可持续性发展、人与自然的和谐相处（"A Cafecito

---

① 其网站 http：//www. cafealtagracia. com 有详细的情况介绍。

Story"）。不仅如此，在《咖啡的故事》中，优质咖啡的栽培和焙制被描绘成一个漫长的过程，其实是对农业经济大企业规模性生产追求时效和成本效益、导致咖啡品质下降的批判，也凸显了全球性资本主义对第三世界国家地方经济的毁灭性打击。大自然保护协会成立于1951 年，属于主流环境保护组织，以"保护所有生命赖以存在的土地和水资源"为使命①，活动遍布世界各地。阿尔瓦雷斯虽然赞同这个组织的自然保护理念，并未对其只关注自然保护、不关注人际间环境非正义的倾向提出直白的批评，但她彰显自己额外的认识和收获，既是对人与自然关系及环境问题整体性图景的一个补充，也是一种提醒其矫正偏颇的表示吧。

　　阿尔瓦雷斯对一国之内和跨国界环境正义问题的关注，也直接反映在她的长篇小说《拯救世界》中。这部小说采用复线叙事，讲述了两个并列的故事：从第三人称有限视角讲述的、发生在美国佛蒙特州、以阿尔玛·许布纳为女主人公的现代故事和以第一人称讲述的、发生在 19 世纪初、以伊莎贝尔·森达雷斯·戈梅斯为女主人公的历史故事。阿尔玛是美国的一位多米尼加移民作家，由于遭遇创作低潮，迟迟写不出一部关于一个多米尼加家庭的家世小说，出版社威胁要收回预付的稿费，她对写作的意义和原先信仰的许多东西开始产生怀疑，好在丈夫理查德和她伉俪情深，才使她免于陷入绝望之中。理查德在一个名为"国际援助"的人道主义组织任职，被派往多米尼加建立一个致力于自然资源保护的"绿色中心"，并和一家制药公司合作开设艾滋病诊所，拯救当地的患者。阿尔玛暂时留在佛蒙特，一边照顾患癌症的邻居海伦，一边试图完成拖欠的书稿，不料却对 19 世纪初的一段历史产生兴趣，转而以此为基础创作一部历史小说，主人公就是伊莎贝尔。与此同时，与"国际援助"合作的制药公司在多米尼加穷人身上试验治疗艾滋病的新药，遭到当地热血青年的抗议，他们占领了"绿色中心"，把理查德扣作人质。阿尔玛（西班牙语里，她的名字意思是"灵魂"）立即飞往多米尼加共和国，拯救丈

---

　　① 　参见大自然保护协会的官方网站 < http：//www. nature. org >。

夫和他的人道主义使命，在这个过程中也越来越理解和同情参与暴动的当地人，并重拾对人生和写作的信心。伊莎贝尔的故事主要发生在 1803 年，嵌于一个真实的历史事件。弗朗西斯科·巴尔米斯医生（Francisco Xavier Balmis）得到西班牙国王的许可，组织西班牙皇家博爱远征队，把牛痘疫苗送到拉丁美洲的西班牙殖民地，试图遏止天花在新世界的蔓延，由于当时没有冷冻技术，他找到西班牙一所孤儿院的院长伊莎贝尔，想挑 22 个孤儿作为牛痘疫苗的活体携带者。伊莎贝尔的家人都被天花夺去了生命，自己也被毁容，她答应帮助巴尔米斯医生实现他那救世主般的宏大计划，但有一个条件：她必须随队前往，一来亲自照顾这些孤儿，二来满足突破自身生活局限、到大千世界闯一闯的渴望。尽管航海途中遭遇种种困难和不适，尽管伊莎贝尔常常为孩子们和自己的未来担忧，但她的勇气、坚韧和奉献最终战胜了一切，牛痘疫苗被送到了目的地，拯救了成千上万的人。

根据阿尔瓦雷斯的自述（Wheatwind, 2006：16—17；"The Reluctant Celebrity", 2006：49—50），《拯救世界》的灵感源于她为创作长篇小说《以莎乐美的名义》（In the Name of Salomé, 2000）调研时发现的一条脚注：1804 年，西班牙远征队把治疗天花的牛痘疫苗送到全球西班牙殖民地，但由于圣多明各被法国占领①，远征队没有登陆。阿尔瓦雷斯继续阅读相关资料，了解到 1803—1806 年，西班牙医生巴尔米斯历尽艰险把治疗天花这种全球流行性恶性疾病的牛痘疫苗送到全世界西班牙殖民地、无偿提供给当地人的人道主义壮举。最令她惊喜地发现是这个壮举中连名字都没有被载入史册的另外 23 个参与者：西班牙拉科鲁尼亚孤儿院的院长伊莎贝尔和孤儿院 22 个作为疫苗活体携带者的 3—9 岁的孤儿。伊莎贝尔一路照顾 22 名孤儿，没有留下只言片语，不同的材料中她的姓氏都不同，巴尔米斯医生一路写信回西班牙，还有一本日记，可惜后来遗失，所以伊莎贝尔的具体情况无从知道，连姓氏都无法确定。阿尔瓦雷斯为她命名伊莎贝尔·森达雷斯·戈梅斯（Isabel Sendales y Gomez）。充当疫苗活体携带者的

---

① 更具体的史实是东部被法国占领，当时正与西部的海地发生战争。

22 个孩子也几乎被人遗忘，部分孩子虽然留下了他们的姓名，但几乎都是姓氏。

在阿尔瓦雷斯看来，巴尔米斯医生只是这一人道主义行动的设计者和组织者，真正的英雄是伊莎贝尔和她所照顾的 22 个孤儿，是他们将这个计划付诸实施，在人类的记忆中他们应该占有一席之地。但历史把这一功绩记在巴尔米斯医生头上，伊莎贝尔和孤儿们作为社会的弱势群体，完全被忽视了。阿尔瓦雷斯由此联想到 20 世纪肆虐全球的艾滋病，尤其是第三世界小国家的艾滋病治疗。她经过调研发现，第一世界的富人患者可以得到很好的治疗，第三世界的穷人患者只能听天由命，死亡率居高不下；更令她惊讶的是，第一世界的艾滋病药物研发者常常把第三世界的穷人患者作为试验药效的白老鼠。阿尔瓦雷斯得出结论：小人物对人类社会的重大进步常常做出了至关重要的贡献，人类文明的进步、人类大家庭的福祉，往往是由无名之辈的腰背托起来的；而他们的贡献往往不被承认，甚至不能成为这些进步的受益者。这不仅仅是环境正义的问题，也是社会正义的问题。阿尔瓦雷斯扪心自问："如果你知道第一世界对第三世界的压迫以及第一世界内部的第三世界所受到的不公正待遇，你如何做才能对得起自己的良心？"（Birnbaum，2006）她决定以伊莎贝尔为主人公写一部小说，把被历史故意遗忘的伊莎贝尔和 22 名孤儿写入历史。

最初阿尔瓦雷斯只想写伊莎贝尔的故事，在调研的过程中却发生了震惊世界的"9·11"事件，改变了阿尔瓦雷斯的创作计划。她和很多美国人都在问："我们居住的世界怎么啦？我们要走向何方？如果世界上有这么深切的仇恨，这么严重的分裂，谁都没有安全感，那我们如何才能改变方向？"（Martinez，2007：12）阿尔瓦雷斯希望这起悲剧能成为一个契机，促使人们思考一个重要问题："为什么会有这些孤注一掷的人容不得我们的好生活？"从而对社会弱势群体和第三世界的人们产生深切的同情。（Wheatwind，2006：17）伊莎贝尔的故事，在阿尔瓦雷斯看来，能够对经历"9·11"事件的人们产生启迪。于是她加进了另一个女主人公——生活在当代美国的女作家阿尔玛，她安排阿尔玛发现伊莎贝尔的故事，且在经历生活变故的过程中读懂了这个故事，还把这个故事写下来，让更多的人都知晓。阿尔玛是故事的讲述者和传播者，如同现实生活中的作家本人。

阿尔玛与伊莎贝尔生活的时代相隔两个世纪，但两人的故事除了结局之外，有着很强的相似性：两人的时代都遭遇绝症的蔓延，一是天花，一是艾滋病；对两人影响最大的男人都怀着对抗天花或艾滋病、拯救远方受苦受难者的抱负；两人都全心帮助两个男人实现他们的救世理想，在这个过程中自己也获得精神上的成长。而阿尔玛与阿尔瓦雷斯也有着诸多的相似之处：两人都是作家，都遭遇创作瓶颈，但面对社会不公正和环境非正义，都是采取实际行动的行动主义者，试图改善多米尼加山区农民的生活；两人都经历了"9·11"事件，都留下了后遗症；两人都被巴尔米斯医生的壮举所深深吸引；阿尔玛同意丈夫去多米尼加山区主持一个环境保护项目，阿尔瓦雷斯和丈夫则是感恩女神咖啡公司的成立者，其目的不是致富，而是改善当地农民的生存状况和文化水平。

借助历史与现实之间的"对话"，历史人物、虚构人物和真实的作家之间的对话，阿尔瓦雷斯揭示了三者之间惊人的相似：现实不仅是历史的重演，甚至是历史的恶化。在诸多的相似之处中，作家突出了环境非正义现象的循环往复。对照《环境正义原则》第十三条"环境正义呼吁严格执行知情同意的原则，停止对有色人种进行的试验性生殖和医疗程序及疫苗接种的测试"、第十四条"环境正义反对跨国公司的破坏性行动"和第十五条"环境正义反对对土地、人民和文化以及其他生命形式的军事占领、压制和剥削"，便可确定孤儿成为天花病毒活体携带者、穷人成为艾滋病药物试验者属于人与人之间的环境非正义行径，而且是跨国家的环境非正义行径（"Principles"）。如阿尔瓦雷斯所言，"我们在这里的特权生活建立在别处贫苦生活的基础之上。人道主义行动有时也与邪恶同床共枕"（Wheatwind，2006：17）。环境非正义的根源是社会不公平这一问题的根深蒂固：贫富差距、阶级差异、第一世界与第三世界之间的鸿沟、性别歧视，等等。环境非正义过去存在，现在也存在，原因在于社会不公正从未消失。小说更进一步提出一个耐人寻味的问题：如何对待社会不公平和环境不公平？在世界上的许多地方，很多人缺乏最起码的生活条件，更别谈做人的尊严，那么对那些幸运儿来说，是否光有良心和同情心就够了？谁能被拯救？如何被拯救？贪婪和无能是否与理想主义、利他主义相互矛盾？高尚的目的是否足以证明卑劣手段的正当性？在作家的笔下，拯救他人的梦想既至关重要，又难免显得天真幼稚。但在小说的结尾，作家仍旧借阿尔玛表达了自己的理想主义：在这个越来越不可救药的世界上，也许故事能发挥某种积极的作用。

《拯救世界》聚集了阿尔瓦雷斯常写的几大主题：女性在社会中的地位，人与人如何互动以改变社会，第一世界和第三世界的显著差异。阿尔瓦雷斯更是强调，"这是一部关于世界不同部分之间存在巨大鸿沟的小说。现在我们的流动性非常强，我们知道各种鸿沟的存在，人们得到什么，如何得到，这些方面存在着令人不安的差异，我们心里装着这些差异。……这部小说的一大主题是绝望的人们起来反抗时，会发生什么"（Martinez，2007：12）。在这段引文里，阿尔瓦雷斯明确提到全球化时代的第一世界和第三世界之间的巨大鸿沟以及第三世界底层人民的反抗。她把全球化时代的跨国界环境非正义问题置于小说《拯救世界》中，与殖民时期西班牙帝国国内和殖民地的环境非正义问题相提并论，用意与她使用"拯救世界"作为这部小说的标题相同：鉴于社会不公正、环境非正义循环往复，阿尔瓦雷斯对人类大家庭的走向并不十分乐观，但她相信有时候获得拯救的希望会降临到人类世界。阿尔瓦雷斯在小说开头引用爱尔兰诗人谢默斯·希尼（Seamus Heaney，1939—2013）诗句"历史说，不要希望/在坟墓的这一边/但是，一辈子有一次/渴望的正义潮汐/能够涌起/希望与历史能够押韵"作为题词（Alvarez，2006b：题词页），便是对内心希望的传达。小说中的两位女主人公迫切期待，并致力于这一时刻的到来。她们两人的故事跨越时空，相互对话，阿尔瓦雷斯希望它们能够押韵或押半韵，表达出她的希望：在一个越来越难以拯救的世界上，故事能够起到改变现状的作用。

事实上，阿尔瓦雷斯把创造能够改变现状的故事视为自己作为一个作家的使命。阿尔瓦雷斯认为，文学必须紧扣时代脉搏，反映现实世界，尤其要"关注需要纠正的社会不公正现象"（Alvarez，2006a：22）。约翰·弥尔顿的《失乐园》透露出他对 17 世纪英国社会政治关系的了解，加西亚·马尔克斯的魔幻现实主义作品扎根于现实世界，他们的创作都值得称道；反之，如果一个纳粹德国的作家写的都是与现实无关的娱乐故事，一个经历了"9·11"事件和卡特琳娜风灾的美国作家仍然对社会现实不闻不问，那么他/她便不是好作家。面对扑朔迷离的现实世界，面对纷繁复杂的社会问题，作家应该摒弃任何先入为主的概念、期望、判断和偏见，而要带着禅宗的"初心"，像对生活充满好奇、疑问和惊诧的小孩子那样去探究。只有这样，才能透过表象洞察问题的本质，才能如约瑟夫·康拉德所言，"揭示可见宇宙下潜藏的多重复杂而又不可分割的真实"（Alvarez，1998a：259；1998b：36）。在正确的认知基础上，作家应该力争正确地表述问题，防止以好与坏、我们与他们、朋友与敌人此类的二元对立思维进行简单化的处理，作家的任务不是选边站，或把问题简化为单一的视角，而要从各个角度、各个层面将问题的错综复杂，甚至令人痛心的方方面面和盘托出，帮助读者获得更为清晰、更为全面的认知。"如果拯救可能发生，正确地看问题便是拯救的开始"（Cruz-Lugo，2006：79）。在阿尔瓦雷斯看来，文学所能做到的兼容并包、兼收并蓄是"一种深邃的道德力量"（Alvarez，1998b：37），使读者获得对世界、对自己的正确认知的同时，改变自己，并进而改造他/她所生活的世界。阿尔瓦雷斯认为文学主要以两种方式施加道德和政治的影响力：对于有心建设一个更美好世界的读者来说，优秀的文学作品能够以独有的方式滋润他们的生命之泉，持续激荡他们内心深处对高尚和自由的渴望，使他们保持警醒，激励他们坚定信念，用各自的双手和声音，为实现社会的公平、正义和全世界人民的自由、解放而努力奋斗；即便文学不能鼓舞所有的读者，使他们都变成坚定的行动主义者，也可以提供一个空间，让读者"体验他人的生活，用他人的视角看问题，唤醒我们的同情心，与隐秘的自我（我们内心深处的陌生人）和外在的陌生人、那些他者产生深切的联系"，从而挣脱唯我主义的泥潭，以充满"爱、正义感、同情心和集体意识"的大我，取代自私猥琐的小我，播下"行动主义的种子"（Alvarez，2006a：21、22）。

行动主义对阿尔瓦雷斯来说，体现为家族早已存在的价值观："勤奋工作、为社区服务、牺牲。"父亲便是这样一个榜样。父亲在多米尼加是外科医生，45 岁时被迫移居美国，在纽约布鲁克林区为西语裔居民开设了一家社区诊所。"每天早晨爸爸 4 点起床，就为了在 6 点赶到诊所，给那些必须 7 点半赶到工厂上班的人提供便利，让他们生病时有时间看医生。门诊结束之后他挨家挨户出诊，晚上 8 点半、9 点才到家。"（"The Reluctant Celebrity"，50）在现实生活中，各种游行集会的场合，总能见到阿尔瓦雷斯的身影。最值得称道的当然是她与丈夫在多米尼加贫困山区开办的非营利性小农场和扫盲学校。

阿尔瓦雷斯以文学创作为意识启蒙手段，期待在现实生活中有越来越多的人能够意识到环境非正义和社会不公正的存在与循环往复，能够和她一样行动起来，为"拯救世界"出份力。这条路"道阻且长"，但并非没有希望。

结　　语

　　2000 年，荷兰诺贝尔化学奖得主保罗·克鲁岑（Paul Crutzen）
提出了"人类世"（Anthropocene）的地质学新纪元概念，指出大约
自 1784 年詹姆斯·瓦特（James Watt）发明蒸汽机开始，人类与自然
的相互作用急剧加强，人类取代地质原因，成为影响地球环境变化的
主导性因素，一个显著的标志便是化石燃料的持续消耗和伴随产生的
二氧化碳的排放已经不可逆转地改变了地球的大气层。"人类世"的
提法虽然尚未得到学术界的公认，但它的提出却振聋发聩，促使我们
认识到人类社会的历史与自然环境的演变存在密不可分的关系，自工
业革命已降的人类活动已经造成了全球性的生态危机，而且如果继续
保持无知或漠然的态度，我们最终会毁掉我们赖以生存的地球家园。
"人类世"的提出让我们意识到了生态危机的严重性，也督促全球范
围内的人们，无论属于什么国家、地区、种族、性别、阶级，必须团
结一致，行动起来，为解决生态危机献计出力。这也是生态批评作为
一种文学批评思潮，能在短短 20 多年内发展成一场全球性思想变革
运动的根本原因。我们今天所面临的全球性生态危机，起因不在地球
生态系统自身，而在于人类的活动及指导这些活动的文化和价值体
系。为了有效应对生态危机，我们必须进行思想和文化变革。而变革
的前提条件是我们必须尽可能透彻了解人类对自然环境的影响，尽可
能透彻剖析人类的文化和价值体系存在的问题，尽可能全面掌握推动
文化变革的路径和方法。包括生态批评学者在内的人文学科学者虽然
无法直接进行文化变革，却可以为文化变革创造思想领域的前提条
件。这也是笔者进行此项研究过程中时刻用来自我激励的使命感和责

任感。

美国华裔作家任璧莲在一个与生态批评无关的语境中说过一段话，但在笔者看来，却道出了生态批评必须关注美国少数族裔环境文本和环境史的原因。任璧莲说，美国主流读者往往看不到美国神话的局限性和黑暗面，因为"如果你在一个地方长大，你和别人体验到的是同一个现实，于是你开始相信它就是现实。你意识不到在多大程度上它是骗局。不过，如果你能明白其他人的见解，你就会知道你眼中的现实不是绝对的"（Satz，1993：135）。而要引导主流读者反思他们引以为荣的价值体系和民族特性，移民和少数族裔作家具有得天独厚的优势："移民从不同的角度看美国：他们看到了潜力，也看到了短处。他们是亲密的外人"（"Gish Jen"，2012），而"所有的作家都必须达到置身经验之外反观经验的境界，如果你的身份或出生地导致你成了一个外人，那你已经成功了一半"（Satz，1993：135）。

笔者非常赞同任璧莲的观点。美国主流文化反观自身，需要"外人"少数族裔的视角；美国主流生态批评和环境运动反观自身，也需要"外人"少数族裔的视角；全球性的生态批评履行其破旧立新、反思人类文化以重建生态文明的使命，同样需要各种"外人"的视角；全球各个国家、各个民族在协同合作以求强力有效应对生态危机的时候，更需要各种"外人"的视角。

本书聚焦于美国少数族裔文学中的生态思想，主旨便是提供这样一个"外人"的视角，让我们从更多的维度和层面认识到生态危机的复杂性和多重性，从而为我们辨析生态危机的症结、找到疏解生态危机的良策，提供更加丰富和切实可行的思路与办法，为促进我国和全球性的生态文明建设尽绵薄之力。那么，美国少数族裔这些"外人"为我们提供了什么样的视角呢？

为了回答好这个问题，本书以美国亚裔、印第安人、黑人和西语裔作家的英语文学作品为主要研究对象，透过生态批评的棱镜，结合20世纪60年代在美国兴起的环境保护运动以及80年代兴起的环境正义运动等时代背景，充分考虑到美国历史上的殖民行径、"内部殖民"、种族政治、族裔文化形成过程、劳工组织、妇女解放运动以及现阶段的经济全球化、资本全球流动等因素，综合文学、生态学、环境哲学、环境伦理学、后殖民主义、环境正义论、辩证唯物主义等多学科视角、思想、理论和方法，在采纳西方新兴的环境学说的同时，背倚有中国特色的唯物主义和科学发展观思想，在系统梳理美国生态批评发展脉络和厘清"自然""环境"等基本概念范畴的基础上，重新诠释"环境文本"这一术语，并从本书所建构的美国少数族裔"环境文本库"精选出各个族裔最有代表性的 15 部作品（分属 14 位作家）①，从"环境与地方""环境与种族""环境与阶级""环境与性别""环境与国界"等维度，结合思想综述与作品分析、理论运用与文本细读，以唯物的、历史的、辩证的眼光发掘、理解和分析各个少数族裔环境文本中折射出来的生态思想及其内涵。

虽然任何少数族裔群体及个人与环境共处的经历都不是大一统的、单一化的，因而应该尽力避免得出普适性的、本质主义的结论，但是作为一个在美国的社会、经济和种族构架里被边缘化的共同体，美国亚裔、印第安人、黑人和西语裔在生态思想方面，还是体现出了一些共同的特点，只是具体到各个族裔群体和个人，存在着程度上的差异。本书认为美国少数族裔环境文本主要传达出以下生态思想：

第一，环境是人与自然相互交融、彼此渗透的整体性存在。主流环境运动专注于自然保护或资源保护，主流生态批评聚焦于荒野的审美价值，自然几乎成了荒野的代名词。这种自然观和人与自然互动模式的背后是欧洲裔美国人素来推崇的田园传统：厌倦社会生活或城市生活的个人逃向荒野或田园，希冀在人类以外的自然环境中寻获个体的自由，人与自然的互动常常被再现为文明与自然（荒野）、城市与乡村、社会与个人之间的两极对立。这种自然观和互动模式其实是白人中产阶级及以上阶层的特权，是人类社会中种族和阶级甚或性别与性倾向分野的一种具体体现。与欧洲裔美国人不同，在美国历史上，

① 这里只是统计了本书以章节的篇幅重点研读过的美国少数族裔作家和作品，篇幅较短但亦做过细读的作家作品未曾包括在内。另外，本书的思想和理论综述中也精选了诸多美国少数族裔学者的作品，如罗伯特·巴拉德、本杰明·查维斯、段义孚等。按照一些生态批评学者的定义，他们的理论文本属于环境写作，而按照本书的定义，属于环境文本。

少数族裔对荒野的体验大多与种族歧视、阶级压迫和性别不公联系在一起，美国的工业化和城市化进程把越来越多的少数族裔卷入城市，充当廉价劳动力，他们中的大多数沦为城市贫民，聚居在贫民窟里，不仅远离了乡村，更不可能有钱有闲去荒野寻求"忘我"的体验。居住空间和工作空间的种族与阶级分野——美国白人多住郊区，少数族裔和穷人大多生活在城市——决定了少数族裔更关注"环境"，不仅包括荒野，还包括"人类耕种和建设过的风景地貌、其中的自然元素以及文化与这些自然元素的互动"。在这个"环境"定义里，人与自然不是二元对立的两极，而是相互交融、彼此渗透的整体性存在。

第二，人的地方意识体现了人与环境的身体和情感联系。美国少数族裔的个人和群体经历中常有物理意义上的移民与迁居、政治意义上的失地与失所以及心理意义上的失根与寻根，这一点反映在美国少数族裔环境文本中，便是对地方及人地关系的深切关注。地方构成了人与非人类自然共同存在的生态圈，是二者之间物质与情感关联的纽带，也是人类审视自我价值和存在意义的核心范畴。地方的意义在于人给它赋予的、超出居住等实用意义的情感寄托。随着时间的推移，这种由人赋予的意义与价值会和人的思想、行动、感受等一起不断成为这个地方的一部分，由此产生地方意义的变迁。当地方在人的体验中不断被赋予情感和价值后，它就成为人类自我的有机组成部分，而要实现人地"合一"，根本就在于人类对自我的肯定和相恋。人与地方之间的深切情感联结体现为地方意识，对少数族裔个人和群体而言，地方意识对于治愈创伤、寻获精神家园至关重要。

第三，环境恶化与全球性生态危机不能被简单地演化为人类与非人类自然之间的关系问题，还涉及人与人、国与国之间的关系问题，必须从环境正义的角度加以考量。环境恶化大多是人类活动导致的结果，我们在确定人类对环境所承担的责任和义务时，必须考虑到个人和/或群体在种族、族裔、阶级和性别等社会架构中的不同位置，以及在地域、国别和国际权力秩序等语境中的不同位置。相应地，不同个人和群体对各自环境的影响、环境恶化对不同个人和群体的影响，也具有显著的区别。这种区别构成了环境正义问题的基点。环境正义问题由来已久，伴随着美国历史上的殖民行径、"内部殖民"、种族政治、族裔文化形成过程以及现阶段的经济全球化、资本全球流动，如今经由废奴运动、民权运动、劳工运动、妇女解放运动和环境正义运动等带来的思想解放和意识提升，逐渐受到公众的重视和理智对待。在美国国境线内外，以（跨国）公司、（政府）组织、群体或个人为主体实施的环境非正义行为，造成了环境危害的分布不均衡等现象，有色人种、少数族裔、穷人、女性（和儿童）等边缘化群体以及第三世界国家被迫承受了比例过高的本不该他们承受的环境恶化的苦果。因此，美国环境主义运动必须在荒野保护之外，关注环境不平等和环境正义的问题。

第四，环境非正义行为背后的意识形态支撑是"霸权中心主义"及与之相辅相成的二元对立思维模式和工具理性。在不同的历史阶段，环境非正义的具体表现形式有所不同，但其思想根源的本质相同。现阶段的环境非正义主要表现为把有毒废弃物、被禁用的杀虫剂、"循环利用的"电池、废金属等工业垃圾以及污染性工业和能源高消耗性工业造成的环境危害转嫁给有色人种、少数族裔、穷人、女性（和儿童）等边缘化群体以及第三世界国家。这些行为展示的资本主义经济逻辑、环境种族主义、环境性别歧视、环境殖民主义和生态帝国主义等思想倾向，都可以归结为"霸权中心主义"。由"霸权中心主义"衍生出人类中心主义、欧洲中心主义、白人中心主义、男性中心主义等，它们并非各自分立，而是互相印证、互相强化、彼此交错、高度重叠，在为社会不平等和环境非正义提供意识形态支撑的过程中处于共谋关系，因此对付它们的策略必须是通盘考虑、联合击破。

第五，生态保护与社会正义是同一个整体的组成部分，环境正义、社会正义与经济正义是同一个问题的不同表现形式，因此无论是理论观照还是实际斗争，都必须同时并举，不能把一方置于另一方之上，方能对改变现状产生有效的影响和积极的作用。美国少数族裔在追求社会正义的同时，也主张对环境问题提供整体性的、可持续性的解决方案。人类应该在自然能够承受的范围内对其进行一定程度的干预和管理，这对于环境及边缘化群体的幸存至关重要。美国少数族裔提倡积极健康的生态意识和生态作为，为此对公众的思想启蒙和意识提升显得尤为重要，因为意识觉醒是转化为行动主义的关键因素。对美国少数族裔来说，行动比逃避更具紧迫性和必要性。在诉诸行动达成社会改良的过程中，美国少数族裔主张联合最大多数的社会群体和个人，为地球生态圈里的所有人和非人类自然享有公平与正义而斗争。

美国少数族裔生态批评是一个方兴未艾的研究领域，全面的、系统性的研究无先例可循，本书的体例是笔者的初步尝试，意在抛砖引玉。但囿于笔者学识有限，本书存在以下不足之处：第一，对美国少数族裔"环境文本库"的建构只能永远接近于全面和完备。美国少数族裔文学浩瀚如海，笔者只能根据自身和学界同仁的阅读体验，将尽可能多的作品纳入"环境文本库"，但囿于主客观条件，遗漏在所难免。第二，重点解读的作家和作品数量有限。一本书的容量再大，也只能侧重于研究者精挑细选的有代表性的作家和作品，而其他作家和作品无法得到详细深入的分析和论述，这是无法避免的遗憾。第三，不同族裔作家、不同作品之间的比较性研究不够系统化。本书在甄选重点解读的作家和作品时已经考虑到了种族、族裔、阶级与性别的差异，在具体论述时也注意两相对照，但系统性的比较研究不够突出。第四，宏观理论层面的甄别和探讨有待加强。本书注重把多种批评理论与文本细读紧密结合，从具体的环境文本中发掘生态思想，但对于发掘出来的生态思想，理论层面的辨析和议论不够深入。

存在的不足也是进一步开展研究的契机、基础和动力。笔者将在今后的研究中，重点加强以下方面的探究：第一，继续完善对美国少数族裔"环境文本库"的建构。在已有的"环境文本库"基础之上，继续涉猎更多的作家和作品，同时注重借鉴最新的理论视角和方法论，不断对作家和作品形成新的认识，以此不断扩充和优化环境文本库存，最终建构一个全面的、优质的美国少数族裔环境文本体系。第二，加强对子课题的细化研究。可以从三个方面着手：对美国亚裔、印第安人、黑人和西语裔文学作品中的生态思想按族裔分类进行更加深入的研究，从而使得针对各个族裔的研究整体性更强、系统性更强；对更多的作家和作品进行个案解读和分析，以更多的具体例证强化研究的广度和深度；加强不同族裔之间、不同作家之间、不同作品之间的比较研究，对共性和差异进行深入的考量。第三，深化理论研究，注重传播应用。对于发掘出来的美国少数族裔生态思想，加强理论层面的分析和审察，假以时日，便可以在系列研究的基础上建构美国少数族裔生态思想理论体系。同时要注重实践，推动研究成果在现实生活中的传播与应用，身体力行之外，更要帮助普通大众牢固树立环境保护意识和生态文明观念。

然而，笔者自知学力、笔力和时间有限，本书必定还有其他疏漏和不妥之处，祈望各位学者同仁不吝赐教、批评指正。

参考文献

英文部分

（一）主要作品

Alvarez, Julia. *A Cafecito Story*. White River Junction: Chelsea Green Publishers, 2001.

——. "Doing the Write Thing." *Sojourners Magazine* 35. 10 (Nov. 2006a): 18 – 23.

——. *Saving the World*. Chapel Hill: Algonquin Books, 2006b.

——. *Something to Declare*. Chapel Hill, NC: Algonquin Books, 1998a.

——. "Ten of My Writing Commandments." *English Journal* 88. 2 (Nov. 1998b): 36 – 41.

Anaya, Rudolfo. *Bless Me, Ultima*. Berkeley: Tonatiuh-Quinto Sol International Publishers, 1972.

——. *Elegy on the Death of Cesar Chavez*. El Paso, Texas: Cinco Puntos Press, 2000.

——. "Rudolfo A. Anaya." *Contemporary Authors Autobiography Series*. 4 (1986): 15 – 28. Rpt. in *Rudolfo A. Anaya: Focus on Criticism*. Ed. Cesar A. Gonzalez-T. La Jolla. CA: Lalo, 1990. 359 – 389.

——. "The Writer's Landscape: Epiphany in Landscape." *Latin American Literary Review* 5. 10 (Spring 1977): 98 – 102.

——, and Francisco Lomelí. *Aztlán: Essays on the Chicano Homeland*. Albuquerque: University of New Mexico Press, 1989.

Cisneros, Sandra. *The House on Mango Street*. New York: Vintage Contemporaries, 1991.

Erdrich, Louise. *Love Medicine*. New York: HarperPerennial, 1993.

——. "Where I Ought to Be: A Writer's Sense of Place." *New York Times Book Review*, 28 Jul. 1985: 1, 23 – 24.

Jen, Gish. *Mona in the Promised Land*. New York: Alfred A. Knopf, 1996.

——. "Challenging the Asian Illusion." *The New York Times*, 11 Aug. 1991: H2.

Kingston, Maxine Hong. *The Woman Warrior: Memoirs of a Girlhood among Ghosts*. New York: Vintage Books, 1977.

——. *China Men*. New York: Alfred A. Knopf, 1980.

Lee, Gus. *China Boy*. New York: Penguin, 1991.

Neely, Barbara. *Blanche Cleans Up*. New York: Penguin Books, 1998.

Ng, Fae Myenne. *Bone*. New York: Hyperion, 1993.

Ozeki, Ruth L. *My Year of Meats*. New York: Penguin Books, 1998.

Silko, Leslie Marmon. *Ceremony*. New York: Penguin Books, 1986.

Tan, Amy. *The Joy Luck Club*. New York: Ballantine Books, 1989.

——. *The Bonesetter's Daughter*, New York: G. P. Putnam's, 2001.

Viramontes, Helena Maria. *Under the Feet of Jesus: A Novel*. New York: Plume, 1995.

Walker, Alice. *The Color Purple*. New York: Harcourt, 1982.

——. *In Search of Our Mother's Garden*. New York: Harcourt, 1983.

——. *Living by the Word: Selected Writings 1973 – 1987*. New York: Harcourt, 1988.

White, Evelyn C. "Black Women and the Wilderness." *Names We Call Home: Autobiography on Racial Identity*. Eds. Becky Thompson and Sangeeta Tyagi. New York: Routledge, 1996. 283 – 288.

（二）研究文献

Abbey, Edward. *Desert Solitaire: A Season in the Wilderness.* New York: Simon and Schuster, 1990.

Adamson, Joni. *American Indian Literature, Environmental Justice, and Ecocriticism: The Middle Place.* Tuscon: University of Arizona Press, 2001.

——, et al. eds. *The Environmental Justice Reader: Politics, Poetics, and Pedagogy.* Tuscon: University of Arizona Press, 2002.

——, and Scott Slovic. "Guest Editors' Introduction: The Shoulders We Stand On; An Introduction to Ethnicity and Ecocriticism." *MELUS* 34. 2 (Summer 2009): 5 – 24.

Agnew, John. *Place and Politics: The Geographical Mediation of State and Society.* Boston: Allen & Unwin, 1987.

Agyeman, Julian, Robert Bullard and Bob Evans, eds. *Just Sustainabilities: Development in an Unequal World.* Cambridge: MIT Press, 2003.

Allen, Paula Gunn. "The Sacred Hoop." *The Ecocriticism Reader: Landmarks in Literary Ecology.* Eds. Cheryll Glotfelty and Harold Fromm. Athens: University of Georgia Press, 1996. 241 – 263.

Appadurai, Arjun. "Grassroots Globalization and the Research Imagination." *Public Culture* 12. 1 (2000): 1 – 21.

Armbruster, Karla, and Kathleen R. Wallace, eds. *Beyond Nature Writing: Expanding the Boundaries of Ecocriticism.* Charlottesville: University of Virginia Press, 2001.

Augé, Marc. *Non-Places: Introduction to an Anthropology of Supermodernity.* Trans. John Howe. London and New York: Verso Books, 1995.

Barry, Peter. *Beginning Theory: An Introduction to Literary and Cultural Theory.* Manchester, UK: Manchester University Press, 2002.

Bellcourt, Mark. *Perceptions of Native Americans: Indigenous Science and Connections to Ecology.* Saarbrucken, Germany: Lambert Academic Publishing, 2009.

Bennett, Michael. "Anti-Pastoralism, Frederick Douglass, and the Nature of Slavery." *Beyond Nature Writing: Expanding the Boundaries of Ecocriticism*. Eds. Karla Armbruster and Kathleen R. Wallace. Charlottesville: University of Virginia Press, 2001. 195 – 210.

——. "Manufacturing the Ghetto: Anti-urbanism and the Spatialization of Race." *The Nature of Cities: Ecocriticism and Urban Environments*. Eds. Michael Bennett and David W. Teague. Tuscon: University of Arizona Press, 1999. 169 – 188.

——, and David W. Teague, eds. *The Nature of Cities: Ecocriticism and Urban Environments*. Tuscon: University of Arizona Press, 1999.

Bevis, William. "Native American Novels: Homing In." *Recovering the Word*. Eds. Brian Swann and Arnold Krupat. Berkeley: University of California Press, 1987. 580 – 620.

Bierhorst, John. *The Way of the Earth: Native America and the Environment*. New York: William Morrow, 1994.

Birkerts, Sven. "Only God Can Make a Tree: The Joys and Sorrows of Ecocriticism." *The Boston Book Review* 3. 1 (Nov. /Dec. 1996): 6 +. 20 Sep. 2008 < http: //www. asle. org/site/resources/ecocritical – library/intro/tree/ >.

Birnbaum, Robert. "Julia Alvarez, Author of *Saving the World*." 22 May 2006. 18 May 2012 < http: //www. identitytheory. com/interviews/birnbaum171. php >.

Branch, Michael P. , and Scott Slovic, eds. *The ISLE Reader: Ecocriticism, 1993 – 2003*. Athens: University of Georgia Press, 2003.

Bruce-Novoa, Juan. "Learning to Read (and/in) Rudolfo Anaya's *Bless Me, Ultima*." *Teaching American Ethnic Literatures*. Eds. John R. Maitino and David R. Peck. Albuquerque: University of New Mexico Press, 1996. 179 – 191.

Buell, Frederick. "Nationalist Postnationalism: Globalist Discourse in Contemporary American Culture. " *American Quarterly* 50. 3 （1998）: 548 – 591.

Buell, Lawrence. "The Ecological Insurgency. " *New Literary History* 3 （1999a）: 699 – 712.

———. *The Environmental Imagination: Thoreau, Nature Writing, and the Formation of American Culture.* Cambridge and London: The Belknap Press of Harvard University Press, 1995.

———. *The Future of Environmental Criticism: Environmental Crisis and Literary Imagination.* Malden, MA and Oxford: Blackwell Publishing, 2005.

———. "On Ecocriticism （A Letter）. " *PMLA* 5 （1999b）: 1090 – 1092.

———. *Writing for an Endangered World: Literature, Culture, and Environment in the U. S. and Beyond.* Cambridge and London: The Belknap Press of Harvard University Press, 2001.

Bullard, Robert D. , ed. *Confronting Environmental Racism: Voices from the Grassroots.* Boston: South End Press, 1993.

———, ed. *The Quest for Environmental Justice: Human Rights and the Politics of Pollution.* San Francisco: Sierra Club Books, 2005.

———, ed. *Unequal Protection: Environmental Justice and Communities of Color.* San Francisco: Sierra Club Books, 1994.

"A Cafecito Story. " 26 May 2012 < http: //www. juliaalvarez. com/books/index. php#cafecito > .

Caminero-Santangelo, Marta. " 'Jasón's Indian': Mexican Americans and the Denial of Indigenous Ethnicity in Anaya's *Bless Me, Ultima.* " *Critique* 45. 2 （Winter 2004）: 115 – 128.

Carson, Rachel. *The Edge of the Sea.* New York: New American Library, 1955.

Castro, Rafaela G. *Dictionary of Chicano Folklore.* Santa Barbara: ABC – CLIO, 2000.

Cater, Erica, James Donald, and Judith Squires. *Space and Place: Theories of Identity and Location.* London: Lawrence & Wishart, 1993.

"Cesar Chavez Testifies on the Health Effects of Pesticides Among Migrant Farm Workers." 26 Oct. 2012 < https: //historyengine. richmond. edu/episodes/view/5828 >.

Chabram-Dernersesian, Angie, ed. *The Chicana/o Cultural Studies Reader.* New York and London: Routledge, 2006.

Champagne, Duane, ed. *Contemporary Native American Cultural Issues.* Walnut Creek: Alta Mira, 1999.

Chan, Sucheng. *Asian Americans: An Interpretive History.* Boston: Twayne Publishers, 1991.

Chavis, Rev. Benjamin F. , Jr. "Foreword." *Confronting Environmental Racism: Voices from the Grassroots.* Ed. Robert D. Bullard. Boston: South End Press, 1993. 3 – 5.

Childers, Joseph, and Gary Hentzi, eds. *The Columbia Dictionary of Modern Literary and Cultural Criticism.* New York: Columbia University Press, 1995.

Collins, Patricia Hill. "Defining Black Feminist Thought." *The Woman That I Am: The Literature and Culture of Contemporary Women of Color.* Ed. D. Soyini Madison. New York: St. Martin's Press, 1994. 578 – 599.

Commission for Racial Justice, United Church of Christ. *Toxic Wastes and Race in the United States: A National Report on the Racial and Socio-economic Characteristics of Communities with Hazardous Waste Sites.* New York: United Church of Christ, 1987.

Cortina, Rudolfo, ed. *Hispanic American Literature: An Anthology.* Lincolnwood, Ill: NTC Publishing Group, 1998.

Crosby, Alfred W. *Ecological Imperialism: The Biological Expansion of Europe, 900 – 1900.* Cambridge: Cambridge University Press, 1986.

Cruz-Lugo, Victor. "The Whole World in Her Hands." *Hispanic* 19. 6 (Jun. /Jul. 2006): 78 – 79.

Dash, Robert C. , et al. "*Bless Me, Ultima* at Twenty-Five Years: A Conversation with Rudolfo Anaya. " *Americas Review* 25 (1999): 150 – 163.

Deloughrey, Elizabeth, and George Handley, eds. *Postcolonial Ecologies: Literature of the Environment.* New York: Oxford University Press, 2011.

Dicum, Gregory. "Meet Robert Bullard, the Father of Environmental Justice. " 15 Mar. 2006. 26 Apr. 2012 < http://grist. org/article/dicum/ >.

Dillard, Annie. *Pilgrim at Tinker Creek.* New York: Harper, 1974.

Dixon, Melvin. *Ride Out the Wilderness: Geography and Identity in Afro-American Literature.* Urbana: University of Illinois Press, 1987.

Dixon, Terrell. "On Ecocriticism (A Letter). " *PMLA* 114. 5 (Oct. 1999): 1094.

Dodd, Elizabeth. "On Ecocriticism (A Letter). " *PMLA* 114. 5 (Oct. 1999): 1095.

Dreese, Donelle N. *Ecocriticism: Creating Self and Place in Environmental and American Indian Literatures.* New York: Peter Lang, 2002.

Eisenstein, Zillah. *Global Obscenities: Patriarchy, Capitalism, and the Lure of Cyberfantasy.* New York: New York University Press, 1998.

Eshom, Daniel. "An Interview with Julia Alvarez. " 12 May 2006 < http: // us. penguingroup. com/static/rguides/us/name_ of_ salome. html >.

Estok, Simon C. "On Ecocriticism (A Letter). " *PMLA* 114. 5 (Oct. 1999): 1095 – 1096.

Evers, Larry, and Danny Carr. "A Conversation with Leslie Marmon Silko. " *Conversations with Leslie Marmon Silko.* Ed. Ellen L. Arnold. Jackson: University of Mississippi Press, 2000. 10 – 21.

Faber, Daniel. *Capitalizing on Environmental Injustice: The Polluter-Industrial Complex in the Age of Globalization.* Lanham, MD: Rowman and Littlefield, 2008.

——, and James O'Connor. "Capitalism and the Crisis of Environmentalism. "

Toxic Struggles: *The Theory and Practice of Environmental Justice.* Ed. Richard Hofrichter. Salt Lake City: University of Utah Press, 2002. 12 – 24.

Fitzsimmons, Lorna, Youngsuk Chae, and Bella Adams, eds. *Asian American Literature and the Environment.* London: Routledge, 2015.

Frumkin, Howard. *Environmental Health*: *From Global to Local.* San Francisco: John Wiley & Sons, 2005.

Gaard, Greta. "Living Interconnections with Animals and Nature. " *Ecofeminism*: *Women, Animals, Nature.* Ed. Greta Gaard. Philadelphia: Temple University Press, 1993. 1 – 12.

——, and Patrick Murphy, eds. *Ecofeminist Literary Criticism.* Battimore: University of Illinois Press, 1998.

Gamber, John Blair. *Trickling Down*: *Waste and Pollution in Contemporary U. S. Minority Literature.* Ph. D Diss. University of California, Santa Barbara. ProQuest/UMI, 2006.

——. *Positive Pollutions and Cultural Toxins*: *Waste and Contamination in Contemporary U. S. Ethnic Literatures.* Lincoln and London: University of Nebraska Press, 2012.

"Gish Jen. " *Contemporary Literary Criticism.* 6 Feb. 2012 < http: // www. enotes. com/contemporary – literary – criticism/jen – gish >.

Gish, Robert. *Beyond Bounds*: *Cross-Cultural Essays on Anglo, American Indian, and Chicano Literature.* Albuquerque: University of New Mexico Press, 1996.

Glotfelty, Cheryll. "Introduction: Literary Studies in an Age of Environmental Crisis. " *The Ecocriticism Reader*: *Landmarks in Literary Ecology.* Eds. Cheryll Glotfelty and Harold Fromm. Athens: University of Georgia Press, 1996. xv – xxxvii.

Gonzalez, Myrna-Yamil. "Female Voices in Sandra Cisneros's *The House on Mango Street. " U. S. Latino Literature*: *A Critical Guide for Students and Teachers.* Eds. Harold Augenbraum and Margarite Fernandez Olmos.

Westport: Greenwood Press, 2000. 101 – 111.

Gonzalez-T. , Cesar A. , ed. *Rudolfo A. Anaya: Focus on Criticism*. La Jolla, CA: Lalo Press, 1990.

Grewe-Volpp, Christa. " ' The Oil Was Made from Their Bones ' : Environmental (In) Justice in Helena Maria Viramontes's *Under the Feet of Jesus*. " *ISLE* 12. 1 （2005）: 61 – 78.

Griffin, Susan. *Woman and Nature: The Roaring Inside Her*. New York: Harper & Row, 1978.

Harvey, David. *The Condition of Postmodernity: An Enquiry into the Origins of Cultural Change*. Oxford: Blackwell, 1989.

——. *Justice, Nature and the Geography of Difference*. London: Wiley-Blackwell, 1997.

Hatcher, Judy. " Cesar Chavez: Parent & Pesticide Activist. " 31 Mar. 2014. 27 Dec. 2014 < http: //www. panna. org/blog/cesar – chavez – parent – pesticide – activist > .

Hayashi, Robert T. " Beyond Walden Pond: Asian American Literature and the Limits of Ecocriticism. " *Coming into Contact: Explorations in Ecocritical Theory and Practice*. Eds. Annie Merrill Ingram, Ian Marshall, Daniel J. Philippon, and Adam W. Sweeting. Athens: University of Georgia Press, 2007. 58 – 75.

Heilbrun, Carolyn G. *Toward a Recognition of Androgyny: Aspects of Male and Female in Literature*. New York: Knopf, 1973.

Heise, Ursula K. " Ecocriticism and the Transnational Turn in American Studies. " *American Literary History* 20 （2008）: 381 – 404.

Henderson, Mae G. " The Color Purple: Revisions and Redefinitions. " *Modern Critical Views: Alice Walker*. Ed. Harold Bloom. New York: Chelsea House Publishers, 1989. 67 – 80.

Hessel, Dieter T. , and Rosemary Radford Ruether, eds. *Christianity and Ecology: Seeking the Well-being of Earth and Humans*. Cambridge: Harvard University Press, 2000.

Hubbard, Phil and Rob Kitchin, eds. *Key Thinkers on Space and Place.* London: Sage Publications, 2004.

Huggan, Graham, and Helen Tiffin. *Postcolonial Ecocriticism: Literature, Animals, Environment.* New York: Routledge, 2010.

Ingram, Catherine. "Interview with Cesar Chavez." *This Sacred Earth: Religion, Nature, Environment.* Ed. Rogers S. Gottlieb. New York and London: Routledge, 1996. 586 – 595.

Jacobs, Elizabeth. *Mexican American Literature: The Politics of Identity.* London and New York: Routledge, 2006.

Jeans, David. "Changing Formulation of the Man-Environment Relationship in Anglo-American Geography." *Geography* 73. 3 (1974): 36 – 40.

Jin, Hyun, and Won Koo. "U. S. Meat Exports and Food Safety Information." *Agribusiness and Applied Economics Report* 514 (2003): 1 – 19.

Karliner, Joshua. "The Globalization of Corporate Culture and Its Role in the Environmental Crisis." *Reclaiming the Environmental Debate: The Politics of Health in a Toxic Culture.* Ed. Richard Hofrichter. Cambridge: MIT Press, 2000. 177 – 200.

Kanoza, Theresa M. "The Golden Carp and Moby Dick: Rudolfo Anaya's Multi-Culturalism." *MELUS* 24. 2 (Summer 1999): 159 – 171. 15 Dec. 2007 < http://www.thefreelibrary.com/_/print/PrintArticle. aspx? id = 59211513 >.

Kearney, Michael. "La Llorona as a Social Symbol." *Western Folklore* 28. 3 (Jul. 1969): 199 – 206.

Kevane, Bridget. *Latino Literature in America.* Westport, Conn. and London: Greenwood Press, 2003.

Lee, Charles, ed. *Proceedings of the First National People of Color Environmental Leadership Summit.* New York: Commission for Racial Justice, United Church of Christ, 2001.

Lee, John J. "We Warned about Pesticides, Chavez Says in L. A." 31 Mar. 1989. 26 Oct. 2012 < http://articles.latimes.com/1989 – 03 –

31/local/me – 768_ 1_ cesar – chavez > .

Le Guin, Ursula K. "No Title." *Studies in American Indian Literatures* 9. 1 (1985): 6 – 11.

Leopold, Aldo. *A Sand County Almanac.* New York: Ballantine Books, 1970.

Light, Andrew, and Holmes Rolston, III, ed. *Environmental Ethics: An Anthology.* Oxford: Blackwell Publishing, 2003.

Lincoln, Kenneth. *Native American Renaissance.* Los Angeles: University of California Press, 1983.

Martinez, Elizabeth Coonrod. "Julia Alvarez: Progenitor of a Movement." *Américas* 59. 3 (May/Jun. 2007): 6 – 13.

Martinez-Alier, Joan. *The Environmentalism of the Poor: A Study of Ecological Conflicts and Valuation.* Cheltenham, UK and Northampton, MA: Edward Elgar, 2002.

Mayer, Sylvia, ed. *Restoring the Connection to the Natural World: Essays on the African American Environmental Imagination.* Münster: LIT-Verlag, 2003.

Mazel. David. *American Literary Environmentalism.* Athens and London: University of Georgia Press, 2000.

McGurty, Eileen Maura. *Transforming Environmentalism: Warren County, PCBS, and the Origins of Environmental Justice.* New Brunswick, NJ: Rutgers University Press, 2007.

Merchant, Carolyn. *Earth Care: Women and the Environment.* New York: Routledge, 1995.

——. "Ecofeminism and Feminist Theory." *Reweaving the World.* Eds. Irene Diamond and Gloria Feman Orestein. San Francisco: Sierra Club Books, 1990. 100 – 105.

——. "Shades of Darkness: Race and Environmental History." *Environmental History* 8. 3 (Jul. 2003): 380 – 394.

Mickle, Mildred. "A Cleansing Construction: Blanche White as Domestic

Heroine in Barbara Neely's *Blanche on the Lam.* " *Obsidian* 8. 1 (2007): 73 – 91.

Mies, Maria. *Patriarchy and Accumulation on a World Scale: Women in the International Division of Labour.* London: Zed, 1986.

Mirande, Alfredo, and Evangelina Enriquez. *La Chicana.* Chicago: University of Chicago Press, 1979.

Moi, Toril. *Sexual/Textual Politics: Feminist Literary Theory.* London: Methuen, 1985.

Murphy, Patrick D. *Farther Afield in the Study of Nature-Oriented Literature.* Charlottesville: University of Virginia Press, 2000.

——, ed. *The Literature of Nature: An International Sourcebook.* Chicago: Fitzroy Dearborn, 1998.

Myers, Jeffrey. *Converging Stories: Race, Ecology, and Environmental Justice in American Literature.* Athens: University of Georgia Press, 2005.

Nash, Roderick F. *The Rights of Nature: A History of Environmental Ethics.* Wisconsin: University of Wisconsin Press, 1996.

Nelson, Robert M. *Place and Vision: The Function of Landscape in Native American Fiction.* New York: Peter Lang, 1993.

Netzley, Patricia D. *Environmental Literature: An Encyclopedia of Works, Authors, and Themes.* Santa Barbara: ABC – CLIO, 1999.

Nixon, Rob. *Slow Violence and the Environmentalism of the Poor.* Cambridge: Harvard University Press, 2011.

Olmos, Margarite Fernandez. " Historical and Magical, Ancient and Contemporary: The World of Rudolfo A. Anaya's *Bless Me, Ultima.* " *U. S. Latino Literature: A Critical Guide for Students and Teachers.* Eds. Harold Augenbraum and Margarite Fernandez Olmos. Westport, Conn. and London: Greenwood Press, 2000. 39 – 53.

——. " Rudolfo A. Anaya. " *Latino and Latina Writers.* Ed. Alan West-Durán. New York: Charles Scribner's Sons, 2004. 117 – 138.

Outka, Paul. " Preface. " *Asian American Literature and the Environment.*

Eds. Lorna Fitzsimmons, Youngsuk Chae, and Bella Adams. London: Routledge, 2015. ixx – xxi.

Paredes, Raymond A. "Mexican American Literature." *Columbia Literary History of the United States.* Eds. Emory Eliott, et al. New York: Columbia University Press, 1988. 800 – 810.

Parra, Andrea. "On Ecocriticism (A Letter) ." *PMLA* 114. 5 (Oct. 1999): 1099, 1100.

Pena, Devon G. *Mexican Americans and the Environment: Tierra Y Vida.* Tucson: University of Arizona Press, 2005.

——. *Chicano Culture, Ecology, Politics: Subversive Kin.* Tuscon: University of Arizona Press, 1998.

Phillips, Dana. *The Truth of Ecology: Nature, Culture and Literature in America.* Oxford: Oxford University Press, 2003.

Pirklwas, Erin, and Leigh Ross. "Barbara Neely: Voices from the Gaps." University of Minnesota. 3 Aug. 2014 < https: //conservancy. umn. edu/bitstream/handle/11299/166288/Neely% 2c% 20Barbara. pdf? sequence = 1&isAllowed = y >.

Platt, Kamala. "Ecocritical Chicana Literature: Ana Castillo's ' Virtual Realism' ." *ISLE* (Ecofeminist Literary Criticism Special Issue) 3. 1 (Spring 1996): 67 – 96.

——. "Environmental Justice in Chicana and South Asian Poetics." *Phoebe* 9. 1 (Spring 1997): 21 – 29.

——. *Women Write Environmental Justice: The Literary Tradition in India and Greater Mexico.* PhD. Diss. , University of Texas at Austin. ProQuest/UMI, 1997.

Plumwood, Val. *Environmental Culture: The Ecological Crisis of Reason.* London: Routledge, 2001.

"Principles of Environmental Justice." 26 Oct. 2011 < http: //www. ejnet. org/ej/principles. html >.

Pulido, Laura. *Environmentalism and Economic Justice: Two Chicano Strug-*

gles in the Southwest. Tucson: University of Arizona Press, 1998.

Rebolledo, T. D., ed. *Women Singing in the Snow: A Cultural Analysis of Chicana Literature.* Tucson: University of Arizona Press, 1995.

Reed, T. V. "Toward an Environmental Justice Ecocriticism." *The Environmental Justice Reader: Politics, Poetics, and Pedagogy.* Eds. Joni Adamson, et al. Tuscon: University of Arizona Press, 2002. 145 – 162.

Relph, Edward. *Place and Placelessness.* London: Pion, 1976.

"The Reluctant Celebrity." *Publishers Weekly* (27 Mar. 2006): 49 – 50.

Ritchie, Mark. "Trading Away the Environment." *Toxic Struggles: The Theory and Practice of Environmental Justice.* Ed. Richard Hofrichter. Salt Lake City: University of Utah Press, 2002. 209 – 218.

Rigby, Kate. "Ecocriticism." *Introducing Criticism at the Twenty-First Century.* Ed. Julian Wolfreys. Edinburgh: Edinburgh University Press, 2002. 151 – 178.

Rodriguez-Aranda, Pilar E. "On the Solitary Fate of Being Mexican, Female, Wicked and Thirty-three: An Interview with the Writer Sandra Cisneros." *The Americas Review* 18. 1 (1990): 64 – 80.

Rolston, Holmes III. *Philosophy Gone Wild: Essays in Environmental Ethics.* Buffalo: Prometheus Books, 1986.

Ross, Patricia A. *The Spell Cast by Remains: The Myth of Wilderness in Modern American Literature.* New York and London: Routledge, 2006.

Rueckert, William. "Literature and Ecology: An Experiment in Ecocniticism." *Iowa Review* 9. 1 (Winter 1978): 71 – 86.

Ruether, Rosemary Radford, ed. *Women Healing Earth: Third World Women on Ecology, Feminism, and Religion.* Maryknoll, NY: Orbis Books, 1996.

"Sandra Cisneros." *Major Authors for Children and Young Adults.* 5 Sep. 2013 < http: //www. princeton. edu/ ~ howarth/557/house_ bio. html >.

Satz, Martha. "Writing about the Things That Are Dangerous: A Conversation with Gish Jen." *Southwest Review* 78. 1 (Winter 1993): 132 –

140.

Schell, Orville. "Your Mother is in Your Bones: Review of *The Joy Luck Club.*" *The New York Times Book Review*, 19 Mar. 1989: 3, 28.

Schlosberg, David. *Environmental Justice and the New Pluralism: The Challenge of Difference for Environmentalism.* Oxford: Oxford University Press, 1999.

Schubnell, Matthias. *N. Scott Momaday: The Cultural and Literal Background.* Norman: University of Okalahoma Press, 1985.

Schweninger, Lee. *Listening to the Land: Native American Literary Responses to the Landscape.* Athens: University of Georgia Press, 2008.

Selin, Helaine, ed. *Nature across Cultures: Views of Nature and the Environment in Non-Western Cultures.* The Hague and London: Kluwer Academic Publishers, 2003.

Showalter, Elaine. *Sister's Choice: Tradition and Change in American Women's Writing.* Oxford: Oxford University Press, 1991.

——. "Virginia Woolf and the Flight into Androgyny." *A Literature of Their Own: British Women Novelists from Bronte to Lessing.* Princeton: Princeton University Press, 1977. 263 – 297.

Slaymaker, William. "On Ecocriticism (A Letter)." *PMLA* 114. 5 (Oct. 1999): 1101.

Slovic, Scott. "Environmental Literature." *A Companion to Environmental Philosophy.* Ed. Dale Jamieson. Malden, MA: Blackwell Publishers, 2001. 251 – 258.

——. "Giving Expression to Nature: Voices of Environmental Literature." *Environment: Science and Policy for Sustainable Development* 41. 2 (Mar. 1999a): 6 – 32.

——. "On Ecocriticism (A Letter)." *PMLA* 114. 5 (Oct. 1999b): 1102 – 1103.

——. "On Nature and the Environment." *Critical Insights: Nature and the Environment.* Ed. Scott Slovic. Ipswich, MA: Salem Press, 2013. 1 – 16.

——. *Seeking Awareness in American Nature Writing*: *Henry Thoreau*, *Annie Dillard*, *Edward Abbey*, *Wendell Berry*, *Barry Lopez*. Salt Lake City: University of Utah Press, 1992.

——. "The Third Wave of Ecocriticism: North American Reflections on the Current Phase of the Discipline." *Ecozon@* l. 1 (Apr. 2010): 4 – 10.

Smith, Samantha. *Goddess Earth*: *Exposing the Pagan Agenda of the Environmental Movement*. Lafayette, Lou. : Huntington House Publishers, 1994.

Snyder, Gary. *He Who Hunted Birds in His Father's Village*: *The Dimensions of Haida Myth*. B. A. thesis. Reed College, 1951.

——. *No Nature*: *New and Selected Poems*. New York: Pantheon Books, 1992.

——. *A Place in Space*: *Ethics*, *Aesthetics*, *and Watersheds*. Berkeley: Counterpoint Press, 1995.

——. *The Practice of Wild*. San Francisco: North Point Press, 1990.

——. *Reader*, *Prose*, *Poetry*, *and Translation*, *1952 – 1998*. Washington, DC: Counterpoint, 1999.

——. *The Real Work*: *Interviews & Talks*, *1964 – 1979*. New York: New Direction Books, 1980.

Spivak, Gayatri C. *A Critique of Postcolonial Reason*: *Toward a History of the Vanishing Present*. Cambridge: Harvard University Press, 1999.

Stein, Rachel. *Shifting the Ground*: *American Women Writers' Revisions of Nature*, *Gender*, *and Race*. Charlottesville: University of Virginia Press, 1997.

Tidwell, Paul. "The Blackness of the Whale: Nature in Recent African-American Writing." 28 Jan. 2008 < http: //www. asle. umn. edu/conf/other_ conf/mla/1994/Tidwell. html > .

Tonn, Horst. "*Bless Me*, *Ultima*: A Fictional Response to Times of Transition. " *Aztlan* 18. 1 (1989): 59 – 68. Rpt. in *Rudolfo A. Anaya*: *Focus on Criticism*. Ed. Cesar A. Gonzalez-T. La Jolla. CA: Lalo, 1990. 1 – 12.

Trout, Lawana. "Historical Overview. " *Native American Literature*: *An Anthology*. Ed. Lawana Trout. Lincolnwood, Ill: NTC Publishing Group, 1999. xvii – xxix.

Tuan, Yi-Fu. *Segmented Worlds and Self*: *Group Life and Individual Consciousness*. Minneapolis: University of Minnesota Press, 1982.

——. "Space and Place: Humanistic Perspective. " *Human Geography*: *An Essential Anthology*. Eds. John Agnew, David N. Livingstone, and Alisdair Rogers. Oxford: Blackwell Publishers, 1996. 445 – 456.

——. *Space and Place*: *The Perspective of Experience*. Minneapolis: University of Minnesota Press, 1977.

——. *Topophilia*: *A Study of Environmental Perception, Attitudes, and Values*. Englewood Cliffs, NJ: Prentice-Hall, 1974.

Tung, William L. *The Chinese in America*: *1820 – 1973*. Dobbs Ferry, NY: Oceana Publications, 1974.

Vecsey, Christopher, and Robert W. Venables, eds. *American Indian Environments*: *Ecological Issues in Native American History*. New York: Syracuse University Press, 1980.

Villa, Raúl Homero. *Barrio-logos*: *Space and Place in Urban Chicano Literature and Culture Orders*. Austin: University of Texas Press, 2000.

Warren, Karen J. , ed. *Ecological Feminism*. New York: Routledge, 1994.

——. *Ecofeminist Philosophy*: *A Western Perspective on What It Is and Why It Matters*. Lanham, MA: Rowman & Little Field Publishers, 2000.

Warrior, Robert Allen. *Tribal Secrets*: *Recovering American Indian Intellectual Traditions*. Minneapolis: University of Minnesota Press, 1995.

Washington, Elsie B. "Book Marks. " *Essence* 22 . 12 (Apr. 1992): 54.

Weaver, Jace, ed. *Defending Mother Earth*: *Native American Perspectives on Environmental Justice*. Maryknoll, NY: Orbis Books, 1996.

Westling, Louise. "On Ecocriticism (A Letter) . " *PMLA* 5 (1999): 1103 – 1104.

Westra, Laura, and Bill Lawson, eds. *Faces of Environmental Racism: Confronting Issues of Global Justice*. 2nd ed. Lanham, MA: Rowman and Littlefield, 2001.

Wheatwind, Marie-Elise. "The Carrier of the Story: A Conversation with Julia Alvarez." *Women's Review of Books* 23.5 (Sep./Oct. 2006): 16 – 17.

Worster, Donald. *Nature's Economy: A History of Ecological Ideas*. 2nd ed. Cambridge: Cambridge University Press, 1994.

Ybarra, Priscilla Solis. "Chicana/o Environmental Ethics." *Encyclopedia of Environmental Ethics and Philosophy*. Eds. J. Baird Callicott and Robert Frodeman. New York: Macmillan Reference, 2009. 140 – 142.

——. *Walden Pond in Aztlán?: A Literary History of Chicano/a Environmental Writing since 1848*. PhD. Diss., Rice University. ProQuest/UMI, 2006.

——. *Writing the Goodlife: Mexican American Literature and the Environment*. Tucson: University of Arizona Press, 2016.

中文部分

（一）著作

毕淑敏:《女人与清水、纸张和垃圾》, 载高桦主编《人类，你别毁灭自我》, 中国环境科学出版社 1999 年版, 第 71—72 页。

蔡俊:《超越生态印第安: 路易丝·厄德里克小说研究》, 中国社会科学出版社 2013 年版。

陈爱敏:《生态批评视域中的美国华裔文学》,《外国文学研究》2010 年第 1 期, 第 65—72 页。

陈喜荣:《生态女权主义述评》,《武汉大学学报》（人文社科版）2002 年第 5 期, 第 522—526 页。

程虹:《美国自然文学三十讲》, 外语教学与研究出版社 2013 年版。

程虹:《宁静无价》, 上海人民出版社 2009 年版。

程虹:《生态批评》, 载赵一凡等主编《西方文论关键词》, 外语教学与研究出版社 2006 年版，第 487—497 页。

程虹：《寻归荒野》，三联书店 2001 年版。

戴桂玉等：《生态女性主义视角下主体身份研究：解读美国文学作品中主体身份建构》，中国社会科学出版社 2013 年版。

冯品佳：《再造华美女性文学传统：任璧莲的〈梦娜在应许之地〉》，《欧美研究》2002 年第 32 卷第 4 期，第 675—704 页。

高国荣：《美国环境正义运动的源起、发展及其影响》，《史学月刊》2011 年第 11 期，第 99—109 页。

关春玲：《西方生态女权主义研究综述》，《国外社会科学》1996 年第 2 期，第 25—30 页。

胡锦山：《二十世纪美国印第安人政策之演变与印第安人事务的发展》，《世界民族》2004 年第 2 期，第 25—34 页。

胡妮：《托妮·莫里森小说的空间叙事研究》，江西高校出版社 2012 年版。

胡晓红：《女性主义研究理念的现代转向》，《浙江学刊》2004 年第 2 期，第 214—218 页。

胡志红：《西方生态批评研究》，博士学位论文，四川大学，2005 年。

胡志红：《西方生态批评史》，人民出版社 2015 年版。

胡志红：《西方生态批评研究》，中国社会科学出版社 2006 年版。

华媛媛：《美国生态女性主义文学批评研究》，人民文学出版社 2014 年版。

金莉：《生态女权主义》，载赵一凡等主编《西方文论关键词》，外语教学与研究出版社 2006 年版，第 475—486 页。

金岳霖：《道、自然与人》，三联书店 2005 年版。

劳伦斯·布依尔、韦清琦：《打开中美生态批评的对话窗口》，《文艺研究》2004 年第 1 期，第 64—70 页。

李长中主编：《生态批评与民族文学研究》，中国社会科学出版社 2012 年版。

李玲：《从荒野描写到毒物描写：美国环境文学的两个维度》，北京理工大学出版社 2013 年版。

李小江：《改革与妇女解放》，《光明日报》1988 年 3 月 10 日第 2 版。

李银河：《女性权力的崛起》，中国社会科学出版社 1997 年版。

廖咸浩：《"双性同体"之梦：〈红楼梦〉与〈荒野之狼〉中"双性同体"象征的运用》，《中外文学》（台湾）1986 年第 4 期，第 120—148 页。

刘蓓：《生态批评的话语建构》，博士学位论文，山东师范大学，2005 年。

刘蓓：《生态批评的"环境文本"建构策略》，《云南社会科学》2008 年第 4 期，第 149—152 页。

刘蓓：《生态批评：寻求人类"内部自然"的"回归"》，《成都大学学报》2003 年第 3 期，第 21—24 页。

刘策、刘杰：《空间环境生态学概论——住房环境与健康》，上海交通大学出版社 2000 年版。

龙娟：《美国环境文学中的环境正义主题研究》，博士学位论文，湖南师范大学，2008 年。

龙娟：《美国环境文学：弘扬环境正义的绿色之思》，外语教学与研究出版社 2010 年版。

龙娟：《环境文学研究》，湖南师范大学出版社 2005 年版。

鲁枢元主编：《自然与人文：生态批评学术资源库》（上下册），学林出版社 2006 年版。

鲁枢元：《生态批评视域中"自然"的涵义》，《广西民族大学学报（哲学社会科学版）》2005 年第 3 期，第 8—16 页。

美国国务院编：《美国文学概况（英汉对照）》，辽宁教育出版社 2003 年版。

宁梅：《论中国禅宗思想对加里·斯奈德的"地方"思想的影响》，《文化教育论坛》2011a 年第 3 期，第 56—61 页。

宁梅：《生态批评与文化重建：加里·斯奈德的"地方"思想研究》，南京大学出版社 2011b 年版。

潘泽泉：《作为道德方案的城市空间生态》，《社会科学辑刊》2005 年第 3 期，第 41—46 页。

蒲若茜：《华裔美国文学研究的中国视野》，《江汉论坛》2006 年第 3 期，第 78—81 页。

乔国强：《读唐奈·德莱斯〈生态批评：环境文学与美国印第安文学中的自我与地域〉》，《外国文学研究》2005 年第 1 期，第 169—170 页。

秦苏钰：《当代美国土著小说中的生态思想研究》，人民出版社 2013 年版。

芮渝萍：《美国成长小说研究》，中国社会科学出版社 2004 年版。

沈立新等：《华侨华人百科全书·社区民俗卷》，中国华侨出版社 2000 年版。

《十大人为环境灾难：印度博帕尔毒气泄漏最致命》，2010 年 10 月 27 日，国际在线 < http：//gb. cri. cn/27824/2010/10/09/2585s3014872. htm > 。

石坚：《美国印第安神话与文学》（英），四川人民出版社 1999 年版。

司空草：《文学的生态学批评》，《外国文学评论》1999 年第 4 期，第 134—135 页。

孙胜忠：《质疑华裔美国文学研究中的"唯文化批评"》，《外国文学》2007 年第 3 期，第 82—88 页。

童靖：《自我、自然及当代北美印第安自传文学》，硕士学位论文，西北大学，2005 年。

王弼：《老子道德经注》，楼宇烈校释，中华书局 2008 年版。

王冬梅：《性别、种族与自然：艾丽斯·沃克小说中的生态女人主义》，厦门大学出版社 2013 年版。

王宁主编：《新文学史 I》，清华大学出版社 2001 年版。

王诺：《欧美生态批评——生态文学研究概论》，学林出版社 2008 年版。

王诺：《欧美生态批评研究》，博士学位论文，山东大学，2007a 年。

王诺：《欧美生态文学》，北京大学出版社 2003 年版。

王诺：《欧美生态文学（修订版）》，北京大学出版社 2011 年版。

王诺：《生态批评与生态思想》，人民出版社 2013 年版。

王诺：《生态与心态——当代欧美文学研究》，南京大学出版社 2007b
　　年版。

王育烽：《生态批评视阈下的美国现当代文学》，山东大学出版社
　　2013 年版。

吴冰：《导论》，载吴冰、王立礼主编《华裔美国作家研究》，南开大
　　学出版社 2009 年版，第 1—42 页。

吴琳：《美国生态女性主义批评理论与实践研究》，人民出版社 2011
　　年版。

夏光武：《美国生态文学》，学林出版社 2009 年版。

徐恒醇：《生态美学》，陕西人民教育出版社 2000 年版。

薛小惠：《美国生态文学批评研究》，北京大学出版社 2013 年版。

俞孔坚：《景观的含义》，《时代建筑》2002 年第 1 期，第 14—17 页。

曾莉：《英美文学中的环境主题研究》，中国社会科学出版社 2012
　　年版。

张建国：《生态批评的第三次浪潮：新世纪美英等国生态批评的新动
　　向》，《名作欣赏》2013 年第 3 期，第 132—135 页。

张京媛编：《当代女性主义文学批评》，北京大学出版社 1992 年版。

张岩冰：《女权主义文论》，山东教育出版社 1998 年版。

张子清：《与亚裔美国文学共生共荣的华裔美国文学》，《外国文学评
　　论》2000 年第 1 期，第 93—103 页。

朱立元：《当代西方文艺理论》，华东师范大学出版社 1997 年版。

朱新福：《美国生态文学批评述略》，《当代外国文学》2003 年第 1
　　期，第 135—140 页。

朱新福：《美国文学中的生态思想研究》，苏州大学出版社 2006
　　年版。

邹建军：《谭恩美小说中的神秘东方——以〈接骨师之女〉为个案》，
　　《外国文学研究》2006 年第 6 期，第 101—111 页。

（二）译著

［美］艾丽斯·沃克：《紫色》，陶洁译，译林出版社 1998 年版。

［美］彼得・S. 温茨：《环境正义论》，朱丹琼、宋玉波译，上海人民出版社 2007 年版。

［美］比尔・麦克基本：《自然的终结》，孙晓春、马树林译，吉林人民出版社 2000 年版。

［古希腊］柏拉图：《文艺对话集》，朱光潜译，人民文学出版社 1997 年版。

［美］查伦・斯普瑞特奈克：《真实之复兴：极度现代的世界中的身体、自然和地方》，张妮妮译，中央编译出版社 2001 年版。

［美］段义孚：《经验透视中的地方与空间》，潘桂成译，国家编译馆 1998 年版。

［美］段义孚：《无边的恐惧》，北京大学出版社 2010 年版。

［英］弗吉尼亚・伍尔夫：《一间自己的屋子》，王还译，三联书店 1992 年版。

［德］海德格尔：《人，诗意地安居》，郜元宝译，广西师范大学出版社 2000 年版。

［美］惠特曼：《草叶集》，楚图南等译，人民文学出版社 1987 年版。

［美］霍尔姆斯・罗尔斯顿 III：《哲学走向荒野》，刘耳、叶平译，吉林人民出版社 2000 年版。

［美］理安・艾斯勒：《圣杯与剑——男女之间的战争》，程志民译，社会科学文献出版社 1995 年版。

［美］罗德里克・弗雷泽・纳什：《大自然的权利：环境伦理学史》，杨通进译，青岛出版社 2005 年版。

［英］迈克・克朗：《文化地理学》，杨淑华、宋慧敏译，南京大学出版社 2003 年版。

［美］宋李瑞芳：《美国华人的历史和现状》，朱永涛译，商务印书馆 1984 年版。

［美］谭恩美：《接骨师之女》，张坤译，上海译文出版社 2006 年版。

［美］唐纳德・沃斯特：《自然的经济体系：生态思想史》，侯文蕙译，商务印书馆 1999 年版。

［英］特里・伊格尔顿：《当代西方文学理论》，王逢振译，中国社会

科学出版社 1989 年版。

［美］伍慧明：《骨》，陆薇译，译林出版社 2004 年版。

［法］西蒙·波娃：《第二性》，桑竹影等译，湖南文艺出版社 1986
年版。

［美］约翰·贝拉米·福斯特：《生态危机与资本主义》，耿建新、宋
兴无译，上海译文出版社 2006 年版。

［英］约翰斯顿主编：《人文地理学词典》，柴彦威等译，商务印书馆
2004 年版。

后　记

　　我与美国少数族裔文学研究的缘分，应该说始于 1998 年。那一年，我考入北京外国语大学，师从吴冰教授攻读美国文学方向的博士学位。吴老师是中国大陆最早从事美国亚裔文学研究的学者之一，在她的引领下，我对美国少数族裔文学产生了浓厚的兴趣，完成了一部以美国华裔妇女文学为研究对象的博士论文，并在此基础上出版了专著《母女关系与性别、种族的政治：美国华裔妇女文学研究》。博士毕业后，我回到原解放军外国语学院任教，从 2003 年 3 月起给英美文学方向研究生开设了"美国多元文化文学"课程，讲授美国亚裔、黑人、印第安人和西语裔的代表性作家和作品，至今已有 15 年。可以说在我的学术道路上，美国少数族裔文学研究是我从来不曾舍弃的初心；与此同时，我对自己的阅读范围和研究兴趣从不设限，一个重要的想法便是以此汲取更为丰富的养分，滋养我的学术初心。本书便是这种学术探索的成果之一。

　　本书采纳生态批评的理论和方法论，发掘美国少数族裔文学中的生态思想，力图推动和完善美国少数族裔生态批评，对于长期以来以身份政治和社会正义为关注焦点的美国少数族裔文学研究来说，是一种破除理论与实践窠臼、扩展批评路径与方法的开拓性努力。在酝酿这个课题和做前期研究的过程中，适逢党的十七大报告（2007 年 10 月）提出了建设生态文明、牢固树立生态文明观念的基本国策，在全社会掀起了一股生态热潮，也给国内方兴未艾的生态批评注入了更多的活力。本书的研究能够获得国家社会科学基金的资助，一个不容忽视的因素是本书直面全球性的环境问题，服务于生态文明建设，具有很强的现实意义和社会效应。我将继续努力，深化相关的学术研究，也希望本书能够发挥抛砖引玉的效用，吸引更多的学界同仁和读者大众为疏解生态危机、建设生态文明贡献自己的力量。

我在"美国多元文化文学""二十世纪美国文学与文化"和"美国文学与文化"（美国研究方向）的课程中讲授过本书的部分内容，修课的硕士研究生们在课堂讨论和课程论文中提出过颇有见地的观点，对我很有启发。本书的部分内容也在《外国文学》《当代外国文学》《英美文学研究论丛》《外语研究》《解放军外国语学院学报》《外国文艺》《世界文化》《东方翻译》《文艺报》等刊物及一些论文集中发表过，在成书的过程中做了不同程度的增删和修改。

我的合作者蔡霞是我开设"美国多元文化文学"课程后的第一批学生之一，2005 年由我指导完成了硕士论文《印第安文化的回归与变革：解读美国印第安裔小说〈仪典〉》。在本书的研究中，她主要承担了美国华裔文学方面的子课题。可喜可贺的是，蔡霞以此项子课题的研究为基础撰写了博士论文，于 2016 年获得了原解放军国际关系学院的博士学位。

我愿将本书献给给予我无私帮助和热情鼓励的国内外许多老师和朋友、原解放军外国语学院的领导和同事们，还有我的家人。有了他们的关心、爱护、支持和指点，我才能克服困难，顺利完成本项研究。本书的出版也凝聚着中国社会科学出版社编辑老师的辛勤汗水，在此特表谢意。

石平萍

2018 年 6 月